jogo dos espelhos

■ CAROLE JOHNSTONE
jogo dos espelhos

Tradução de
Ana Rodrigues

1ª edição

EDITORA RECORD
RIO DE JANEIRO • SÃO PAULO
2023

| CIP-BRASIL. CATALOGAÇÃO NA PUBLICAÇÃO |
| SINDICATO NACIONAL DOS EDITORES DE LIVROS, RJ |

J65j   Johnstone, Carole
       Jogo dos espelhos / Carole Johnstone ; tradução Ana Rodrigues.
- 1. ed. - Rio de Janeiro : Record, 2023.

       Tradução de: Mirrorland
       ISBN 978-65-5587-804-2

       1. Ficção escocesa. I. Rodrigues, Ana. II. Título.

23-84463   CDD: 828.99113
                         CDU: 82-3(411)

Gabriela Faray Ferreira Lopes - Bibliotecária - CRB-7/6643

TÍTULO ORIGINAL
Mirrorland

Copyright © 2021 by Carole Johnstone

Texto revisado segundo o Acordo Ortográfico da Língua Portuguesa de 1990.

Todos os direitos reservados. Proibida a reprodução, no todo ou em parte, através de quaisquer meios. Os direitos morais da autora foram assegurados.

Direitos exclusivos de publicação em língua portuguesa somente para o Brasil adquiridos pela
EDITORA RECORD LTDA.
Rua Argentina, 171 – Rio de Janeiro, RJ – 20921-380 – Tel.: (21) 2585-2000,
que se reserva a propriedade literária desta tradução.

Impresso no Brasil

ISBN 978-65-5587-804-2

Seja um leitor preferencial Record.
Cadastre-se no site www.record.com.br e receba informações
sobre nossos lançamentos e nossas promoções.

Atendimento e venda direta ao leitor:
sac@record.com.br

Para Lorna

Isto é, comparando as dores da existência real com os gozos da existência artificial, o senhor não vai querer viver nunca mais, mas sim sonhar para sempre.

O conde de Monte Cristo
Alexandre Dumas

Sempre sobram duas opções. Ocupar-se em viver ou ocupar-se em morrer.

Rita Hayworth e a redenção de Shawshank
Stephen King

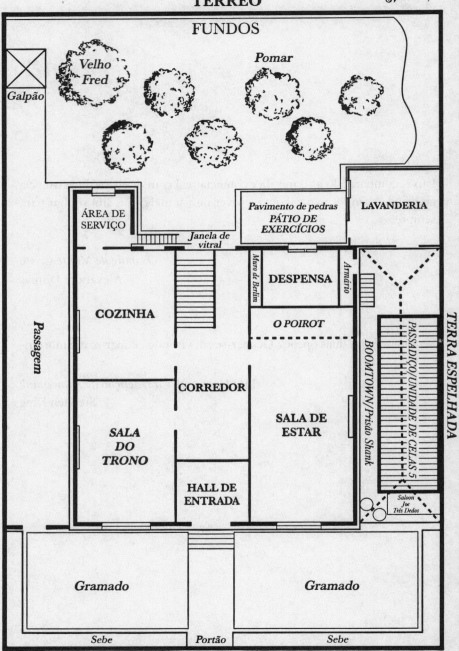

PRIMEIRO ANDAR
FUNDOS

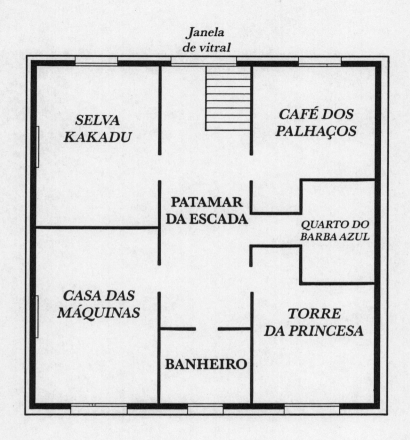

PRÓLOGO

5 de setembro de 1998
O céu estava cor-de-rosa. "O que é melhor do que vermelho", disse El, quando começamos a ficar assustadas de novo. O vovô sempre nos dizia: "Céu vermelho à noite é o deleite do marinheiro; céu vermelho de manhã põe o marinheiro em alerta". E ele já havia sido marinheiro. O vento estava frio e ficava cada vez mais frio. O rosto da El ainda estava manchado de lágrimas, e seus dedos, crispados. Eu não conseguia parar de tremer.

Demos as mãos e seguimos nosso faro, até todas as ruas de casas e prédios cheios e altos se tornarem apenas um borrão diante da casa escura e imponente, onde os assassinos de crianças moravam, espreitavam e observavam. Mas não vimos ninguém. Não ouvimos ninguém. Era como se estivéssemos na Terra Espelhada de novo. A salvo e assustadas. Só o que mudou foi o cheiro do estuário, que ficava cada vez mais forte, mais próximo.

O porto cheirava a graxa, óleo, metal e sal. As gaivotas saíam de seu sono, e seus gritos lembravam o cacarejo de galos novos. Paramos perto de um depósito com paredes de madeira, vazio, escuro e úmido. Na frente dele, um guindaste com um gancho pendurado na ponta de uma corrente enferrujada, e uma rampa de pedra que logo desaparecia embaixo d'água.

Maré alta. A única hora para zarpar em direção ao alto-mar.

A El agarrou minha mão com mais força enquanto olhava para todas as boias redondas que oscilavam na água, para os longos pontões. Vimos iates, brancos e de linhas fluidas, com mastros de metal chacoalhantes. E, além do estuário, um petroleiro próximo da linha do horizonte. Nada daquilo era o que queríamos. Nada daquilo era o motivo pelo qual estávamos ali.

Procurei na mochila até achar o pó compacto da minha mãe. E comecei a pressionar a esponjinha que estava dentro dele contra o rosto da El.

— Seus olhos estão muito vermelhos — sussurrei, enquanto ela fingia que não estava doendo.

— Você ainda está sangrando — sussurrou ela de volta, com a voz mais rouca do que a minha, embora eu tivesse gritado mais.

— O que vocês duas estão fazendo aqui a esta hora da noite, meninas?

A luz da lanterna me fez piscar algumas vezes, mas quando consegui olhar direito ele era exatamente como a mamãe disse: a pele curtida, com falhas nos dentes, uma barba branca e cheia. Um Velho Lobo do Mar.

— Sou a Ellice — disse a El. Senti a ponta das unhas dela contra meus dedos, mas sua voz era tranquila como a água no porto. — E essa é minha irmã gêmea, a Catriona.

— Sim?

Nesse momento ele chegou mais perto, e, quando cambaleou, consegui sentir o cheiro de rum. Meu coração acelerou. Endireitei os ombros.

— Queremos nos juntar a um navio pirata.

A luz da lanterna dele vacilou em círculos brancos que fizeram meus olhos se apertarem e lacrimejarem. Então ele disse um palavrão — um dos que meu avô falava, mas que não era um dos seus favoritos — e começou a se afastar de nós, os olhos arregalados como as máscaras dos grebos na Costa do Marfim, que apareciam nas enciclopédias do vovô.

— Fiquem aqui, tudo bem? Não vão a lugar nenhum. Tudo bem?

— Mas algum navio vai partir logo? — tentou gritar El, enquanto ele desaparecia de volta nas sombras do depósito. Ouvimos o rangido da porta se abrindo e a batida dela sendo fechada. A El se virou para mim e deixou escapar um som estrangulado. Depois soltou minha mão. — Ah, não! O seu pulôver. Esquecemos de tirar o seu pulôver.

Subitamente, senti algo pior do que apenas medo. Era como se eu estivesse mergulhando no fundo da água fria e escura, então alguém me puxasse para fora de repente e eu não conseguisse me lembrar de como voltar a respirar. Deixei cair a mochila que eu carregava, tirei o casaco e, embora sentisse dor no corpo todo, embora os dedos da El me beliscassem e me arranhassem, puxei o pulôver e o larguei no chão de pedra, como se ele estivesse cheio de aranhas. Conseguia sentir o cheiro ali, azedo e quente.

— O que vamos fazer com isso? — perguntou El, com uma voz aflita. — Ele vai voltar. Ele vai voltar!

Ela correu ao redor do depósito e pegou um anel de metal do atracadouro, quebrado e enferrujado. Amarramos os braços do pulôver em torno do anel de metal com nós de marinheiro, nossas mãos frias, os dentes batendo, então corremos para a água agitada além do porto e jogamos o pulôver o mais longe que pudemos. O barulho da queda na água foi alto. Voltamos correndo para o piso de pedra, ofegantes, as duas se esforçando tanto para não chorar que parecia que estávamos engasgando.

Quando o vento virou de repente, nos empurrando para longe da beira, achei que conseguia sentir o cheiro de sangue de novo: azedo e escuro. Mas o salgado do mar e o aperto da mão da El eram mais fortes.

— Um marinheiro esperto nunca deixa o porto em uma sexta-feira — sussurrei.

Os dedos da El começaram a machucar os meus.

— Já estamos no sábado, sua idiota.

Mas eu sabia que ela só estava assustada. Sabia que estava se perguntando se era tarde demais para voltar.

— Nós vamos ficar bem, El?

Olhamos para o outro lado do estuário, para além da ilhota verde de Inchkeith e daquele petroleiro ao longe. Trêmulas, ainda de mãos dadas, próximas o bastante para sentirmos as batidas do coração uma da outra enquanto aquele céu vermelho vindo do mar do Norte se aproximava, espalhando-se como um hematoma. A El não olhou outra vez para mim até conseguirmos ver o navio avançando lentamente para o píer.

Então ela sorriu. Aquele sorriso largo e terrível que eu sabia que ela queria sorrir desde quando atravessávamos aquelas intermináveis ruas vazias. E a El não parou de sorrir nem quando ouvimos o primeiro motor, a primeira sirene. Ou quando abriram uma fresta da porta do depósito, que logo foi fechada com força de novo.

Ela sorriu, sorriu, sorriu.

— Não vamos deixar uma à outra. Diga que não.

Passos na nossa direção. Outro palavrão, mais alto. Luzes em quantidade suficiente para nos cegar e não nos deixar ver nada do estuário. Só víamos uma à outra.

— Não vamos deixar uma à outra — sussurrei.

Ela apertou minha mão com mais força ainda, eu engoli em seco e fiquei vendo seu sorriso ficar mais duro, então mais sombrio, até desaparecer.

— Não enquanto vivermos.

— Vocês vão ficar bem — disse um homem que não era o Velho Lobo do Mar.

E uma mulher com olhos bondosos, segurando uma lanterna de luz mais fraca, se colocou entre nós e estendeu a mão livre.

— Vai ficar tudo bem agora.

*

E foi naquele dia que a nossa segunda vida começou.

PARTE UM

1

Eu não estava presente quando a minha irmã morreu.

O Ross me ligou — deixou uma dezena de mensagens de voz antes que eu checasse qualquer uma delas, uma mais desesperada que a outra. E fico envergonhada ao dizer que era sempre na voz dele que eu prestava atenção primeiro — familiar e esquecida, praticamente idêntica —, antes de compreender as palavras.

Assisto ao noticiário no Terminal 4 do aeroporto JFK, durante uma escala de sete horas que está acabando com a minha sanidade, até eu ligar o notebook e checar. Estou sentada no banco em uma lanchonete Shake Shack muito barulhenta e iluminada demais, ignorando meu cheesebúrguer enquanto rolo a tela, passando pelas três primeiras notícias do site da BBC com notícias da Escócia. Provavelmente eu deveria me sentir profundamente envergonhada por ser ele o que vejo primeiro. Antes mesmo de ler a manchete em letras garrafais: **Aumenta a preocupação com a mulher desaparecida no bairro de Leith.**

A primeira foto tem na legenda DIA UM — 3 DE ABRIL, mas já é noite. O Ross parece andar de um lado para o outro em cima de um muro baixo de pedra, próximo ao estuário, iluminado por dois postes de luz prateados que lançam uma luz plana e arredondada. Embora seu rosto esteja voltado para longe da câmera, ninguém confundiria sua agitação com outra coisa: seus ombros estão erguidos, os punhos cerrados. O fotógrafo capturou a luz forte do refletor de um barco salva-vidas laranja e azul que retornava, e o rosto do Ross está voltado para ele e para a fúria congelada de uma onda quebrando no final do cais. Houve uma tempestade logo depois que ela desapareceu, disse ele em mais de uma mensagem, como se o fato de eu não saber desse terrível detalhe fosse o motivo que me impedira de responder.

São necessários quase dois copos de merlot em um bar mais escuro e discreto, fora do alcance do Shake Shack, antes que eu seja capaz de reproduzir o primeiro vídeo. DIA DOIS — 4 DE ABRIL. E, mesmo assim, quando a foto da El surge na tela — ela rindo, com a cabeça jogada para trás no que sempre chamava de sua pose de "Como a porra de uma virgem", a blusa de seda transparente, o cabelo na altura do queixo, em um tom de loiro-platinado —, eu recuo, pressiono a tecla de pausar e fecho os olhos. Constrangida, passo os dedos pelo meu cabelo — sei que está embaraçado e comprido demais. Termino o vinho, peço um terceiro copo, e o garçom que me serve fica olhando para a tela do meu notebook por tanto tempo que me pergunto se ele está tendo um derrame. Antes que eu me dê conta, é claro. É incrível o que somos capazes de esquecer; fatos da vida que antes eram tão naturais quanto respirar. Ele acha que está olhando para uma foto minha. Abaixo as palavras: ELLICE MACAULEY ESTÁ VIVA OU MORTA?

Tiro os fones do ouvido.

— É minha irmã gêmea.

— Desculpe, senhora — diz o homem, que abre um sorriso ofuscante e consegue soar como se nunca tivesse se lamentado por nada que fizera na vida.

O sorriso constante e o tratamento de *senhora* me irritam, me fazem sentir uma raiva irracional. O fato de isso ser a única coisa de que não vou sentir falta nos Estados Unidos me deixa mais cansada e irritada. Penso no meu apartamento na Pacific Avenue. O circo louco e quente do calçadão e da Muscle Beach. As noites loucas e quentes dançando em clubes noturnos localizados em porões, onde parece escorrer suor das paredes. A calma gelada do mar azul-turquesa. Um mar que eu amo.

Tomo outro gole grande de vinho, recoloco os fones e aperto o "play". No lugar da foto da El agora aparece uma repórter: jovem e séria, provavelmente ainda na casa dos vinte anos, o cabelo se agitando violentamente em torno da cabeça.

— Na manhã de 3 de abril, Ellice MacAuley, 31 anos, moradora de Leith, partiu deste iate clube em Granton Harbour, no Firth of Forth e, desde então, não foi mais vista e não se teve mais notícias dela.

Eu me assusto quando a câmera dá um zoom a partir do iate clube para mostrar as pontes ferroviárias e rodoviárias distantes em Queensferry, a oeste, antes de fazer uma panorâmica de volta pelo leste, em direção aos afloramentos de Earlsferry e North Berwick. Entre eles, o estuário cinza e as colinas baixas de Kinghorn e Burntisland na margem oposta. Então de volta ao porto, com suas boias redondas oscilantes, longos pontões e veleiros brancos com mastros chacoalhando. Um declive baixo de pedra na água. Um guindaste diferente. Nenhum depósito.

Como não percebi antes que se trata do mesmo porto — um lugar em que não pensava há décadas e, no entanto, lá está ele, quase do mesmo jeito? Um arrepio sobe pela minha nuca. Um pavor que não quero analisar, assim como não quero analisar qualquer outra coisa que tenha passado na minha mente desde que todas aquelas mensagens de correio de voz começaram a encher minha caixa. Pego novamente o vinho e fico aliviada quando a câmera se afasta do porto para mostrar imagens de arquivo de botes salva-vidas e helicópteros.

— O alarme foi disparado quando a sra. MacAuley não retornou ao Iate Clube Royal Forth, e logo se soube que ela não havia chegado ao seu suposto destino, em Anstruther, mais cedo naquele dia. A Guarda Costeira e o Instituto Nacional de Socorro a Náufragos estiveram envolvidos na busca, mas o constante mau tempo atrapalhou significativamente seus esforços.

Um homem: de queixo duplo, quase careca — tão solene quanto a repórter, mas com um brilho nos olhos, como se estivesse fingindo —, encara a câmera, de braços cruzados. Debaixo da protuberante barriga, aparece a legenda: JAMES PATON, COORDENADOR DA MISSÃO DE BUSCA E SALVAMENTO DA GUARDA COSTEIRA BRITÂNICA DE ABERDEEN.

— Sabemos que a sra. MacAuley era uma marinheira competente...

Sabemos?, penso.

— ... mas, olhando para a velocidade predominante do vento através do estuário, na manhã do dia 3, estimamos que ela já estava desaparecida havia aproximadamente seis horas quando o alarme foi acionado. — Ele faz uma pausa, e, mesmo que esteja sendo filmado apenas da cintura para cima, consigo perceber que está empertigando o corpo, como um pistoleiro. Mal consegue se controlar para não dar de ombros. — Nas últimas setenta e duas horas, a temperatura do estuário não foi superior a sete graus Celsius. Nessas condições, acredita-se que uma pessoa não conseguiria sobreviver mais do que três horas na água.

Babaca, penso. Na voz da El.

A câmera volta para a repórter, que continua fingindo não se incomodar com o cabelo arruinado pelo vento.

— Agora, no final do segundo dia de buscas, e em condições cada vez piores — diz ela —, parece não haver muita esperança no retorno seguro de Ellice MacAuley.

Uma foto da El e do Ross em férias em algum lugar preenche a tela — os dois bronzeados, os dentes muito brancos; o braço dele ao redor dos ombros dela, que inclina o corpo e levanta o queixo em uma gargalhada. Entendo por que a reportagem é tão completa e extensa. Eles são lindos. E se olham como se estivessem ao mesmo tempo cheios de desejo e saciados. A intimidade da cena me deixa desconfortável, e sinto o vinho azedar no meu estômago.

Pego o celular e confiro o aplicativo de previsão do tempo. Edimburgo ainda é o segundo lugar na minha lista, depois de Venice Beach... Nunca parei para pensar por quê. Seis graus e chuva forte. Olho pela janela para a noite escura, as longas linhas brancas das luzes da pista.

Passa pouco das seis da manhã no Reino Unido, mas já há um novo vídeo: DIA TRÊS, 5 DE ABRIL. Não assisto. Já sei que nada mudou. Sei que ela ainda não foi encontrada. Sei que agora, ainda mais do que ontem, não esperam que seja. Há outra imagem abaixo dessa, de menos de duas horas atrás. MARIDO MÉDICO DE MULHER DESAPARECIDA DE LEITH PERDE A ESPERANÇA. A imagem me faz prender a respiração. Dói olhar para ele. Doeria em *qualquer um* olhar para ele. O Ross está agachado perto de um muro baixo, os joelhos erguidos próximos ao queixo, as mãos cruzadas na nuca, os cotovelos pressionados junto ao rosto como um escudo. Um homem com um casaco comprido está parado ao lado dele, olhando para baixo e obviamente falando alguma coisa, mas Ross não está prestando atenção. Em vez disso, ele está olhando para o estuário, com a boca aberta e os dentes à mostra, em um lamento de dor desesperado que quase posso ouvir.

Fecho o notebook com força, fazendo um barulho alto demais. Tomo o resto do vinho enquanto as pessoas se voltam para olhar. Minha mão treme e meus olhos ardem. As horas entre Nova York e Edimburgo se avultam e, ao mesmo tempo, não são suficientes. Não quero voltar. Eu daria qualquer coisa — *qualquer coisa* — para nunca, nunca mais, voltar.

Eu me levanto para ir a outro bar — não vou aguentar enfrentar o garçom do *senhora* novamente. Pego o notebook, minha bolsa e deixo uma nota de vinte dólares na mesa. Meu passo está mais do que um pouco instável enquanto ando entre as mesas. Eu devia ter comido aquele cheesebúrguer. Mas isso não importa. *Nada* disso importa. As pessoas ainda olham para mim, e eu me pergunto se falei isso em voz alta, até que me dou conta de que, na verdade, estou balançando a cabeça. Porque eu tenho que acreditar. Eu tenho que acreditar que nada mudou. Que todo esse medo, esse pavor que só aumenta, não significam nada. Penso em Edimburgo, em Leith, naquela casa cinza de pedra, com janelas em estilo georgiano, na Westeryk Road. Eu me lembro do sorriso desdentado do vovô, e isso acalma o pior do meu pânico. *Nada disso merece nem um minuto de preocupação, menina.*

Eu não estava em Edimburgo quando a minha irmã morreu. Eu não estava no aeroporto de Los Angeles ou no aeroporto JFK de Nova York. Eu não estava nem na varanda de ferro forjado do meu apartamento na Califórnia, olhando para o Pacífico, bebendo zinfandel e fingindo que estava exatamente onde sempre quis estar.

Eu não estava em lugar nenhum quando a minha irmã morreu.

Porque ela não está morta.

2

Fico parada na calçada até o ônibus sumir de vista. Ou o aplicativo de clima do meu celular não está funcionando direito ou o tempo finalmente resolveu endireitar: está frio e ensolarado em um céu sem nuvens. O vento da cidade — da fumaça, dos ônibus de dois andares, das cervejarias e fogões a carvão — é fraco e cortante. Posso sentir o cheiro do mar. Tudo e nada é o mesmo. As casas são as mesmas casas, a rua é a mesma rua, ainda há um minimercado no térreo exatamente onde sempre esteve: o Colquhoun's da Westeryk. Uma brisa repentina e mais fria arrepia os cabelos da minha nuca, trazendo consigo outro gosto salgado do mar. Deve estar frio também. Tento não pensar naquele homem presunçoso com postura de pistoleiro. Muito mais frio que isso.

Olho para o número 36 da Westeryk Road em busca de melhorias. O portão de metal é o mesmo. Assim como as sebes altas e quadradas, com partes amarelas, e o caminho dividindo o gramado plano. Não preciso erguer os olhos para saber que a simetria solene das paredes de silhar cinza e das janelas altas e estreitas é a mesma. Assim como os dois muros de pedra que a flanqueiam, com balaústres de argila refratária e portas vermelhas de madeira que levam às passagens na lateral da casa.

Meu passo vacila de repente e eu me viro. Não há ninguém ali. Mas a sensação de que havia é forte o bastante para eu dar um passo à frente, o coração acelerado.

Olho para o outro lado da rua, para a fileira de casas de arenito vermelho que a El e eu costumávamos chamar de Galinheiro de Biscoito. As casas estreitas têm janelas de vergas brancas bem cuidadas, e floreiras cheias de amores-perfeitos e petúnias, totalmente em desacordo com a imponente casa cinza sempre à sua frente. Essa sensação de estar sendo observada — *examinada* — se intensifica. Sinto outro arrepio na nuca. *Pare com isso.*

Volto para o número 36, abro o portão, sigo pelo caminho de entrada, subo os quatro degraus de pedra e lá está o raspador de botas de metal vermelho, o último degrau vermelho, a enorme porta da frente vermelha. Está entreaberta. Uma vez perguntei à mamãe por que não se chamava Casa Vermelha. Ela pareceu confusa e me lançou aquele olhar de *garota estúpida* que às vezes é só do que consigo lembrar agora quando penso nela.

Essa é a Casa do Espelho. Assim como você e a Ellice. Assim como a Terra dos Espelhos.

Talvez a El e eu já tenhamos tido a mesma simetria obstinada que esta casa — não há talvez em relação a isso, eu *sei* que tínhamos —, mas nada pode permanecer igual para sempre. Abro a porta e entro no saguão. Piso de cerâmica xadrez preto e branco. Painéis de carvalho escuro e paredes vermelho-carmesim. Como se para provar que estou muito enganada. Fecho os olhos e na mesma hora ouço a chave virando pesadamente e o estalo metálico de uma tranca se abrindo para um beco sem saída. Um lampejo de escuridão profunda. *Corra.* Mas, quando me viro, a porta ainda está aberta, ainda quente com a luz do sol. *Pare com isso.*

Giro a maçaneta de metal da segunda porta e vejo nela um relance do meu reflexo, os olhos arregalados, antes que a porta se abra para o corredor, para a sombra torta da escada. O velho tapete se foi, deixando em seu lugar o piso de parquê brilhante. A luz do sol entra através da bandeira semicircular acima da porta e imediatamente me vejo sentada de pernas cruzadas dentro daquele facho de luz, lendo as enciclopédias do meu avô, o tapete arranhando minha pele como alfinetes.

As paredes do corredor estão cobertas pelos pratos pendurados de sempre, pequenos e grandes, com bordas recortadas e douradas: estampados com tentilhões, andorinhas e tordos empoleirados em galhos cheios de folhas, em galhos nus, em galhos pesados de neve. A mesa alta de carvalho do telefone e o relógio de pêndulo estão no mesmo lugar, um de cada lado da porta da sala. E, mesmo que isso pareça improvável demais — bizarro demais, quase vinte anos depois —, eles permanecem ali como sentinelas. O cheiro é exatamente o mesmo: de madeira antiga, tempo antigo, lembranças antigas. Minha incredulidade é temperada com um alívio que eu não esperava e com uma inquietação com que eu já contava. E, quando inspiro longa e profundamente, algo dentro de mim se solta e se liberta. Ainda é um pouco como o medo — frágil e de bordas afiadas. Mas também é quente. Profundo como o oceano. Tem expectativas. Uma enorme parte de mim está feliz por voltar aqui, afinal. Ainda bem que tudo está exatamente, incrivelmente, inexplicavelmente como sempre foi.

Entro na cozinha como se essa ainda fosse de fato a minha casa, e vejo Ross de quatro, as mãos e os joelhos apoiados nos ladrilhos azuis e brancos. Ele ergue os olhos. Pisca. Estremece. Estou muito ocupada pensando em todas as coisas que não posso dizer a ele para conseguir dizer algo melhor do que:

— Quanta honra. A maioria das pessoas diz apenas "oi".

*

— Cat. — A voz do Ross falha e parece que o meu nome tem duas sílabas. Quando ele se levanta, percebo que há lascas e pedaços de porcelana branca quebrada espalhadas por todo o piso entre nós.

— Posso ajudar?

— Eu arrumo isso mais tarde. — Ele pisa na louça quebrada e para perto de mim. Seu sorriso é tão tenso quanto o meu. — Como está Los Angeles?

— Quente.

Os nós dos dedos dele estão brancos.

— Como foi a viagem?

— Tranquila. E longa. — Não sei por que não consigo falar. Não sei por que estamos tentando ter essa conversa absurda.

O Ross parece o mesmo, mas diferente, assim como a casa. Seu rosto está pálido, a pele sob os olhos mais pesada do que parecia no noticiário, as olheiras, que antes pareciam arroxeadas, agora estão mais escuras. A barba por fazer também é escura e o cabelo está desarrumado como se ele tivesse passado os dedos por ele muitas vezes. Por baixo de tudo isso, Ross parece mais velho, eu acho, mas essa característica antes não lhe caía mal. Não como cai agora, depois que a El desapareceu. Há mais rugas ao redor daqueles olhos castanhos e salpicados de prata;

seu rosto está mais fino. Eu me pergunto se ele ainda tem aquele sorriso torto, se o canino esquerdo ainda se sobrepõe ligeiramente ao incisivo da frente. Desvio o olhar na mesma hora.

— Dizem que é sempre mais difícil voltar — comenta Ross.
— Sim.

Ele pigarreia.

— Estou me referindo a viajar de oeste para leste.
— Eu sei — digo. — Entendi o que você quis dizer.

A camiseta dele está amassada, os braços arrepiados. Ele dá um passo à frente. E para outra vez. Esfrega as mãos no rosto.

— Meu Deus, quantos anos se passaram?
— Doze? — sussurro, como se não soubesse. Sinto a garganta apertada e meus olhos ardem.

De repente, tudo isso — a El, o Ross, essa casa — é demais. Estou cansada, triste e assustada, e, acima de tudo, com muita raiva — raiva por ter que voltar aqui, raiva porque uma pequena parte de mim *quer* estar de volta aqui. Faz menos de vinte e quatro horas, mas agora, quando penso no meu lindo apartamento na Pacific Avenue, ele tem a textura de papel fotográfico. Como se fosse apenas um lugar qualquer que visitei há muito tempo.

Talvez seja por isso que não me afasto do abraço de Ross. Por isso permito que ele coloque os braços ao meu redor e me puxe tão forte contra seu corpo que consigo sentir sua barba roçando meu pescoço, o calor do seu hálito na minha pele, a vibração da sua voz — familiar e esquecida. Totalmente inalterada.

— Graças a Deus você voltou, Cat.

*

Tento não olhar para mais nada enquanto subimos as escadas, mas é impossível. O corrimão de carvalho, curvo e liso sob a palma da minha mão, a luz verde e dourada se derramando pela janela de vitral sobre o piso de mosaico da escada. O patamar do primeiro andar range sob os pés exatamente onde eu esperava que fizesse, e já comecei a andar em direção ao Quarto 1 antes de conseguir me conter. Ross está parado na porta em frente, com a minha mala na mão e um meio sorriso envergonhado.

— Esse é o nosso quarto — diz ele.
— Desculpe — digo, e volto rapidamente até onde Ross está. — É claro que é.
Não posso deixar de me perguntar como será o quarto agora. Quando a El e eu o dividíamos, a colcha era amarelo-dourada, o papel de parede, uma explosão tropical de verde, marrom e dourado. À noite, fechávamos as grandes venezianas de madeira e fingíamos que éramos exploradoras vitorianas na Selva de Kakadu, no norte da Austrália.

Entro atrás do Ross no Quarto 2. O quarto de hóspedes. Os móveis de pinho elegantes de sempre e uma janela alta com vista para o jardim dos fundos. Há um cavalete e uma paleta respingados de tinta em um canto, e duas telas encostadas na parede. Oceanos furiosos, em verdes e brancos espumosos, sob céus escuros e trovejantes. A El já sabia desenhar e pintar antes mesmo de aprender a ler.

— Aqui está bom pra você? — pergunta Ross.

Reconheço o armário ao lado do guarda-roupa com um sobressalto — na mesma hora me pergunto se ainda estará cheio de pinturas faciais, perucas laranja, macacões de náilon coloridos e narizes vermelhos de palhaço. Mas suas dobradiças e fendas estão cobertas de tinta. Olho novamente ao redor do quarto, para o papel de parede listrado de branco, vermelho e rosa, e começo a sorrir. É claro. Estou no Café dos Palhaços.

— Cat?
— Desculpe. Sim, está bom. Ótimo.
— Você deve achar estranho estar de volta aqui, não é?

Não consigo encontrar seu olhar. Ainda me lembro do dia em que ele me contou que tinham comprado a casa. Eu estava sentada do lado de fora de um bar barulhento e superlotado no Lincoln Boulevard, com uma ressaca e um calor absurdos. Já morava no sul da Califórnia havia alguns anos, mas ainda não tinha me acostumado ao sol implacável. O primeiro sentimento que tive foi de choque. Todo o resto veio depois que desliguei o celular e fiquei sozinha, imaginando os dois enrodilhados na sala de estar, em frente à lareira forrada de azulejos verde-garrafa, tomando champanhe e conversando sobre o futuro. Embora aquela não tenha sido a última vez que o Ross me ligou, foi a última vez que atendi.

— Eu simplesmente não consigo entender como tudo ainda pode estar aqui, depois de todo esse tempo. Quer dizer, outras pessoas devem ter vivido aqui desde...

— Um casal de senhores morou aqui durante anos. Os MacDonald — explica Ross. — Eles devem ter ficado com a maior parte dos móveis originais quando compraram a casa e não mudaram muita coisa. Quando compramos de volta, repusemos a maior parte do que estava faltando.

Olho para ele.

— Repuseram?

— Sim. Quer dizer, eles deixaram as coisas grandes: os armários e a mesa da cozinha, o fogão, o sofá Chesterfield. A mobília da sala de jantar. Mas quase todo o resto é novo. Bom, não exatamente *novo*, você sabe o que eu quero dizer. — O sorriso de Ross é tenso e doloroso, mas há raiva nele também. — Todo fim de semana a El queria me arrastar para feiras e antiquários.

Eu me encolho ao ouvir o nome dela — não consigo evitar. O Ross me olha com atenção e mantém o olhar fixo no meu por um longo tempo.

— Você nunca me perguntou por quê — diz ele. — Naquela época. Nunca me perguntou por que compramos este lugar.

Eu me afasto. Olho para a janela e para a porta pintada do armário.

— A casa foi levada a leilão. A El viu a notícia no jornal. — Ele se senta com tudo na cama. — Eu achava que não fosse saudável ficar pensando no passado. Quero dizer... você sabe o que eu quero dizer...

Sim, eu sei. Eu fui feliz aqui. Na maior parte do tempo. E tenho sido profundamente infeliz desde então. Mas a verdade é que não se pode voltar atrás.

— Juntei o dinheiro do depósito e a ajudei a comprá-la. — Ele encolhe os ombros. — Você sabe como a El ficava quando queria alguma coisa.

Meu rosto fica quente, minha pele se arrepia. Percebo que Ross está falando dela no passado. Eu me pergunto se é porque ele pensa que a El está morta, ou porque ela e eu não temos mais nenhum tipo de presente.

Ross pigarreia e enfia a mão no bolso.

— Achei que, enquanto você estivesse aqui, iria precisar disso. Para poder entrar e sair quando quiser. — Ele me estende duas chaves da casa. — Essa é da porta do corredor, que geralmente eu deixo destrancada, e essa é da porta da frente, que só fechamos à noite. Tem uma tranca também, mas, como só tenho uma chave pra ela, não vou mais trancar.

Pego as chaves e tento esmagar a lembrança da escuridão profunda. *Corra.*

— Obrigada.

O corpo do Ross se inclina para a frente como se estivesse sendo puxado por cordas. Ele começa a andar de um lado para o outro, passa as mãos pelo cabelo e segura as mechas entre os punhos fechados.

— Meu Deus, Cat, preciso fazer alguma coisa, mas não sei o quê. Eu não sei o quê!

Ele gira o corpo e avança na minha direção, os olhos tão abertos que consigo ver os vasos vermelhos ao redor de cada íris.

— Eles acham que ela está morta. Ficam rodeando o assunto, dizendo coisas só por dizer, mas é óbvio que pensam isso. Amanhã vai fazer quatro dias que a El desapareceu. Por quanto tempo mais você acha que vão continuar a procurar até que todas as reclamações sobre o clima, a falta de tempo e de recursos se transforme num "Sinto muito, dr. MacAuley, não há mais nada que possamos fazer"? — O Ross levanta as mãos. Sua camiseta tem manchas escuras nas axilas. — Mas, caramba, não foi só ela que desapareceu... um barco de vinte pés com um mastro de vinte e dois pés também sumiu! Como é possível que *isso* simplesmente desapareça? A El era uma boa marinheira — continua ele, ainda andando de um lado para o outro. Tenho certeza de que não é a primeira vez que o Ross diz tudo isso a alguém. — E ela sabia que eu odiava quando ela saía sozinha naquele maldito barco! — Ele deixa o corpo cair na cama, como se os cordões que o prendiam tivessem sido cortados. — Eu sempre disse que alguma coisa assim podia acontecer...

— Eu nem sabia que ela conseguia manejar um barco — comento. — Quanto mais ser dona de um.

Atracado em Granton Harbour. Permito que surja na minha mente uma imagem de nós duas paradas perto do gurupés do *Satisfaction* — rindo, gritando, o vento tropical embaraçando nossos cabelos — e sinto uma pontada de algo entre saudade e raiva.

— Ela comprou o barco pela internet alguns anos atrás. — Outro lampejo de raiva. — Contrato vinculante, depósito não reembolsável. A El estava ganhando um bom dinheiro com as encomendas, com as exposições de arte ocasionais, mas não o suficiente. Então eu tive que pagar a diferença. E ela conseguiu o que queria. Antes mesmo de aprender a navegar a maldita coisa. Meu Deus, eu gostaria de nunca ter... — Ross esfrega as mãos no rosto, repuxando a pele. — A culpa disso tudo é minha.

Eu me sento ao lado dele, embora não queira. Quero contar ao Ross que a El não está morta, mas não posso. Ele ainda não está pronto para saber.

— Como pode ser sua culpa?

Ele não estava em casa quando tudo aconteceu: tinha ido a alguma conferência de psicofarmacologia de última hora em Londres. Um requisito anual para todos os psicólogos clínicos em atividade. "A eficácia das terapias psicoativas versus índices de segurança", diz ele. Como se isso fosse importante. Como se eu tivesse alguma ideia do que significa. E se culpa por não ter estado aqui, por não ter impedido a El de sair, embora nós dois saibamos que não teria feito a menor diferença. Mas não é só isso. Eu sei que há mais alguma coisa que o Ross não está me contando.

— Quando voltei, ela já estava desaparecida fazia pelo menos cinco horas, talvez mais, e a tal tempestade tinha surgido do nada.

Eu me lembro daquela foto dele no primeiro dia, capturado nas sombras entre a luz redonda e plana de dois refletores.

— Ontem eles ampliaram as buscas para o mar do Norte. Todos os barcos de pesca e petroleiros da região também estão procurando por ela, mas... — Ross balança a cabeça e se levanta novamente. — Eu sei que logo vão parar de procurar. *Sei* disso. A polícia vem aqui amanhã de manhã. Ninguém me quer mais no porto, sem fazer porra nenhuma a não ser atrapalhar. — Ele bufa. — O viúvo se lamuriando.

Ross parece tão furioso, tão amargamente resignado.

— Você deve estar exausto. Por que não tenta dormir um pouco?

Ele imediatamente começa a protestar.

— De qualquer jeito, não vou conseguir dormir até a noite — eu o interrompo. — Se alguma coisa acontecer, eu te acordo, tudo bem? Prometo.

Os ombros dele se curvam para a frente. Seu sorriso é tão triste que tenho que desviar o olhar. Pela janela, observo as árvores balançando ao vento, no pomar.

— Está bem — concorda Ross, e estende a mão para apertar a minha. — Obrigado. — Já na porta, ele se vira brevemente, o sorriso agora mais parecido com o que conheço. — Eu estava falando sério, sabe? Estou muito feliz por você estar de volta.

Procuro na minha mala até encontrar uma das miniaturas de vodca que comprei no voo. Então me sento na cama, no espaço quente onde o Ross estava, e bebo. Na mesa de cabeceira, há uma foto emoldurada da El e do Ross muito jovens, sorrindo, ao lado do relógio de sol em Princes Street Gardens. Os dedos dele estão enfiados na cintura do short jeans dela, a mão dela espalmada na barriga dele. Eu já tinha partido? Já tinha sido esquecida? Fico olhando para o sorriso largo e feliz da El e sei a resposta.

Eu me viro e observo novamente tudo no quarto. O Café dos Palhaços foi invenção da El: uma lanchonete americana de beira de estrada, imaginada em detalhes, com paredes vermelhas e brancas, enfeitada com tubos de vidro de neon rosa. Um toca-discos velho fazia as vezes de uma jukebox que tocava Elvis, pelos idos dos anos 50. O aparador de pinho era a nossa mesa; dois banquinhos altos, nossas cadeiras. A cama era um longo balcão de serviço; e o armário era o banheiro.

Eu não era nada fã de palhaços — antigamente, nós duas acreditávamos que eles eram uma espécie diferente das pessoas. Sentia ao mesmo tempo pena e desconfiança: achava que eles tinham poucas oportunidades na vida, além das que lhes eram atribuídas, e mesmo aos oito anos eu conseguia me identificar com aquilo. A El achava que viajar com um circo seria o melhor trabalho do mundo, é claro.

Mas a Fada do Dente tinha medo de palhaços. E nós tínhamos medo da Fada do Dente. Por isso, nos escondíamos aqui, no Café dos Palhaços — sentindo a pele coçar por baixo da pintura no rosto, dos narizes de plástico, perucas de náilon e macacões — tomando café e comendo donuts com dois palhaços veteranos chamados Dicky Grock e Pogo. Dicky Grock era o cozinheiro do Café dos Palhaços: mudo e triste, um ex-malabarista que odiava a grande tenda e se aposentou cedo. E Pogo tinha ossos pequenos e dentes grandes, o rei da piada rápida, com uma propensão particular a se esgueirar atrás das pessoas com um megafone. Eu tinha tanto medo dele quanto da Fada do Dente.

Mas sempre valeu a pena. O desconforto, o medo, o mal-estar nauseante. Porque o Café dos Palhaços era nosso. Era importante. Era um dos melhores esconderijos do mundo.

Engulo em seco. Não penso no Café dos Palhaços há anos. Não penso em *nós* há anos. De repente, me sinto desesperada para respirar um pouco de ar fresco. Vou até a janela e puxo com força o caixilho de baixo, para levantá-lo. Como ele não se move, olho para baixo e vejo cerca de uma dúzia de pregos longos e tortos martelados no peitoril da janela. Não há razão para isso me assustar, mas assusta; me assusta tanto quanto aquela fração de segundo em Los Angeles quando achei que a El poderia realmente estar morta. Ou quanto aquela parte de mim que está feliz por estar aqui. Neste lugar, onde a minha primeira vida acabou e jamais deveria recomeçar.

— Ah, El — sussurro, enquanto pressiono os dedos contra o vidro frio. — Que merda você fez?

3

A casa está ao mesmo tempo silenciosa e barulhenta demais.
    Estou no patamar do alto da escada e respiro fundo. O carpete daqui também sumiu, mas o globo de vidro pendurado no teto e a luz dourada da Westeryk Road que se derrama através da porta aberta do banheiro em frente são os mesmos. Olho em volta para todas as portas fechadas — Quartos 1, 2, 4 e 5 — e me lembro dos nomes que demos a eles: Selva Kakadu, em frente ao Café dos Palhaços, e a Torre da Princesa, em frente à Casa das Máquinas. Meu coração também se lembra de bater sobressaltado quando se aproxima da abertura do corredor escuro entre o Café dos Palhaços e a Torre da Princesa, mas eu o ignoro, me viro e caminho rapidamente em direção ao quarto que fica na extremidade mal iluminada. Quarto 3. Também devia ter um nome, mas não me lembro qual. Quando chego à porta, com seus painéis de um preto fosco, com uma camada grossa de poeira, percebo que me encolhi, para evitar tocar nas paredes estreitas do corredor. Sacudo os braços e respiro fundo mais uma vez. *Jesus, vamos lá*. Mas, quando agarro a maçaneta, escuto a El gritando no meu ouvido: *Não entre! Nós nunca podemos entrar!*, e então a voz da mamãe — mais alta, mais nítida, sem nunca deixar espaço para opiniões ou discordâncias — *Se algum dia entrarem aí, eu arranco as tripas de vocês, estão me ouvindo?*
    Eu estou.

Solto a maçaneta e recuo rapidamente, ainda de frente para ela — não quero dar as costas àquela porta até que eu esteja de novo no patamar da escada, envolvida pela luz dourada quente. Meu corpo treme muito e por muito tempo, sem que eu tenha ideia do motivo. O motivo coça sob a minha pele — consigo sentir, mas não o bastante para querer coçar.

Pare. São só fantasmas. Só isso.

Controlo a respiração. Vou até o Quarto 5 e abro a porta. O vovô o chamava de Casa das Máquinas porque era a sala de máquinas do barco; era o seu motor, seu coração pulsante. A sólida cama de casal de carvalho e o guarda-roupa estão ali, assim como a escrivaninha grande e feia onde ele trabalhava. Eu me lembro do assovio alto da estática do rádio — mesmo com seus aparelhos auditivos, o vovô ainda era surdo o bastante para que toda a casa soubesse os resultados do futebol ao final das tardes de sábado. Mas o rádio se foi. Também não há mais montanhas de parafusos, porcas e molas, ou máquinas e motores mutilados. Nem cheiro de óleo e metal quente. O coração da Casa das Máquinas parou de bater há muito tempo.

A Torre da Princesa era o quarto da mamãe. Sinto um nó na garganta assim que abro a porta e vejo a pequena cama de solteiro encostada na parede, com o travesseiro e o edredom cor-de-rosa, a penteadeira branca com a saia rosa de babados e o banquinho acolchoado. Um arrepio percorre o meu corpo porque, apesar do que o Ross disse, tudo parece *real* demais, inalterado demais, como se tivesse passado duas décadas congelado no tempo. Como se minha mãe tivesse acabado de sair deste quarto. Eu me lembro de que era raro ela nos deixar entrar aqui. Basicamente fazia isso só para ler para nós. E, mesmo ainda criança, eu ficava impressionada ao perceber que todas aquelas rendas e babados cor-de-rosa combinavam pouco com a nossa mãe severa e com certeza nada delicada. Que, na verdade, aquele quarto combinava com uma princesa.

Essa era uma das histórias de dormir favoritas da minha mãe: a de uma princesa das fadas chamada Iona, porque significava "linda", e ela era a princesa mais linda do mundo. Eu me sento na cama, olho pela enorme janela na direção da Westeryk Road e me lembro do calor lento e reconfortante da palma da mão da minha mãe no meu cabelo. Em um dia terrível, a princesa das fadas foi roubada da mãe por uma bruxa malvada. A bruxa cortou as asas da princesa e a trancou em uma torre tão alta que ninguém nem imaginou que ela estaria lá. Mas a princesa nunca se sentiu triste ou com medo. Porque ela sabia que um dia iria escapar. Um dia, seu cabelo dourado cresceria o suficiente para ela amarrá-lo à cabeceira da cama e usá-lo como uma corda para descer até o chão.

Mas como ela vai desamarrar o cabelo?, lembro que a El perguntou certa vez.

A mamãe parou de acariciar nossos cabelos e respondeu: *Ela vai cortá-lo*.

Nunca tivemos TV em casa. E o único rádio — o rádio transistorizado do vovô — era sagrado. Toda a nossa vida girava ao redor de histórias. A mamãe tinha muitas regras, mas a de que deveríamos ler, de que poderíamos aprender nos livros tudo o que precisávamos saber na vida, era a regra máxima e nunca falhou. Algumas histórias, como a da Torre da Princesa, eram estranhas combinações de outras contadas em *As mil e uma noites* ou pelos irmãos Grimm; outras, a minha mãe tinha lido em outros livros: as terras da fantasia de Nárnia e da Terra Média, a Ilha do Tesouro e a Terra do Nunca; e a maior parte eram histórias inventadas, sobre piratas e princesas, monstros e heroínas. Todas eram aterrorizantes — histórias empolgantes e de alerta para os insensatos, os ingênuos, os covardes e os tolos.

Branca de Neve é quieta e gentil. Ela fica em casa, ajudando nas tarefas domésticas ou lendo para a mãe. Rosa Vermelha é destemida. Ela gosta de correr, rir e pegar borboletas. Seu hálito faz cócegas na nossa pele. *Vocês devem sempre segurar a mão uma da outra.* O lento aperto dos dedos dela. *Não confiem em mais ninguém. Não contem com mais ninguém.* Nossos cabelos sendo torcidos e puxados até nossos olhos lacrimejarem. *A única coisa que vocês terão para sempre é uma à outra.*

Eu me levanto rápido e esfrego os braços arrepiados. Mas não saio dali. Vou até o armário pintado de branco ao lado da janela, onde a mamãe guardava todos os nossos livros, e abro a porta. Entre enormes pilhas de brochuras, a El me encara com seus olhos azul-acinzentados, e eu cambaleio para trás contra a parede. Seu rosto está pálido. Há novas rugas ao redor dos olhos e da boca que combinam com as minhas. A tinta é espessa e descuidada como se tivesse sido espalhada com uma faca. O pano de fundo é um grande espelho; reflexos dentro de reflexos, seu rosto moreno e cansado se estendendo cada vez mais ao infinito. Muitas e muitas Els para contar.

Olhar para ela sempre foi como me olhar no espelho, é claro. Há muitos gêmeos na família, dizia a nossa mãe, mas nós éramos diferentes. *Especiais, raras, como javalis ou condores da Califórnia. Mais de cem mil outras crianças precisam nascer antes que uma mãe tenha filhas tão especiais quanto vocês.* A mamãe tinha um livro com diagramas complicados, fetos enrolados de mãos dadas dentro do útero. O óvulo que nos fez se bipartiu tarde, mais de uma semana após a fertilização, o que significava que éramos mais do que apenas duas metades do mesmo todo. Éramos gêmeas espelhadas. A mamãe nos vestia com roupas idênticas: aventaizinhos feitos em casa e blusas brancas de gola alta por baixo; vestidos de algodão que desciam abaixo dos joelhos. Ela nos sentava em seu banquinho rosa e encarava com olhos brilhantes nossos reflexos no espelho da penteadeira, enquanto trançava nossos longos cabelos loiros.

Mais alguns dias e vocês teriam se fundido em outra pessoa, como areia e calcário no vidro.

A ideia me assustou. Como se tivéssemos escapado por pouco de nos tornarmos um monstro.

Fico olhando para o autorretrato da El. Ela está com raiva — *fervendo de raiva* —, posso ver o ódio em seus olhos, a pressão de seus lábios sobre os dentes que sei que estão cerrados. Mas por trás de tanta raiva há medo. Ainda a conheço o bastante para perceber. Eu me pergunto quem a fez sentir medo. E por que ela sentiu a necessidade de pintá-lo. Olho para os meus pulsos e me lembro com relutância do aperto dos dedos dela. Forte o bastante para deixar marcas vermelhas que mais tarde se tornariam roxas e então amareladas.

Eu te odeio. Vai. Tudo que eu quero é que você vá embora. A voz dela quase um rosnado, a vitória fria em seus olhos. *Para nunca mais ter que pensar em você de novo.*

Fecho a porta do armário e me encosto com força contra ela, sentindo a cabeça latejar. Como posso contar ao Ross que ela não está morta? Como vou explicar? Porque mesmo naquela época, quando a El me machucou tanto, eu sabia que ela não estava dizendo a verdade — eu a conhecia o bastante para ver a dor por baixo de toda aquela raiva. Eu senti aquela dor. Em muitos aspectos, éramos *mesmo* como areia e calcário. Quando tínhamos seis anos, a El caiu do Velho Fred. Eu estava de cama, gripada, a cabeça e o peito congestionados com a sufocação quente da gripe, a mente congestionada de medo, sem saber se era possível morrer daquilo. Mas, ainda assim, tinha a sensação de que os gritos dela saíam da minha própria garganta. Ainda consigo sentir o terror de revirar o estômago, enquanto caía por entre os galhos, o choque de bater no chão, a agonia que subia queimando pelo meu tornozelo até o joelho. O vovô disse que tinha sido só uma torção e que, com certeza, em uma semana a El estaria mais recuperada do que eu. Ela me levou água quente com limão e punhados de margaridas do jardim, para fazermos guirlandas enquanto eu ainda estava de cama, ofegante e febril. A primeira vez que a El teve permissão para me visitar, seus olhos se arregalaram quando contei como doeu em mim a queda dela.

Eu fiquei tonta, ela disse. *O meu peito e a minha cabeça ficaram pesados e eu não conseguia respirar. Foi por isso que eu caí.*

Depois disso, a El estava sempre tentando provar o que eu já considerava comprovado. Tornou-se uma espécie de jogo: ela não se incomodava em se jogar de árvores ou rolar escada abaixo, se isso a fizesse compartilhar a dor, o medo e o perigo comigo. Seus braços e pernas estavam constantemente cobertos de arranhões e hematomas. Não importava o quanto eu implorasse, o quanto a minha vida parecia se desenrolar através de um campo minado, nas pernas de outra pessoa. Fiquei paralisada em relação a todo tipo de altura — sentia aquele terror vertiginoso de estar sempre na iminência de cair — uma vertigem da qual só me livrei quando fui embora desta casa. A El só ria, profunda e longamente, e me abraçava com força até doer também.

No dia 3 de abril, dormi até as dez horas porque tinha ficado acordada até tarde para terminar uma matéria de comportamento para uma revista de estilo de vida, que já estava atrasada: "Dez sinais da linguagem corporal que podem significar que ele está traindo". Depois de tomar uma xícara de café, caminhei pelo calçadão de Venice Beach, passeando entre as barracas, os turistas e as bandeiras de Bob Marley; entre os patinadores, o pessoal de teatro, médiuns e artistas de modo geral. Quando o dia ficou muito quente, eu me sentei em um banco à sombra das palmeiras e fiquei assistindo a toda aquela vida passar por mim, inspirando-a como se fosse parte dela. Tentei decidir a qual boate eu iria mais tarde, que roupa eu usaria, que mãos me tocariam.

Voltei para o apartamento por volta das cinco, dormi por uma hora, tomei banho, coloquei um vestidinho preto e sapatos de saltos altos demais. Tropecei no degrau da varanda e quase derrubei a garrafa aberta de vinho — ela escorregou molhada e fria entre meus dedos, e aquilo foi basicamente o mais rápido que meu coração bateu durante todo o dia. Eu me sentei na varanda, esfreguei o dedão do pé, tomei o vinho e fiquei olhando o sol se pôr no horizonte, se derramando vermelho no Pacífico. Não senti nada. Nada diferente de qualquer outro dia. Foi uma noite como outra qualquer. E continuei a não sentir nada fora do comum desde então. Nenhuma sensação de terror, de choque, de agonia. Nenhuma vibração empolgada no estômago, nenhum medo estranho e insondável. Nada foi arrancado de mim, nada acabou. Tudo permanece exatamente igual. A El não está deitada em algum lugar, no escuro, sentindo dor. E não está morta. Eu teria sentido. Eu saberia. Não importa o quanto estejamos distantes uma da outra. Eu saberia.

*

    Entro na cozinha. É melhor ver tudo de uma vez. O antigo fogão Kitchener da mamãe — grande e feio, de ferro fundido preto — parece que ainda está em uso: há uma chaleira em uma das bocas e um monte de cinzas na grelha a carvão. Posso ver os cachos na nuca da minha mãe, a inclinação dos seus ombros enquanto ela mexe alguma coisa no fogão e estala a língua, o nó apertado do avental em volta da cintura, os saltos gastos dos sapatos. A condensação se acumulando na parte superior da janela, escondendo o jardim dos fundos. Alvejante e lavanda, caldo escocês forte e os bolos doces de limão que às vezes preparávamos depois da aula. A grande mesa de madeira, com seus antigos arranhões, talhos e manchas, ainda ocupa a maior parte do espaço. Posso ver meu avô sentado com a perna ruim esticada em uma cadeira ao lado, a cabeça lisa e brilhante e as grandes costeletas, engolindo os remédios para o coração da mesma forma que fazia com Tic Tacs de laranja, batendo os punhos grandes na madeira, não importava se estava feliz, zangado ou triste.

    Posso ver minha mãe se afastando do fogão, a pele ao redor dos olhos franzida como jornal seco e úmido, a sopa espirrando no chão da concha que está segurando, a voz alta para que meu avô conseguisse ouvi-la. *Alguém é esfaqueado em Edimburgo três vezes por dia*. A El e eu — com uns oito, nove anos na época, provavelmente não mais do que isso, porque o cabelo da mamãe ainda é quase loiro, quase loiro como o nosso — olhando para o vovô com olhos arregalados e assustados até que ele sorri, mostrando os dentes brancos. *Pobre coitado, hein?*

    Ele era do East End de Glasgow, embora trabalhasse com mecânica de barcos de pesca no mar do Norte desde os dezesseis anos. A minha avó morreu de câncer quando a minha mãe ainda era adolescente. Todos os anos, na data da morte dela, a mamãe se fechava no quarto e só reaparecia no dia seguinte. Mas o vovô, não.

Ele era assustadoramente estoico. Era como uma caricatura em uma das histórias que a mamãe contava: uma vida dura forjou um homem duro, cujo mundo não mudou nem cresceu, não importava quantos barcos ele houvesse posto para navegar, quantos lugares e pessoas tivesse visto. Mas o meu avô também passava verões inteiros no jardim dos fundos só comigo e com a El, fazendo piqueniques, rindo e participando das nossas intermináveis caças ao tesouro, e, nos dias chuvosos, dentro de casa, construindo fortes e castelos de cobertores cada vez mais elaborados. Quando ele ia à feira de Leith no fim de semana, ficávamos sentadas diante da mesa da cozinha por horas a fio, esperando ouvir "Bluebell Polka" ou "Lily of Laguna" no assovio desafinado dele, e ver sua silhueta característica se aproximar mancando da porta de vidro do corredor, a bolsa de lona cheia de pastilhas e balas de caramelo balançando no braço. O meu avô fora o bálsamo para os terrores e presságios indiscriminados da minha mãe. Sempre sentado quieto, exceto pelas mãos, fingindo ouvir enquanto ela falava em sussurros urgentes, revirando os olhos enquanto ela se agitava, abrindo e fechando os braços.

A preocupação exagera o tamanho dos problemas, menina. Jogue tudo no balde do foda-se.

Era aqui que passávamos a maior parte do tempo. A El, a mamãe, o vovô e eu. Nesse cômodo aconchegante e feio. Sorrio enquanto olho ao redor, para os móveis instáveis, de madeira clara. Na velha caldeira, a chaminé prateada se conectava a uma chaminé escondida onde sempre encontrávamos pássaros presos. Eu costumava ouvi-los, arranhando e batendo as asas, os sons abafados como se estivessem debaixo d'água. Sob o velho secador de roupas suspenso, há uma nova geladeira Smeg, de um azul-safira meio estranho. E além da imponente janela georgiana, com seus painéis de vidro muitos pequenos, emoldurados por caixilhos de madeira nobre, vejo as velhas macieiras balançando.

Saio pela porta aberta e volto para o corredor e para o relógio de pêndulo, para a mesa do telefone, e para todos aqueles pratos de porcelana com estampas de pássaros. Há um vazio no meu estômago. Sei que é fácil se deixar enganar — ser levada a acreditar que algo é real quando não é. Especialmente se queremos acreditar. Mas esta casa é mais do que antigas lembranças. É como um museu, um mausoléu. Ou como o momento de uma catástrofe, preservado como um corpo preso sob pedra-pomes e cinzas. Foi por isso que a El precisou comprá-la, para enchê-la novamente com tudo o que foi perdido? Ela viu aquele anúncio do leilão no jornal e deu um jeito de checar, mais por curiosidade, praticamente sem esperar que seria como voltar à infância? Acho que teria sido difícil vir até aqui e depois desistir e resistir à atração. Embora eu sempre tenha sido a mais sentimental. A El dominou a arte de jogar tudo no "balde do foda-se" antes mesmo de chegarmos à adolescência.

Pego a pá de lixo e a escova que o Ross deixou no chão e varro toda a louça quebrada que encontro. Quando estou atravessando a cozinha em direção à copa, paro de repente perto do fogão. Fico olhando para o longo rejunte entre dois ladrilhos, a argamassa rachada, escurecida. Meu coração falha uma batida. Eu me sinto mal de repente e desvio rápido o olhar. Uma sineta toca — um som alto, repentino e próximo. Meu coração falha outra batida, então dispara. Eu me viro, o estômago apertado, os dedos das mãos e dos pés formigando, e meus olhos vão direto para a campainha de madeira perto da porta da cozinha:

Sl de Jantar   Sl de Visita   Despensa   Banheiro
Quartos
1   2   3   4   5

Cada sineta de cobre e latão, posicionada abaixo de cada cômodo, tem um pêndulo em forma de estrela pendurado no badalo. E todos os cômodos da casa, exceto a cozinha, têm um puxador de campainha: uma alavanca de latão e cerâmica conectada a longos fios de cobre escondidos no interior das paredes, ao longo das cornijas e atrás do gesso. Sempre que uma alavanca era puxada, aqueles fios se apertavam ao redor de pivôs e manivelas, que vibravam por cômodos, pisos e corredores até chegarem à cozinha, onde sacudiriam a mola da sineta, fazendo-a tocar alto e por muito tempo. Eu me lembro de que aqueles pêndulos continuavam a balançar por vários minutos depois que o toque havia parado, assim, sempre que a El ou eu queríamos adivinhar qual puxador da campainha do quarto havia sido puxado, ficávamos no saguão de entrada. Um teste de telepatia rudimentar que não convencia ninguém porque cada sineta também tinha um toque característico. Nós nos entediávamos rapidamente com o jogo — só a mamãe parecia adorar, e batia palmas ou nos brindava com um de seus raros sorrisos de prazer sempre que acertávamos.

A sineta toca de novo, mais alto e estridente, e eu me sobressalto. Estou olhando para a que fica abaixo do Quarto 3 quando algo sussurra muito perto do meu ouvido:

Tem um monstro nesta casa.

Estremeço e mordo a língua. Nenhuma das sinetas ou pêndulos está se movendo. Mas ainda demoro muito para perceber que é a campainha da porta que está tocando. *Cristo.* Volto para o corredor e respiro fundo. É só um efeito do jet lag. Só isso. A porta de vidro está aberta. A grande porta vermelha está fechada. Quando fico na ponta dos pés para olhar pelo olho mágico, só vejo o caminho de entrada, o portão, as sebes altas e bem aparadas. Não há ninguém ali.

Meus dedos dos pés encostam em algo frio e macio. Um envelope sobre o capacho de juta. Na frente está escrito **CATRIONA** em letras maiúsculas pretas. Sem selo ou carimbo postal. Reluto em pegar, mas é claro que acabo pegando. Rasgo o envelope com dedos desajeitados e pego o cartão que está dentro. É um cartão de condolências: na frente, um vaso de boca estreita, cheio de lírios creme e amarrado com um laço. Embaixo da imagem está escrito em uma fonte cursiva dourada, com relevo: "Pensando em você."

Volto para o corredor, fecho e tranco a porta. Abro o cartão.

VÁ EMBORA

4

A inspetora Rafiq é uma daquelas mulheres que você gostaria de ser, mas fica feliz por não ser. É magra e pequena, mas sua voz alta e impaciente, com forte sotaque de Glasgow, se sobrepõe a todas as outras sem grande esforço. Ela tem o cabelo preto, usa roupas pretas, e seu aperto de mão é surpreendentemente caloroso.

— Por favor, srta. Morgan, sente-se — é a primeira coisa que me diz, como se a casa fosse dela.

Estamos na Sala do Trono. E não tenho ideia do porquê. Esta sala também está congelada no tempo: papel de parede de filigrana de ouro, carpete dourado e preto em uma estampa espiralada. A mesa de jantar está coberta por uma toalha de linho, mas as cadeiras são os mesmos tronos de mogno enormes e pesados que deram o nome à sala, o espaldar rígido e ornamentado, onde foi entalhado o mesmo padrão em espiral do tapete. Quando me sento e a inspetora Rafiq se senta à minha frente, na mesma hora sinto como se estivéssemos em uma sala de interrogatório. Talvez seja por isso que estamos aqui.

— Pode me chamar de Cat. Abreviação de Catriona.

Estou com o cartão de condolências no bolso do jeans. Depois de passar a noite revirando de um lado para o outro pensando a respeito, cheguei à conclusão de que tem que ser da El. Ela saberia que eu voltaria. E ninguém mais, além do Ross ou da polícia, sabe que estou aqui.

— Sou Kate. — Um sorriso revela duas fileiras de dentes bem cuidados.

O Ross está na cozinha fazendo um barulho enorme com as xícaras. O colega de Kate Rafiq, um homem jovem e sorridente chamado Logan, está sentado à minha direita. Acho que ela o apresentou como um detetive-sargento, e já assisti a programas policiais vagabundos o bastante para saber que isso significa que é ela quem está no comando. Ele tem um cabelo escuro absurdo: frouxo e com gel na parte superior, raspado nas laterais e atrás. Sua barba por fazer é cuidadosamente descuidada. Ele parece um jogador de futebol muito bem pago. E está perto demais de mim — consigo ouvir as inalações e exalações suaves e lentas de sua respiração. Com ele ao meu lado e Rafiq à frente, me sinto encurralada. E irritada, porque também me sinto uma merda, de ressaca sem ter feito por merecer, e essa é apenas mais uma provação por que a El está me forçando a passar. Não me importo se a polícia, assim como Ross, acredita que aconteceu alguma coisa séria com ela — até mesmo que ela esteja morta. Porque ela não está, cacete.

— A semelhança é assustadora — comenta Rafiq, balançando a cabeça e fazendo oscilar o rabo de cavalo elegante.

— Somos gêmeas idênticas — digo.

— Sim, sem dúvida.

Ela está interessada na minha hostilidade — se inclina para a frente e apoia os cotovelos na toalha de mesa. Subitamente me arrependo do jeans bom que vesti, da blusa de seda transparente. É forçado demais. Artificial demais. É a El demais, me dou conta de repente.

— Você veio de Los Angeles, certo?

— De Venice Beach. Fica ao sul de Santa Monica.

Um arquear de sobrancelhas.

— Há quanto tempo mora lá?

— Há doze anos.

— E o que você faz, Catriona?

— *Cat*. Sou jornalista freelance, escrevo principalmente para revistas e algumas mídias digitais. Matérias sobre estilo de vida, artigos de opinião. Tenho um blog, um site e uma conta verificada no Twitter com mais de dezesseis mil seguidores. — Paro de falar e abaixo os olhos para a mesa. Até aos meus ouvidos, pareço ridícula.

— Los Angeles fica muito longe de Leith. Você se importa que eu pergunte o que, antes de mais nada, a levou a deixar a Escócia?

— O que isso... tudo isso... tem a ver com o desaparecimento da El?

Outro lampejo de dentes perfeitos.

— Estou só tentando montar uma imagem mental da El, só isso. Cada pequena informação ajuda. E me parece estranho que gêmeas idênticas vivam tão distantes uma da outra. Nos últimos doze anos, quantas vezes você voltou para cá?

— Não voltei.

— O Ross disse que você e a El tiveram um desentendimento antes de você partir.

— Nós simplesmente nos afastamos. Acontece. Então eu fui embora. É isso.

— Então, não havia nenhuma razão específica por trás da sua mudança? Ou para você ficar longe? — Uma pausa. — Por doze anos?

Luto contra a vontade de me levantar, pois sei que isso colocaria muitas ideias erradas na mente da inspetora.

— Enjoei de Edimburgo e fui embora. Continuei enjoada daqui, então não voltei. *É isso.*

Ela deixa um silêncio se estender como uma armadilha, na qual eu caio muito rapidamente.

— Está tentando sugerir que eu tenho alguma coisa a ver com toda essa merda? — Percebo que, sem me dar conta, estou de pé, o trono balançando precariamente atrás de mim, sobre as pernas traseiras. — Que a El e eu tivemos uma briga terrível e eu fui embora para os Estados Unidos para tramar a morte dela durante doze anos?

— Então você acha que a sua irmã está morta? — pergunta Rafiq. Não me escapa o olhar rápido que ela lança para Logan.

— O oposto disso — diz Ross, abrindo caminho a cotoveladas para dentro da sala e pousando uma bandeja sobre a mesa. Seu sorriso é tenso enquanto ele pressiona o êmbolo da prensa francesa. — Ela acha que a El planejou tudo para chamar a atenção. — Ele parece melhor depois de dormir, mas seus olhos ainda estão vermelhos e inchados. E sua voz sai áspera, aguda demais. — Não é?

Eu me sento de novo e solto um suspiro. É claro que não escondi meus sentimentos tão bem quanto pensei. Logan continua respirando suave e lentamente ao meu lado, como se estivesse dormindo.

— É o que ela faz — digo. — Esse é o tipo de coisa que a El faria. Espere mais alguns dias e ela vai entrar valsando pela porta, exigindo um fim de semana em Paris e um pedido de desculpas — olho de relance para Ross —, por tudo o que você fez. — Ao meu lado, Logan expira pesadamente mais uma vez e eu me viro para ele, com o rosto quente. — Você *fala*?

Logan é pego de surpresa, mas logo sorri, revelando bons dentes e covinhas ainda melhores.

— Sim.

— Muito bem — diz Rafiq. — Está certa, Catriona, não conhecemos a El tão bem quanto você, mas temos que tratá-la como uma pessoa desaparecida até prova em contrário, esse é o nosso trabalho. Vamos começar tudo de novo, certo? — O sorriso dela é mais caloroso, mas sei que eu deveria ter ficado de boca fechada. Não deveria ter dito nada.

— Eu sou a inspetora encarregada do caso da El como pessoa desaparecida. Isso significa que, para todos os efeitos, sou eu que estou no comando. — Ela vira a cabeça. — Logan, por que você não prova que de fato não é mudo e recapitula rapidamente o que já sabemos antes de passarmos para qualquer atualização do caso?

Ross termina de servir o café e se senta pesadamente, enquanto Logan assente, pega um caderninho e vira algumas páginas.

— Muito bem. A primeira pessoa a reportar o desaparecimento de Ellice MacAuley foi o barqueiro do Iate Clube Royal Forth, por volta das seis e meia da tarde, no dia 3 de abril. Ele a levou até o ancoradouro dela, em East Harbour, às oito da manhã, cerca de quinze minutos depois da maré alta.

A única hora em que se zarpa para alto-mar. Penso na escuridão e em um céu vermelho e frio, no estuário amplo e agitado e no cheiro de sangue: azedo e escuro.

— A câmera do circuito fechado de TV a viu chegar a Lochinvar Drive a pé. A verificação do notebook da El mostra que ela acessou o sistema de satélite naquela manhã para verificar as posições de embarque no estuário do rio Forth. — Logan levanta os olhos. — Aparentemente, esse é o procedimento normal antes de um barco sair para navegar com propósito recreativo. Ela disse ao barqueiro que seus planos eram chegar a Anstruther, almoçar e depois voltar. A El saiu no veleiro dela, *The Redemption*, sozinha, cerca de dez minutos depois.

Ele lambe o dedo indicador direito e vira a página sem erguer os olhos. Isso também me irrita, parece uma afetação ridícula. Eles não usam smartphones ou tablets para esse tipo de coisa hoje em dia?

— Um certo Robert McLelland, capitão de um navio de pesca costeira chamado *Sea Spray*, relatou mais tarde ter visto o barco da El quase dois mil metros a nordeste de Inchkeith, às 8h50. De acordo com a Guarda Costeira, as condições, especificamente a velocidade do vento, eram tais que ela deveria ter chegado a Anstruther por volta das onze da manhã, o mais tardar ao meio-dia. Quando ela não voltou para Granton Harbour às seis da tarde, o barqueiro contatou Anstruther, que não tinha nenhum registro da chegada dela. Foi então que o iate clube fez um alerta de possível desaparecimento à polícia e à Guarda Costeira Britânica. A partir das declarações iniciais das testemunhas e da avaliação de risco, o policial em atendimento reclassificou Ellice MacAuley como alto risco de ser uma pessoa desaparecida. O marido dela, o dr. Ross MacAuley, foi contatado e comunicou que estava voltando de uma conferência em Londres. Desculpe — disse Logan, olhando para cima e voltando a exibir brevemente as covinhas. — Um pouco maçante essa parte.

Rafiq revira os olhos.

— Hum, muito bem. O CCRM, Centro de Coordenação de Resgate Marítimo, em Aberdeen, nomeou James Paton coordenador da missão de busca e resgate.

O coordenador da missão de busca e resgate, robusto, presunçoso, com queixo duplo e postura de pistoleiro. *Nessas condições, acredita-se que uma pessoa não conseguiria sobreviver mais do que três horas na água.*

— Unidades locais da Guarda Costeira e equipes de resgate foram destacadas para fazer buscas na costa. Foram despachados dois botes salva-vidas do Instituto Nacional de Socorro a Náufragos, uma instituição filantrópica com o objetivo de salvar vidas no mar — os botes saíram de South Queensferry e Kinghorn. E de Prestwick foi enviado um helicóptero de busca e salvamento, para cobrir o último avistamento conhecido, perto de Inchkeith, no norte, e do porto de Anstruther, no nordeste.

O relatório cuidadoso e minucioso de Logan está começando a me perturbar. Por mais que eu não queira — e apesar de todo o ressentimento e segurança que sinta —, estou começando a ficar apreensiva. Então me vem outra lembrança repentina e indesejável da El agarrada a um mastro chacoalhante e de uma vela mestra se agitando descontroladamente — e a El gritando, rindo, mostrando os dentes para o vento e para a lanterna que balança loucamente. Tenho vontade de me levantar de novo. Em vez disso, aperto as mãos e olho fixamente para as gotas de condensação dentro da cafeteira vazia.

— Por volta das oito da noite, não houve avistamentos confirmados do veleiro ou de Ellice MacAuley, e o Centro de Coordenação de Resgate Marítimo foi informado de que o mau tempo estava chegando do mar do Norte. Esperem... — Ele vira mais algumas páginas minúsculas. — Tenho o boletim meteorológico em algum lugar...

Ross abaixa mais a cabeça e leva as mãos à nuca. Engulo em seco.

— Pule isso — diz Rafiq.

— Certo. Muito bem, então, o caso foi repassado ao Departamento de Pessoas Desaparecidas do Reino Unido, e o Departamento de Investigação Criminal assumiu, com a inspetora Kate Rafiq como chefe dos trabalhos. Após a chegada de Ross MacAuley em seu endereço em Leith por volta das onze da noite, fiz uma revisão do formulário inicial com as informações recolhidas pela polícia e o levei, a pedido dele, a Granton Harbour.

De repente me dou conta de que era Logan quem estava de pé ao lado do Ross naquela segunda foto terrível dele olhando para o mar, os braços estendidos à frente como um escudo, enquanto ele gritava.

— A busca foi suspensa às 23h45, por causa das péssimas condições, e retomada às nove da manhã do dia 4 de abril. O trabalho foi prejudicado pela constante falta de visibilidade e pela considerável interferência da mídia. À tarde, a área de busca foi ampliada até o mar do Norte. Todas as embarcações comerciais dentro da área foram alertadas e receberam uma descrição do *The Redemption* e de Ellice MacAuley. Até agora não houve relatos de avistamentos de nenhum dos dois.

Logan pigarreia e vira outra página minúscula. Percebo que estou prendendo a respiração e me forço a normalizá-la.

— O Centro de Coordenação de Resgate Marítimo acredita que, se o barco teve alguma dificuldade no trajeto de ida para Anstruther, há uma grande probabilidade de que isso tenha sido testemunhado, seja por outros navios ou por alguém na costa. Além disso, o mastro principal é muito alto e seria praticamente improvável que ele pudesse ter afundado sem se tornar visível acima da água. Se Ellice MacAuley teve alguma dificuldade, por exemplo, cair no mar, a temperatura atual da água é tão baixa que ela desmaiaria em uma hora e não sobreviveria por mais de três. E o barco teria encalhado ou sido localizado na maré alta. O *The Redemption* era equipado com um bote salva-vidas ISO 9.650, e Ellice MacAuley também tinha um caiaque inflável da Gumotex, que costumava usar para ir e voltar da costa. Distribuímos descrições de ambos. Não houve nenhum pedido de socorro e nada vindo do GPS dela. O dispositivo de localização de emergência do barco também não fez nenhuma transmissão. Se não fosse ativado manualmente, o dispositivo teria sido ligado de forma automática ao entrar em contato com a água.

Ross se levanta. Suas mãos estão tremendo.

— Vocês estão aqui para nos dizer que estão desistindo. Todos vocês: a Guarda Costeira, os botes salva-vidas, *vocês dois*. Certo?

Kate Rafiq também se levanta e segura o pulso dele — o que surpreendentemente Ross permite, embora ainda esteja vibrando de raiva, tristeza, talvez medo, não sei. Só sei que é um gesto inapropriado. Um desperdício de energia.

— Ross — diz ela. — Eu prometo que não vamos parar de procurá-la, está certo?

— *Mas...?*

— Creio que o Centro de Coordenação de Resgate Marítimo vai começar a abandonar a busca, se não hoje, amanhã. — Vejo os dedos finos da investigadora apertarem o pulso de Ross quando ele imediatamente faz menção de protestar. — Mas isso não significa que nós desistimos, tudo bem? Significa apenas que temos que realizar nossa própria busca. Podemos ter que começar a pensar no caso da El como uma investigação de longo prazo de uma pessoa desaparecida. E teremos que avaliar se ela ainda é um caso de alto risco de desaparecimento.

— É claro que é! — grita Ross. Ele puxa o braço, e seu corpo cambaleia para trás, batendo na mesa e sacudindo a louça. Seus olhos injetados encontram os meus. — Eu te disse, não foi? Eles estão desistindo! — Mas ele logo franze o cenho e desvia o olhar, provavelmente lembrando que sou a aliada mais inútil que poderia encontrar.

— Não estamos desistindo — diz Logan, e percebo que estão todos de pé agora. Todos menos eu.

— Ross, o que eu disse a você naquela primeira noite ainda é verdade — fala Rafiq. — Pessoas desaparecidas representam sempre um de cada quatro casos. Elas estão perdidas; sofreram um acidente, estão feridas ou têm algum problema de saúde repentino; desapareceram voluntariamente; ou estão sob a influência de terceiros, como no caso de um sequestro. — Nesse momento, ela finalmente se esforça para sustentar o olhar furioso de Ross. — E, neste momento, não temos evidências para determinar qual desses casos se aplica à sua esposa, certo? Portanto, temos que cobrir todas as bases até determinarmos em que categoria o caso se enquadra. Isso é tudo.

Um momento de silêncio.

— Agora — volta a falar Rafiq, sentando-se de novo e indicando com um gesto de mão que Ross e Logan façam o mesmo. Sinto uma vontade absurda de rir quando eles obedecem na mesma hora. — Temos mais algumas perguntas a fazer, Ross. Questões pessoais. Você prefere que a Catriona saia da sala?

— Não — diz Ross, carrancudo agora. O vento arrefeceu em suas velas. Sinto vontade de rir de novo, mas, em vez disso, tomo um gole do café quente demais. — Pergunte o que quiser.

— Você disse ao Logan que a El estava deprimida e distante antes de desaparecer, certo?

Eu me endireito no assento e olho rapidamente para o Ross, que não me vê fitando-o porque está com os olhos fechados.

— Que vocês estavam tendo problemas conjugais...

— Eu não disse isso — retruca Ross, irritado. — Nós estávamos só... Eu passava muito tempo longe, a trabalho. — Ele balança a cabeça. — Eu estava *trabalhando* muito. A El e eu mal nos víamos. Quando ela não estava pintando, estava naquele maldito barco.

— E você nunca a acompanhava? — Ross encara Rafiq.

— Eu nunca velejei. Não sei nadar, não gosto do mar. Já disse isso.

— O estado de espírito da El — insiste Rafiq. — Você diria que a depressão dela piorou nos dias ou semanas que antecederam seu desaparecimento?

— Não. Escuta, eu trato pessoas com depressão grave. Esse é o meu *trabalho*. A El estava ligeiramente deprimida. Só isso. Pelo amor de Deus, eu sei o que você está tentando sugerir agora, e...

— O que você *está* tentando sugerir? — pergunto. Embora eu saiba, é claro. Rafiq olha para mim.

— Pelo que sei, a El já havia tentado se matar uma vez, certo?

— Ah, para — digo e me viro para o Ross. — Foi você que contou isso a ela?

Antes que eu me dê conta do que está acontecendo, sou surpreendida por uma lembrança da El deitada em uma cama de hospital. Os olhos com olheiras fundas em um rosto branco como talco — tudo com a El sempre foi preto ou branco. Um suporte com uma embalagem pesada de soro balançando, o dispositivo de gotejamento. Camadas de ataduras apertadas manchadas de sangue prendendo a cânula nas costas da mão dela. O sorriso da El. Cansado e trêmulo, mas cheio de alegria. De ódio.

— Ela não tentou se matar naquela época, assim como não tentou agora — digo entredentes.

— Você está dizendo que a overdose que ela sofreu com... — Rafiq checa no celular — dezenove anos foi o quê? Um grito de socorro?

Não consigo conter a risadinha debochada que escapa dos meus lábios.

— Alguma coisa assim.

Rafiq troca um olhar nada sutil com Logan.

— A El não acessou nenhuma das contas bancárias dela desde que desapareceu. Também não fez contato com ninguém. Não ligou o celular. Ninguém que corresponda à sua descrição deu entrada em nenhum hospital da região. Não houve relatos de avistamentos dela ou do barco desde as 8h50 do dia 3 de abril. O Ross encontrou o passaporte dela no lugar de sempre. *Por que* você tem tanta certeza de que sua irmã está bem?

— Eu já lhe disse — respondo. — Porque é isso que ela faz. — Porque é o que eu nunca faria. Porque não somos idênticas. Nunca mais fomos idênticas. Porque ela é exatamente o meu oposto. Meu reflexo. Minha Gêmea Espelhada.

— Fingir que se afogou é uma coisa muito extrema de se fazer, não concorda?

A frase *ela sempre vai longe demais* passa pela minha mente, e eu a afasto com a mesma rapidez e determinação com que contenho a risada inadequada que ameaça vir em seguida.

— Sim, bem. Como você mesma disse... você não a conhece.

Vejo Rafiq e Logan trocarem outro olhar e sei o que eles estão pensando, porque parte de mim começou a pensar a mesma coisa. Pareço alguém que se esforça muito para se convencer de que o que acha, o que vem pensando desde que entrou em um avião no Aeroporto de Los Angeles, ainda é a única verdade possível. Aquele desconforto volta a embrulhar meu estômago. O cheiro do café só piora tudo.

Rafiq se inclina para a frente.

— Alguma coisa ruim aconteceu com a sua irmã. Se você acredita nisso ou não, é irrelevante para esta investigação, mas devo admitir que acho muito curioso que a irmã gêmea de uma pessoa com alto risco de estar desaparecida não demonstre nem um pouco de preocupação. — A investigadora inclina a cabeça, me fazendo lembrar dos pássaros de ossos minúsculos que decoram todos os pratos de porcelana pendurados da mamãe. — Já estou nesse cargo há tempo bastante para saber quando algo está errado ou quando alguém não está me contando toda a verdade.

Estamos enveredando por um caminho ruim, e só consigo pensar em uma maneira de nos fazer retroceder.

— Isto foi entregue ontem — digo e coloco o cartão de condolências em cima da mesa.

Ross pega o cartão. Ele vê meu nome no envelope, tira o cartão e abre sem dizer uma palavra. Seus ombros se curvam e ele segura o cartão com tanta força entre o polegar e o indicador que começa a amassá-lo.

— Ei, não fica assim, está tudo bem — digo e estendo a mão para tocá-lo antes de pensar melhor. — Isso é uma coisa boa. É a El. Tem que ser. — Franzo o cenho quando ele ainda não diz nada. — Foi entregue pessoalmente, Ross! Isso significa que ela tem que estar por perto. Significa que ela...

— A El já recebeu isso — diz ele, a voz rouca e arrasada. — Recebeu dezenas desses.

— Ah. — Sinto algo muito parecido com um calafrio subir pelas minhas costas.

— Até pouco antes de desaparecer.

Rafiq pega com todo o cuidado o cartão da mão de Ross, lê e coloca de volta dentro do envelope, que entrega a Logan. Eu o vejo guardar o envelope dentro de um saco plástico transparente, imagino um cenário em que não foi a El que o enviou e sinto calor e frio percorrer meu corpo alternadamente. De repente me ocorre que com certeza não pode ser um fato rotineiro uma investigadora criminal estar envolvida em casos de pessoas desaparecidas. Olho para Rafiq.

— É por isso que você está investigando? Por causa dos cartões? Você sabe quem...

— Sim, já havíamos aberto uma investigação por causa de ameaças semelhantes à sua irmã. Foi você que encontrou o envelope?

— Sim. Alguém tocou a campainha. — *Tem um monstro nesta casa.* Esfrego os braços. — O cartão estava em cima do capacho.

— Talvez agora vocês comecem a levar esses cartões a sério, cacete — brada Ross.

Rafiq se levanta.

— Ross, posso garantir que estamos levando tudo muito a sério. Vamos fazer a perícia nesse aqui, assim como fizemos com os outros.

— Mas por que alguém me enviaria os mesmos cartões ameaçadores que a minha irmã recebeu? Não faz sentido. Ninguém sabe que estou aqui, exceto o Ross e vocês. — E a El.

Rafiq franze o cenho.

— Eles podem estar relacionados ou não ao desaparecimento dela. No momento, encontrar a sua irmã é nossa prioridade. Os cartões nunca se tornaram mais ameaçadores, e não encontramos evidências de que a El estivesse sendo perseguida ou ameaçada de qualquer outra forma. E o fato de você agora ser o alvo me faz suspeitar de um vizinho rancoroso e intrometido, sem nada para fazer, em vez de qualquer coisa mais sinistra. — Quando Ross começa a protestar novamente, ela levanta a mão. — O que não quer dizer que não vamos continuar a investigá-los como parte desse caso. Ou que você não deva entrar em contato imediatamente se receber mais algum.

Ela dá um passo atrás e olha para nós dois.

— Viemos até aqui para garantir a vocês dois que, até agora, nada mudou. Nós e a Guarda Costeira ainda estamos usando todos os recursos disponíveis para procurar a El. Mas seria uma boa ideia vocês começarem a se preparar para a probabilidade de isso mudar, caso não haja avanços nas próximas vinte e quatro horas, certo? A Shona entrou em contato com você hoje?

Ross assente.

— Shona é a agente de apoio à família designada para acompanhar o caso de vocês, Catriona. Ela irá mantê-los atualizados a respeito de qualquer avanço. Enquanto isso, o Logan aqui ainda é seu principal contato. E fale novamente com o pessoal do Departamento de Pessoas Desaparecidas, Ross, a ocorrência da El ainda não foi divulgada pela internet. Você ainda tem todos os outros números de apoio de que pode precisar, não é?

— Não preciso de terapia — diz Ross. — Só preciso da minha esposa.

Rafiq se aproxima dele e consegue olhá-lo nos olhos, ainda que ele seja uns trinta centímetros mais alto que ela.

— Vamos encontrá-la, Ross.

E eu já assisti a programas policiais vagabundos o bastante para saber que eles nunca deviam dizer isso. Acompanho os dois até o corredor e Logan para, sorri e me entrega o cartão dele.

— Se você precisar de alguma coisa, se quiser saber de alguma coisa — diz ele.

Rafiq abre a porta e eu os vejo descer os degraus em direção ao sol. No portão, Rafiq para e deixa Logan sair primeiro, antes de se virar e me chamar como se eu fosse um cocker spaniel. Desço para o jardim frio e cintilante com relutância, os braços cruzados diante do peito.

— Para onde ela iria? Caso a El decidisse ir embora, para onde ela iria?

Eu a encaro, confusa.

— Não tenho ideia.

— E o marido dela?

— O que tem ele?

— Há algo que você queira me dizer sobre ele... sobre eles, que talvez não tenha se sentido confortável em dizer enquanto ele estava na sala? — Quando não respondo, Rafiq não consegue esconder a irritação. — Falamos com a Universidade de Southwark e confirmamos que ele estava lá quando disse que estava. Só estou perguntando a você, como um membro próximo da família, se devíamos ter algum motivo para nos preocupar com ele.

O olhar dela se desvia para além do meu ombro e, quando me viro, vejo a silhueta do Ross nos observando da janela. Sinto frio.

— Não. É claro que não. Isso não é culpa dele. Eu já disse, isso tudo é coisa da El. Tem que ser. — E resisto a acrescentar que há muito tempo não sou um membro próximo de qualquer família.

Rafiq me observa por um longo tempo, com muita atenção.

— Você realmente acha que ela está bem.

Quando mais uma vez não respondo, ela desce pelo caminho de entrada e abre o portão sem dizer nem mais uma palavra.

Eu os vejo partir, ouço o motor do BMW roncando até ser engolido pelos ruídos da cidade. Quando volto a olhar para a janela, Ross se foi. Mas ainda sinto que estou sendo observada. Vou até o portão e olho para um lado e para o outro na rua vazia. Fico parada sob o sol até me sentir quente novamente.

— Talvez ela simplesmente não saiba como desfazer tudo isso — sussurro para mim mesma. Porque enterrada sob doze anos de raiva, mágoa e ressentimento está a lembrança de todas as vezes em que ficamos deitadas de mãos dadas na Selva Kakadu, lutando contra o sono, para não sermos as primeiras a desistir. — Talvez ela simplesmente não saiba como voltar.

5

Acordo cedo e fico deitada, olhando para o teto do Café dos Palhaços, tentando não ouvir a casa. A El e eu ficávamos deitadas por horas dentro de nossos fortes e castelos, ouvindo-a gemer e estremecer à nossa volta, e a El sussurrava no meu ouvido, o hálito quente: "A casa está cheia de fantasmas". Nós duas acreditávamos naquilo. Mas os fantasmas nunca foram tão assustadores quanto os monstros. Apenas fingíamos que não conseguíamos ouvi-los.

Eu me visto e desço as escadas pé ante pé, sem saber por que estou andando assim, por que estou com medo. Porque na verdade eu estou. Seguro o corrimão com força. Meu coração está sobressaltado, batendo rápido demais, descompassado demais, mas ao mesmo tempo me sinto cansada, perdida, como se tivesse caído em um lago profundo e congelado e trocado o afogamento pela lenta hipotermia. Coisas ruins aconteceram nesta casa, assim como coisas boas. Mas era muito mais fácil me esquecer disso quando eu estava a um oceano de distância daqui.

Passo os dedos pelo papel de parede da escada, estampado com urnas gregas e vinhas espinhosas, e penso em todos os longos fios, roldanas e manivelas que se estendem ao redor da casa, atrás do gesso e das cornijas, como uma cidade escondida de teias de aranha. Fios de cobre que se desenrolam, esperando pacientemente para ser puxados, sacudidos, a fim de despertar aqueles sinos silenciosos mais abaixo.

A cozinha está vazia, mas há evidências de que Ross esteve aqui: uma xícara de café usada, uma tigela de cereal cheia de água na pia. Um bilhete em cima da mesa:

> *Nenhuma novidade. Não consegui dormir. Saí para caminhar para clarear as ideias. Devo passar na delegacia depois. Sirva-se do que quiser. Bj*

Como estou faminta, paro diante da bancada e devoro duas tigelas de cereal, deixando o leite escorrer pelo queixo. Minha mãe se vira do feio fogão e dá um tapinha no alto da própria cabeça, marcando mais as rugas. *Não fique bagunçando pela cozinha, Catriona.* Meu avô levanta os olhos de seu *Daily Record. Você está no caminho, mocinha. Sente-se de uma vez.* Hoje, sinto tanta falta deles que chega a doer.

Depois de dois cafés fortes, subo as escadas e pego meu notebook. Verifico meu e-mail na mesa da cozinha, esperando que de alguma forma isso me traga de volta à vida segura e luminosa na Califórnia. Em vez disso, me deparo com três propostas de matérias rejeitadas; e um aviso final de despejo, enviado pela proprietária do apartamento da Pacific Avenue — uma modelo de roupa de banho chamada Irena, que passa os invernos em Palm Beach e me prometeu que não voltaria até junho.

Fecho os olhos e esfrego a mão no peito. Estou quase sem dinheiro. Não tenho carreira. Vivo com o orçamento apertado, indo de um trabalho freelance mal pago a outro. Sem prêmios, sem reconhecimento, sem Pulitzer, sem um grande contrato editorial. Nada funcionou como deveria. Ou como eu achava que deveria funcionar — depois de fugir da Escócia. E agora não tenho uma casa para onde voltar. Está tudo fugindo de mim. Lentamente, mais inexoravelmente. E eu culpo a El. Por tudo isso. Antes e agora. Culpo somente a ela.

Estou prestes a fechar o notebook quando vejo o assunto do último e-mail não lido. Paro subitamente, os dedos pairando sobre o teclado.

NÃO CONTE A NINGUÉM

Para quem eu contaria?, é meu primeiro pensamento, idiota por completo. Verifico o remetente: john.smith120594@gmail.com. Não significa nada para mim.

Provavelmente mais um e-mail de propaganda americano, eles são muito engenhosos em driblar filtros de spam. Mas algo em mim já sabe que não é isso. Algo que parece novo e familiar ao mesmo tempo. Indiferente e temeroso. O Wi-Fi é lento. Enquanto o e-mail abre, prendo a respiração com força dentro da garganta, e aquela mesma coisa em mim me diz para deletá-lo. Delete agora.

O corpo do e-mail, quando enfim aparece na tela, tem apenas duas palavras.

ELE SABE

Afasto a cadeira da mesa. E logo estou de pé diante da janela, olhando para as macieiras que oscilam com a brisa, os galhos grandes e as folhas pesadas que se agitam, inquietos. Abaixo os olhos para o peitoril e para a meia dúzia de pregos que foram martelados ali, assim como no Café dos Palhaços. Bato com os dedos neles. Para a frente e para trás até começar a doer. Não sei por que eles estão ali. Não consigo pensar em nenhuma boa razão para estarem ali. E, embora eu esteja dentro de uma faixa de sol quente, que entra pelo vidro, estou com tanto frio que meus dentes batem, e sinto arrepios através das mangas da blusa.

O bipe de uma nova mensagem me provoca um sobressalto. Volto para as sombras da cozinha e olho para a tela do notebook com desconfiança. É john.smith120594 de novo. Com o espaço do assunto em branco dessa vez. Só uma frase.

PISTA 1. ONDE A NOSSA CAÇA AO TESOURO SEMPRE COMEÇOU

Fecho os olhos. *El*. É claro que é ela.

A chave comicamente enorme está enfiada na porta dos fundos da área de serviço, como sempre esteve, e, quando a giro na fechadura, constato que continua tão emperrada quanto antes. O antigo pátio de cascalho se foi, substituído por um piso liso com colunas de concreto horrorosas, sustentando urnas de cimento ainda mais feias. Fico parada no topo da escada alta que desce da área de serviço para o jardim dos fundos, e consigo ver a El e eu marchando ao redor daquele pátio de cascalho, chutando pedrinhas cinza e prateadas, tentando não derrapar nas curvas.

A estufa também se foi. Mas a velha lavanderia de pedra, com a janela de moldura vermelha e o pequeno telhado de ardósia, ainda se ergue diminuta no canto da casa. Correntes enferrujadas e cadeados fecham a porta de madeira vermelha. Então me lembro que esse lugar sempre foi trancado assim, como se estivesse condenado. Os muros do jardim ainda se erguem muito altos, cobrindo as laterais de sombra, mas agora treliças de lilases, clematites e uma vinha com flores em formato de trombetas escondem as pedras escuras e largas e as fendas cheias de musgo. Meu olhar corre pela extensão do muro alto ao lado da lavanderia. Não havia lilases e clematites ali, nem mesmo a hera estranguladora. Um lampejo vermelho. Uma comichão. *Vermelho.* Um sussurro de pavor prateado e trêmulo.

Ignoro isso. Desço a escada e entro no jardim dos fundos. Atravesso o pomar, denso e farfalhante. Passo por um galpão que não reconheço. Madeira pintada de um marrom-esverdeado e telhado de alcatrão preto.

Então me vejo parada diante do Velho Fred. Onde a nossa caça ao tesouro sempre começava.

A El escondia as pistas e eu seguia. Quadradinhos de papel minúsculos, com mensagens enigmáticas rabiscadas, que só eu tinha esperança de entender. Ela os escondia em qualquer lugar e em todos os lugares, cada pedacinho de papel levando ao seguinte, e apenas no último haveria um prêmio. Quase sempre um desenho ou pintura de nós duas, que eu pregava nas paredes da Selva Kakadu como um totem.

O Velho Fred parece o mesmo. Atarracado, largo e sem maçãs, os galhos baixos e convidativos. Ando ao redor da árvore até onde a El gravou os nossos nomes no tronco e inspiro rapidamente o ar frio e cortante quando vejo que eles ainda estão lá, gravados profundamente na casca quebradiça. Pouco desbotados. Não estavam dentro de um coração, mas de um círculo. Estendo a mão para tocar o tronco e logo recuo ao ver o que foi esculpido abaixo.

CAVE

Fico parada por um instante e levanto os olhos para as janelas vazias da casa. Então algo entre esperança e frustração me faz obedecer. Não é preciso cavar muito ao redor das raízes para encontrar alguma coisa. Um buraco fundo, coberto de folhas e terra solta. Quando meus dedos tocam algo sólido, eu o agarro. Uma caixa de sapato. Levanto a tampa lentamente.

Vejo a garrafa vazia primeiro: um pirata sorrindo para mim, com um pé em cima de um barril, uma das mãos no cutelo. O rum Captain Morgan Spiced Gold. Ao lado da garrafa há latas de comida fechadas, em pilhas bem organizadas: tomates, feijões cozidos, milho. Na mesma hora, lembro da minha mãe supervisionando o reabastecimento semestral dos kits de sobrevivência guardados embaixo das nossas camas — mochilas de lona preta cheias de comida enlatada e garrafas d'água. Lembro dela nos forçando a correr pela casa em intermináveis treinamentos contra incêndio, fuga de invasores, guerra nuclear; renovando o nosso pânico, aquele murmúrio sempre presente de desgraça iminente.

Também há uma lata de tinta. Uma amostra. Pego e viro. *Vermelho-sangue*. Guardo a lata novamente na caixa como se estivesse pelando. Ela pousa em cima de um pequeno quadrado de papel dobrado. Pego o papel com o coração acelerado e abro.

12 de novembro de 1993 IDADE = 7 + um pouco!
Tem um monstro na nossa casa à noite.
Não todas as noites, mas em muitas noites. Ele tem uma barba azul e é tão feio e assustador que todas as moças deviam se esconder dele e nunca se aventurar a ficar na companhia dele.

É isso que a mamãe falou. É de um livro.
Ela falou que o Barba Azul e o Barba Negra são irmãos. Falou que o Barba Azul vive em terra firme e o Barba Negra vive no mar, e que o Barba Negra é pior, mas tenho mais medo do Barba Negra porque ele é um pirata e o Barba Azul é só um homem.

Escuto um som que parece o grito de um pássaro — pressiono a mão na boca ao me dar conta de que sou eu. Meus dedos estão tremendo. Meu hálito está quente. Consigo ver a El, meio debruçada em cima da mesa, o diário aberto, os cotovelos bem afastados, o cenho franzido em concentração, enquanto escreve lentamente na mesma letra cursiva cuidadosa.

Eu me levanto depressa e começo a levar a caixa de sapato para a casa. Meu coração lateja na garganta e nas têmporas. Diminuo o passo quando chego ao pátio e olho para a lavanderia com a porta acorrentada. Paro ao ver outro lampejo vermelho pelo canto do olho. Levanto os olhos para aquele muro alto marcado de musgo e líquen no lugar de clematites ou hera. Nada. Mas, quando fecho os olhos, imagino as palavras espirradas naquela velha pedra nua com sangue:

ELE SABE

O luar, penso. *Deve haver luar.*
Então subo a escada correndo, volto para a área de serviço e tranco a porta com aquela chave enorme e enferrujada antes de enfiar a caixa de sapato no armário mais próximo. Volto para a cozinha. Olho para o quadro com as sinetas, para a sineta e o pêndulo abaixo do número 3. Imagino aquele corredor estreito e sombrio acima da minha cabeça, os painéis escuros empoeirados da porta no outro extremo. O hálito azedo da mamãe na nossa pele, o estalar dos seus dentes. *Se algum dia vocês entrarem lá, vou usar as entranhas das duas como ligas das minhas meias.* Porque o Quarto 3 era o quarto do Barba Azul. Porque os corpos das esposas dele estavam pendurados em ganchos nas paredes, cheios de sangue. Porque à noite, quando o Barba Azul estava com fome, ele rondava pelos corredores e quartos procurando por mais. Sinto frio de repente. A visão — a lembrança — é precisa, por mais que seja obscura. O motivo daquilo parece formigar sob a minha pele. E com o despertar dessa lembrança vem outra. Volto a olhar para a placa com as sinetas, para o lugar onde está escrito "Despensa", em uma letra desbotada. A El e eu nos escondíamos da maioria dos fantasmas e monstros da casa dentro do Café dos Palhaços. Mas nós sempre — *sempre* — nos escondíamos do Barba Azul dentro da Terra Espelhada.

A despensa fica bem no fundo do corredor, nas sombras, do lado oposto à lateral da escada e escondida da vista por uma cortina de veludo preto. Abro a cortina. É pesada e está empoeirada. O barulho de anéis de metal contra o varão quase me faz estremecer e me enche de um anseio indesejável. A despensa é menor do que eu me lembrava, comprida, estreita e fria. O papel de parede ainda é uma confusão de narcisos, o laranja e amarelo originais agora desbotados em tons de cinza. Há uma mesa de madeira contra a janela com vista para o jardim dos fundos; quando me inclino contra ela para conseguir passar, deslizo a ponta dos dedos pelas marcas e arranhões aquecidos pelo sol da manhã. O armário também está lá. Ele ocupa todo o fundo do cômodo. O trinco destrava suavemente, como se eu tivesse feito aquilo pela última vez na véspera, e não vinte anos atrás.

O cheiro me atinge primeiro. Está totalmente errado. Cola em vez de mofo. Quando meus olhos se ajustam, percebo por quê. Todo o interior do amplo armário foi coberto com um papel de parede bege barato. Puxo um banquinho, entro no armário e, depois de uma breve hesitação, começo a passar a mão pelo papel. Eu meio que espero não encontrar absolutamente nada, mas, quando sinto o contorno de algo duro e metálico, meu coração falha uma batida. Enfio as unhas e rasgo o papel. *Por favor, esteja aqui. Por favor, ainda esteja aqui.* Quando termino de rasgar a maior parte do papel de parede, estou suando, ofegante. Mas aqui está. Como se nunca tivesse sido escondida. Uma porta em forma de painel, de tamanho real, com dobradiças enferrujadas e dois pesados fechos deslizantes. A porta para a Terra Espelhada.

*

Fico olhando por um longo tempo para aquela porta. Costumava haver uma coisa presa em sua superfície. Uma das pinturas da El: um esforço inicial focado mais na cor do que na forma. Azuis, amarelos e verdes. Fecho os olhos. A ilha. Claro, A Ilha. A costa acidentada com rochas e a praia, o interior de florestas e planícies. Um paraíso tropical em vez de um país das maravilhas nevado, já que a Terra Espelhada era a nossa Nárnia. Algo assim. Embora tivesse mais cor, mais ambiguidade. Mais terrores. Mais diversão.

Estou prendendo a respiração. Puxo os fechos deslizantes. Abro a porta.

A primeira coisa que sinto é o frio — o frio que esqueci. Quando exalo o ar, meu hálito sai branco no espaço escuro à minha frente. Meus dedos agarram a porta. Havia um mapa do tesouro deste lado. Estradas pretas e espaços verdes. Um trecho comprido de água azul. Um vulcão. A lembrança fica mais nítida, então perde o foco. Percebo que estou procrastinando — hesitando, mesmo que aquele forte anseio esteja de volta, aquela necessidade urgente de descer na escuridão, de sair desta casa e ir para outro mundo. Senti a mesma coisa na primeira vez que a mamãe nos mostrou esta porta escondida, este espaço secreto. Um medo profundo, frágil e delicioso.

Saio do armário, saio da casa, entro pela porta e desço no primeiro degrau de madeira. Estremeço quando olho para o telhado baixo e para as paredes estreitas que circundam a escada. Conforme o rangido de toda aquela madeira velha assenta e sufoca, eu me pergunto se minha empolgação é apenas o fantasma da criança que fui um dia. Rastejando aqui no escuro com a El, à noite, tantas e tantas vezes que parece impossível que nossas mãos quentes e pegajosas não tenham deixado algum resíduo para trás, nas paredes e corrimãos; que nossas lanternas não tenham deixado sombras de luzes dançantes e irregulares; que nossas risadinhas aterrorizadas e *shhh* sussurrados não tenham deixado ecos.

Dessa vez tenho apenas a luz do celular, que emite um brilho branco feio que cria mais sombras. A antiga vertigem — aquele terror estonteante de estar sempre esperando cair — toma conta de mim de repente, e descubro que não consigo me mover. Fecho os olhos e respiro devagar até a vertigem passar. Porque não sou mais criança. As minhas fantasias não podem mais atropelar a lógica, a realidade. Não há nada a temer aqui. Duzentos anos atrás, quando a Westeryk ainda era uma aldeia e esta era a maior casa que existia por aqui, antes que essa porta fosse escondida atrás de um armário, ela não era nada além de algo útil e conveniente. O acesso à cozinha só era possível pelo jardim dos fundos ou pela porta da frente. Essa despensa, essa porta, essa escada e o caminho estreito abaixo não são nada mais do que uma entrada para os comerciantes. A parte dos fundos da casa fica em um terreno muito mais baixo do que a parte da frente, e os cômodos se elevam três metros ou mais acima do jardim dos fundos. Essa escada íngreme coberta serve ao mesmo propósito comum que as escadas da área de serviço: acesso ao nível do solo.

Ainda assim, a luz do celular treme enquanto desço, conforme as paredes da escada e o telhado se abrem para um espaço cheio de correntes de ar. E, na base da escada, hesito novamente. A escuridão tem mais autoridade aqui, minhas lembranças, mais poder. A expectativa é aguda e amarga, como suco de limão em contato com um corte.

Desço para o piso de pedra. Para baixo, para dentro da Terra Espelhada.

A luz da lanterna do meu celular tremula freneticamente por tijolos, madeira e teias de aranha, e eu seguro o aparelho com as duas mãos. *Pare.* É só uma passagem estreita. Um corredor de três metros de largura pavimentado com pedras, que fica entre o flanco sul externo da casa e o muro, protegido das intempéries por um telhado baixo de madeira, como um açude medieval sobre ameias. Essa passagem se estende da porta agora fechada com tijolos até o jardim da frente, à esquerda, e à lavanderia de pedra, à direita. Esta última aguarda no fim da passagem, como uma sentinela, uma guarita, bloqueando totalmente a saída para o jardim dos fundos, a não ser por uma portinha em seu único lado exposto.

Giro mais uma vez o corpo, a respiração congelada rodopiando e formando uma coroa de névoa ao meu redor. O sol da manhã ainda está baixo o bastante para irromper pelas rachaduras do telhado de madeira como pequenos raios de um branco cintilante. Olho para cima e vejo a lâmpada nua pendurada na junção entre as placas de madeira bem no instante em que me lembro dela. Quando puxo o cordão, sou inacreditavelmente recompensada por uma luz forte, que se acende na mesma hora, como se eu já não precisasse me esforçar para acreditar que o tempo aqui não parou, que tudo que estou vendo e sentindo é apenas aquele velho fantasma e o eco de mim, de nós.

De um lugar mágico. Porque, seja o que for, não posso negar. Este lugar pode ter sido apenas a entrada de serviço, um meio para um fim presunçoso, que agora poderia ser esquecido — apenas um espaço vazio de pedra, com correntes de ar —, mas há mais nas entrelinhas. Em certo momento ele já foi rico, cheio e vivo. Gloriosamente assustador e totalmente seguro. Emocionante além da medida. Escondido. Especial. Nosso.

Eu me viro para olhar para a porta fechada com tijolos. A maior parte da Terra Espelhada, a parte que se estende ao longo da passagem estreita que vai da parte inferior da escada até aquela porta, já foi Boomtown: um passadiço empoeirado de quase dois metros de largura, feito de caixotes de frutas e pranchas de madeira, que abrigava uma agência de correios e um gabinete de polícia, decorado com balcões e mesas feitos de caixas de papelão, e assentos de almofadas, cobertores e travesseiros. O Saloon Joe Três Dedos ficava no canto sudoeste, de frente para a parede divisória; no noroeste, havia um aglomerado de tendas da tribo lakota e uma arena de treinamento delineada por varas dispostas uma ao lado da outra, em um quadrado.

Mais tarde, Boomtown se tornou uma prisão; o Saloon Joe Três Dedos passou a ser um salão de recreação menos exótica; as caixas de madeira viraram as portas e paredes do Bloco 5 da prisão; e nós, as prisioneiras. *A Shank*. No auge dela, a El me fazia ficar sentada ao lado dela por horas, moldando as malditas coisas com escovas de dente afiadas e velhas lâminas de barbear do vovô.

Eu me viro para a direita, desço em direção à lavanderia e encosto a palma da mão direita contra o tijolo áspero da parede divisória. Sei que do outro lado dela está outra longa passagem estreita e um jardim, outra casa grande e escura — uma *villa* vitoriana de construção mais recente, com janelas salientes, tijolos pintados e a borda do telhado enfeitada com entalhes de madeira. A passagem se estreita ao redor de um grande armário trancado, que me lembro que já foi cheio de jogos e livros. Ao lado, há um carrinho de bebê grande e azul, com três grandes rodas enferrujadas e uma cesta de metal embaixo, e uma etiqueta branca desbotada no canto do capô mofado onde se lê o nome da marca: "Silver Cross".

A porta da lavanderia está destrancada — ela estava sempre destrancada, daí o cadeado e todas aquelas correntes enferrujadas que envolvem a outra saída para o jardim dos fundos. A lavanderia era a parte mais importante da Terra Espelhada. Mais quente e mais bem construída, com uma *sensação* melhor, que já havia sido tão vital quanto respirar. Ainda assim, menos de meia hora atrás eu estava parada no patamar da escada que saía da área de serviço e só vi uma velha construção de pedra com uma janela de moldura vermelha e um pequeno telhado de ardósia.

Abro a porta e piso no chão de madeira salpicado de tinta velha e cheio de poeira. As tábuas rangem e cedem sob os meus pés — o bastante para me fazer testar cada passo primeiro. A lavanderia cheira a mofo e umidade, e a alguma coisa azeda e verde como adubo. Isso me faz lembrar das muitas outras coisas que esqueci antes mesmo de entrar no espaço mais amplo ali, iluminado pela luz do dia que entra pela janela. Há caixas e engradados empilhados por todos os cantos; varas de madeira equilibradas em cima de pilhas de lençóis sujos; e dois ventiladores de pedestal, com os fios pretos enrolados.

— Meu Deus.

Minha voz ecoa, rouca e fraca. Cruzo os braços com força ao redor do corpo, enquanto olho para as paredes da lavanderia. Céu azul e mar verde, nuvens alvas e fofas e ondas brancas arrebentando, as antigas pinceladas desordenadas e impacientes. Olho para as tábuas do piso e, por baixo de toda a poeira e sujeira, estão os antigos contornos do *Satisfaction*, feitos em carvão.

Gurupés. Bujarrona. Castelo de proa. Traquete. Sussurro baixinho as palavras enquanto ando por cima delas. Convés principal e convés de canhões, os rabiscos pretos da El avisando: "Reservas de rum e de água AQUI!! Revista AQUI!!" Vou de uma extremidade à outra da lavanderia: Alojamento da Tripulação, Porão de Carga, Vela Mestra, Torre de Vigia, Sala de Navegação, Aposentos do Capitão,

Popa. Uma mangueira coberta de musgo está enrolada ao redor de duas torneiras, o bico — ainda ajustado para borrifar — caído dentro da velha pia larga e funda. Olho para a bandeira de pirata acima dela, com a caveira pintada e os ossos cruzados esticados, fixada na pedra com fita isolante preta. Então olho pela janelinha, uma vigia pela qual nos banhávamos ao luar e navegávamos pelas estrelas. Porque, enquanto Boomtown e a Shank eram apenas para o dia, o *Satisfaction*, principalmente para a noite.

A lanterna da popa ainda está pendurada em um gancho aparafusado na parede de pedra que fica à direita — empoeirada, menor do que eu me lembro, a vela queimada há muito até a base do pavio, confinada dentro das placas de vidro embaçadas. Estendo os dedos para tocá-la, então me detenho e os recolho com um estremecimento repentino que provoca um estalo alto no meu pescoço. Levanto os olhos para o enorme espectro do navio do Barba Negra pintado na parede acima. Sempre em nosso rastro. Cada vez se aproximando um pouco mais.

Algumas coisas se foram. O grande baú do tesouro de madeira, envolto em faixas de couro preto e com um cadeado dourado de ferrugem, onde guardávamos nosso butim de ataques a Puerto Príncipe ou aos domínios espanhóis nas Américas e no Caribe: talheres de prata, castiçais e caixas de bugigangas que pegávamos emprestado na cozinha e na Sala do Trono. As bases de guarda-sol cheias de água que costumavam ancorar nossos mastros e velas também sumiram. Mas todo o resto faz parecer que saímos daqui ontem: rindo e subindo as escadas para a terra seca, as luzes das nossas lanternas dançando no escuro. Até a roda do leme — roubada do carrinho de bebê — está apoiada nos postes de madeira do nosso mastro.

Caminho lentamente de volta pelas linhas de giz do convés principal. Paro e fecho os olhos. Meus lábios estão tensos, e percebo que é porque estou sorrindo de verdade pela primeira vez em dias. O *Satisfaction* foi a primeira coisa que fizemos na Terra Espelhada. Uma nau capitânia pirata de duzentas toneladas, três mastros, totalmente equipada com baús de pólvora, canhões de proa e de popa e mais quarenta canhões carregados com munição especial. O *Satisfaction* era a Terra Espelhada. Vivíamos e respirávamos sua magia. Ela era o fogo que nos mantinha aquecidas e, depois, o fusível que iluminava tudo o mais. Posso sentir a madeira macia e apodrecida cedendo enquanto mudo o peso do corpo do pé esquerdo para o direito, para a frente e para trás. Consigo sentir a névoa da chuva morna no rosto, a mangueira enrolada no mastro principal como uma cobra; a batida firme das velas feitas de lençóis enquanto os ventiladores zumbem e sopram — às vezes uma tempestade tropical de dez nós no sudeste, às vezes uma tempestade de quarenta nós do Atlântico Norte. Posso sentir a corda velha queimar meus dedos ao correr por entre eles enquanto iço, ajusto e enrolo. A El atrás de mim no leme, gritando suas ordens: "Vai! Iça! Todos no deque!".

Deus, sinto saudade dela. A sensação vem do nada, mas dói o suficiente para que eu não possa mais negar. Para que eu não finja mais que não é verdade. Sinto saudade dela.

A El é quatro minutos mais velha do que eu. Sabíamos disso porque a mamãe fazia questão de mencionar o fato todos os dias. Geralmente era o prefácio de uma das histórias que ela nos contava quase com a mesma frequência: um conto deprimente sobre a provadora de veneno de uma antiga dinastia persa. A provadora de veneno era uma princesa — sempre a irmã mais velha do rei. Todos os dias, a heroica provadora de veneno dava a primeira mordida ou o primeiro gole na comida ou na bebida do rei, e todas as noites ela engolia uma pérola tocada por todos os súditos dele, e todos os pensamentos, planos e palavras assassinos daquelas pessoas afundavam e ferviam em sua carne e ossos, onde podiam apodrecer e queimar. E embora sua vida fosse cheia de dor, sofrimento e quase nenhuma recompensa, a do seu rei não era, e isso era o suficiente para sustentá-la, para fazê-la se dedicar todo dia à sua tarefa. Para a mamãe, isso significava que o mais velho sempre devia cuidar do mais novo, mas para a El significava que ela estava no comando, que tinha o direito divino de sempre, sempre, ser a primeira.

Por isso insisti para que tivéssemos uma tripulação. Porque quando a El me permitia assumir o leme como capitã, o que era uma raridade, aquilo não voltava a acontecer por semanas, e, como primeira-imediata, eu também queria ser chefe de alguém. Era uma tripulação em constante mudança de Velhos Lobos do Mar, qualquer pirata histórico que estivesse disponível, um caubói ou um índio ocasional de Boomtown e palhaços em licença sabática. Apenas três membros da tripulação eram constantes. Annie, a nossa segunda-imediata e navegadora-chefe: uma irlandesa alta e perpetuamente agressiva de cabelos ruivos, que tinha sido batizada em nome da pirata caribenha Anne Bonny. Belle, nossa artilheira: jovem e barulhenta, destemida em sua vontade de se divertir — ela usava vestidos em vez de calças, escondia facas no cabelo cor de ébano e usava batom vermelho-sangue. E a Rata, tímida e obediente o bastante para compensar o jeito excessivamente mandão da El e para me poupar dele também. Pequena, silenciosa e pálida, sempre vestida de preto, ela corria para a frente e para trás, a bombordo e estibordo: nossa camaroteira, macaca de pólvora e servente.

Algumas noites, apenas navegávamos. Procurando pela Ilha tentando nos manter à frente do espectro perseguidor do *Queen's Anne Revenge* do Barba Negra. Em outras, lançávamos âncora para saquear ou procurar tesouros escondidos. Em outras ainda, lutávamos contra uma tripulação amotinada e planejávamos punições complicadas para a insurreição: fazer o infrator balançar da proa à popa amarrado em cordas ou andar por uma prancha untada com banha. Com frequência, submetê-lo a desafios cada vez mais impossíveis para que suas vidas fossem poupadas: acreditávamos em segundas chances cruéis. E, algumas noites, lutávamos contra tempestades e contra outros navios: fragatas e comboios mercantes, outros bergantins piratas. Nossos ouvidos zumbiam com os sons de madeira se estilhaçando e gritos de homens moribundos, com os estrondos de canhões e mosquetões, com o rugido da tempestade.

Vamos, marinheiros, vamos pegá-los, seus filhos da mãe!
Não deem trégua! Sem despojos, sem pagamento!

Barba Negra sempre em nosso encalço. E sempre, *sempre*, esperávamos que o capitão Henry aparecesse no próximo horizonte. Para vir em nosso auxílio e salvar o dia. Sabíamos que ele viria. Sempre soubemos com certeza que um dia ele voltaria. Para nós.

Abro os olhos e pisco várias vezes. Atravesso de volta o convés do *Satisfaction*, saio pela porta da lavanderia e volto para o longo beco estreito como se estivesse em um sonho. Paro de repente e viro o rosto na direção da parede divisória. Um arrepio percorre meu corpo quando pressiono os dedos dormentes contra a pedra áspera. Em um determinado momento, um grande retrato do capitão Henry — pintado pela El — havia sido pendurado em algum lugar ao longo daquela parede. Bravo e sério, os azuis, amarelos e verdes da Ilha atrás dele. Penso naquela garrafa de rum vazia na caixa de sapato. O capitão Henry tinha sido nosso herói: o mais corajoso e o melhor de todos os piratas. O pirata rei do mundo.

Deixo o corpo cair contra a parede. Tantas coisas que esqueci, que ainda estão lá — ainda estão aqui —, em cantos escuros e empoeirados. De repente, me pego ansiosa para sair, para me sentir aquecida, para respirar um ar fresco que não cheire a umidade e musgo. Na parte inferior da escada, faço uma pausa novamente. Olho para cima, sem saber por quê — até ver o cartão branco colado na parte de baixo do telhado de madeira com fita isolante preta:

A BRANCA DE NEVE DISSE:
"NÃO VAMOS DEIXAR UMA À OUTRA".
A ROSA VERMELHA RESPONDEU:
"NUNCA ENQUANTO VIVERMOS".

"Todos os piratas precisavam de um código", a mamãe dizia, e aquele era o nosso. E, embora seja — fosse — tão parte da Terra Espelhada quanto tudo o mais aqui embaixo, algo o diferencia. Esse cartão é novo.

Vejo tudo vermelho — literalmente. *Sangue vermelho*. ELE SABE. Eu sinto, *ouço*, em um sussurro quente e urgente no meu ouvido, e afasto com um gesto de mão, como se fosse um mosquito — estou em pânico agora, como se houvesse dedos ao redor da minha garganta, começando a apertá-la. Escuto um som no alto da escada, embora pareça perto; estranho, mas familiar: um baque metálico que ecoa alto. Uma corrente de ar gelada puxa meu cabelo, arranha minha pele. A lâmpada pendurada se apaga de repente, e, quando me afasto da parede, sinto uma lufada de ar frio e ouço uma voz que poderia ser familiar, se não estivesse gritando.

— *CORRA!*

E é isso que eu faço. Agarro o corrimão e começo a subir a escada, as mãos úmidas, os batimentos cardíacos descompassados, a extensão escura e congelante da passagem atrás de mim como um monstro me perseguindo, uma onda rugindo e crescendo, carregada de algas marinhas e ossos quitinosos. As escadas são muito íngremes. Os nós dos meus dedos raspam contra a pedra. Os arrepios descem pela minha espinha, e os raios de luz do dia que entram pelas frestas do telhado de madeira são como relâmpagos explodindo sobre a minha cabeça. *Luzes da morte*, penso. *São as luzes da morte.*

Tropeço no alto da escada e quase caio de cabeça lá embaixo de novo. Então, estou de volta dentro do armário. Bato a porta, deixando a Terra Espelhada atrás de mim, puxo os ferrolhos para trancá-la e volto tropeçando para a claridade da despensa.

Não estou louca. Não sou a megera iludida e sem coração que a investigadora Kate Rafiq provavelmente pensa que eu sou. Meus instintos, minhas certezas estão em alerta total. A El está viva. Porque ela não pode estar morta se está me enviando e-mails. Se enterra caixas de sapato no jardim e deixa avisos em forma de código colados no teto da Terra Espelhada. Se revira o nosso passado — um passado sobre o qual escolhi nunca mais pensar — como um arado cego. Jogando seus jogos de poder. *Isso sim* é uma loucura!

Eu sei o que está acontecendo. É como sempre foi.

Isso é uma caça ao tesouro. A El tem o mapa. E não tenho outra saída a não ser esperar até ela me dar a próxima pista.

6

A Selva Kakadu grita e grasna ganhando vida ao nosso redor: noitibós-coruja, condores da Califórnia, íbis gigantes, papagaios kakapos. Melaleucas, paus-ferros e figueiras urram com o vento quente, pântanos, rios e cachoeiras rugem, velozes. Os pássaros voam aos gritos até o dossel, o céu fica escuro e estridente, relâmpagos explodem por entre o verde, o marrom e o dourado, rasgando através da madeira, do ferro e da pedra. E as sombras dos homens maus se agacham na escuridão, eriçadas de raiva e com dentes afiados. "Porque todos os homens são piratas", a mamãe dizia. Até o Príncipe Encantado é como o Barba Negra: astuto e bonito, mas jamais confiável. Temos que salvar a nós mesmas.

Então a El e eu corremos. A luz da nossa lanterna se esquiva de bocas escancaradas, cheias de dentes. Uma onda enorme de água, vento, carne e luz das lanternas. Alta, larga e com um brilho congelante. Avançando através da selva como uma explosão, um terremoto. Avançando na nossa direção e da nossa colcha dourada, como um deslizamento de lama, pedra e luzes da morte.

CORRA!

Parece que eu grito até acordar. Talvez sim, porque, quando abro os olhos, a expressão no rosto do Ross mistura susto e preocupação, e ele segura meu braço direito logo acima do cotovelo. Estou deitada no sofá Chesterfield na sala de estar. Ao lado de uma cômoda de mogno com pés em forma de garras que o vovô sempre jurou que era uma Chippendale. E do lado oposto a uma cadeira de balanço forrada de brocado amarelo e uma poltrona reclinável de couro que também parecem idênticas às originais — quase posso ver minha mãe e meu avô sentados um ao lado do outro, diante da lareira de ladrilhos verde-garrafa. Desvio o olhar, na direção do bar art déco forrado com ladrilhos turquesa, que minha mãe costumava chamar de "Poirot".

— Você estava gritando — diz Ross, com o cenho franzido.

— Jet lag — retruco. Então me levanto com as pernas trêmulas e tento sorrir. — Acho que preciso de um pouco de ar fresco.

No saguão de entrada, hesito diante do cabideiro e, em vez do meu anoraque, escolho um casaco de cashmere cinza que só pode pertencer à El. Examino a etiqueta antes de vestir e apertar bem o cinto. Vivienne Westwood. Costumávamos usar as mesmas roupas, justifico para mim mesma, enquanto destranco a porta. Embora isso não seja exatamente verdade. No minuto em que deixamos esta casa, abandonamos quase tudo o que havíamos compartilhado, tudo o que nos obrigava a ser sempre iguais.

Do lado de fora, o ar está bem fresco, mas isso pouco adianta. Quando éramos crianças, a El e eu também sempre compartilhávamos os mesmos sonhos e pesadelos. Sonhávamos com a Selva Kakadu com mais frequência porque adormecíamos todas as noites de mãos dadas embaixo da nossa colcha dourada, cercadas por um papel de parede com estampa de floresta tropical e o eco residual das brincadeiras de antes de dormir, fingindo que éramos exploradoras vitorianas. Eu não pensava na Selva Kakadu há anos — e menos ainda sonhava com ela. E não senti a menor saudade.

Abro o portão da frente e ele range alto. Saio para a calçada, me sentindo estranhamente exposta. *Por que diabos vesti este casaco?* Nesse momento, minha sensação de ansiedade muda, se intensifica. Minha pele se arrepia. Quando me viro, vejo uma figura parada na esquina da calçada oposta, me observando. Um homem. Ele veste um casaco escuro e seu rosto está escondido pelo capuz. *Luzes da morte*, lembro subitamente, *eram os olhos de um pirata no escuro*. A luz baixa de uma lanterna, ou um lampião se apagando por causa do vento. Mas as luzes da morte também eram os olhos dos outros. Outros que procuram por você — que vêm atrás de você — durante a noite. Minha respiração está um pouco acelerada demais, mas dou um passo na direção dele mesmo assim. Meu "oi" soa mais como um arquejo. E, quando consigo falar em um tom mais claro, o homem se vira e desaparece na esquina em direção a Lochend.

Não o sigo. Em vez disso, eu me viro na direção oposta e quase corro para a entrada do Colquhoun's de Westeryk. O mercado está silencioso, quase vazio. Encho rapidamente uma cesta com fusilli, pesto vermelho e focaccia antes de ir direto para a seção de bebidas alcoólicas. Minha respiração ainda está acelerada e irregular. Talvez o homem fosse apenas um repórter. Um vizinho intrometido. Ou talvez ele seja o idiota que está enviando...

— Ah! Dieu merci! J'y crois pas...

Recuo — tanto por causa da voz quanto pela sensação repentina da mão pesada no meu braço — e bato com a cesta que estou carregando contra uma prateleira cheia de cerveja. Quando recupero o equilíbrio, a mulher já tirou a mão do meu braço e está cobrindo a boca em uma expressão de espanto. Na mesma hora entendo o que aconteceu e fico surpresa por essa possibilidade — essa inevitabilidade — não ter me ocorrido antes. Ou pelo menos antes de eu vestir este maldito casaco. Também não tinha me dado conta de que seria muito mais estranho aqui do que em um bar de vinhos no JFK. Ela acha que eu sou a El.

— *Excusez-moi*... sinto muito. Eu não...

Ela é alta, magra, tem cerca de quarenta anos e usa roupas caras e maquiagem de boa qualidade. O cabelo preto foi puxado para trás em um coque. Tem aquele ar de quem faz pouco esforço para parecer bem diante de coisas que provavelmente requerem muito esforço. Um esforço bem maior do que jamais consegui me obrigar a despender.

— Sou Marie Bernard. E você é Catriona, a Cat, da América. — Seus longos dedos alcançam os meus e os apertam. Seu sorriso é cintilante. — A Ellice me contou tudo sobre você, é claro.

Acho a ideia de a El ter contado a ela *qualquer coisa* sobre mim — *é claro* — muito mais desconcertante do que eu talvez devesse. Marie Bernard sorri de novo, mas posso ver que seus olhos estão cansados, injetados. Lembro do alívio contido em seu grito de "Dieu merci!".

— Você se parece muito com ela. — Ela chega mais perto, a ponto de eu sentir o cheiro do Chanel Nº 5 que está usando, então estremece e dá um passo para trás.

— Você é amiga da El?

— *Oui*. — Algo sombrio cintila em seus olhos e logo desaparece. — Nós duas somos. Essa é a Anna.

Acompanho seu aceno de mão em direção ao único caixa. A mulher ali se vira, me olha de cima a baixo uma vez, então de novo. E não sorri.

— Vocês são idênticas. — Ela tem sotaque. Leste europeu, eu já havia imaginado, por causa do rabo de cavalo alto e loiro e das maçãs do rosto salientes.

Passo os dedos pela lapela do casaco da El, constrangida.

— Eu me mudei de Belleville, em Paris, para cá há muitos anos — diz Marie. — A El e eu nos conhecemos aqui, na verdade. Quando o mercado estava vazio, nós três íamos para a salinha dos fundos e bebíamos uns drinques de lata bem ruins.

— Estoque antigo — comenta Anna, olhando para Marie. — Muito ruim.

Marie ri, mas sua voz falha.

— Somos amigas muito próximas. Passamos bons momentos juntas.

— A El é uma *boa* pessoa — declara Anna. Fico um pouco surpresa ao ver as lágrimas que subitamente invadem seus olhos.

Marie assente e se vira para mim.

— Nenhuma notícia ainda?

— Não, infelizmente — respondo. — Nada ainda.

Segue-se outro silêncio constrangedor que não me sinto muito inclinada a preencher. A El nunca foi uma pessoa sociável. Os poucos amigos que teve quando adolescente foram pessoas a quem eu a apresentei. O Ross e eu éramos as únicas pessoas que ela deixava se aproximarem mais. No entanto, essas duas mulheres não apenas a conhecem como parecem gostar de verdade dela.

— E o Ross? — fala Marie finalmente. — Como ele está?

— O melhor que consegue. — Pego duas garrafas de vinho e começo a avançar bem devagar em direção ao caixa. — Preciso...

— *Bien sûr*. Perdão. — O sorriso excessivamente cintilante de Marie vacila. — Apareça para uma visita. Para tomar um chá, um *apéritif*, o que for. Moro bem ali. Na última casa.

Ela aponta para o Galinheiro de Biscoito, e reparo em uma longa cicatriz com um queloide, clara em contraste com a pele escura, que vai do pulso até o cotovelo. Quando ela me vê olhando, puxa a manga para baixo.

— Será que você pode me avisar se tiver alguma notícia?

— Claro — digo.

Ela assente e leva a mão ao lenço verde-esmeralda ao redor do pescoço — percebo que há cicatrizes em seus dedos também. E, por baixo de toda aquela maquiagem imaculada, a pele de um dos lados do rosto é mais alta e áspera, como gesso danificado. O silêncio entre nós se estende ainda mais. Então ela acena em despedida e sai para a brisa fria, deixando uma nuvem de Chanel Nº 5 para trás.

Eu me viro na mesma hora para o caixa, me sentindo culpada e aliviada ao mesmo tempo.

— Quer uma sacola? — pergunta Anna. Sua expressão é fria de novo, e, quando aceito, ela pega uma debaixo do balcão e joga em cima de mim. Então começa a escanear e passar minhas compras com uma eficiência brutal. Pigarreio.

— Você está bem?

Ela estende uma garrafa de vinho para mim sem levantar os olhos, embora enrubesça.

— Eu não entendo por que você está aqui.

— Como?

— A El nos contou o que aconteceu entre vocês. — Os olhos dela cintilam, a expressão desafiadora de volta. — Por que você foi embora.

Posso imaginar o que ela disse. A El é capaz de torcer a verdade em um tipo de nó impossível de desfazer.

— O que aconteceu entre nós *não* é da sua conta.

Anna engole em seco visivelmente. Endireita os ombros.

— Você devia ir embora. Ela não ia querer você aqui.

Pressiono o cartão de crédito na máquina, pego a sacola de compras e saio pisando firme em direção à rua. Estou muito perturbada pela longa viagem e com muita raiva para confiar em mim mesma para falar mais alguma coisa.

— É melhor você ter cuidado — grita Anna atrás de mim. E, embora pareça uma ameaça, a repentina falta de frieza em sua voz faz com que as palavras soem como um aviso.

*

Ross não está no térreo quando volto. Provavelmente é melhor assim. Eu me sinto inquieta. O sonho e a conversa com a Anna reforçaram a tensão que o e-mail da El, a página do diário dela e a redescoberta da Terra Espelhada haviam causado em mim. Eu sabia que voltar aqui depois de todo esse tempo seria estranho, mas não estava preparada para me sentir inquieta. Insegura. Com medo.

Estou parada diante do fogão. Como cozinhei a massa até ela desmanchar, jogo tudo fora e começo de novo. Observo a água borbulhar e lembro da minha mãe acariciando meu rosto, suas unhas arranhando minha pele. *Não seja como eu, Catriona. Veja o bem, não só o mal.* Então eu me lembro de mim e da El, sentadas diante da mesa da cozinha, surrupiando balas de coco doces demais do vovô quando a mamãe não estava olhando. Jogando meias de qualquer jeito no secador de teto que batizamos de Morag. Um ponto se pousasse sobre uma ripa de madeira; dez, se aterrissasse em um dos suportes de ferro fundido. Meu telefone vibra, eu me sobressalto e me atrapalho para tirá-lo do bolso.

É mais um e-mail de john.smith120594. O assunto é ELE SABE.

E a mensagem:

PISTA 2. ONDE O PRIMEIRO AMIGO DO VOVÔ, IRVINE, MORREU.

A raiva que sinto é quase um alívio. Menos bem-vinda é a lembrança que me atinge na mesma hora. Eu me afasto do fogão e me sento diante da mesa onde o vovô nos contou pela primeira vez sobre o terrível destino de Irvine. Em 1974, meu avô quase perdeu a perna — e a vida — durante uma pescaria de dois dias no mar do Norte, a bordo de uma traineira de pesca chamada *The Relict*. Ele nos contou a história tantas vezes que eventualmente sonhávamos com ela: a tempestade de neve, os gritos das gaivotas e dos gansos-patola, os cheiros do fundo do mar enquanto os flutuadores e as redes emergiam do Devil's Hole, a quase trezentos metros de profundidade — sal, óleo e terra. O tambor parando, o sistema hidráulico gritando quando a rede prendeu no fundo e o barco virou com a popa para cima, enquanto meu avô e seu companheiro mais antigo, Irvine, deslizaram pelo convés em direção às portas de arrasto emperradas e ao mar. A perna do meu avô se partiu entre os maquinários no caminho, mesmo assim ele lançou um gancho de rede para Irvine, mesmo assim ele segurou o amigo com todas as forças, até Irvine finalmente soltá-lo.

Todos os tripulantes sobreviventes do *The Relict* receberam uma indenização, mas meu avô recebeu um valor mais alto, porque foi ele que preencheu relatório após relatório sobre aquelas portas de arrasto defeituosas; foi ele que perdeu um amigo e foi ele que perdeu o uso perfeito de uma das pernas. No fim, meu avô recebeu uma indenização suficiente para se aposentar confortavelmente e comprar esta casa. "As pessoas sempre me subestimaram, menina", dizia ele. "Eu era o pior pesadelo daquele capitão." Ao contrário da mamãe, o vovô tinha apenas uma máxima, embora fosse repetida com tanta frequência quanto determinação: "Em cada barco tem sempre um cretino, e, se não tiver, provavelmente o cretino é você".

Eu me levanto e vou até os armários bege instáveis. Então me agacho e começo a abrir as portas, afastando para o lado tigelas e potes plásticos até encontrar o que procuro. No canto da parede do fundo do último armário. Uma minúscula poça rodopiante feita de carvão e esferográfica preta. Devil's Hole, o Buraco do Diabo. A El gostava de vandalizar o interior de armários e gavetas, com desenhos pequenos e disfarçados, em lugares onde ninguém procuraria a menos que soubesse que estavam ali. Ela desenhou o Devil's Hole aqui alguns dias depois de o vovô nos contar a história pela primeira vez. Tenho que me ajoelhar para pegar o pedaço de papel dobrado, preso embaixo do desenho. E, assim que percebo que há dois quadrados de papel dessa vez, alguém — algo — sibila:

Você é uma bruxinha nojenta!

Recuo. Acho que grito. Sei que tiro depressa a mão de dentro do armário e empurro freneticamente o corpo para trás, com os pés, até estar do outro lado da cozinha de novo. Respiro fundo. Não há ninguém aqui. Mas ainda posso sentir aquela voz. O veneno nela, o rancor. A fúria. E, em algum canto distante da minha mente, vejo uma mulher: alta com cabelos negros quebradiços. *A Bruxa.*

— O que você está fazendo? — pergunta Ross, da porta da cozinha.

— Eu escorreguei — consigo dizer, fingindo uma risada e esfregando o braço enquanto guardo os dois pedaços de papel no bolso, e deixo que ele me ajude a ficar de pé.

Eu conheço essa mulher — ao menos tenho a sensação de que conheço. As vagas lembranças que aquelas palavras sibiladas provocaram são mais como impressões, espirais de fumaça. A voz, fina, aguda e cruel. Sobrancelhas baixas, olhos estreitos, olhando para mim como se eu fosse a pior coisa que ela já viu. Meu avô me encontrando chorando diante da mesa da cozinha. Uma piscadela, a palmadinha fria e pesada da mão dele. *A vida é muito curta, menina. Não vale a pena a gente esquentar a cabeça.*

Volto para o fogão, olho para os dois ladrilhos perto dos meus pés, a mancha escura e enferrujada que escorre através da argamassa rachada entre eles. Estremeço. Tento afastar a lembrança. Dou uma olhada no macarrão, já amolecido, a caminho de se tornar intragável de novo.

— Acho que está pronto.

Ambos comemos mecanicamente: um mastigar lento, constante, eficiente. Quando acabamos, nenhum de nós parece se sentir melhor por ter comido. Eu me levanto, abro a porta da geladeira e pego uma garrafa de vinho.

— A gaveta de baixo da geladeira antiga costumava estar sempre lotada de rolinhos de linguiça da Marks and Spencer com um bilhete impresso naquelas etiquetas grandes e feias: "PARA O MEU FUNERAL, *NÃO TOQUE*" — digo, tentando aliviar a tensão. — O vovô os chamava de seus "salgadinhos elegantes". — Lembro dos sorrisos fáceis e rápidos. *Hoje em dia é raro encontrar comida boa em um funeral, menina.*

Quando me viro, vejo que Ross está com o cenho muito franzido e uma expressão furiosa nos olhos. Então seu rosto relaxa e fica sem expressão tão rápido que estremeço e me pergunto se imaginei ter visto alguma coisa diferente.

— Você está bem, Ross? — Eu me sinto quase aliviada quando vejo aquele sorriso feio de desprezo de volta.

— Por que eu *não estaria* bem, Cat?

— Desculpe. É claro que você não está bem. Não tive a intenção...

— Merda. *Eu* é que peço desculpas. Não ligue para mim. — Ele esfrega os olhos e me lança um sorriso pálido. — Só estou exausto. Realmente exausto.

Abro o vinho e o sirvo em nossos copos.

— Hoje eu conheci a Anna. Ela é sempre uma cretina?

— Anna?

— Do Colquhoun's, o mercado. Loira, linda, russa.

— Ah, sim, a Anna. Ela não é russa, é eslovaca. Ela pode ser... — Ele acena com a mão. — Sei lá, brusca.

Tomo um gole de vinho.

— A El acha que a Anna tem uma queda por você, não acha? — Porque a El sempre foi ciumenta. Possessiva. Com o Ross, pelo menos.

Quando ele não responde, procuro um terreno mais seguro.

— Também conheci a Marie. Ela perguntou se havia alguma novidade e...

O Ross se levanta abruptamente da mesa.

— Não sei quem é.

— Bom, ela parecia te conhecer. Disse que era amiga da El. Essa Marie mora no Galinheiro de Biscoito.

— Onde?

— Do outro lado da rua. A casa do outro lado da rua.

Ele balança a cabeça, mas está de costas para mim e não consigo ver sua expressão.

— Não tenho ideia de quem seja.

E o que importa isso, afinal? A El sempre teve segredos. Ela gostava de manter tudo — todos — separados, apartados. Mesmo quando criança, ela detestava que alimentos diferentes fossem misturados — a El empurrava meticulosamente cada um para lados opostos do prato, deixando apenas um espaço vazio entre eles.

— Eu não sabia que a El estava deprimida — digo por fim, para quebrar o silêncio.

Ross se vira.

— Sou um psicólogo de merda — ele diz. Não há mais raiva em sua voz, apenas uma exaustão palpável. — Todo dia atendo uma dúzia de pacientes com depressão crônica, transtorno bipolar, transtorno de estresse pós-traumático. — Ele se senta pesadamente e apoia a cabeça nas mãos. — E não fui capaz de ajudar a minha própria esposa.

— Mas você disse que era leve. Disse a Rafiq que a depressão da El era...

— Eu sei o que disse. Mas a Rafiq está procurando qualquer desculpa para me tirar do pé dela. Você viu como ela ficou com relação às cartas. Ela me acha um chato.

— Tenho certeza de que isso não é...

— Provavelmente ela acha que fui eu que deixei aquele cartão para você — diz ele. — Para mantê-los interessados, para manter a investigação *ativa*.

Tenho vontade de conversar com o Ross sobre as cartas, mas seus ombros curvados me impedem. Quero muito fazer com que ele se sinta melhor, mas como? Ele já sabe que não acredito que a El esteja morta. Nem mesmo desaparecida de verdade. Se eu contar a ele sobre as *pistas* do e-mail, sei instintivamente que ele vai rejeitar a ideia de que foram mandadas pela El, embora seja a explicação mais lógica. Além disso, não importa quanto eu queira, não posso esquecer do NÃO

CONTE A NINGUÉM. Então, apenas assinto, embora saiba que estou fazendo exatamente o que a El quer que eu faça: mantendo o Ross e eu separados, nos empurrando para lados opostos do prato.

— Sim, eu acredito nisso. Aposto que ela tem todos os episódios da série *Prime Suspect* gravados para ver.

Como o Ross não responde, olho pela janela. A grama vai ficando dourada conforme o sol se põe atrás do muro dos fundos do jardim.

— Por que todas as janelas estão trancadas com pregos?

Ele me olha sem entender. E olha para o peitoril da janela.

— Acho que os MacDonald fizeram isso por segurança... quer dizer, eles eram idosos. — O sorriso dele dura pouco mais de um segundo. — Depois que nos mudamos, chamei um homem que trabalha com restauração e ele nos disse que teríamos que trocar todas as molduras inferiores. Teria custado uma fortuna. — Dessa vez, o sorriso dele é amargo. — Para ser sincero, eu não me importava muito com isso. Achei que as janelas trancadas ajudariam a manter a El segura quando eu não estivesse aqui.

Permanecemos sentados por um longo tempo, os dois calados, bebendo, até o vinho terminar. Finalmente, o Ross se levanta e põe o copo na pia.

— Vou tentar dormir um pouco.

— Está certo.

Ele para na porta da cozinha.

— Me diga por quê, Cat. Por que você tem tanta certeza de que ela não morreu.

— Eu sentiria — digo. — Se ela estivesse morta, eu sentiria. Eu *saberia*.

Posso ver os nós dos dedos dele ficarem brancos enquanto ele agarra a maçaneta com força.

— Você acha que *eu* não sentiria? É você quem não a conhece. Você não sabe quem ela é há doze malditos anos, Cat! Ela não fingiria o próprio desaparecimento ou a própria morte, assim como não enviaria cartões com ameaças para si mesma. Nós estávamos *juntos*. Nós nos amávamos.

Não sei a quem ele está tentando convencer, se a si mesmo ou a mim, mas suas palavras, sua raiva instantânea, me magoam da mesma forma, parecem tão dolorosas quanto um tapa. Fazem minha garganta e meus olhos arderem. Porque ele *quer* me magoar. Mesmo que seja só porque não pode magoar a El. Ou porque ela é tudo o que ele vê sempre que olha para mim.

— Ela estava diferente — ele volta a falar. — Depois que você foi embora, a El mudou. Ela não faria isso. Jamais.

— As pessoas não mudam tanto — digo, porque não consigo evitar, porque acredito realmente nisso.

Os lábios do Ross se curvam em um sorriso sem humor.

— Ela sempre dizia que você tem o superpoder de negar. — Então ele abre a porta e sai, sem voltar a olhar para mim.

Eu me sento diante da mesa da cozinha. Olho pela janela. Estou me sentindo suada. Exausta e desperta. Pego o primeiro pedaço de papel dobrado no bolso e abro.

<u>10 de janeiro de 1995 = 8 + meio</u>
A mamãe falou que à noite o Barba Azul caça outra esposa para trancar e pendurar em um gancho quando fica bravo. O Barba Azul é UM COVARDE DE MARCA MAIOR.

Ela falou que quando estamos no Satisfaction procurando pelo capitão Henry e pela Ilha temos que nos COMPORTAR e não BRIGAR ou o Barba Negra vai nos pegar. Porque o Barba Negra é o PIOR PIRATA DE TODOS. Ele é esperto e cruel e só sabe mentir. Tudo o que ele quer é nos pegar, nos enganar e nos jogar para os tubarões. Mas nunca faz isso.

O Ross falou que ela só está tentando nos assustar.

7

23 de agosto de 1995 = 9 + 2 meses (QUAAASE!)
É bom quando somos só eu e a Cat, mas gosto quando o Ross também está junto, mesmo que a gente tenha que assistir às coisas que ele quer, como filmes de faroeste.

Hoje nós éramos policiais em Boomtown e tínhamos prendido os oklahomebrays (acho que não é assim que se escreve!). Nós tivemos que defender sozinhas a cidade porque o marechal Hank estava em Deadwood e nós não sabíamos quando ele voltaria. Eu me escondi atrás da parede do SALOON JON TRÊS DEDOS, com um COLT 45 na mão. (O Ross proibiu os palhaços de brincarem — ele não tem medo de palhaços como a mamãe ou a Cat, mas não gosta muito deles.) A Belle e a Rata levaram um tiro no FOGO CRUZADO pq o Ross falou que elas não podem atirar.
Somos BOAS ATIRADORAS como a Annie. Mas eu sou melhor do que a Cat.

A mamãe SEMPRE disse que não existe essa história de um bom PRÍNCIPE ENCANTADO, como na Cinderela ou na Bela Adormecida. MAS, se existem piratas e princesas e fadas e palhaços e sereias e provadoras de veneno e a TERRA ESPELHADA, DEVEM existir bons príncipes encantados também.

JOGO DOS ESPELHOS

Hoje o Ross segurou a minha mão por quase dez minutos. E sorriu para mim quando voltou a subir da TERRA ESPELHADA *quando tivemos que entrar para o chá. Eu não contei para a Cat.*

Eu me lembro do sorriso da El, na tarde de verão em que o Ross e a mãe dele se mudaram para a velha casa dos McKenzie, ao lado da nossa. A casa estava vazia havia meses; as paredes e janelas protegidas primeiro por tábuas de madeira e depois por placas de aço, a placa de "À VENDA" no jardim sendo lentamente estrangulada pelo mato. Quando a El se afastou da janela, estava quase sem fôlego de tanta alegria, com um sorriso largo no rosto. *É um menino!* Tínhamos sete anos. A primeira vez que o Ross colocou a cabeça para fora da janela do quarto, que aparecia acima do muro do nosso jardim, para perguntar o nome dela, a empolgação da El foi tão urgente, tão contagiante, que me fez sentir imediatamente da mesma forma — eu estava sentada de pernas cruzadas em cima da nossa colcha amarelo-dourada, lendo *Peter Pan*. Aquela empolgação pareceu queimar como um raio através do meu corpo; fez meu coração trovejar.

Havia uma velha claraboia no telhado de ardósia da lavanderia. O vidro estava escuro, coberto de folhas mortas e de sujeira. Os muros do jardim eram altos demais para escalar, e sabíamos exatamente o que o vovô diria — pior, o que a mamãe diria — se nos pegasse brincando com um menino, por isso desde o início o Ross era nosso segredo, e éramos o segredo dele. A única vez que visitamos a Terra Espelhada durante o dia foi nas tardes de sábado, enquanto a mamãe aspirava e limpava a casa e o vovô se trancava na Casa das Máquinas, e ouvíamos os resultados do futebol reverberando pela casa toda. O Ross descia pela janela do quarto dele, entrava pelo telhado da lavanderia, abria a claraboia com uma alavanca e caía na Terra Espelhada. A primeira vez que ele fez isso, eu mal consegui encará-lo. Lembro que minhas mãos estavam úmidas quando ele piscou para nós duas com aqueles olhos castanhos cor de turfa e deu aquele sorrisinho de lado.

— Vocês são iguais.

A El não sofria da mesma timidez crônica que eu. Em minutos, o Ross já sabia a nossa idade, quanto calçávamos, do que gostávamos e do que não gostávamos; que éramos gêmeas espelhadas: algo raro, especial, dois casos em cem mil. E é verdade que senti inveja na época. Inveja da confiança dela. Inveja por ela ter recebido mais atenção dele.

Passamos a maior parte daquele primeiro dia com os caubóis. As tardes de sábado eram dedicadas às lutas ou à prática de tiro ao alvo. A mamãe dizia que precisávamos ser capazes de nos proteger dos homens maus e dos bandidos que se escondiam atrás das portas e nas sombras. A El sempre foi muito melhor atiradora do que eu, e fiquei aliviada quando o treino terminou mais cedo para podermos ajudar o Ross a fazer o próprio estilingue com gravetos e elásticos.

Depois me enfiei furtivamente dentro da maior tenda, uma estrutura precária de antigos postes de andaime por baixo de um lençol. O Chefe Nuvem Vermelha, sentado de pernas cruzadas, usando tangas e cocar de guerra, mal olhou para mim. Os lakota nos ensinaram a fazer clavas de guerra e machadinhas com ferramentas de jardinagem e penas, e a nos defender com bloqueios e golpes, imobilizações e rolagens de corpo. Mas nunca nos dias em que eles nos viam socializando com caubóis.

Eu disse "olá", me sentei e fingi que não estava me escondendo. Em frente ao chefe, a Belle está reclinada em cima de almofadas como uma princesa árabe, com rubis e longas lâminas prateadas cintilando em seu cabelo. Ela sorriu e piscou para mim. De todos na Terra Espelhada, a Belle era quem eu mais desejava ser: linda e selvagem, incrivelmente descolada. Ao lado dela, a Annie deu uma risadinha debochada. Ela nunca dava a menor atenção aos meus apuros. Agora me pergunto se a Annie era algum tipo de extensão da nossa crença absoluta de que todas as mulheres adultas eram como a mamãe: séria, zangada, quase sempre assustadora. A Annie tinha duas pistolas irlandesas, uma cicatriz longa e irregular que ia da têmpora à orelha e mais coragem do que qualquer outro pirata no *Satisfaction*. Muito esguia, com suas botas altas de fivela, cinto de couro de crocodilo e jaqueta de couro com botões feitos de ossos de baleia, era impossível *não* ter medo dela. E ela sabia disso. A Annie sorriu para mim e se aproximou.

— Você é uma bebezona covarde, é isso que você é.

A Rata cutucou meu cotovelo e me deu um sorriso trêmulo. Ela havia amarrado um pedaço de corda bem apertado em volta da cintura do seu vestido de saco preto e desenhado linhas de giz branco desajeitadas para combinar com as listras dos vestidos de algodão que a El e eu usávamos. A Rata sempre tentou se parecer e agir como nós, mas ela era submissa demais, magra demais, o cabelo cortado bem curto e escuro como todos os outros marinheiros. Ela borrou a pele branca com pintura facial de palhaço, tingiu as bochechas e os lábios de um vermelho-rosado como eram as bochechas e os lábios da Belle. Como era uma manifestação dos nossos medos e incertezas, podíamos contar a ela todos os nossos segredos, terrores, e vê-la absorvê-los como uma esponja. Então a puníamos por eles: ignorando-a, zombando dela, fazendo-a andar na prancha ou levar um tiro em Boomtown. A Terra Espelhada tornava nossa imaginação feroz e quase sempre implacável. E a Rata era de longe nossa *piñata* favorita. Mas, naquele dia, ela se sentou calmamente ao meu lado na tenda do Chefe Nuvem Vermelha e deu palmadinhas na minha mão como o vovô fazia, os olhos grandes e azuis, cheios do melhor tipo de solidariedade.

— Vai ficar tudo bem, Cat. *Eu* te amo.

Quando o Ross enfiou a cabeça e os ombros na entrada, parei de respirar.

— Que tenda legal — comentou ele. — Como você montou?

E melhor do que a certeza dele de que eu *tinha montado* a tenda foi ver que o Ross tinha ido até mim, estava falando comigo — naquele momento ele ignorava todos os outros *menos* eu. Claro, ele não estava na Terra Espelhada havia tempo bastante para conhecer ou ver qualquer um de seus personagens ainda, mas ele *podia* ver a El por cima do ombro, em Boomtown, podia ouvir a batida impaciente dos pés dela. A El ainda estava furiosa quando o Ross se preparou para sair pela claraboia algumas horas depois.

— A Cat tem medo de altura, sabia? — Ela sorriu. — Às vezes ela nem consegue descer as escadas.

— Cala a boca! — gritei.

Mas o Ross apenas sorriu para nós duas.

— Volto no próximo sábado — ele avisou. — Não contem para a mãe de vocês sobre mim. Ela vai estragar tudo.

Dobro a segunda página do diário e enfio dentro do bolso junto com a outra. Minhas costas doem e meus pés estão dormentes. Não tenho ideia de que horas são, mas sei que já se passou muito tempo desde que o Ross subiu para dormir e, de alguma forma, ainda estou aqui, sentada diante da mesa da cozinha, encarando velhas lembranças. Por que ela quer que eu faça isso? *O que* ela quer que eu lembre? E será que é realmente esse o objetivo disso tudo? Não tenho ideia de por que essa caça ao tesouro é tão diferente daquelas da nossa infância. Por que a El está me enviando pistas por e-mail que levam a caixas de sapato cheias de lixo ou a páginas ocultas de um diário que ela escreveu há mais de vinte anos. Enquanto está desaparecida, sabe Deus onde.

O objetivo principal disso tem que ser o controle. A necessidade de controle da El sempre foi tão necessária para ela — tão vital — quanto o oxigênio. Isso não pode ter mudado. Ela está me enviando pistas por e-mail em vez de deixá-las com as páginas do diário, porque quer ter o controle de quando eu as vejo. Do que eu encontro. Isso faz todo o sentido. Mesmo se nada mais acontecer. Mas isso não significa que eu tenha que entrar no jogo.

Abro meu notebook. Não me contenho e imediatamente clico em "responder".

Quem é você? A minha irmã está desaparecida. Se não me disser quem é você AGORA, vou procurar a polícia.

O bipe com a resposta chega tão rápido que levo um susto.

NÃO FAÇA ISSO

Dessa vez, respondo sem hesitar. *O que você quer?*

SEI DE COISAS. COISAS QUE VOCÊ SE OBRIGOU A ESQUECER
COISAS QUE ELE NÃO QUER QUE VOCÊ SAIBA
NÃO CONTE À POLÍCIA. NÃO CONTE A NINGUÉM
VOCÊ ESTÁ EM PERIGO
POSSO AJUDAR

Vá se ferrar, El. Eu sei que é você. Tem que parar. Você precisa voltar. Pare. E simplesmente volte.

Ela não responde. Fico sentada por um longo tempo diante da mesa da cozinha, não mais entorpecida e rígida, mas agora agitada e com raiva. Até ouvir um som no corredor. Eu me levanto, vou lentamente até a porta e abro como se esperasse encontrar alguma coisa agachada, esperando para saltar em cima de mim.

O corredor está vazio. O vitral está preto com a escuridão. Há uma luz acesa: um lampião a óleo vitoriano que fica em cima da antiga mesa do telefone e que lança um brilho vermelho-leitoso sobre o piso de parquê. A casa estala e geme como se fosse uma máquina adormecida, como se as paredes inspirassem e expirassem.

Vejo o reflexo do meu rosto no espelho que fica em cima da mesa do telefone, o vidro manchado pelo tempo, escurecido e ondulado nos cantos; meu rosto branco como o de um palhaço, tornado feio pelas sombras. Outro barulho me paralisa. É baixo e intenso, como o uivo do vento dentro de um espaço estreito. E está vindo da sala de estar.

Ando até lá na ponta dos pés. Giro a maçaneta e abro a porta. Isso provoca um rangido absurdamente alto, mas o Ross nem sequer olha para cima. Ele está sentado no tapete em frente à lareira, folheando um álbum de fotos. O álbum de casamento dele. O casamento para o qual não fui convidada.

A sala está aquecida e iluminada por dois grandes abajures Tiffany. Lembro que, todo ano, meu avô trazia para casa um abeto Fraser de verdade da fazenda Craigie's, e durante todo o mês de dezembro a árvore ocupava o canto de destaque entre a lareira e a janela, cintilando, piscando e derramando suas agulhas, deixando todo o cômodo com o aroma de uma floresta no inverno. Todas as vésperas de Natal, a El e eu ouvíamos o relógio do vovô marcar meia-noite e olhávamos empolgadas para os quatro copos de cristal cheios de xerez que esperavam em cima da cerâmica turquesa do bar, o Poirot.

O Ross finalmente olha para mim. Seu rosto está molhado, os olhos, vermelhos. Há um copo de uísque vazio ao lado do seu joelho, e uma garrafa pela metade. Ele estende a garrafa para mim. Aceito e recuo alguns metros, para me sentar na velha poltrona de couro. O uísque é bem ruim, um líquido com aparência lamacenta e forte demais, mas a queimação na garganta é familiar, e a tontura quente é recompensa suficiente.

O Ross abaixa o olhar para uma foto ampliada dele e da El em frente a um prédio grande de arenito com colunas gregas. Ele está vestindo o que deve ser o tartã MacAuley, e a El está terrivelmente elegante em um vestido curto de cetim branco e sapatos vermelhos de salto, o cabelo preso no topo em um penteado frouxo. Obviamente está chovendo e ventando — o Ross se esforça para segurar com apenas uma das mãos um grande guarda-chuva de golfe sobre a cabeça de ambos, e os dois estão inclinados juntos, a mão da El no colete dele, a dele em volta da cintura dela, rindo tanto que quase consigo ouvi-los. É uma bela foto, e, quando o Ross vai virar a página, seus dedos estão tremendo. Não vou até ele. Não consigo. Mas algo em mim — algo afetuoso, familiar e indesejado — sofre por ele. Não o sofrimento que senti quando ele me contou sobre o desaparecimento da El — algo rápido, ardente e fugaz —, mas um sofrimento profundo, como uma pontada de dor. Uma melancolia, um sentimento antigo. Indulgente.

Como redescobrir a porta para a Terra Espelhada. E tudo o que quero é que essa sensação vá embora.

O Ross emite outro daqueles sons terríveis e então começa a chorar, grandes soluços que fazem minha própria garganta doer, meus próprios olhos arderem. Quando ele finalmente olha para mim, quase recuo com o desespero que vejo em seus olhos.

— Meu Deus, Cat. O que eu vou fazer sem ela?

Repentinamente fico furiosa com a El. Não fico chateada, não fico zangada, não fico ressentida. O que sinto é uma fúria violenta. SEI DE COISAS. COISAS QUE ELE NÃO QUER QUE VOCÊ SAIBA. Porque a quem mais ela pode estar se referindo senão ao Ross? A quem mais senão a ele?

— Eu só não... — Ele ainda está chorando muito, enxugando o rosto com as costas das mãos. — Estou com tanto medo, Cat. Não sei o que fazer. Não sei como continuar sem ela. Não sei se *consigo* continuar a...

— Ei, não fale assim. Nunca, nunca fale assim, está bem?

De repente me lembro de outro sábado dentro da tenda do Chefe Nuvem Vermelha, alguns anos depois da primeira vez. Nós dois sentados de pernas cruzadas, próximos o bastante para nos tocarmos. Um jogo de esconde-esconde, talvez, ou uma rara ocasião em que a El não estava falando com nenhum de nós dois.

O semblante do Ross ficou carregado.

— Eu odeio ela.

— Quem?

— A minha mãe.

— Por quê? — Tentei disfarçar minha empolgação, a certeza crescente de que o que ele estava me contando, o que ele estava *prestes a* me contar, era algo que nunca havia contado para a El.

Ele tentou encolher os ombros, abaixou a cabeça.

— Ela me odeia. E odeia o meu pai.

— Por quê?

O Ross ficou quieto por um longo tempo, então o ouvi engolir em seco.

— Um dia, depois que ele saiu para trabalhar, ela arrumou duas malas e me disse que tínhamos que ir embora. Foi quando a gente se mudou para cá. Eu mudei de escola. Ela disse que eu veria o meu pai e os meus amigos de novo. Mas ainda estamos aqui.

Nesse momento o Ross olhou para mim. Seus olhos ardiam com uma intensidade que não era exatamente raiva, não era exatamente dor. Todo o seu corpo vibrava, e eu experimentei um medo delicioso. Quando me senti corajosa o bastante para estender a mão e tocar a dele, fiquei emocionada com a intensidade com que ele agarrou minha mão. A força com que ele fez isso foi tão grande que chegou a doer.

— Hoje é o aniversário dele. Eu nem sei onde a gente morava. Ela não me fala, e eu não me lembro. — Uma lágrima caiu em seu braço e desceu até o pulso. — Eu *odeio* ela.

E, enquanto ainda torcia meus dedos com força suficiente para fazer meus olhos lacrimejarem, Ross pousou a cabeça no meu ombro e soluçou tanto que perdeu a voz.

A El sabe quanto o Ross a ama. E ela sabe *como* o Ross ama. De um jeito intenso, absoluto, que exclui todo o resto. É assim que a El quer que ele sofra? É a isso que ela quer reduzi-lo — a considerar seriamente o suicídio, por causa do que ela fez? Mas não posso acreditar nisso. Não vou acreditar nisso. A El é egoísta e inconsequente, às vezes até cruel. Mas eu sei que ela ama o Ross. E ela nunca desejaria a morte de ninguém, por mais furiosa que esteja, por mais que queira castigar uma pessoa. Eu me detenho, o coração aos pulos, a raiva se esvaindo. Porque isso não é verdade. Uma vez a El *desejou* que alguém morresse. Nós duas desejamos.

— Desculpe. — Ross olha para mim e aperta os lábios, fingindo um sorriso. — E desculpe também por esta noite. Por tudo que eu disse. Eu também não tinha intenção de dizer aquilo. Fui um cretino com você. Sinto muito.

— Tudo bem.

O sorriso congela no rosto dele, então vacila e deixa de ser um sorriso.

— É que eu amo tanto a El. Eu não consigo... Ah, pelo amor de Deus. — Ele começa a enxugar o rosto e os olhos com tanta fúria que quase estremeço.

E é o constrangimento do Ross, a frustração com a própria dor, que finalmente me faz levantar e ir até ele. A El não merece aquelas lágrimas, aquele desespero. Menos ainda alguma outra coisa pior.

— Ross, para.

Eu me ajoelho ao lado dele e do álbum de fotos, seguro seu rosto com as duas mãos. Seus olhos estão mais do que injetados, nem se vê mais o branco. O rosto está áspero com a barba por fazer, a pele úmida e vermelha. Seco as lágrimas delicadamente com a palma das mãos frias, depois com os dedos, e ele fecha os olhos, com o corpo amolecido. Eu me lembro dos seus sorrisos tortos. A cambalhota de empolgação que meu estômago sempre parecia dar quando ele descia por aquela claraboia e entrava no nosso mundo.

Então ajo sem pensar, embora saiba que estava pensando nisso o tempo todo. Mesmo antes de sentir aquele anseio antigo e indulgente. Eu me inclino mais para perto e pressiono os lábios contra os dele.

Por um momento Ross fica imóvel, e penso em recuar, em fingir que foi só um beijo camarada que acabou pousando no lugar errado, mas não posso, porque quero mais — preciso de mais. O cheiro do Ross, tão singular quanto o desta casa, não é suficiente; a sensação da pele dele, da barba por fazer, das lágrimas sob meus dedos não é suficiente. Preciso de mais.

Então eu entendo. O Ross levanta as mãos para tocar o meu rosto, o meu cabelo. Quando aprofundo o beijo, ele permite, e o contato vai do casto para outra coisa em segundos. A boca dele é quente, úmida. Posso sentir meu coração latejar até nos dedos dos pés. Ross deixa escapar um som que fica entre um suspiro e um gemido, e eu penso, *isso*. Isso.

Porque é a mesma coisa. A mesma urgência. A mesma loucura. Varrendo todo o resto, varrendo todos os sentidos.

O Ròss é o primeiro a se recuperar. Imediatamente percebo que ele não se sente da mesma forma que eu. Não mais. Ele se levanta com dificuldade, não antes de eu ver o horror no rosto dele. Na pressa de se levantar e se afastar de mim, ele quase derruba o copo de uísque. E só quando ele já saiu e me dou conta de que estou olhando para uma porta fechada, ajoelhada no chão de uma sala vazia, é que me lembro de ficar horrorizada também.

8

john.smith120594@gmail.com   8 de abril de 2018 às 08h45
Re: ELE SABE   Caixa de entrada
Para: Mim

PISTA 3. DESENHE UM PALHAÇO PARA DETER A FADA DO DENTE

Enviado do meu iPhone

*

    Vai pro inferno, El. Não vou fazer isso. Não vou me levantar, não vou entrar no banheiro e não vou olhar. Minha cabeça está latejando em pontos gêmeos bem atrás dos olhos. Sinto o estômago revirar, o hálito quente e azedo de uísque. Não tenho ideia de quanto bebi. Muito.
    Saio correndo da cama, vou cambaleando até o banheiro e chego bem a tempo, as ânsias de vômito altas e humilhantes. Fico de joelhos por um longo tempo, depois me levanto devagar e vou cambaleando até a pia. A água sai quente, metálica, mas bebo mesmo assim, mal parando para respirar. Quando não consigo mais evitar, olho no espelho.
    Não há nada ali. Nenhum rosto redondo de palhaço pintado cuidadosamente com as tintas acrílicas da El. Esse era o único alerta que dávamos à Fada do Dente

sempre que ela estava à espreita. Uma carinha de palhaço no canto de um espelho que esperávamos que a fizesse se esconder antes de termos que pintar nossos rostos e colocar nossas perucas, narizes e macacões no Café dos Palhaços. Porque todo mundo — tudo — tem medo de alguma coisa. E, no caso da Fada do Dente, não eram apenas os palhaços, era a própria ideia deles.

Abro o armário do espelho e começo a procurar outra página do diário. Estico a mão atrás de alguns frascos de comprimidos, e um deles oscila e cai, girando com o barulho na louça da pia até eu conseguir pegá-lo. Parece quase vazio, e já estou quase colocando-o de volta no armário quando vejo o nome da El.

PROZAC (Fluoxetina) comprimidos de 60 mg
UMA VEZ POR DIA
JUNTO COM A REFEIÇÃO OU NÃO

Se fosse possível me sentir ainda pior, eu me sentiria agora. Pego o frasco de comprimidos ao lado. Diazepam. Prozac *e* Valium. Um pedaço de papel dobrado — a próxima pista — está no espaço que eles ocupavam. Pego o papel e guardo de novo os frascos de comprimidos. Eu me olho no espelho. Meu rosto está pálido, a pele, acinzentada, o cabelo colado à cabeça, os olhos inchados e com olheiras. Eu me lembro do meu avô. *Em cada barco tem sempre um cretino, e, se não tiver, provavelmente o cretino é você.*

Que merda estou fazendo? Mas eu sei. Sei como me sinto sobre ele. Sempre soube. E sei que, mesmo se a El ainda estivesse aqui, eu me sentiria da mesma forma: refém de lembranças — de verdades — que passei anos tentando ignorar. Estou chocada com a facilidade com que elas voltaram, como se só estivessem boiando quando as imaginei afogadas.

Eu me sento na tampa do vaso sanitário, abro a página do diário, vejo de relance a última linha, *EU ODEIO A CAT*, e deixo o papel cair no chão para apoiar a cabeça dolorida nas mãos. Ela é minha irmã. E houve um tempo, antes de decidir que me odiava, que a El me amava. E eu também a amava. Não existia nada nem ninguém além de nós. O Ross é marido dela. Eu o beijei; ele não me beijou. Ele tinha todo o direito de parecer horrorizado. E, se o horror do Ross parece pior do que a culpa, isso provavelmente é porque eu sou uma cretina. Uma vaca egoísta que assediou o marido da irmã.

Um carretel de hipóteses começa a se desenrolar dentro de mim. E se esses comprimidos significarem que ela realmente *teve* algum tipo de crise nervosa? Isso não explicaria melhor essa bizarra caça ao tesouro? E se eu estiver errada sobre o fato de ela estar bem? E se ela realmente estiver com problemas? E se ela estiver tendo os mesmos pensamentos desesperados que o Ross? E se ela já estiver...

Eu me levanto rápido demais. Ainda tonta, tiro a camiseta e ligo o chuveiro. Deixo a água escaldante bater no meu corpo e na minha cabeça até só conseguir enxergar vapor e só sentir meus membros doloridos. Só quando estou seca e vestida é que pego de novo a página do diário e começo a ler.

30 de novembro de 1996 = 10 + 1/2 (EM 1 MÊS!!!)
A Cat não está falando comigo, mas eu não me importo. Não é culpa minha. A mamãe falou que até os PIRATAS precisam ter REGRAS. Temos permissão para dar a MANCHA NEGRA para alguém, se quisermos. E de qualquer jeito foi ideia/culpa do Ross. Ele me disse que seria divertido e foi mesmo, até a Cat começar a chorar. Tentei impedi-lo. Eu me senti mal, por isso a ajudei, embora NÃO devesse. Usei o nosso CÓDIGO SECRETO PIRATA, que só deve ser usado em EMERGÊNCIAS DESESPERADAS. Não vou escrever aqui qual é o código, só para garantir — sei que você quer saber, mas AZAR O SEU!!! Só eu e a Cat conhecemos o código e é assim que vai continuar!! Mas ela não se importou mesmo assim e não disse obrigada!!! Ela só CHOROU!!!

Acho que ela só está brava porque o Ross disse que a minha pintura do PAPAI era BRILHANTE. Ela está sempre com ciúme e depois finge que não está. Só está brava porque sabe que o Ross gosta mais de mim do que dela, mesmo que a gente seja igual.
Às vezes EU ODEIO A CAT.

Eu me lembro daquele retrato do Henry, o capitão pirata, colado na parede da fronteira sul da Terra Espelhada. As horas que a El levou para pintá-lo, muito compenetrada, obrigando a mamãe a descrevê-lo repetidamente. "Ele já foi respeitável", disse a mamãe, "trabalhou para o governo durante anos antes de ter que nos deixar para uma longa vida no mar".

Eu realmente já acreditei que o nosso pai era um rei pirata? Sei que sim. Grande parte da Terra Espelhada começou como uma invenção da mamãe, antes de a El e eu a transformarmos em outra coisa, algo mais do que vivo. Nós sentíamos muito orgulho dele. "Esse é o nosso pai", a El disse para o Ross no primeiro dia em que ele desceu pela claraboia. "Ele se chama capitão Henry e um dia vai voltar para nos buscar. Ele vai nos levar para A Ilha." Nossa crença era inabalável, inquebrantável. E conseguiu se manter firme através de quase tudo. Nós acreditávamos piamente naquilo. Mesmo que estivéssemos erradas.

Nunca fomos religiosos em casa. Meu avô, em particular, criticava qualquer um que mostrasse o mais leve indício de ser um *santarrão*. Mesmo assim, a El e eu rezávamos todas as noites de joelhos ao lado da cama. Um antídoto contra as trevas ocasionais da Terra Espelhada, talvez. Ou uma apólice de seguro. Um "só para garantir". Éramos boas nisso. Perguntávamos a Deus como ele estava, se tinha tido um bom dia. Então pedíamos a ele para abençoar a nós, ao vovô, à mamãe e ao papai, e depois ao Ross também. Nunca ousamos mencionar piratas, palhaços, índios ou caubóis. Achávamos melhor manter mundos diferentes separados.

Então, uma manhã, a El acordou e anunciou:

— Deus não existe. Não vamos perder mais tempo rezando para ele.

A ponta do seu nariz estava de um rosa brilhante. Seus olhos cintilavam em uma imitação ruim da mamãe.

— Você não acredita nele mesmo.

De modo geral ela estava certa, mas com certeza o problema não era esse. Na verdade, o que eu gostava era do ritual de rezar, de nos ajoelharmos uma ao lado da outra, sabendo que éramos as únicas na casa que fazíamos isso, noite após noite, semana após semana, acumulando crédito. Já houve um tempo em que tive grande prazer em ser virtuosa.

E, nessa época, estávamos mergulhadas na situação do Ross e da El contra mim. Eu estava brava. Triste. Algumas noites, eu ficava acordada na cama durante horas tentando pensar em alguma coisa — qualquer coisa — que a El pudesse ser contra, ficar horrorizada, *reparar*, mas eu nunca consegui.

— Não — falei. — Não vou fazer o que você está dizendo.

A El não perdeu tempo em se vingar. Na mesma semana, virou todos contra mim. O vovô, quando contou a ele que eu rezava para um Deus que não existia; a mamãe, porque eu irritei o vovô; todos os outros, porque todos os outros — exceto talvez a Rata, que se agarrava à sua neutralidade como um bote salva-vidas — já estavam do lado da El de qualquer jeito. Até os palhaços.

Eu me mantive firme. Sempre fui teimosa, embora quase nunca corajosa. Nesse caso, isso só serviu para agravar o nosso impasse, até que fui formalmente convocada para uma reunião no *Satisfaction*. A Bruxa estava na cozinha naquele dia, me lembro mais ou menos. Sentada à mesa, enquanto a mamãe mexia uma panela no fogão. A Bruxa saltou para o corredor quando eu desci a escada, seu cabelo preto e seco enrolado ao redor da cabeça como uma cobra, um dedo longo e ossudo apontando para o meu peito, os olhos cerrados em uma expressão desconfiada.

— O que você está fazendo, sua coisinha horrorosa? — Seu olhar era glacial. Ela respirava pelo nariz como um touro.

Dei a volta pela parte de baixo do corrimão, correndo, e entrei rapidamente pela cortina preta da despensa, sem responder nada. Então desci para a Terra Espelhada com o coração pesado. Ser recebida com gritos da Bruxa parecia realmente um péssimo presságio.

A El e o Ross estavam sentados de pernas cruzadas nos Aposentos do Capitão. Na popa estavam a Annie, a Rata, a Belle e o Velho Joe Johnson, o barman do Saloon Joe Três Dedos. Para a minha decepção, o representante dos palhaços não era o Dicky Grock, mas o Pogo. Ele se agachou — sorrindo — próximo à lanterna da popa, os longos dedos enluvados de branco entrelaçados frouxamente entre as pernas.

— Convocamos essa reunião para dar à imediata a oportunidade de retirar o que disse sobre Deus ou enfrentar as consequências — disse a El. — O que você tem a dizer, primeira-imediata?

— Não vou retirar nada do que eu disse.

— Basta dizer que retira o que disse.

— Não.

A El deixou escapar um longo suspiro.

— Vamos votar. Annie?

— Castigo — disse Annie, jogando o cabelo ruivo de lado e sorrindo com dentes afiados. Quando ela rosnou para mim, empalideci.

— Castigo — disse Belle, torcendo uma fita dourada entre os dedos, a expressão triste. — Sinto muito, Cat, mas você não pode acreditar em nós *e* em Deus ao mesmo tempo... você precisa escolher.

O Velho Joe votou da mesma forma, embora também parecesse lamentar ter que fazer isso. Ele tinha perdido uma filha da minha idade no último grande tiroteio em Boomtown. O Pogo riu alta e longamente antes de gritar:

— Castigo! — Mais alto e por mais tempo através do megafone que segurava. Quando estavam no Café do Palhaços, os palhaços eram passivos, quietos, muitas vezes assustados. Mas nunca na Terra Espelhada.

— Intendente, como vota?

O Ross só tinha permissão para entrar no *Satisfaction* durante as viagens diurnas. E me pareceu extremamente injusto que ele tivesse direito a votar como os outros durante as negociações. Ele olhou para mim, e vi que estava sorrindo.

— Castigo.

Eu o encarei até ver seu sorriso desaparecer, seu rosto ficar vermelho e ele desviar o olhar. Mas, por dentro, a mágoa que senti com o voto dele eclipsou até o meu pavor.

— Rata?

A Rata olhou para a esquerda, para a El e para o Ross.

— Perdão — sussurrou ela.

— Grande surpresa — a El comentou. — Então. Parece que a decisão é pelo castigo, primeira-imediata. — Algo surgiu em seus olhos, que cintilavam. E fiquei gelada quando me dei conta de que era medo.

— O que você vai fazer?

Ela andou na minha direção, com uma mão atrás das costas, e, quando estava perto o bastante para me tocar, girou o braço e abriu o punho.

Eu me afastei do pequeno pedaço de papel preto em sua mão.

— Você tem que pegar.

— Eu não quero.

Nunca tínhamos usado a Marca Negra antes. Essa possibilidade era uma ameaça sempre presente, mas até então não passara disso. Significava a expulsão da Terra dos Espelhos. Exílio permanente. Eu não conseguia acreditar que me colocar contra a El em uma coisa — uma coisa com a qual eu mal me importava — merecia um castigo tão terrível. Fiquei horrorizada, paralisada pelo choque.

— Pegue — a El disse.

E foi o que eu fiz. Segurei o papel entre o polegar e o indicador, como se ele queimasse.

— Decidimos que você deveria ter uma última chance de sobreviver — a El voltou a falar, mas aquele brilho em seus olhos me disse que eu não gostaria do que estava prestes a ouvir. — Você tem um minuto para encontrar um esconderijo dentro da Terra Espelhada, mas tem que ser um bom lugar. Se a encontrarmos antes de uma hora, você vai ter que deixar a Terra Espelhada para sempre, certo?

Assenti. Mesmo que parecesse apenas um adiamento da execução.

— Vai! — gritou Annie.

— Vai! — gritou Pogo. Olhos de panda preto em um rosto branco como giz, o sorriso vermelho forte envolvendo o megafone.

O Ross riu, a Rata se encolheu e os olhos da El cintilavam como bolas de gude prateadas. Eu me virei e corri em direção a Boomtown, meus dedos agarrando as paredes. O correio era pequeno demais. As tendas, óbvias demais — além disso, os lakota eram aliados muito duvidosos. Comecei a diminuir o passo, em pânico e indecisa, o coração disparado no peito, rejeitando todo e qualquer esconderijo, até meu tempo acabar, até ouvir meus algozes avançando pelo beco na minha direção, em uma mistura de fúria e júbilo. Corri ao longo do passadiço, invadi a sala do delegado e mergulhei atrás do balcão de reservas, feito com almofadas velhas de sofá.

Eu estava assustada demais, apavorada demais com a condenação inevitável, para fazer muito mais do que me encolher, quando, segundos depois, a sombra de alguém pairou sobre a minha. Os olhos da Rata se destacavam, grandes, pretos e redondos em seu rosto pintado de branco.

— Eu sabia que você viria para cá — sussurrou ela. — Sabia que te encontraria aqui.

Pensei ter ouvido um sorriso em sua voz e não gostei daquilo. Eu me lembrei de todas as vezes em que fui má com ela depois de a El ter sido má comigo, e me perguntei se esse era o momento em que ela decidiria se vingar.

— Não tenha medo — sussurrou a Rata, e então vi seu sorriso. Seus dentes. — Eu vou te ajudar, Cat. Eu vou te salvar.

— Como? — Eu já podia ouvir as risadas ficando mais altas, os pés do palhaço arranhando a pedra. Podia ouvir a El dizendo: "Vamos nos separar", e a risada baixa e animada do Ross.

A Rata fez uma careta.

— O Ross é cruel.

— Não é, não. Ele está...

A sombra dela levou as mãos aos quadris.

— Você *quer* que eu te ajude?

Assenti freneticamente. Mas a Rata não se moveu, não falou. Engoli em seco. Senti mais lágrimas ardendo nos olhos.

— O Ross é cruel — sussurrei.

A Rata caiu de joelhos ao meu lado.

— Eu vou te ajudar.

— Como?

O sorriso dela estava de volta. Largo, vermelho como um rubi.

— Você pode ser eu. E eu vou ser você.

Balancei a cabeça e recuei mais para trás do balcão de reservas.

— É fácil! — disse ela, os olhos cintilando enquanto se levantava novamente e girava em um círculo. — Olha!

Vi que o vestido largo e sem forma que ela usava tinha sido pintado com manchas vermelhas malfeitas para imitar as rosas nos aventais combinando que a El e eu usávamos. Que ela tinha feito duas tranças nos cabelos curtos, presas com barbante em vez de fita. Também vi que ela estava animada. A aflição pela qual eu estava passando a deixava feliz. Aquilo me fez estremecer. Havia escuridão em tudo e em todos na Terra Espelhada. Mas a Rata sempre tinha sido a exceção. Ela se arrastou para trás do balcão.

— Vá se esconder!

Quando não fui, ela se aproximou ainda mais.

— Você tem que se esconder! — Eu ainda podia ver o brilho dos dentes dela, tal qual o Gato Risonho em *As aventuras de Alice no país das maravilhas*. — É fácil, Cat! Se você ficar bem quieta, encolhida e assustada em um canto escuro, ninguém jamais vai te ver. Vá!

Eu fui. De volta ao passadiço, podia ver grandes sombras risonhas contra a porta de tijolos e as tendas, podia sentir o cheiro de suor, açúcar e fumaça. Podia ouvir a risada do Ross novamente, a alegria nela. Lágrimas de medo escorriam pelo meu rosto enquanto eu corria para o Saloon Joe Três Dedos. O bar era uma velha caixa de TV reforçada com tijolos e madeira quebrada, coberta por uma manta xadrez. Quando ouvi a El gritar o meu nome, abri a tampa e entrei ali dentro, então me ajoelhei e enterrei o rosto no calor áspero da manta.

A escuridão era quase sufocante. *Por favor, por favor*, pensei, fechando os olhos com força. *Por favor, não deixe que eles me encontrem. Por favor.*

Porque o que eu faria sem a Terra dos Espelhos? Sem o Ross, a Annie, a Belle e a Rata? Os piratas, os caubóis, os índios e os palhaços? O que eu faria sem o capitão Henry? O que eu faria sem a El? Eu ficaria sozinha. Ficaria presa em um mundo frio, cinza, vazio e assustador.

Uma hora é uma eternidade quando se passa esse tempo escondida em uma caixa, esperando o pior acontecer. Quando a adrenalina começou a baixar, foi substituída por uma espécie de aceitação conformada e fatídica que se transformou rapidamente em horror assim que ouvi passos altos no chão do saloon.

Por favor. Por favor.

Ouvi o baque ossudo de joelhos no chão. O barulho de alguém se aproximando. Abrindo a tampa.

Era a El.

— Por favor, não conta pra ninguém — sussurrei. — Por favor, não me expulsa da Terra Espelhada pra sempre. Por favor!

A expressão dela estava protegida pelas sombras.

— Você está chorando.

Nesse momento me dei conta de que eu não havia parado de chorar. Isso me fez chorar ainda mais, tornou a dor ainda maior e mais assustadora. Agarrei o pulso da El.

— Por favor, não conta!

— Para com isso! — sibilou a El. — Me solta.

— Você vai contar que me encontrou.

— Não, não vou.

— Vai, sim.

— Não vou, não, sua tonta. Você é minha irmã. Por que eu iria querer você fora da Terra Espelhada?

Pra ficar com ela e com o Ross só pra você, foi o que pensei, mas não ousei dizer.

— Não vamos deixar uma à outra — sussurrou ela. — Vamos! Repita.

Engoli em seco. Soltei o pulso dela.

— Não vamos deixar uma à outra.

A El assentiu.

— Nunca enquanto vivermos.

Todos os códigos piratas estavam em código. E o nosso significava: "Confie em mim. Confie em mim e em mais ninguém".

— Faltam só mais quinze minutos — disse ela.

Então ela fechou a tampa e me deixou no escuro.

Mas não foram só quinze minutos. Cãibras intermináveis nas pernas alimentaram meu pânico, minha claustrofobia, minha dúvida. Quando a tampa foi finalmente aberta novamente, não me importei mais com as consequências, com a expulsão ou com a perspectiva de ficar sozinha em um mundo frio, cinza, vazio e assustador.

Eu me levantei com as pernas dormentes e formigando, a Marca Negra ainda esmagada na palma da minha mão. A El estava dentro do saloon, com todos os outros atrás dela. Ela não parecia aliviada, mas triunfante.

— Você foi muito bem. Todos concordamos que está perdoada.

Nunca achei que a Marca Negra tivesse sido ideia do Ross. Nunca o culpei de forma alguma. Talvez o diário da El estivesse errado. Talvez a versão dela daquele dia não seja mais verdadeira do que a minha. Porque uma lembrança, afinal, assim como uma crença, ainda pode ser uma mentira.

Mas ela estava certa sobre eu estar com ciúme. Claro que ela estava, porque quem não sentiria ciúme? Ela e o Ross conspiraram para me excluir da única forma que uma criança é capaz: com olhares, risadinhas e conversas sussurradas que cessavam sempre que eu me aproximava. Os dois foram cruéis, não há como negar isso. Ainda me lembro daquela sensação, de forma muito vívida: a agonia dilacerante de ser excluída pelos dois. A preocupação interminável em relação ao que eu tinha feito de errado, ao que eu estava fazendo de errado, e nunca saber que não era nada. É *isso* que eu devia entender por essas pistas que estão chegando por e-mails, esses trechos de diário, esses lembretes indesejáveis do nosso passado que se infiltram como umidade através de uma parede? Que o Ross sempre foi dela, desde o início? Ou que ela sempre guardou segredos de mim — que, com código pirata ou não, a El nunca confiou em mim? Ou ela apenas quer que eu saiba que estou errada? Que outra coisa em que acredito não existe? Que ela nunca mais vai voltar?

*

O Ross saiu. Eu me sinto aliviada e preocupada ao mesmo tempo. E envergonhada. Dessa vez ele não me deixou nenhum bilhete. Eu me sento diante da mesa da cozinha e pesquiso no Google "como rastrear a localização original de um e-mail". Examino os resultados até encontrar um que não me faça querer lançar o notebook como um frisbee para o outro lado da cozinha. Minha primeira tentativa revelou um endereço IP privado — sem informações. A segunda teve como resultado o endereço do servidor de e-mail do Google em Kansas. Dois cafés depois, consegui instalar uma extensão de rastreador de e-mail, mas, se eu quiser rastrear um endereço, preciso enviar um novo e-mail para a El.

Depois de digitar "EL" no espaço do assunto, e passar dez minutos olhando para a tela, encontro o cartão do detetive-sargento Logan na carteira e pego meu celular.

— Detetive-sargento Logan.

— Oi, aqui é a Cat. Catriona Morgan. Do caso da Ellice MacAuley...

— Cat. Oi. — A voz dele muda, e tenho vontade de desligar na mesma hora. — Está tudo bem?

— Sim, está. Quer dizer, eu... só queria tirar uma dúvida.

— Claro. Pode falar.

— Eu estava me perguntando... Vocês já suspeitaram da possibilidade de a El estar enviando aqueles cartões para si mesma?

Por um momento, Logan não responde, e percebo que estou prendendo a respiração, sem saber exatamente o que quero que ele diga. Quando me pego desviando o olhar novamente para os azulejos na frente do fogão, fecho os olhos com força.

— Não — é o que ele diz. — Nós nunca suspeitamos disso.

Quando termino a ligação e começo a digitar, percebo que minhas mãos estão tremendo. E não param de tremer.

Se você estiver com problemas, por favor, me diga. Por favor.
Eu vou acreditar em você.

Então eu espero.

9

Só quando estou na metade do gramado do Links, a área verde arenosa que se estende até o mar, é que percebo para onde estou indo. A tarde está fria e seca, mas as nuvens no horizonte são cinza-ardósia e ficam cada vez mais escuras. Atravesso rapidamente o gramado, olhando em volta para os velhos plátanos e olmos que oscilam com o vento. E me lembro de como seus espectros pareceram maiores, mais densos e mais ameaçadores naquele amanhecer cinzento e silencioso.

O antigo e arruinado forno usado para queimar roupas na época da peste se ergue do chão como uma torre de pedra arrancada do castelo, e não consigo evitar pensar em todos os corpos enterrados um em cima do outro sob este gramado, há mais de quatrocentos anos. Ou de seus fantasmas inchados e atormentados, buscando eternamente por aqui seus pertences queimados. As histórias que meu avô contava sempre foram muito diferentes das da minha mãe: deliciosamente pavorosas e sem nenhum tipo de lição ou moral. Sinto um formigamento na nuca e me viro, estendendo as mãos como se para impedir o que — ou quem — de repente tenho certeza de que está atrás de mim. Mas não há ninguém. Os poucos outros ocupantes do parque não estão perto de mim, nem olhando na minha direção. *Pare.*

Deixo o Links, caminho rua após rua — algumas de paralelepípedos, outras asfaltadas —, vendo casas antigas em estilo georgiano em frente a prédios de apartamentos modernos com paredes de vidro e estrutura de metal; bistrôs aconchegantes ao lado de bancas de jornal sujas, fechadas com grades. O ar está pesado com o cheiro de fritura, de fumaça de cigarro, do escapamento de ônibus escolares vagarosos. Mas o que vejo são velhas casas góticas onde moram assassinos de crianças, espreitando e assombrando; o cheiro que sinto é de salmoura do mar, de segurança, de fuga.

Os prédios de dez andares na esquina da Lochinvar Drive são novos. Eles escondem o estuário da vista por um pouco mais de tempo, e eu caminho lentamente, descendo a rua e passando por uma placa castigada pelo tempo: "BEM-VINDO AO GRANTON HARBOUR". No meio do caminho, a chuva finalmente cai e eu levanto o capuz do meu anoraque, puxando o cordão com força. Deixei o casaco de cashmere da El em casa, em parte por causa do tempo chuvoso, mas principalmente porque este é um dos últimos lugares em que alguém declarou ter visto a minha irmã. É estranho estar aqui, faz com que eu me sinta estranhamente constrangida, como se eu estivesse fazendo algo errado. E isso poderia muito bem ser verdade. Acredito que nada tenha tanto potencial para atrapalhar uma investigação sobre uma pessoa desaparecida quanto uma gêmea idêntica vagando sem rumo.

O Iate Clube Royal Forth é um prédio baixo e marrom com janelas pequenas. Posso ouvir os iates antes de chegar perto o bastante da água para vê-los: aquele solavanco tão familiar e o barulho de vento, água e metal. O pontão do porto está movimentado, cheio de barcos presos a boias flutuantes.

O vento e a chuva teceram uma bruma cinza-esbranquiçada que obscureceu quase totalmente a visibilidade a oeste. Ao norte, no entanto, quase posso distinguir a silhueta vulcânica do Binn e da costa rochosa de Kinghorn. A rampa de pedra baixa de que me lembro tão bem ainda está aqui, além do muro do porto, quase totalmente submersa. Agora, onde ficava o depósito, há apenas um estacionamento e um estaleiro, repleto de veleiros de aparência abandonada, sustentados por blocos.

Tantos anos em Los Angeles me privaram de qualquer imunidade contra vento e chuva implacáveis, então paro para respirar, estreito os olhos para ver melhor ao longo do muro do porto e saio para o estuário aberto e escuro. Parece que a El ainda está aqui. *Por que aqui?* É isso que não consigo entender. Porque não pode — *não pode* — ser coincidência que o lugar para onde fugimos tantos anos atrás seja o mesmo lugar de onde a El desapareceu agora. Que aqui, onde a nossa segunda vida começou, seja onde todos acreditam que a vida da El acabou. Sinto um fantasma daquele pavor prateado e trêmulo. Aquele carretel de hipóteses começa a se desenrolar.

Escuto um "merda" assustado antes de ver quem falou: um rapaz agachado contra o muro do cais. Ele está olhando para mim, uma das mãos segurando a lapela do casaco, que muito obviamente não é à prova d'água. O segundo "merda" não carrega o mesmo choque do primeiro e, é claro, eu percebo o que aconteceu. De novo.

— Eu não sou a...

— Eu sei. — Ele se levanta com uma careta que sugere que ele já estava ali há algum tempo. — Você é a Cat, a irmã gêmea da El. Sou Sathvik Brijesh. Vik.

Ele é mais jovem do que eu pensei. Não é bonito, pelo menos não no sentido convencional, como o Ross. Seu rosto é gentil, em vez de impressionante. Ele pigarreia, acena com a cabeça uma vez e me encara de uma forma que deveria ser enervante, mas não é. Sei que isso é só porque ele está vendo a El. Seus ombros se curvam para a frente.

— Sou artista. A El e eu nos conhecemos em uma exposição de retratos que mostrava o nosso trabalho: "Máscaras inexpressivas, rostos escondidos".

Quando ele sorri, finalmente percebo que é bonito. A pele ao redor de seus olhos se franze.

— De dia, sou muito menos interessante: trabalho em uma empresa de dados trabalhistas. Compartilho um escritório de plano aberto com outras noventa e nove pessoas. O lugar ganhou um prêmio. — Ele faz aspas com os dedos. — "Uso mais eficiente da relação espaço/pessoas." Sexy, não?

Ele balança a cabeça e se vira para olhar para o estuário.

— Tenho vindo aqui... não sei por quê. Para me sentir mais perto dela, eu acho. — Ele fecha os olhos. — E porque eu gosto de ser espancado pelas intempéries, isso me acalma.

Gosto dele. A El provavelmente também gostava. Eu me curvo para pegar uma pedrinha. Quando a jogo na água, ela deixa para trás um círculo que se alarga lentamente, marcado por gotas de chuva.

— Tentei afogar as minhas mágoas, mas as desgraçadas aprenderam a nadar.

— Ela disse que você era engraçada.

— Disse? — Isso parece tão provável quanto o "a Ellice me contou tudo sobre você, é claro", da Marie.

— Ela falava muito sobre você.

Percebo que estamos falando dela no passado. Assim como foi com o Ross.

— Você já saiu no barco dela?

O Vik levanta os olhos bruscamente para mim, como se estivesse surpreso com a pergunta.

— Não. Eu fico mareado até quando assisto a programas de viagens de barco na TV. — Ele olha para todas as boias de néon na água. — Mas era um veleiro bonito — comenta. — Todo em mogno encerado, com acessórios cromados. — O Vik sorri de novo. — Quando ela comprou, o barco se chamava *Dock Holiday*.

— Você sabe qual era o ancoradouro dela?

Ele franze o cenho e aponta para uma boia amarela perto do quebra-mar a oeste.

— Acho que é aquele, mas não tenho certeza. De qualquer modo, é por ali. Ela precisava ser levada até ele.

— A El não gosta de amarelo.

— O quê?

— Amarelo. Ela detesta. Eu sempre detestei vermelho e ela sempre detestou amarelo. — Fico olhando para a boia. — Eu tinha me esquecido disso.

— Você está bem?

— Desculpe. Desde que eu voltei, tenho me lembrado de *tantas* coisas que eu imaginei que tivesse esquecido. — Paro e olho para o Vik. — Imagino que você também ache que ela está morta, certo?

Ele olha para mim.

— Sim. — Ele fala com cuidado, como se eu fosse uma bomba prestes a explodir.

— Ela te contou que estava recebendo cartas ameaçadoras?

— Cartões, não cartas — responde ele. E assente.

Inspiro, prendo o ar, expiro.

— Ela está me enviando e-mails.

— Ela mandou e-mails pra você?

— Não. Ela está me *enviando* e-mails. Hoje. Ontem. Desde que desapareceu.

— O que eles dizem? — pergunta Vik, com a mesma voz cautelosa.

— Nada importante. Mas eu sei que são dela.
— Estão assinados por ela?
Cerro os dentes, subitamente furiosa.
— Isso não significa que não sejam dela. E são.
— E esses e-mails dizem que ela está viva?
Não há nada na expressão dele que diga que acredita minimamente nisso.
Balanço a cabeça e me forço a não dizer mais nada. Para abafar minhas frustrações, dúvidas e hipóteses até que fiquem quietas de novo.
— Escuta — diz Vik por fim. — Podemos trocar números de celular? Eu só... é difícil conseguir informações apenas pelo noticiário. Pensei que talvez você pudesse me avisar se alguma coisa...
— Tudo bem.
Dou meu número a ele, que me envia uma mensagem. Então ficamos em silêncio novamente, enquanto a chuva cai mais forte, saltando do asfalto.
— Ela estava morrendo de medo dele.
Viro a cabeça tão rápido que meu cabelo bate com força no rosto, fazendo a pele arder.
— O quê?
Os olhos do Vik estão úmidos e ele olha para todos os lugares, menos para mim.
— Ela estava apavorada. Nos últimos meses, a El mudou. — Sua voz está mais baixa, mais dura. — Ela emagreceu, não estava dormindo direito. Tinha hematomas.
— Quem é *ele*?
— Cat. Talvez você devesse...
— Quem?
Mas é claro que já sei o que ele vai dizer. Observo Vik engolir em seco. Quando ele finalmente olha para mim, sua expressão é tão triste quanto carregada de certeza.
— O marido dela.

*

Volto para Westeryk Road porque não tenho outro lugar para onde ir. E imagino que, de algum modo, também seja um desafio. Talvez eu esteja começando a acreditar que a El pode estar em apuros — ou pior —, mas não acredito nem por um minuto que o Ross a matou. Não mais do que acredito que ela tinha pavor dele.

A casa está às escuras. Há outro envelope em cima do capacho de juta. A luz do fim da tarde corta meu nome ao meio, expondo apenas **CAT**.

Pego e abro. Na frente, a imagem de um ursinho de pelúcia sentado em uma cama de hospital com um termômetro na boca, uma expressão triste, e outro ursinho de pelúcia parado ansiosamente ao lado. "Fique bom logo."

E dentro: **VOCÊ TAMBÉM VAI MORRER**.

Eu me viro, desço correndo o caminho de entrada, atravesso o portão e saio para a rua. Olho para os dois lados, mas não vejo ninguém. O cartão já poderia estar em cima daquele capacho há horas. Começa a chover de novo: gotas gordas e geladas batem contra minha pele e cabelo. Cerro o punho ao redor do cartão.

— Merda!

Isso faz minha garganta doer, mas não me importo. Um ônibus de dois andares passa e cabeças se viram na minha direção com um interesse entediado. Volto a subir os degraus, bato a porta vermelha da frente, e a casa grita de volta o eco da sua indignação. Mas não me importo.

*

A Bruxa me arrasta por um corredor preto para dentro da escuridão, seus dedos beliscando minha pele, sua respiração alta e arquejante em meu ouvido. Já estou gritando há tanto tempo que minha voz é apenas um sussurro.

— Não, não! Eu não quero ir!

A Belle e a Rata correm na minha direção e seguram meus braços para me puxar de volta para a luz.

— Zarpe conosco — grita Belle. — Venha conosco! — Os saltos de suas botas gritam contra a pedra enquanto a Bruxa nos puxa atrás dela.

Lágrimas escorrem pelo rosto da Rata.

— Temos que ir para a Terra Espelhada! Lá ela não consegue te pegar. Você vai estar a salvo na Terra Espelhada!

Então a El surge da escuridão. O rosto coberto de tinta, uma camada grossa e passada de forma descuidada, como se tivesse sido espalhada com uma faca. Ela agarra a Bruxa e passa o braço ao redor do pescoço dela. Então se vira para mim com os olhos azul-acinzentados cintilando de fúria.

— CORRE!

Demoro alguns segundos aterrorizantes para me orientar. Estou deitada na minha cama no Café dos Palhaços. É mais difícil me livrar do pesadelo, e fico feliz por ser distraída pelo som de vozes alteradas.

Eu me levanto e desço as escadas com as pernas um tanto instáveis. O detetive-sargento Logan, a inspetora Rafiq e outra mulher mais jovem estão de pé ao lado da mesa da cozinha. Ross está andando de um lado para o outro, puxando o cabelo. Quando me vê na porta, a reação dele é uma mistura de fúria e alívio.

— Eles estão desistindo, Cat! Eu te disse, não disse? — Ele avança na minha direção, com uma expressão ensandecida nos olhos. — Eu disse que eles iam desistir!

Vejo o momento em que ele se lembra de que não sou uma aliada nessa questão, então para, recua, deixa as mãos caírem ao lado do corpo.

— Nós não vamos desistir, Ross — diz Rafiq, e, para seu crédito, parece falar sério. Ela olha para mim. — O responsável pelo Centro de Coordenação de Resgate Marítimo cancelou a busca. A suspensão oficial será anunciada amanhã.

O pistoleiro. Eu mesma acabo sentindo um pouco da raiva que abate o Ross.

— Já se passaram seis dias — volta a falar Rafiq.

— E daí? — explode Ross. Os olhos estão saltados e grandes veias se destacam como cordas nos dois lados do pescoço. Os nós dos dedos estão tão brancos que parecem quase transparentes. — Vocês precisam encontrá-la. *Precisam*! Não suporto isso!

A outra mulher pousa a mão no ombro dele, sussurra algo em seu ouvido, e Ross morde o lábio com força suficiente para tirar sangue e olha para o teto com os olhos úmidos e brilhantes.

— Sou Shona Murray, a agente de apoio à família — ela se apresenta para mim, ainda apertando o ombro de Ross. A voz da mulher é alta e estridente como a de uma criança. — É um prazer finalmente conhecê-la. — Como se estivéssemos em um casamento de família.

Eu me viro para Rafiq.

— Você tem que continuar procurando!

O Ross nunca foi um grande ator. Tudo o que ele pensa e sente sempre ficou estampado em seu rosto, em suas atitudes. Ele realmente está com medo de que parem de procurar a El. Realmente está com medo de que ela nunca seja encontrada. E agora percebo que eu também não consigo encarar a perspectiva de nunca a encontrarem. Porque não foi só a vida do Ross que parou, mas a minha também. A El precisa ser encontrada, ela merece ser encontrada. Mesmo que isso signifique que eu tenha que jurar uma falsa lealdade àquela história de que "aconteceu algo ruim"; um eufemismo para "morta", que é quase tão irritante quanto o fato de todos parecerem tão determinados a acreditar que ela realmente morreu.

— Como eu disse — diz Rafiq —, nós não desistimos. Mas nossos recursos são limitados. — Atrás dela, vejo Logan estremecer, e gosto um pouco mais dele por isso. — O caso da El não pode ser considerado de alto risco indefinidamente, ainda mais quando a Guarda Costeira... — Ela para e balança a cabeça. Uma Kate Rafiq abalada é mais enervante do que eu esperava. Eu a salvo, dizendo eu mesma as palavras:

— Acha que a El está morta.

A investigadora-chefe pigarreia.

— Vamos manter contato com o Centro de Coordenação de Resgate Marítimo. Eles vão nos avisar se descobrirem algo novo. — Dessa vez ela não hesita, embora todos saibamos exatamente o que quer dizer. — E vamos manter o caso do desaparecimento da El aberto, revisá-lo periodicamente, retomar as investigações no minuto em que qualquer nova informação vier à tona.

O Ross está certo. Eles estão desistindo. Vejo Rafiq pegar seu casaco e guarda-chuva pretos, penso nela de pé na Sala do Trono, nos dizendo: "Nós vamos encontrá-la".

— Bem, estamos indo. A Shona vai ficar aqui pelo tempo que precisarem.

Rafiq indica Shona com um gesto de cabeça — a mulher ainda paira ao lado de Ross como um cheiro ruim, lançando olhares melados para ele e exalando uma solidariedade silenciosa.

— Vocês conseguiram algum resultado da perícia em relação ao cartão? — pergunto, enquanto Rafiq tenta passar por mim para seguir em direção à porta.

— Não. — A expressão dela é impassível.

— Recebi outro hoje.

Minha expressão furiosa permanece congelada no rosto quando todos se viram para mim.

Rafiq cerra os lábios — a única indicação de que eu a irritei.

— Não fui clara sobre você entrar em contato conosco imediatamente se recebesse mais alguma coisa?

— Não achei que você se importaria. — Sei que estou sendo injusta. Sei que minha raiva e minha frustração não fazem o menor sentido, mas não consigo evitar. Na Califórnia, resisti à situação. Mas agora que estou aqui, tenho a sensação de vazar por quase todos os poros.

— Onde está?

Corro escada acima, pego o cartão no Café dos Palhaços e levo para Rafiq, que o joga em um saco de evidências e sai sem dizer mais nada.

— Ei — diz Logan, puxando-me com delicadeza pelo braço, de volta para o corredor. — Você está bem?

De repente me sinto extremamente cansada. Eu me pergunto o que ele faria se eu só apoiasse a cabeça em seu peito largo e me deixasse ficar ali.

— Sim.

— Olha, não se incomode com a chefe. — Ele sorri. — Ela ladra mas não morde, pode acreditar. — A mão dele ainda está no meu braço, mas seu sorriso desaparece quando ele olha para mim. — Tem mais alguma coisa?

— Não.

Eu deveria lhe contar sobre os e-mails e as páginas do diário. Mas sei que não vou fazer isso. Ao contrário das cartas, nem os e-mails nem os trechos do diário são abertamente ameaçadores. Que eles *são* ameaçadores é algo que finalmente consigo admitir para mim mesma. Mas certamente não vou contar ao Logan — ou a qualquer outra pessoa — o motivo. A menos que eu precise.

— Tem certeza?

Lembro da resposta da El ao meu e-mail: NÃO CONTE À POLÍCIA. NÃO CONTE A NINGUÉM. VOCÊ ESTÁ EM PERIGO. POSSO AJUDAR.

— Sim. — Tento sorrir. — Só estou nervosa. Desde que voltei pra cá, sinto que... quer dizer, achei que talvez tivesse visto alguém ou... Eu só... parece que tem alguém... me observando. Me seguindo.

Logan me encara mais atentamente.

— Você acha que alguém está te seguindo?

Assinto.

— O tempo todo.

Ele olha por cima do meu ombro, para a porta da cozinha, então volta a olhar para mim.

— Na tarde do desaparecimento da sua irmã, vizinhos relataram ter visto uma pessoa suspeita rondando o lado de fora da casa.

— Suspeita como?

— A pessoa parecia estar andando a esmo. E alguém na casa do outro lado da rua viu essa pessoa saindo do beco ao lado da casa antes de correr em direção ao Links.

— Como era a aparência dessa pessoa?

— Compleição média, altura entre 1,75 e 1,80, jeans preto, botas. E usava uma parca escura, com o capuz levantado. Mais ou menos isso.

— Havia um homem ontem — digo. — Parado na esquina da Lochend Road, me observando.

Logan franze o cenho.

— Olha, provavelmente não é nada, certo? Mas se você o vir novamente, ou se ficar preocupada com alguma coisa, ou com alguém, por qualquer motivo, me ligue imediatamente. Não importa a hora, certo?

— Certo.

— Não se aproxime da pessoa. Só me ligue.

— Certo, detetive-sargento Logan. Não vou atrás da pessoa. E vou ligar pra você.

Ele me dá um sorriso melhor quando chegamos à porta da frente. Ao abri-la, o corredor é inundado por uma luz brilhante, então ele se vira e passa os dedos pelo cabelo esquisito.

— É só Logan. Craig, se você preferir. Minha mãe me deu esse nome em homenagem a um cara da banda The Proclaimers, acredite se quiser.

Então ele sai, fecha a porta e o corredor volta a ficar escuro. Vou até a cozinha, mas algo me faz parar diante da porta fechada. Do outro lado, ouço o tilintar de colheres de chá contra a porcelana, os agradecimentos murmurados do Ross.

— Se você precisar de ajuda para organizar alguma coisa, pode contar comigo — diz Shona. — Sei que já lhe passaram os números de aconselhamento e de apoio, mas tenho informações sobre coisas mais práticas: como organizar um funeral discreto ou...

— Não. — A voz de Ross sai ríspida e rouca.

— Muito bem, você está certo. Provavelmente é muito cedo para isso, mas parte do meu trabalho é garantir que você receba toda a ajuda prática e as informações de que precisa quando quiser. — Shona gagueja um pouco agora, e isso me deixa extremamente feliz. A porra de um funeral? Ela está falando sério? A El está desaparecida há menos de uma semana! — Legalmente falando, as coisas mudaram muito nos últimos anos, mas ainda é muito difícil para os parentes de uma pessoa desaparecida organizarem tudo.

— O que você quer dizer? — O Ross parece muito menos indignado do que deveria.

As pernas de uma cadeira se arrastam pelo piso de cerâmica.

— Não estou dizendo que você deva fazer isso agora, ou que esteja pronto para agir agora, mas, quando uma pessoa desaparece e não há corpo ou atestado de óbito para comprovar legalmente que ela está morta, cabe a você entrar com uma ação para convencer um tribunal de que a pessoa desaparecida está morta. Se você for bem-sucedido... e, Ross, eu sei que você provavelmente também não quer ouvir isso, mas você será bem-sucedido... o tribunal notificará o departamento de registro geral e, logo depois, a morte poderá ser registrada. Antigamente seria preciso esperar um mínimo de sete anos para registrar a morte de uma pessoa desaparecida, mas agora não é mais assim. Eu sei que você não quer pensar no lado prático de tudo isso, mas precisa estar preparado. Haverá muita coisa para resolver.

Se ela disser "prático" mais uma vez com aquela voz ridícula, acho que sou capaz de estrangulá-la. Realmente não consigo entender por que o Ross *não está* fazendo isso.

Abro a porta da cozinha com um pouco mais de força do que o necessário. O Ross se levanta e puxa as mãos que a Shona estava segurando.

— Quer chá, Cat? — ela pergunta, com o rosto enrubescido.

— Não — respondo, mas não olho para ela e sim para o Ross.

Então me demoro preparando meu café, e a Shona começa a se despedir, com promessas calorosas de voltar no dia seguinte, ou no outro, ou sempre que o Ross precisar.

— Eu acompanho você até a porta — digo, com um sorriso tenso.

Do saguão de entrada, pouso a mão sobre a tranca que só usamos à noite e, antes de abrir a porta da frente, me viro para encará-la.

— Ela não está morta.

— O quê?

Shona tem sardas castanhas espalhadas pelo nariz. Seu cabelo de um loiro quase branco parece estar sempre a ponto de se agitar como se tivesse sido sacudido por uma brisa forte. Ela parece uma porra de uma fada.

— Ela não está morta — repito, e, quando me inclino para mais perto, sei que meu sorriso é o da El. Largo, frio, zombeteiro. — Azar o seu.

10

john.smith120594@gmail.com   9 de abril de 2018 às 06h56
Re: ELE SABE   Caixa de entrada
Para: Mim

PISTA 4. FOI A MELHOR ÉPOCA, FOI A PIOR ÉPOCA

Enviado do meu iPhone

*

john.smith120594@gmail.com   9 de abril de 2018 às 07h02
Re: EL   Caixa de entrada
Para: Mim

NÃO ESTOU ENCRENCADA. MAS VOCÊ ESTÁ

Enviado do meu iPhone

*

 Encontro a página do diário dentro de uma cópia surrada de *Um conto de duas cidades*, na prateleira abaixo do autorretrato da El. Por muito tempo, aquele foi o livro favorito dela: pelo horror e pela brutalidade; Madame Defarge e suas agulhas de tricô. Ela costumava rir de mim por amar *Anne de Green Gables*.

<u>12 de outubro de 1997: 11A, 3M, 12D</u>
A mamãe está sempre nos fazendo ler ou lendo para nós. Ela NUNCA para! Mas pelo menos agora não são livros de histórias de bebês ou de Shakespeare (KKK). Agora são livros muito mais emocionantes — sobre guerras, espiões e assassinatos! Acabamos de terminar Rita Hayworth e a redenção de Shawshank, que é um nome estúpido, mas o livro é o melhor!!! É sobre um cara chamado Andy Dufrain que foi preso por assassinato, mas não cometeu o crime e passa 27 ANOS! planejando sua fuga. É BRILHANTE!!! Ele tem que usar um martelo minúsculo para cavar um túnel através de quase um metro e meio de concreto, então precisa rastejar através de um cano cheio de MERDA!!! Por quinhentos metros!!! INCRÍVEL/INSANO!!!!!!

A parte bem no final, quando Red, o amigo dele, consegue sair e descobre que o Andy deixou dinheiro para ele e organizou uma nova vida para ele, é ainda mais BRILHANTE! Isso me fez chorar, o que foi MUUUUITO embaraçoso, mas eu não me importo porque eu AMO o livro.

TAMBÉM AMO A MINHA MÃE
E AMO A CAT (às vezes!!! Quando ela não está sendo uma CRETINA!!! Rá)

A mamãe nunca vacilou em sua crença de que tudo na vida poderia ser aprendido através dos livros. Quando a El e eu tínhamos dez anos, ela deixou de ler contos de fadas para nós e passou a ler Shakespeare, T. S. Eliot, Dickens, Christie. Os livros se empilhavam em cima daquele armário na Torre da Princesa enquanto passávamos de uma história a outra: *A tempestade, O conde de Monte Cristo, A casa torta, Jane Eyre, O homem da máscara de ferro*.
Quando fizemos onze anos, a mamãe progrediu para romances mais contemporâneos: *O Hobbit, Papillon, A escolha de Sofia, Matadouro-Cinco, O espião que*

veio do frio. Ela começou a ler *Rita Hayworth e a redenção de Shawshank* para nós durante o longo e úmido outono de 1997. Ainda consigo vê-la sentada no parapeito da janela da despensa, os tornozelos cruzados, balançando os pés. Quando ela lia para nós, sua voz nunca era alta, hostil ou amedrontadora; em vez disso, era lenta, calma e firme. Menos de uma semana depois de terminarmos aquele livro, Andy Dufresne tomou o lugar de Madame Defarge, e a El transformou Boomtown na prisão Shank. E, menos de um ano depois disso, a mamãe estava morta. E a Terra Espelhada não existia mais.

Cerro o punho ao redor da página do diário e vejo o céu acima da Westeryk Road ficar mais claro. Hoje não há espaço para hipóteses. Nem vergonha, culpa ou preocupação. Hoje estou com raiva. Ofereci um ramo de oliveira à El, ofereci *ajuda* e só o que recebi foi outra pista, outra página do diário dela. É tão infantil. Como se ela estivesse tentando me reinicializar, restaurar arquivos antigos que ela imagina que tenham sido excluídos. Ela realmente acha que eu esqueci da nossa vida nesta casa? Escolher não pensar em algo não é o mesmo que esquecer. O passado é passado. Está feito e acabou. Eu escutei quando a mamãe me disse para "ver o bem, não só o mal", porque eu vi como prestar atenção apenas no mal me deixava infeliz. Desde que saí desta casa — desde que fugi dela — tenho deixado essa filosofia conduzir a minha vida. E, quanto mais esses trechos do diário da El se aproximam de 4 de setembro de 1998, quanto mais perto eles chegam do dia — da noite — em que a mamãe e o vovô morreram, em que a El e eu corremos, mais feliz eu fico por ter feito isso. Demorei muito para chegar aonde estou, para me livrar do peso da minha primeira vida nesta casa. E não vou deixar a El me manipular, seja por que motivo for, para que eu assuma novamente esse peso. Ou para que eu me sinta obrigada a explicar a história triste e ruim da nossa infância para outra pessoa — principalmente para a polícia.

O rastreador. Desço correndo a escada até a cozinha. Abro o notebook e digito a senha errada duas vezes antes de finalmente conseguir acessar minha caixa de entrada.

— Vamos.

Clico no e-mail e habilito o rastreador de correio. "E-mail aberto uma vez há 1h14m". Meu coração bate lenta e pesadamente conforme a página começa a carregar.

— Vamos.

E aqui está:

John Smith 1h14m atrás
EL
Local: Lothian, Escócia
Cidade: Edimburgo
iPhone 7 segundos, 1 visualização

Pressiono a palma da mão esquerda contra meu rosto, que parece queimar. Aqui. Ela ainda está aqui. Não sei o que eu esperava. As Hébridas Exteriores? As Bahamas? Mas ela está aqui. A El ainda está aqui.

*

O cemitério é antigo e fica no alto de uma colina muito fria. O Ross e eu temos que abrir caminho através de fileiras desordenadas de túmulos dos séculos 18 e 19: enormes pedras tortas esculpidas no formato de crânios e anjos, imensas lajes cinzentas sobre estacas de pedra vestidas de líquen branco e amarelo. Os túmulos mais novos são muito mais modestos e mais próximos uns dos outros — a maior parte deles guarda apenas cinzas.

Demora um pouco para o Ross lembrar onde fica, mas, quando ele consegue, me sinto subitamente nervosa. Por um momento, permaneço tão imóvel quanto o vento permite, olhando para a lápide negra, a letra dourada e rebuscada muito parecida com a dos cartões deixados em cima do capacho de juta. Eu me pergunto quem a colocou ali, quem pagou por ela. Ignoro o arrepio que desce por entre minhas omoplatas.

EM MEMÓRIA DE
ROBERT JOHN FINLAY
72 ANOS

E SUA FILHA
NANCY FINLAY
36 ANOS
QUE MORRERAM AMBOS EM 4 DE SETEMBRO DE 1998
PARTIRAM, MAS NUNCA SERÃO ESQUECIDOS

— Você sabe que são chamados de covas?
— O quê?
— Os túmulos — Ross indica a relva com um gesto de cabeça, a boca cerrada em uma linha severa. Eu me pergunto se ele se arrepende de ter concordado com me trazer aqui. — Muito apropriado.

Eu me viro para ele.

— Por que você sempre o odiou tanto?

Ele me lança um olhar penetrante, quase desconfiado. Então balança a cabeça e olha para as lápides vizinhas.

— Não importa.

Acho que importa está na ponta da minha língua. Mas a verdade era que meu avô estava sempre tão mal-humorado que beirava a maldade, não posso fingir que isso era mentira. Uma lembrança rápida da mamãe de pé diante da mesa da cozinha, servindo ensopado enquanto descrevia em um tom cuidadoso e monótono o trabalho de limpeza que tinha visto no jornal. O vovô erguendo os olhos do prato e falando com seu sotaque carregado: *É melhor você se dedicar àquilo em que é boa, menina.* Ele assente com a cabeça para nós e dá uma piscadinha que não adianta muito para fazê-lo parecer menos irritado. *Cuidar da casa e dessas belas garotinhas, hein?* E, é claro, foi o que ela fez. O vovô nunca ouviu uma resposta malcriada dela. Ele nunca teve que correr pela casa fugindo de incêndios imaginários, de ladrões ou de apocalipses.

Estou me curvando para colocar as rosas-brancas que colhi do jardim no vaso da sepultura quando percebo que ele já está cheio. Gérberas cor-de-rosa. As favoritas da mamãe. Por mais estranho que pareça, acho isso ainda mais desconcertante do que o fato de claramente estarem ali há poucos dias.

— Quem deixou essas flores aqui?

O Ross olha para baixo e encolhe os ombros.

— Você não acha estranho? Que alguém tenha deixado flores frescas no túmulo deles? Quer dizer, quem faria isso? — Embora eu desconfie de que quem tenha sido.

Meu comentário é respondido apenas com outro encolher de ombros despreocupado. O Ross parece diferente hoje. Mais leve. Talvez porque finalmente tenha desistido de tentar equilibrar esperança e tristeza e tenha optado apenas pela última. Eu não o culpo inteiramente, e continuo não achando, nem por um momento, que o Vik esteja certo sobre ele, mas seu sofrimento inabalável me irrita em demasia. Como se ele preferisse sofrer a considerar até mesmo a possibilidade de que a El o tenha deixado voluntariamente. Como se preferisse acreditar que ela estava morta. É um pensamento desagradável, até maldoso, suponho. E que provavelmente tem muito a ver com a lembrança daquele olhar de horror em seu rosto. E com terras há muito abandonadas que os trechos do diário da El estão arando, revirando o solo azedo.

— Eu vi uns vasos sobressalentes perto dos portões principais — diz ele. — Vou pegar um.

Eu o vejo se afastar enquanto tento ignorar meu ressentimento. Não falamos sobre o beijo, nem sequer o mencionamos, mas mal conseguimos nos olhar nos olhos, e nossa trégua incômoda é apenas isso: incômoda. Não é confiável. Olho para o túmulo e penso no *EU AMO A CAT* e, como talvez fosse inevitável, penso em Rosemount.

Nunca tive a mesma dificuldade de lembrar da nossa segunda vida como tenho de lembrar da primeira. Meu peito dói quando penso no Abrigo Rosemount, uma mansão vitoriana que já foi um orfanato católico. O tipo de monstruosidade distorcida, fria, de teto alto que faz as pessoas pensarem em manicômios para lunáticos e valas comuns no porão. Os cuidadores eram bons o suficiente, não exatamente gentis, mas solidários ao nosso drama na medida em que podiam ser. Ninguém no Rosemount jamais foi útil para nós, porque não permitimos que fossem. Éramos fugitivas de doze anos e ponto-final, juramos que era só isso que contaríamos a qualquer pessoa. Inclusive àquele Velho Lobo do Mar que nos encontrou de madrugada, esperando pacientemente no porto a chegada do nosso navio pirata. Foi provavelmente a única promessa que fizemos uma à outra e que realmente cumprimos.

Agora vejo que fui a que chorei mais, porém a que sofreu menos. A El ficou com raiva, assumiu uma atitude desafiadora. Intocável. Ela se afastou de tudo e de todos, até ser apenas eu ainda tentando detê-la. Seus planos elaborados para o nosso futuro eram furiosos, impenetráveis: assim que fizéssemos dezoito anos, deixaríamos Edimburgo e nos mudaríamos para o exterior. Ela seria uma retratista, e eu, uma romancista, e não precisaríamos de ninguém. A El sem dúvida percebia a mentira naquilo, a fantasia. Porque, quando estávamos sozinhas no nosso quarto, ela falava sem parar, obsessivamente, *só* sobre a Terra Espelhada e tudo, todos, ali, como se fossem o que era real, o que era importante, o que permanecia imutável. "Sinto saudade deles", ela dizia repetidamente, como um mantra e um desejo, enquanto batia os sapatos altos vermelho-rubi. Eu entendia o motivo, já naquela época. Mentiras e segredos são difíceis, mas fingir que não se importa é mais difícil ainda. E eu mesma guardava um segredo ruim naquela época. Não era da mamãe ou do vovô que eu mais sentia falta. Era do Ross.

Eu o ouço voltar. Sua expressão ainda é dura. Indecifrável.

— Você está bem?

Assinto, e ele se abaixa para colocar as rosas no vaso. Quando se levanta de novo, o ar entre nós parece mais rarefeito, ainda mais tenso. Quero muito contar ao Ross sobre o rastreador, mas isso significaria explicar os e-mails, explicar por que não *contei* a ele sobre os e-mails ou sobre as páginas escondidas do diário, e tudo entre nós ainda parece em carne viva demais, frágil demais, parecido demais com *isso*. Não tenho coragem.

Eu me lembro de um dia em que estava sentada do lado dele, em cima de um caixote, no Saloon Joe Três Dedos. A El tinha se bandeado temporariamente para o lado dos índios e planejava um ataque-surpresa a Boomtown — e nós fingíamos que não esperávamos por aquilo. Devia ser outono ou inverno, porque o ar estava frio o bastante para enevoar o espaço entre nós. Isso com certeza também foi perto do final de Boomtown e do início da prisão Shank, porque é uma das minhas últimas lembranças do saloon.

O Ross tinha ficado quieto, quase pensativo, até que finalmente se virou para mim, o olhar penetrante, sem piscar.

— Me conta sobre A Ilha.

Eu sorri. Ainda bem que ele estava falando comigo. Que bom que queria algo de mim. Mesmo sabendo que era só porque a El não estava ali para ele perguntar para ela.

— Ela se chama Santa Catalina, fica no Caribe e é incrível. Tem praias, lagoas, manguezais e palmeiras. O capitão Henry vai nos levar lá porque é o lugar favorito dele no mundo. Ele construiu um forte lá e uma casa enorme, e os ilhéus batizaram ruas, vilarejos e até uma grande pedra em homenagem a ele, porque o amam muito.

O Ross me lançou aquele mesmo olhar penetrante e sombrio.

— Então por que ele não volta e faz isso? O pai de vocês. Por que não leva vocês lá?

— Não sei. — Deixei de sorrir. Deixei de me sentir feliz. — A mamãe diz que ele *vai* voltar. Um dia.

O olhar dele se tornou ainda mais intenso, os pontos prateados neles cintilando, e de repente senti medo do Ross, da raiva dele, do que ele iria dizer. Seus lábios se estreitaram. Cruéis.

— Não acredite nela. As pessoas mentem, Cat. Mentem o tempo todo.

Talvez essa lembrança me dê coragem, porque eu me viro para ele agora e estendo a mão para impedi-lo de se afastar.

— Você vai me dizer por que está chateado comigo?

— Eu não estou chateado com você.

Mas ele pressiona a palma das mãos nas pálpebras.

— Eu teria te contado sobre o segundo cartão, Ross. Só não tive oportunidade antes de...

— Você precisa ser honesta comigo, Cat. Precisa me contar *tudo*. Temos que nos mostrar unidos para a polícia, entendeu? — Ele segura minha mão e sinto a dele muito fria. — Eu te disse que a Rafiq não está levando a investigação a sério.

Não acho que isso seja verdade, mas o fato é que penso o mesmo de um monte de coisas que o Ross acredita que sejam verdade. Olho para nossas mãos juntas.

— Está certo. Vou fazer isso. Desculpe.

Ele solta o ar longamente. E meus dedos também.

— Escuta — digo. — Na outra noite...

— Foi um erro — Ross se apressa em dizer e desvia o olhar.

Assinto, concordando. Ignoro aquela antiga ânsia melancólica.

— Nós dois estávamos cansados e chateados. Foi só isso. — Um sorriso. — Isso e aquele uísque Laphroaig.

Tento um sorriso também. Provavelmente tão convincente quanto o dele.

— Eu não... — Ele pigarreia. — Cat. Quero que você saiba que quando eu correspondi ao beijo não foi porque eu pensei... não foi porque você me lembrou a El, ou, você sabe, porque eu estava imaginando que você era a El. — Ele olha para mim. — Não quero que você pense isso.

— Não — digo, porque preciso admitir que o Ross sempre viu a mim e a El como pessoas diferentes. Ele foi um dos poucos que fizeram isso ao longo da nossa vida. Isso devia fazer eu me sentir melhor, mas não faz.

*

Voltamos para casa. Assim que chegamos ao saguão de entrada, aquele peso opressor se instala de novo em nossos ombros, nos cutucando, nos intimidando, nos separando.

Quando pego o envelope e viro o lado onde está escrito **CATRIONA** para trás para abri-lo, o Ross se apoia em uma parede carmesim, um músculo latejando em seu rosto.

— O que está escrito?

Olho para baixo, para o **ELE TAMBÉM VAI TE MACHUCAR** escrito em letras de um vermelho vivo. Ergo o olhar para os olhos injetados do Ross. Então fecho o cartão e a porta do saguão.

— Só mais do mesmo.

— Certo — diz ele, depois se afasta de mim e segue em direção à escuridão do corredor.

Eu me lembro do meu décimo nono aniversário. Quando os planos fixos da El para o futuro — para o nosso futuro — já deveriam estar bem encaminhados. Só que, em vez disso, passei o aniversário dentro de uma sala de espera suja e sem graça, com sofás mais sujos ainda e um quadro emoldurado em plástico mostrando uma paisagem marinha com pedras, areia e ondas. E disse adeus ao meu aniversário sob a luz muito branca de um quarto de hospital. Olhando para a El, que olhava para mim. Ela envolta em lençóis muito apertados, aquela bandagem manchada de sangue repuxando a cânula nas costas da mão. Sorrindo aquele sorriso que nunca fui capaz de esquecer: cansado e trêmulo, mas cheio de tanta alegria. De tanto ódio. A voz que mais parecia um coaxar, o riso contido nela.

Eu venci.

11

john.smith120594@gmail.com   10 de abril de 2018 às 15h36
Re: ELE SABE   Caixa de entrada
Para: Mim

PISTA 5. ONDE OS PALHAÇOS SE ESCONDEM

Enviado do meu iPhone

*

Eu me ajoelho no chão do Café dos Palhaços, levanto o barrado da cama e espero meus olhos se ajustarem ao escuro. Só consigo ver uma coisa. Quadrada e preta. Uma terrível suspeita me faz estender a mão e puxar seja o que for aquilo para a luz. Escuto a voz da minha mãe — alta e furiosa —, enquanto ela vira a mochila de cabeça para baixo e espalha pacotes de pó, latas de comida e uma garrafa de plástico no chão do quarto. *Esses estão fora da validade! Esse está vazio! Pelo amor de Deus, Catriona, por que você é tão inútil? Isso é importante! Você nunca vai fazer o que lhe mandam fazer, garota estúpida?* Mas o que pego embaixo da cama não é uma mochila de lona preta. É uma lanterna antiga. Placas de vidro embaçadas e pontas de metal afiadas. Uma vela velha queimada até o toco. Um gancho enferrujado. É quase exatamente igual à lanterna que vi pendurada na popa do *Satisfaction*. Que *ainda* está pendurada na popa do *Satisfaction*. Uma lanterna que três dias atrás me fez estremecer a ponto de quase quebrar meus ossos. Presa à estrutura de metal, há outra página do diário.

<u>16 de fevereiro de 2004</u>
A Cat não entende. Ela nem tenta entender. É como se não quisesse entender. Ela é uma idiota. Acha que, se finge que alguma coisa não aconteceu, então não aconteceu. Mas, se a gente esquece uma coisa, pode acabar esquecendo <u>Tudo</u>. E isso é pura burrice. É o que deixa uma pessoa burra. Às vezes eu odeio a Cat por isso. Às vezes gostaria de não ter uma irmã. Às vezes quero que ela simplesmente desapareça.

Não quero mais pensar na El no Rosemount. Não quero mais pensar na *El*. Odeio conseguir ouvir a voz dela: o desprezo sarcástico e zombeteiro. Odeio que ela ainda tenha poder de me atingir, de me magoar. Faz com que eu sinta uma vergonha tão grande que é como se *eu* tivesse desaparecido.

Empurro a página do diário e a lanterna novamente para baixo da cama e começo a vasculhar o Café dos Palhaços como uma mulher possuída, abrindo gavetas e armários, checando embaixo de enfeites e livros. Há tantos quartos nesta casa, e as caças ao tesouro da El eram intermináveis: muitas vezes havia três ou mais pistas escondidas em cada quarto. Ela sempre odiava quando eu fazia isso — quando encontrava pistas fora da sequência —, mas estou farta de dançar às cegas conforme a música dela. Puxo com força a porta do guarda-roupa. Como ela não abre, puxo com mais força. O guarda-roupa abre com um protesto pegajoso. Nada de tintas para pinturas faciais, perucas ou macacões. O armário está completamente vazio, a não ser pelo pequeno pedaço de papel na única prateleira.

De repente, sinto medo. Os cabelos da nuca se arrepiam, como se uma mão longa e ossuda estivesse a centímetros de cair pesadamente sobre meu ombro.

<u>10 de agosto de 1998</u>
Alguma coisa se aproxima. Está quase aqui.
Às vezes fico com tanto medo que esqueço de respirar. Esqueço que posso respirar.

As sinetas me assustam o tempo todo. Sei que na verdade o problema é o que vem depois delas, mas é nelas que mais penso. Às vezes acho que escuto as campainhas tocarem, quando elas não tocam. Às vezes sonho com elas e acordo com a mão na maçaneta da porta, pronta para fugir. Ou sacudindo a Cat com força o bastante para fazer seus dentes baterem. Às vezes acordo no andar de baixo, e esses são os momentos que mais me assustam. E se uma noite as LUZES DA MORTE me encontrarem antes de eu acordar? Uma vez acordei no convés principal do Satisfaction. O vento soprava alto demais e as velas amurando a bombordo balançavam como lençóis pendurados para secar no jardim. E sei que era porque eu estava tentando procurar o papai. Afinal, por que ele nunca volta quando ELE sempre volta? Quando TODOS os maus sempre voltam? Com mais frequência agora. O tempo todo.

Solto a folha de papel, fecho a porta do guarda-roupa, corro para a cama e pego meu notebook.

O que você quer??? Por favor, El, só me diga o que está acontecendo.

A resposta é imediata.

NÃO SOU A EL. A EL ESTÁ MORTA.

Ainda assim, não consigo resistir. Embora eu saiba — eu *sei* — que resistir é a única resposta sensata que me resta.

Então quem é você, porra?

Dessa vez ela me faz esperar talvez um minuto.

EU SOU A RATA.

*

— Vamos sair — diz o Ross. — Não aguento mais olhar para essas quatro paredes.

Não consigo dizer não, porque não quero. Quero ir para qualquer lugar, desde que não seja aqui.

Demoro muito para me aprontar. Demais. Ponho um dos meus poucos vestidos caros, curto e preto, enfeitado com fios de seda azul. Prendo o cabelo em um coque frouxo no alto da cabeça. Pinto as unhas do mesmo tom de vermelho que o batom que passo nos lábios. E, quando me olho no espelho, vejo a El antes de ver a mim mesma. Então me convenço a não vê-la.

No topo da escada, me pego repentinamente paralisada por uma terrível sensação de mau presságio. Tenho vontade de voltar correndo para o Café dos Palhaços e ficar lá. É como se dedos pressionassem minha coluna, minhas omoplatas. *Pare de ter medo de cair. Ou sempre terá medo de voar.*

— Está pronta? — pergunta Ross, da cozinha.

Seguro o corrimão com força, o coração disparado, até que a vertigem, aquela velha e terrível urgência de desistir, de cair, desaparece no mesmo lugar escuro que a voz furiosa da minha mãe.

*

O restaurante fica em uma ruazinha perto da Leith Street, as pedras iluminadas apenas por antigos lampiões vitorianos. O Ross pousa a mão nas minhas costas enquanto abre a porta. Dentro, o lugar é movimentado sem ser barulhento — vigas baixas e aconchegantes, com toalhas de mesa quadriculadas vermelhas e brancas e paredes cor de chocolate escuro.

Um homem gordo e barbudo acena na nossa direção e se aproxima.

— Ross! — diz ele. — Que bom te ver, meu amigo. — Enquanto ele aperta a mão do Ross, sou submetida a um exame desconfiado e nada sutil. — Ouvi dizer que ainda não há novidades — volta a falar o homem, ainda olhando para mim, então a ficha cai. Ele pensa que sou a El, mas ao mesmo tempo sabe que não sou.

— Não, ainda não — diz Ross. — Desculpe, essa é, hum... a Cat, irmã gêmea da El. Cat, esse é o Michele. Ele também é dono do Favoloso em Old Town.

Michele balança a cabeça.

— Sim, que coisa terrível... que coisa terrível... — Seu olhar se desvia novamente para mim. — É impressionante, menina, como você se parece com ela.

— Desculpe — volta a falar Ross. — Sei que não reservamos nem nada, mas será que...

— Sim, é claro, não se preocupe. Venham comigo.

Passamos por várias mesas até chegarmos ao fundo do restaurante. Consigo ouvir o barulho abafado da cozinha. O Michele nos leva até uma mesa de canto.

— Lamento que seja um pouco, ahn...

É um pouquinho *ahn*. As cadeiras são altas, e duas velas de haste longa tremulam em cada lado da mesa, com uma única rosa-vermelha em um vaso entre elas. Não há outras mesas por perto. Claramente, esse é o canto destinado a uma "ocasião romântica e especial".

— Não tem problema — diz Ross. — Obrigado.

Tiro o casaco e, quando o Ross olha para mim, tento não me sentir lisonjeada com o brilho rápido que vejo cintilar em seus olhos. Ele pigarreia e se senta.

— Você está bonita.

Pedimos alguns antepastos e um frascati que o Michele recomenda. Quando ele se afasta, começa o que parece ser uma procissão interminável de garçons e garçonetes para servir a nossa mesa. Por volta do quinto garçom — um adolescente que traz uma segunda cesta de pão —, percebo que a real intenção deles também é me observar mais de perto. Eu me sinto como uma aberração em um show de horrores.

— Quantas vezes você e a El vieram aqui?

O Ross para de fingir que está alheio e passa a mão pelo rosto.

— Sinto muito, Cat. Não achei que seria estranho, nem quando cheguei aqui, sabe? Sinto muito de verdade. Quer ir embora?

— Não. Está tudo bem.

Embora não esteja. Mas o que está me chateando é a situação, não ele. É a El. A coisa toda da Rata não é só irritante, é sarcástica. Porque a verdade é que a Rata sempre foi minha amiga, não da El. Uma Rata para combinar comigo, uma Gata (Cat). Uma criação *minha*. Sua existência significava que eu nunca seria a última na hierarquia; significava, também, que eu sempre poderia ter a garantia de uma boa companhia, um ouvido solidário. E agora a El se apoderou até disso.

Então, por que diabos o Ross e eu deveríamos nos sentir como uma atração de segunda categoria? Por que devemos nos sentir culpados? Nós não fizemos nada de errado.

As entradas são servidas por uma garçonete que se esforça tanto para evitar olhar para nós que acaba quase deixando cair o prato do Ross no colo dele. Sinto vontade de rir, mas percebo que aquilo só deixa o Ross ainda mais tenso. Quando a garçonete se afasta, ele começa a comer como se aquela fosse sua última refeição. Quero tanto vê-lo relaxar... Gostaria de poder pegar só uma pequena parte da preocupação dele, do estresse, do sofrimento, e trocar pela minha raiva. Mas sei que o Ross não vai apreciar o esforço, nem vai querer ouvir, portanto só me resta distraí-lo.

— Você se lembra do Rosemount?

Ele fica imóvel, o garfo a meio caminho da boca.

— A prisão de Marshalsea?

— Não era tão ruim assim.

— De acordo com a El, era, sim.

— A El sempre foi meio propensa a exagerar. — O vinho acalmou um pouco meus nervos, me deixando menos tensa. — Você se lembra da prisão Shank, na Terra Espelhada? Aquilo sim *era* ruim.

— É claro que eu me lembro. — Ele me olha com um pouco mais de intensidade. — E você?

— É claro.

A El fingindo que era Andy Dufresne, me dando ordens: se esconde ali, espiona lá, procura acolá. Eu me lembro do antigo pátio de cascalho — substituído agora por aquele pavimento plano no jardim dos fundos —, a única parte da Terra Espelhada que ficava ao ar livre. Um pátio de exercícios ao redor do qual a El insistia que ela e eu marchássemos sem parar por horas intermináveis. Às vezes na chuva, às vezes até escurecer. Chutando aquelas pedras prateadas e cinza. O som delas sendo trituradas e cedendo sob nossas botas de prisão, seu pó de calcário grudando em nossos uniformes de prisioneiras, compridos demais: as velhas capas à prova d'água e os macacões de pesca do vovô.

Dentro da prisão Shank, o Ross sempre foi o carcereiro, ou o guarda responsável pelo Conjunto de Celas 5, construído em cima dos velhos engradados de frutas de madeira que costumavam ser o passadiço de Boomtown. Eu me lembro de seus olhares severos e autoritários. A excitação proibida que provocavam suas ameaças de nos prender e de nunca nos deixar ir embora dali. Na época, nós nos aproximávamos rapidamente da adolescência; acho que a prisão Shank foi o último suspiro ruim da Terra Espelhada.

— Eu me lembro de Rosemount, mas apenas vagamente — diz Ross, reabastecendo nossos copos. — Vocês duas já tinham passado quase seis anos de dificuldades quando voltei a vê-las.

Fico chocada com a facilidade e a nitidez com que consigo me lembrar daquele dia. Das suas cores e cheiros. Era um dia frio de primavera, o ar tinha um cheiro forte de fumaça de carvão e botões de rosas-brancas. Eu estava encostada em um dos pilares da Galeria Nacional da Escócia, entediada, com frio, esperando a El sair. Ela era capaz de passar o dia todo em uma galeria de arte, da hora em que abria até fechar, e, mesmo que nós mal nos falássemos na época, eu ainda estava determinada a pelo menos tentar.

Vi o Ross do outro lado da Princes Street, saindo de uma loja de departamentos, carregando sacolas. Ainda hoje, não consigo descrever como me senti ao voltar a vê-lo. Em 2004, a ideia de deixar o Rosemount não parecia mais uma oportunidade, mas uma perspectiva aterrorizante. Os cuidadores falavam o tempo todo com a gente sobre envelhecer, como se tivéssemos cento e cinquenta anos em vez de quase dezoito. Também ficavam repetindo quais eram as nossas opções, para que soubéssemos que não tínhamos muitas. O Ross era uma parte muito importante da primeira etapa da nossa vida, uma parte havia muito abandonada, largada para morrer.

Então, quando o vi — mais alto e corpulento, mas do mesmo jeito —, aquele lampejo inicial de alegria e empolgação foi imediatamente temperado com uma sensação de perda. E desconforto.

Eu não me mexi, mas ele me viu mesmo assim. Meu coração acelerou e meu estômago apertou enquanto ele atravessava a rua e corria na minha direção. O Ross só parou quando estava a menos de dois metros de mim, o vapor de seu hálito nublando o espaço entre nós, seu sorriso quente e largo.

— Cat.

— Oi, Ross.

Havia lágrimas em seus olhos antes de haver nos meus. Mas eu não poderia jurar quem iniciou o primeiro contato. Em um instante, o Ross não estava mais na minha vida, e no instante seguinte seus braços me envolviam com força e meu rosto estava colado no peito dele. E ele era tudo que eu conseguia cheirar, respirar, sentir.

— Por onde você andou? Você está bem? — A ponta do nariz dele estava rosada. Seus olhos brilhavam. — Tentei encontrar você. Tentei encontrar vocês duas, mas...

— Sinto muito.

Porque nós, é claro, sempre soubemos onde *ele* estava. Aquilo era parte do acordo que havíamos feito uma com a outra em Granton Harbour — nada da nossa primeira vida poderia sobreviver, por mais que desejássemos o contrário.

O Ross voltou a sorrir.

— Tudo bem. Agora encontrei você.

Então eu sei que fui eu que o abracei, porque meu rosto ardeu com o esforço de ganhar coragem para fazer aquilo. Passar os braços ao redor do pescoço dele, sentir a extensão dos seus ombros sob a palma das mãos, sentir a aspereza estranha, *adulta*, da pele do rosto dele roçando a minha.

Eu não queria mais que a El saísse da galeria. Eu sabia que ela estragaria aquele momento. Mas, quase como se eu a tivesse conjurado, lá estava ela.

O Ross me soltou.

— El?

Se era uma pergunta, ela não respondeu. Temi o momento em que ele se afastaria de mim e iria até ela. O momento em que Ross a tocaria, beijaria, em que a puxaria mais para perto. O momento em que retomaríamos nossos antigos papéis... onde os dois esqueceriam que eu existia. Isso não aconteceu. Quando o Ross se adiantou, a El recuou. Apenas alguns passos, mas o suficiente para detê-lo.

— El?

— Por que você está aqui?

— Eu... Acabei de ver a Cat parada aqui e... — Eu o vi engolir em seco. A expressão em seu rosto era um misto de mágoa e confusão.

Eu me virei para olhar para a El e vi seu aborrecimento e sua frustração para comigo. Aceitei, porque era merecido, mas ao mesmo tempo desprezei-a por isso. Éramos idênticas, éramos independentes. Ela não mandava em mim.

Ficamos todos parados, sem jeito, calados. Depois de algum tempo, a El cedeu o bastante para dar um beijo no rosto do Ross.

— Temos que voltar.

— Para onde? — O Ross olhou primeiro para mim, depois para ela.

— Para o Abrigo Rosemount — respondi, ignorando o olhar da El. — Fica em Greenside. Se quiser, pode nos visitar...

— Vamos — a El disse. Então me agarrou pelo cotovelo e me puxou pelos degraus até o jardim. — Temos que ir.

— Não ligue para ela — falei, particularmente encantada e envergonhada por estar encantada. — Ela é assim com todo mundo agora. — Porque era verdade.

A El não disse uma palavra até já estarmos no ônibus, a meio caminho do abrigo, quando se virou para mim, o rosto corado e furioso.

— Nós tínhamos um acordo. Essa é a nossa nova vida e não precisamos de mais ninguém nela.

Eu não conseguia entender por que ela estava tão chateada, mas me senti mal. Foi a maior demonstração de emoção da El em anos.

— Mas é o *Ross*.

A expressão dela ficou mais dura, mas seus olhos estavam úmidos.

— Não importa. Nós tínhamos um acordo. E você não cumpriu.

— É estranho — digo ao Ross agora. — As coisas que estou lembrando. O que aconteceu então e... depois. — Sei que estou pisando em terreno perigoso, mas o vinho e o "ela acha que, se finge que alguma coisa não aconteceu, então não aconteceu", da El, fazem com que eu aja de forma imprudente. Na defensiva. — O motivo de eu ter ido embora.

A chama da vela tremula. Nossos olhares se encontram.

O Ross é o primeiro a desviar o dele.

— Talvez seja melhor deixar algumas coisas esquecidas.

— Talvez. Provavelmente.

E, ao sentir um súbito lampejo de dor, o que estou pensando é *definitivamente*. Afinal, antes de mais nada, foi essa filosofia que me fez fugir para os Estados Unidos. Mas é difícil desligar um motor que outra pessoa ligou, ainda mais quando essa outra pessoa ainda tem as chaves.

— Estou pensando em contratar um investigador marítimo — comenta Ross, e em seguida olha para mim. — Você acha que é uma ideia ruim, não é?

Tomo um gole do vinho, mais irritada do que deveria com a mudança repentina de assunto.

— Por que a El usou aquele porto?
— O quê? Você está querendo saber por que ela atracou o barco em Granton?
— Sim.
Ele encolhe os ombros.
— É o mais próximo. E, pelo que sei, é o único. Não há iates clubes em Leith Docks. Por quê?
— Só fiquei curiosa, só isso. Não sei. — Massageio as têmporas. — Você realmente acha que foi um acidente, não é? O que aconteceu com a El. Você não acha que alguém pode ter feito algum mal a ela. Você não acha que ela possa ter feito algum mal a si mesma. Você não acha que ela fugiu.
Ele me olha com firmeza.
— Isso são perguntas?
Não digo nada. Cerro os lábios para me forçar a mantê-los fechados.
— Quero saber quem mandou aqueles cartões para a El, quem está mandando agora para você. Mas não acho que quem quer que esteja mandando esses cartões tenha feito algum mal a ela. Só fico preocupado que... que o estresse dessas merdas tenha levado *a El* a cometer alguma tolice. — Ele se inclina para a frente. — E *não* estou falando de suicídio. Sim, ela estava deprimida, era muito chata, mas não era suicida. Eu disse a você... — O Ross provavelmente se dá conta de como está falando alto, de como está parecendo agitado, porque olha ao redor e abaixa a voz. — Ela estava mudada. Estava diferente. Distante. Distraída. — Ele suspira e fecha os olhos. — Então sim. Acho que ela saiu naquele maldito barco e que sofreu um acidente.
Olho para ele, para as olheiras sob os olhos, as linhas rígidas da expressão fechada.
— Você realmente acha que ela está morta?
Ele nem pisca.
— Sim. Eu realmente acho que ela está morta.
— O que acharam das entradas? — pergunta Michele, com um sorriso que já começou forçado, e Ross e eu nos afastamos um do outro como se tivéssemos sido eletrocutados.
— Ótimas, deliciosas — murmuramos. O sorriso forçado se apaga do rosto do Michele, que recolhe nossos pratos sem dizer uma palavra.
O Ross me olha com uma expressão ressentida.

— Onde mais ela estaria, Cat? Em um hotel barato de beira de estrada, assistindo a *Game of Thrones* e vivendo de serviço de quarto? E *por quê?* Foi a sua telepatia de gêmea, ou seja lá que diabos você pensa que é, que te disse isso? *Por que* a El faria uma coisa dessas?

O primeiro pensamento terrível que me passa pela cabeça é que redes de hotéis baratas provavelmente não oferecem serviço de quarto. O segundo é que o Ross parece bem com raiva, ou seja, não parece tão desesperado como se estivesse se afogando. O terceiro é o que realmente tenho vontade de dizer, mas não vou dizer. *Porque ela está fazendo um maldito joguinho. Porque ela me odeia. Talvez te odeie também, não sei. Talvez você ainda seja burro demais para entendê-la.*

— Meu Deus — ele diz, balançando a cabeça. — Eu sei que a mãe de vocês fez uma grande besteira, mas...

— O quê?

— A sua mãe era um manual de transtornos mentais. Paranoica, com mania de grandeza e de perseguição. Ela encheu a cabeça de vocês com merdas estranhas o suficiente para confundir qualquer um, quanto mais duas crianças. Ficava repetindo que vocês eram especiais, diferentes, que não conseguiriam viver uma sem a outra, até isso virar verdade. Não é à toa que você e a El tinham um relacionamento tão ferrado.

Temos, penso, e meus dedos apertam a toalha de mesa. A EL ESTÁ MORTA. SOU A RATA. Nós *temos* um relacionamento ferrado. Eu quase rio, mas me lembro da minha mãe escovando nosso cabelo com movimentos longos e fortes: *Vocês estão crescendo rápido demais.* Como se pudéssemos impedir. Como se a acusação não estivesse totalmente em desacordo com o pavor apocalíptico dela, com os livros adultos que ela lia para nós, com a bravura que ela esperava de nós. A prontidão. Aqueles dedos sempre cutucando minha coluna, pressionando minhas omoplatas. *Pare de ter medo.*

O Ross suspira, já sem energia.

— Merda, desculpe. Desculpe. — Ele estica a mão por cima da mesa e aperta a minha. Só solta quando outro garçom passa. — Podemos apenas conversar sobre alguma coisa, qualquer coisa, normal? Só por cinco minutos?

Sirvo o resto do vinho, embora mal tenhamos chegado à metade da refeição.

— Acho que podemos tentar.

12

Quase quatro meses depois de termos esbarrado com o Ross do lado de fora da Galeria Nacional da Escócia, acordei no nosso quarto minúsculo no Abrigo Rosemount, tomei o café da manhã, escapei para o chuveiro comum para vestir a minha melhor roupa — jeans skinny, botas e uma camisa do exército holandês amarrada com um nó na cintura — e peguei o ônibus para o Royal Botanic Gardens, onde o Ross me esperava perto do grande portão, na Inverleith Row. Ele pegou a minha mão enquanto atravessávamos o gramado e, quando nos sentamos, estávamos ambos sorrindo, embora nenhum de nós tivesse falado uma palavra.

O Ross se esticou na grama e fechou os olhos, e aproveitei a oportunidade para observá-lo avidamente. A camiseta dele era justa demais — o Ross estava adquirindo músculos onde antes era apenas magro. Seus braços e rosto estavam bronzeados como os meus, depois de semanas sentados no Holyrood Park e no Princes Street Gardens, observando artistas de rua e turistas, no início do verão. A El sempre vinha também: taciturna, monossilábica. Mas, naquele dia, a El estava doente. Naquele dia, eu a havia deixado tossindo e engasgando na cama e, quando disse a ela que iria ver um emprego em um bar que vira em um anúncio, fingi que o peso no meu peito era só uma infecção passageira, uma dor empática.

O Ross acendeu um cigarro e eu observei a espiral de fumaça se elevar. Ele parecia tão mudado, tão adulto. Eu sabia que ele fumava maconha, que às vezes tomava alguns comprimidos. Ele nos contava que ia a clubes noturnos e ficava muito louco, e tudo parecia tão desconhecido, tão emocionante. Eu sabia que faria qualquer coisa que ele me pedisse, não importava o que fosse.

Quando o Ross riu, percebi que eu tinha olhado com interesse para a virilha dele, e meu rosto ardeu de tão quente.

— Ei, está tudo bem — disse Ross, apoiando o peso do corpo nos cotovelos. — Eu gosto quando você olha.

Eu gostava quando *ele* olhava. Mesmo quando era menino, o Ross tinha aquele jeito de me fazer sentir a pessoa mais importante do mundo. E, quando ele parava de olhar, era como se eu fosse a menos importante.

— Estou me sentindo culpada — confessei, e me arrependi na mesma hora.

— Por quê?

Mas ele sabia por quê. Por mentir para a El quando eu nunca tinha mentido antes. Jamais. Por não ter contado a ela que o Ross e eu vínhamos trocando mensagens de texto secretamente havia meses. Ou que às vezes eu não conseguia dormir porque ficava pensando nele, querendo o Ross só para mim. Por estar feliz — radiante — por ela estar tão doente que eu poderia fugir para me encontrar sozinha com ele, e ela provavelmente nem notaria.

— Ela não fala com você — disse Ross. — Não fala com ninguém. — Havia uma dureza na voz dele que me deu um imenso prazer.

— A El não consegue evitar — retruquei de um jeito benevolente, tentando não notar que a mão dele se aproximava lentamente da minha. — Ela está presa no passado. Só quer falar da Terra Espelhada, ou da mamãe e do vovô, e eu não. Eu quero viver o agora. — Olhei para o Ross, encontrei seu olhar intenso como se estivesse contando a ele os segredos do universo, e de repente me senti absurdamente tímida e estranha. Mas acabei baixando o olhar para o gramado desbotado pelo sol.

— Cat.

— Acho que isso faz de mim uma cretina.

— Cat.

O Ross me fez olhar para ele da melhor maneira: se aproximando o bastante para eu poder sentir o cheiro do seu desodorante, da sua pele, então segurou o meu rosto entre as mãos e me virou para ele.

— Você não é uma cretina.

Nesse instante eu soube o que estava prestes a acontecer. Mesmo antes de ele se aproximar mais, baixar os olhos para a minha boca, afastar o cabelo do meu rosto. Mesmo antes de ele deixar escapar um gemido que fez meu rosto esquentar novamente, meus batimentos cardíacos parecerem as batidas de um tambor, minhas entranhas doerem, pesadas.

Ela não o quer mais, falei para mim mesma. *Ela não quer mais ninguém.* E o que eu estava querendo dizer era *ela não me quer.*

Então os lábios do Ross encontraram os meus, seu hálito, seus dentes, sua língua, e a El desapareceu de vez da minha mente. O meu primeiro beijo.

O táxi entra na Westeryk Road e eu me viro para olhar para o Ross. Ele já está olhando para mim. E eu me pergunto se, afinal, a telepatia talvez não seja exclusiva de gêmeos, porque tenho quase certeza de que ele está se lembrando exatamente das mesmas coisas que eu.

No entanto, assim que o táxi se afasta e nós entramos pela porta vermelha e a fechamos, a atmosfera entre nós muda. Entramos na sala de estar, nos demorando perto da porta. O Ross nem tira o casaco. Na verdade, isso é o que é *normal* para nós. Ficarmos à espera, junto com a escuridão, os fantasmas e os silêncios pesados.

— Quer beber alguma coisa?

A pergunta do Ross soa estranhamente mal-humorada, mas eu assinto porque quero beber. Talvez até mais do que resgatar o espírito da nossa noite.

Ele prepara duas vodcas-tônicas no Poirot. Eu o observo até começar a me entediar, então vou até a janela. A casa da Marie está às escuras. A rua está vazia, silenciosa. Eu me pergunto se alguém nos observa agora, dou um passo para trás e fecho as cortinas largas.

O Ross me entrega o drinque, então se abaixa na frente da lareira para acender o fogo, e começa a acrescentar lenha até a sala ficar quente e dourada de novo. Ele se levanta e se vira para mim com um sorriso melhor.

— Me conta como você está.

— O quê?

— Eu não perguntei. Nem uma vez desde que você voltou, e deveria ter perguntado. Então — Ross se senta na poltrona reclinável —, como você está? Como é sua vida em Los Angeles? — Ele faz uma pausa. — Você está feliz?

Ele parece bonito demais à luz bruxuleante do fogo. Até mesmo a sombra da barba por fazer e as olheiras escuras o fazem parecer mais atraente. Lembro com raiva dele se referindo a si mesmo como o viúvo lamuriento. Eu me pergunto se ele sabe que existem páginas inteiras do Facebook dedicadas a ele.

— Los Angeles é boa para mim — digo, porque sinto que tenho que dizer alguma coisa. — Lá não preciso me preocupar com pequenas coisas. E nem mesmo com um monte de coisas grandes.

Dou um gole grande demais na vodca-tônica, porque estou morrendo de vontade de contar a verdade ao Ross. Quero contar a ele que às vezes me sinto tão infeliz que o ar me falta. A El tem um barco, uma casa, uma vocação — um talento. Amigos. Um marido. Eu tenho um trabalho que odeio, escrevo matérias ridículas sobre café com leite de espinafre, casais que traem e a porra do Wi-Fi espiritual. E saio com homens a quem não dou a mínima importância — homens que geralmente agem como se não me dessem a mínima importância. Saio demais. Bebo demais. Passo horas demais sentada na varanda de um apartamento que não é meu — e que agora nem sequer *alugo* mais —, olhando para um vasto mar azul e um vasto céu azul, ciente de que preferia estar em qualquer outro lugar, mas fingindo que não. Eu não estou vivendo. Estou esperando. Que algo, qualquer coisa, aconteça. E o pior de tudo é que comecei a me perguntar se isso — tudo isso que está acontecendo nesse momento — é o que eu estava esperando.

Pouso o copo.

— Desculpe, preciso ir ao banheiro.

No banheiro, abro a torneira fria e jogo água no rosto. Eu me olho no espelho. Espero me ver horrível, mas não. Estou parecendo viva, cheia de energia. Estou parecendo a El.

O que você está fazendo? Que diabos você está fazendo?

Estou bêbada — de um jeito já longe de ser agradável. Eu me sinto zonza e aérea. Mas sei exatamente o que estou fazendo. O que vou fazer.

Eu e o Ross continuamos a nos ver escondido da El. Durante meses. Nós fingíamos que ela não se importaria, sabendo que ela se importaria. Talvez estivéssemos tentando puni-la, por ela ter nos rejeitado indiscriminadamente. Agora consigo ver que a El estava doente — deprimida ou coisa pior — mas isso não é o suficiente para entorpecer a dor e a raiva. As minhas desculpas se tornaram cada vez menos convincentes, o retraimento dela, cada vez mais agudo. E eu continuei a não me importar. Eu queria me agarrar a tudo a que ela não se agarrava.

— Ei, dormiu aí no banheiro? — grita Ross, acho que do pé da escada.

— Já estou indo — grito de volta.

Olho para o meu vestido. Lembro do ciúme irracional que senti da Shona. Do meu sorriso largo e zombeteiro — *Ela não está morta. Azar o seu*. Então começo a arrancar os grampos do cabelo e o sacudo para soltá-lo. Não preciso ser a El para deixar de ser eu.

— Você está bem? — pergunta Ross, quando volto para a sala de estar.

— Sim. — Quase não consigo suportar olhar para ele, a expressão fechada, seus olhos, a luz bruxuleante do fogo entre nós. É tão absurdo eu me sentir assim... eu ainda me sentir assim.

Ele se levanta.

— Tem certeza? Você...

— Você sente falta da Terra Espelhada?

O Ross não parece surpreso nem irritado com a pergunta. O sorriso alcança seus olhos.

— Passei os melhores momentos da minha vida lá. Senti muito quando acabou.

— Você já desceu até lá? Depois que comprou a casa?

Ele assente.

— Foi muito triste. Os MacDonald devem ter encontrado a porta no armário da despensa. Eles praticamente limparam a passagem que levava ao jardim da frente e praticamente deixaram a lavanderia apodrecer. — Ele faz uma pausa. — Eu cobri a porta... a El ficava chateada demais quando ia lá.

Mudo o rumo da conversa, tanto para apagar a ruga que voltou a aparecer entre as sobrancelhas dele quanto para evitar dizer que arranquei o papel que encobria a porta.

— Meu Deus, você se lembra das incursões do *Satisfaction* aos domínios espanhóis no Caribe?

— Muita pilhagem. — O sorriso familiar dele provoca em mim uma sensação amarga e doce ao mesmo tempo. — Aquilo foi culpa minha. Eu era meio cleptomaníaco.

— Seus Troféus do Tesouro.

— Jesus, meus Troféus do Tesouro. Que bobagem. Sabe, a minha mãe encontrou um monte de porcarias do nosso baú do tesouro no meu guarda-roupa alguns anos depois que vocês foram embora. Incluindo um conjunto completo de talheres de prata de lei vitorianos. Ela não me perguntou nada a respeito, apenas doou para um bazar de caridade.

Vou até ele, que para de sorrir. O Ross arregala os olhos quando me aproximo mais, e respiro fundo, tentando ser corajosa para continuar.

— Sinto saudade de nós — sussurro.

— Cat. O que...

Estendo os braços e apoio as mãos espalmadas no peito dele.

— Sinto saudade principalmente de nós na Terra Espelhada.

— O que você está fazendo?

— Não quero mais falar — digo. Quando passo os dedos ao longo do pescoço e do maxilar dele, minhas mãos não hesitam nem tremem.

O Ross fica paralisado, segura as minhas mãos e se afasta.

— Não. Não podemos fazer isso.

Há uma escuridão ao nosso redor, e consigo senti-la se aproximando. O fogo estala. Escuto o relógio de pêndulo tiquetaqueando, tiquetaqueando, tiquetaqueando na sombra do corredor. Tudo à nossa volta na casa geme, respira e ri.

Pressiono o corpo com força contra o dele e, embora não fale em voz alta, sei que está nos meus olhos. *Ela não está morta. Ela só te deixou, assim como a mim.* Beijo o rosto dele, o maxilar, passo a língua na pele salgada do pescoço dele. Quero que o Ross ceda. Quero que ele implore. Sempre quis que ele implorasse.

Mas, em vez disso, o Ross me afasta de novo. Fecha os olhos. Recua um passo.

Eu me lembro desse olhar horrorizado, de como ele se desvencilhou rapidamente de mim, nessa mesma sala, três noites atrás. Escuto o barulho de uma tranca pesada sendo erguida. O estampido estrondoso de botas. *Alguma coisa está se aproximando. Alguma coisa está quase aqui.* Então começo a tremer. Pouso as mãos no rosto do Ross, no peito dele, acaricio suas omoplatas, corro os dedos pelo seu cabelo.

— Cat, você tem que parar — diz Ross, mas, sem se dar conta, ele já está me tocando, agarrando meus braços, me mantendo onde quero estar. Onde já estou.

— Por favor.

Meus dedos deslizam cada vez mais para baixo. Sinto a respiração dele quente e acelerada, a ponta dos seus dentes no meu pescoço enquanto pressiono a palma da mão contra sua virilha. Escuto sua voz abafada contra minha pele.

— Deus. Por favor. Por favor, Cat.

E, assim que eu o beijo de novo, ele cede. O beijo é molhado, quente, desajeitado, mas é disso que eu preciso. Tudo parece tão à flor da pele que quase dói. Nós nos agarramos desesperadamente, como sempre fazíamos. Com a mesma pressa. Com a mesma loucura. Com o mesmo prazer. O Ross deixa escapar um gemido, alto e quase angustiado, e eu penso, *sim*. Sim.

Acho que estamos punindo a El de novo, da única forma que sabemos. Mas, Deus, não é o que parece. Cambaleamos para trás. Ele me beija como se não precisasse respirar, e eu retribuo o beijo e tudo o mais — os murmúrios, a pressa de arranhar, apertar, morder — tudo é bom, saudável e certo de uma forma que ninguém jamais sentiu. Perdi a virgindade com o Ross do mesmo jeito: o corpo pressionado em uma cômoda no quarto dele; tudo muito rápido e desesperado, a dor necessária e primitiva, um estímulo para fazer mais, sentir mais, receber mais. Cada vez mais.

Ele me senta sobre a cômoda baixa de mogno e eu sinto a superfície francesa encerada e fria contra a pele. Nós nos atrapalhamos com as roupas um do outro e avançamos em uma lentidão frustrante. Ele me puxa mais para perto, pressiona o corpo com mais força contra o meu, me morde acima do ombro esquerdo com tanta força que me faz gritar e agarrá-lo com mais força ainda. Cada parte de mim o deseja, sem nenhum pingo de dúvida ou culpa. Penso no que a El escreveu: *Às vezes quero que ela simplesmente desapareça*. E neste momento, bem aqui, não só estou feliz por ela ter feito isso como tenho certeza de que o tempo todo realmente era a El quem deveria ter desaparecido.

Quando finalmente conseguimos nos livrar das roupas para ele me penetrar, se encaixar dentro de mim, nós dois a ponto de gritar, então nos contemos e sussurramos "foda-se" na boca um do outro. E paro de pensar na El.

*

Nunca houve um momento em que a Terra Espelhada não parecesse real; em que não conseguíssemos sentir o vento e a chuva e nos maravilhássemos com isso, ou sentir o cheiro do mar, da fumaça, do suor e do sangue ali. Mas, às vezes, a Terra Espelhada parecia *muito* real, e esses eram os momentos em que éramos inteligentes, cruéis ou estávamos com medo.

Numa tarde longa e quente de sábado, quando o *Satisfaction* estava entre portos, a El e eu criamos um jogo para passar o tempo. O Ross seria lançado ao mar, em alto-mar, e jogaríamos punhados de tachas afiadas em cima dele, que teria dez minutos para encontrar e devolver cada uma delas, antes de içarmos âncora e partirmos.

Ele relutou, é claro, mas todas as regras da Terra Espelhada, definidas pela El ou por mim, tinham que ser obedecidas. Assim, o Ross ficou no mar do Caribe, a cerca de quinhentos quilômetros da costa do Haiti, os ombros curvados e fingindo não recuar enquanto jogávamos as tachas na direção dele.

Com certeza ele sabia que não conseguiria. Que o jogo *tinha a intenção* de ser impossível. Mesmo assim, ele tentou: procurou as tachas espalhadas por todos os cantos do mar, recolhendo-as com uma das mãos e pegando-as com a outra — e só quando restava apenas um minuto ele começou a entrar em pânico.

— Eu não consigo! Não recolhi todas!

— São cinquenta — disse a El, em um tom tranquilo. — Quantas você pegou?

— Vamos parar o relógio — falei. — Enquanto você conta.

O Ross tinha recolhido trinta e duas.

— É melhor você se apressar — disse a El.

Quando seu tempo acabou e estávamos prontas para partir sem ele, o Ross começou a chorar.

— Não! Por favor!

Eu nunca tinha visto o Ross chorar antes, e ver isso naquele momento não me fez sentir remorso, mas uma espécie de poder. Eu me lembrei do dia em que me escondi dentro de uma caixa e solucei com o rosto enfiado em uma manta xadrez.

— Você consegue nos alcançar, idiota — a El falou, como se fosse a coisa mais óbvia do mundo.

— NÃO! Vocês não podem me deixar!

Essa imagem é uma das que mais me lembro da Terra Espelhada. A El e eu navegando para longe de um Ross de joelhos, soluçando, inconsolável, no mar do Caribe, com as mãos ensanguentadas e cheias de tachas. Ele nos chamando, embora fingíssemos não ouvi-lo.

— Como eu vou saber para onde vocês foram?

O despertador marca 11h35. Quando estico o corpo, me sinto dolorida de uma forma quente e letárgica. O Ross ainda está na cama comigo. Posso ouvir sua respiração lenta, sentir o calor do seu corpo contra minhas costas. Quando tenho certeza de que ele ainda está dormindo, me viro para fitá-lo. Ele está deitado de bruços, as pernas abertas embaixo das cobertas. Eu nunca tinha dormido com ele antes, e é estranho, íntimo, ainda mais transgressor do que transar com ele. Pelo menos estamos no Café dos Palhaços, e não no quarto deles, no *nosso* quarto. Olho para seu cabelo espesso, espalhado em todas as direções. Os ombros e costas largos, os quadris estreitos, a curva do flanco. Ainda quero tocá-lo, ainda sinto aquela necessidade agoniada de fazer mais. Penso na palavra *babaca*, mas ela perdeu muito do seu antigo poder. Sei que tenho culpa, uma quantidade considerável de culpa, mas quando investigo um pouco melhor, como quando a gente testa a gengiva inchada ao redor de um dente ruim, a dor não aumenta, não piora.

Ela o deixou. Ela não o quer.

— Oi. — A voz dele sai abafada, ainda pesada de sono.

Recolho a mão da pele dele e congelo, prendendo a respiração.

Ele não se vira, mas tateia atrás do corpo, buscando minha mão. E por um momento terrível, que mais parece um castigo, eu me pergunto se ele pensa que eu sou a El.

— Sei que é você, Cat.

Eu me sento na cama e me pego olhando para a foto emoldurada na mesa de cabeceira. A El e o Ross, jovens, sorriem para mim.

— Está arrependido? — Detesto ouvir minha voz tão frágil. — Do que fizemos?

Ele suspira, então se senta também e vira a cabeça para olhar para mim.

— Não.

Mas percebo que ele também está olhando para a mesma foto. E posso ver em seus olhos que parte dele se arrepende. Parte dele *tem* que se arrepender. Uma grande parte.

— Não quero que você pense que eu não amo a El — diz ele.

— Sou irmã dela — é praticamente a única coisa que consigo pensar em dizer. No que diz respeito à culpa, os genes provavelmente superam os votos conjugais.

Nós dois nos sobressaltamos com o toque repentino da campainha no andar de baixo, o eco se erguendo em nossa direção. O Ross se levanta e veste uma calça de moletom. Ouço enquanto ele sai para o patamar da escada, o som dos seus pés descalços batendo contra o piso de mosaico da escada. Fico olhando para o puxador da campainha na parede ao lado do armário. Lembro de todas aquelas sinetas alinhadas perto do quadro da cozinha, como facas descombinadas dentro de uma gaveta.

Volto a olhar para a foto. Ainda consigo ouvir a voz dela no escuro. Depois de horas e horas de um silêncio horrível. Rouca, cruel e cheia do mesmo medo que cintilava em seus olhos no dia em que ela me deu a Marca Negra. *Como você pôde? Você é minha irmã, cacete.*

*

Em 2005, a El e eu tínhamos um apartamentinho em Gorgie. Um lixo horroroso, como era de se prever, embora nos sentíssemos tão gratas por ele quanto marinheiros naufragados ao avistarem terra firme. Pertencia ao Abrigo Rosemount e foi nosso por exatamente um ano, enquanto procurávamos uma acomodação alternativa e meios para pagar por ela. Nós duas estávamos na faculdade, tínhamos bolsas de estudo e trabalhávamos em todos os empregos bosta que conseguíamos encontrar. Ainda mal nos falávamos, e não estávamos mais próximas uma da outra com quase dezenove do que éramos com quase dezoito. E eu continuava a mentir para ela.

O abrigo realizou uma festa de confraternização naquele feriado de 1º de maio: um churrasco em seu amplo terreno. A El jogou o convite no lixo, mas eu o peguei de volta e combinei de encontrar o Ross na saída de incêndio dos fundos. Provavelmente achamos que estávamos sendo discretos e inteligentes, mas duvido que fosse realmente o caso, mesmo que por um minuto. Normalmente nós nos encontrávamos na casa da mãe dele — eles haviam se mudado de Westeryk para Fountainbridge àquela altura — e fazíamos sexo rapidamente, os sons abafados, na pequena cama de solteiro do Ross, ouvindo as vozes murmuradas das pessoas no andar de baixo. A oportunidade que um Abrigo Rosemount vazio apresentava era boa demais para ser desperdiçada.

Os longos corredores de pé-direito alto estavam desertos. O Ross segurou minha mão enquanto me conduzia através deles, e eu o seguia, sussurrando alto. Todas as chaves dos quartos estavam penduradas em ganchos numerados na recepção, e eu sabia que os novos ocupantes do quarto duplo que a El e eu havíamos dividido estavam distraídos, drogando-se atrás de um arbusto no gramado da frente. Mas provavelmente não era só isso. Acho que eu queria o Ross ali. Tê-lo na minha cama e não na dela.

Havíamos progredido além do estágio da urgência e desespero para um sexo suado, escorregadio e barulhento, muito além de qualquer timidez ou inibição, quando ela nos surpreendeu. Eu a vi por cima do ombro do Ross no instante em que ele gozou, se contorcendo e estremecendo contra mim, gemendo o meu nome.

Fiquei paralisada, uma estátua gêmea da El, e me vi dominada por uma vergonha mais potente, mais poderosa até do que o amor que eu sentia pelo Ross, que me fez sufocar.

O Ross logo percebeu o que estava acontecendo. Ele saiu de dentro de mim, se afastou e nos envolveu com as cobertas, os olhos tão próximos dos meus que eu conseguia ver meu próprio reflexo. Também o vi fechar os olhos antes de se virar lentamente.

— El — disse Ross. — El.

Ela olhou para nós, e toda a vida, toda a cor, haviam desaparecido do seu rosto, deixando apenas um semblante horrorizado, pálido e frouxo. Meus lábios formaram o nome dela, sem emitir nenhum som.

— Não tinha ninguém na porta — diz o Ross agora, ao voltar para o quarto.

Ele fica de pé ao lado da cama, parecendo desajeitado e relutante, e não consigo pensar em nada para dizer para fazê-lo ficar. Seu olhar finalmente encontra o meu. Seu sorriso é triste e sem graça. Ele se vira de costas, senta na beirada da cama e inclina a cabeça.

— Eu queria que nunca tivéssemos voltado para cá. Eu simplesmente *odeio* este lugar.

Não digo nada. Talvez se eles nunca tivessem voltado para cá, eu também não estaria aqui.

— A El estava tendo um caso — ele diz, para as listras na parede. — Eu *acho* que ela estava tendo um caso.

— Por quê? — Sinto as têmporas latejando de dor.

— Eu menti sobre estarmos bem. Não estávamos nos dando bem. Mal nos falávamos. Já há bastante tempo. — Ele encolhe os ombros. — A El tinha outro celular.

Não consigo evitar me lembrar daquelas duas palavras. Em letras maiúsculas no assunto de um e-mail. Salpicadas em vermelho no muro de pedra nua ao lado da lavanderia. ELE SABE. Pressiono os dedos nas têmporas.

— Você sabia quem era?

O Ross encolhe os ombros.

— Talvez. Não sei. Tinha um cara com quem ela falava de vez em quando. Outro artista. E eu percebia, entende? Eu mencionei esse cara para a Rafiq, mas a El nunca me disse o nome dele. — Ele balança a cabeça. — Sinal de alerta, certo?

Quando ele finalmente se vira, a expressão em seus olhos não é furiosa como eu esperava, mas cansada.

— Sem dúvida ele era um cara *sensível, paciente*. Sempre ouvia os problemas dela. — Ele tenta encolher os ombros novamente, mas parecem estar muito pesados. — *Legal* com L maiúsculo. Você conhece esse tipinho de merda.

Eu conheço.

Mas, em vez de contar a ele sobre o Vik, penso na mãe que roubou o Ross do pai. Lembro dele sangrando e soluçando, de joelhos no mar do Caribe, nos vendo partir. O som que ele fez na noite em que o beijei: baixo e desesperado, abafado como um vento uivante dentro de um espaço estreito. *Não sei o que fazer. Não sei como continuar sem ela.*

Eu me arrasto em direção a ele, o abraço e apoio o rosto em suas costas, sentindo a batida lenta e constante de seu coração contra as costelas. Meus dedos se insinuam dentro da calça de moletom dele, e ouço sua respiração se alterar enquanto envolvo seu membro, já rígido.

Ela o deixou. Ela não o quer mais. Ela o tirou de mim.

Eu me demoro o bastante ali para ele começar a implorar de novo, mas quero tanto mantê-lo por perto, no limite de ainda me desejar, de ainda precisar de mim, que ignoro seus apelos até o fim. E, quando acaba, pressiono o rosto contra a pele dele e fecho os olhos.

— Não se arrependa disso, Ross — sussurro contra o peito dele, ouvindo seu coração bater. — Não vou deixar que se arrependa.

13

Eu sempre assistia ao noticiário e me perguntava como as pessoas conseguiam seguir com a própria vida quando estavam presas no limbo, mas a resposta agora é óbvia. Simplesmente é mais fácil. Mais fácil do que desistir. Mais fácil do que parar. É mais fácil só fingir que está tudo bem. Até que esteja.

A manhã está fria, a luz do sol que entra através das grandes vitrines do mercado Colquhoun's de Westeryk é ofuscante. Não estou com a menor vontade de entrar, mas estamos completamente sem comida em casa e o Ross ainda está deitado na minha cama, o rosto relaxado no sono. Já se passaram dois dias. E três noites. E já quase me esqueci de como é estar em qualquer outro lugar que não com ele.

Hesito na porta da loja, a palma da mão pousada no vidro. Sempre que saio sozinha, a sensação — a sensação física — de estar sendo observada é tão presente, tão esperada, que quase parece normal. Eu me permito dar uma olhada: para um lado e para o outro da rua vazia, do campo de golfe até a esquina da Lochend Road, então me viro e entro no mercado.

Meu coração afunda quando percebo que a Anna é a única caixa. Faço as compras devagar, enchendo uma cesta com o máximo de coisas que consigo carregar. Quando finalmente tenho que me aproximar do caixa, vejo que a expressão da Anna é tão cautelosa quanto a minha. Pouso a cesta, e ela pigarreia e faz um esforço óbvio para encontrar o meu olhar.

— Como vai?

— Bem — respondo.

Ela volta a pigarrear.

— Eu queria te pedir desculpas pelo que eu te disse na semana passada. Eu estava chateada por causa da El, mas não deveria ter descontado em você. Não foi justo.

— Obrigada — digo, embora sinta que ela não foi totalmente sincera.

A Anna suspira.

— Eu fiquei com raiva de você porque a El estava sozinha. Porque você não estava aqui quando ela precisou de você. E agora... agora que ela... — Ela balança a cabeça violentamente. — ... *se foi,* você está aqui.

Mordo a língua, e dói. Mas não vou dizer nada. Não vou me declarar inocente e colocar a culpa na El. Eu não vou ganhar nada com isso.

A Anna não diz mais nada até eu lhe entregar o dinheiro. Nesse momento, ela estende a mão e passa os dedos frios ao redor do meu pulso.

— A El também tinha.

— O quê?

Tento me desvencilhar, mas ela é surpreendentemente forte.

A Anna indica meu braço e minha mão estendida com um aceno de cabeça. O hematoma já tem alguns dias e não dói nada, mas me faz pensar nas pequenas manchas arroxeadas ao longo dos meus antebraços, e enrubesço quando me lembro de como elas foram parar ali. Eu me vejo sendo empurrada contra a geladeira Smeg, o hálito quente do Ross atravessando a parte interna da minha coxa enquanto ele prendia meus braços atrás do corpo: *Não se mexa, não se mexa.*

— Me solta — digo, com uma voz tão fria que fico impressionada comigo mesma.

Mas ela não me solta. Em vez disso, aperta meu pulso com mais força e me puxa mais para perto. Sua expressão se suaviza, torna-se quase suplicante.

— Eu estava sendo sincera quando disse que a El não gostaria que você estivesse aqui, Cat. É melhor você ir embora.

Eu me desvencilho do aperto dela.

— Não sei o que ela te contou — digo, enquanto esfrego o pulso, e dou as costas. Meu rosto parece queimar. Dois aposentados nos assistem como se fôssemos adversárias em uma final de Wimbledon. — E nem *quero* saber. A El é uma mentirosa, Anna. É isso o que ela é. Eu estou bem. E *ela* está bem.

Pego minha bolsa e praticamente corro porta afora, louca para escapar para o ar frio e fresco. E esbarro de frente com Marie. Ela está usando um lenço lindo na cabeça, do mesmo azul-safira da geladeira Smeg, e sinto a pele mais quente, mais sensível.

— Alguma notícia? — Ela parece em pânico, sem fôlego. Eu me pergunto se me espiava da janela de casa e por isso está aqui.

Controlo a respiração e me acalmo.

— Não. Nenhuma notícia.

O que não é totalmente verdade. Lembro da última visita da Rafiq e do Logan, do prognóstico ruim que fizeram. E de todo o sexo selvagem que tenho feito com o marido da minha irmã desaparecida.

— Vi o carro da polícia estacionado do lado de fora da casa de vocês há alguns dias. — As cicatrizes em seu rosto estão mais visíveis hoje. Parece uma queimadura. Ela franze mais o cenho e dá um passo à frente, chegando perto demais. — Ela é minha amiga, Catriona.

Não recuo.

— Foi você que informou ter visto alguém suspeito fora de casa?

— O quê?

— Os policiais contaram que um morador de uma das casas informou ter visto alguém vagando do lado de fora da *nossa* casa no dia em que a El desapareceu. Eu só fiquei curiosa para saber se você viu alguma coisa.

— *Non* — responde Marie. — Eu não vi nada.

Mas algo muda em seu olhar.

— Você sabia que ela estava recebendo bilhetes ameaçadores?

— *Oui*. Ela nos contou.

— Ela comentou se sabia quem estava mandando os cartões, se desconfiava de alguém?

— Por que está perguntando, Catriona? — Ela fica imóvel de repente. — Você não acha que o que aconteceu com ela foi um acidente?

Olho para trás e vejo a Anna pela vitrine. Ela finge que não nos vê enquanto atende um dos aposentados.

— Não. — O que é verdade, levando em consideração que não acredito que nada disso seja um acidente.

— A El estava com medo — Marie enfim diz. Ela acompanha meu olhar até a Anna e se volta para mim novamente. — Ela tentou esconder de nós no início. Mas estava com muito medo.

Sem querer, deixo escapar uma risadinha debochada, e a expressão da Marie fica mais séria.

— Sempre achei muito triste e estranho *soeurs jumelles* não se falarem. A El me disse que você a odiava.

— Que *eu a* odiava? Ah, pelo amor de Deus... — Mas é tarde demais. Não consigo me conter e aceito a provocação. Já estou farta de segurar a língua, de carregar a culpa pelo que ela fez. — A El me odiava. E continuou me odiando até eu ir embora, entendeu? Aqui também é o meu lugar. — Não sei se me refiro ao país, à cidade, à casa, ou aos três. Talvez até à Terra Espelhada, ou ao Ross, ou ao que era ser uma irmã, uma Gêmea Espelhada. — A El tirou isso de mim. *Ela me fez ir embora. Foi ela.*

— Alguns amigos meus vêm de lugares e países que não se parecem nada com isto aqui — diz Marie, como se eu não tivesse falado nada. — E eles não têm nada. Às vezes... com frequência... as pessoas têm medo de quem não tem nada. A sua irmã não tinha.

Sinto vontade de soltar outra risadinha debochada, mas me controlo. Há um peso quente dentro do meu peito.

— Em dias de sol, ela costumava levar os meus amigos para o Links, ou para o mar, e os ensinava a desenhar, pintar... — Ela volta a se concentrar em mim, e sei que é porque está nos comparando. As pessoas sempre fazem isso, como se os traços de caráter fossem repartidos entre nós duas. — Ela lhes mostrava como ser livre.

Não confio em mim mesma para responder. Estou com fome. Estou me sentindo injustiçada, perseguida, desacreditada. É uma sensação que não experimento há muitos e muitos anos, e tinha esquecido como dói. Fico chocada ao perceber que estou tremendo.

— Talvez a Ellice estivesse certa. — As sombras voltam aos olhos de Marie, como uma persiana se fechando em uma janela. — Ela disse que você nunca escuta. Que nunca aprende.

Perco a paciência. A raiva que ferve dentro de mim chega a doer fisicamente.

— O Ross disse que não te conhecia — digo, o tom alto demais, na defensiva demais. — A *amiga muito próxima* da esposa dele. Ele não tem nem ideia de quem é você.

Ela cerra os dedos marcados de cicatrizes.

— Ele me disse para ficar longe dela. — A Marie me lança um olhar fulminante. — Ele me *ameaçou*.

Ao ver que não faço nenhum comentário, ela balança a cabeça, me dá as costas e se afasta na direção da casa dela, pisando firme. Então para. Olha para trás, por cima do ombro, e diz:

— Pergunte a ele sobre isso.

*

john.smith120594@gmail.com 13 de abril de 2018 às 11h31
Re: ELE SABE Caixa de entrada
Para: Mim

PISTA 6. A EL AINDA PODE VER VOCÊ

Enviado do meu iPhone

*

Reviro a maior parte da casa, pegando fotos da El para checar o verso, antes de me lembrar do autorretrato na Torre da Princesa. Vou até o armário pintado de branco e abro a porta. Faço um esforço para não vacilar quando a El me encara. Como se ela agora fosse a princesa Iona, raptada por uma bruxa e aprisionada dentro de uma torre; a cada ano um pouco mais velha, com um pouco menos de esperança.

Encontro a página do diário colada com fita adesiva no suporte de madeira atrás do quadro.

24 de junho de 2005
Ele é meu, se eu quiser. Ele NÃO é dela. Era assim e continua sendo. Sei por que ele fez aquilo, mas isso não ajuda. Cada vez que penso neles juntos, sinto como se tivesse um saco de pedras em cima do meu peito. Estou com raiva e com medo e não consigo parar de chorar. É como pensar na Terra Espelhada, no Satisfaction e nos palhaços e lembrar que eles se foram agora. Que eu nunca vou poder voltar.
Mas eu POSSO consertar isso. POSSO fazer tudo voltar a ser como era antes. A Cat vai me odiar, mas eu não me importo. Vou ficar feliz.

Porque Ele NÃO PODE tê-la e Ela NÃO o terá.

Eu me sobressalto quando escuto a campainha tocar e quase deixo a página do diário cair. Eu a coloco no bolso e desço as escadas.

Não há ninguém na porta. Quando entro na cozinha, fico paralisada olhando para o quadro com as sinetas. Um pêndulo ainda está balançando, a estrela de cinco pontas como um metrônomo, o relógio de um hipnotizador. *Quarto 3.* Pisco e ele não está mais se movendo. Todas as sinetas estão silenciosas e imóveis. Percebo um movimento pelo canto do olho e me viro — tonta de pavor, os nervos por um fio. Vejo de relance a imagem embaçada de alguém passando do lado de fora da janela, movendo-se rapidamente e logo desaparecendo. Corro para a área de serviço, abro a porta dos fundos e vejo outro cartão destinado a **CATRIONA** no degrau de cima, antes de descer correndo o resto dos degraus. Paro no calçamento de pedras e olho dos dois lados. Tento escutar alguma coisa. Nada além do vento nas macieiras, do tráfego distante do outro lado da casa. A porta da lavanderia ainda está fechada com a corrente e trancada com o cadeado. Olho em volta para os muros altos e cheios de hera. Não há como alguém ter escalado aqueles muros no tempo que levei para chegar até aqui.

Eu me viro lentamente na direção da segunda passagem, do outro lado da casa, que leva à Terra Espelhada. A porta vermelha está aberta. Corro por toda a extensão da passagem e chego ao jardim da frente, mas não há ninguém lá. Até o portão foi trancado.

Penso em correr para a rua, mas me detenho. Em vez disso, fecho e tranco a porta, volto para o jardim e para os seus muros. Olho para a casa, grande, larga e com um brilho congelante. Ela lança uma sombra alongada. Não quero voltar para dentro. Subo com dificuldade os degraus da área de serviço só para pegar o envelope e fechar a porta dos fundos. Desço e atravesso o pomar, o rosto voltado para a luz do sol que atravessa as folhas, para a brisa farfalhante. Então percebo que, se o Ross olhar pela janela do Café dos Palhaços, vai conseguir me ver. Mas, se ele ainda não desceu para ver por que estou correndo como uma louca, provavelmente ainda está dormindo. Nós dois temos feito muito isso. Parece um pouco como se estivéssemos nos escondendo.

O velho Fred me dá as boas-vindas com um rangido. Coloco o cartão debaixo do braço e abro as mãos contra a casca áspera, então fecho os olhos para não ver CAVE ou nossos nomes gravados dentro de um círculo, e me lembro de todas as vezes em que me sentei ou me deitei em seu galho mais baixo, estreitando os olhos para olhar para o céu. E de quantas vezes ele me garantiu a mesma sensação de segurança e conforto que a leal e tímida Rata também me proporcionava. O tipo de conforto intenso, cheio de uma compreensão silenciosa e confiável, que nunca exigia que eu estivesse certa ou fosse a melhor. Quando isso só me faz lembrar do EU SOU A RATA que a El escreveu, me afasto do Velho Fred e fico parada por um momento, os braços e dedos abertos, a cabeça inclinada para trás até a luz do sol arder quente e vermelha atrás das minhas pálpebras. Em dias de sol, a El e eu ficávamos desse jeito pelo que pareciam horas, de mãos dadas para nos equilibrar, rindo e imitando a voz alta e esganiçada da mamãe, que dizia: "Não olhem! Não olhem ou vão ficar cegas!".

Mas eu tenho que olhar. Abro os olhos e, em seguida, o envelope. É uma aquarela de um porto movimentado sob um céu ensolarado e sem nuvens. Estremeço de frio. Tenho menos vontade de abrir esse cartão do que todos os outros.

ELE VAI MATAR VOCÊ TAMBÉM

Fecho os olhos. Fecho o cartão. Lembro do *Ele NÃO PODE tê-la e Ela NÃO o terá* na página de hoje do diário. Uma página que foi escrita uma semana antes do nosso décimo nono aniversário. Uma semana antes daquela sala suja e monótona com uma paisagem marinha de rochas, areia e ondas, em uma moldura de plástico. Uma semana antes de a El fazer o que fez para *consertar aquilo*. Para *fazer tudo voltar a ser como era antes*.

Eu estava trabalhando quando o Ross me ligou no dia 1º de julho. Era só o meu segundo dia em um pub ruim do West End chamado White Star. E — como descobri depois — o meu último dia de trabalho ali. Quando cheguei ao hospital, grande parte do pânico inicial havia passado. O estômago da El tinha sido esvaziado de paracetamol e ela fora sedada e reidratada. O Ross ficou ao lado da cama, segurando a outra mão dela, a que não estava enfaixada e ensanguentada em torno de uma cânula. O cabelo dele estava desarrumado e todo o seu corpo tremia como se ele estivesse resfriado, embora nós dois já soubéssemos que a El ficaria bem. O Ross se recusou a deixá-la, a ir se sentar na sala de espera suja e sem graça, em um sofá sujo e sem graça como eu tinha feito obedientemente. "Ele estava histérico", sussurrou uma das enfermeiras para mim, muito mais tarde, quando a noite chegou e todas as outras visitas já haviam partido. Ela apertou minha mão e levou a outra mão ao peito. "Ah, ser jovem e apaixonada de novo!"

Foi depois que o Ross finalmente saiu para pegar alguma coisa para comer na cantina que a El abriu os olhos, encontrou os meus e deu aquele sorriso — tão cheio de alegria e de ódio. *Eu venci.*

*

Um dia antes de a El receber alta do hospital, o Ross me encontrou mais uma vez no Royal Botanic Gardens. Estava chovendo e nos abrigamos embaixo de um grande salgueiro, próximo aos portões de ferro forjado. Ele segurou a minha mão enquanto eu chorava, enquanto implorava a ele. *Não. Por favor.* Depois segurou o meu rosto, tentou conter as minhas lágrimas com os polegares, seus olhos quase negros de tristeza. *Ela me deixou um bilhete, Cat. Disse que tínhamos partido seu coração. E que não conseguiria viver com a gente ou sem mim.*

"Por que você tem que ficar com ela?", tive vontade de gritar. "Por que tem que ser *ela*?"

Mas ele continuou a me encarar com uma expressão triste nos olhos e com aquela vergonha estúpida e automática que estava sentindo. "Eu amo vocês duas", ele disse, e então eu soube que a El *tinha* vencido — não importava quanto ele parecesse arrasado ou quanto chorasse, a culpa finalmente havia conseguido nos separar. E eu o havia perdido para sempre.

A El deve estar nos observando. Deve ser ela enviando os cartões. Para se livrar de mim. Mas *por quê?* Afinal, até desaparecer, ela já havia *conseguido* se livrar de mim. Tudo isso: os cartões, as pistas e as páginas do diário só me fizeram odiar mais a ela e menos a ele. E agora posso admitir para mim mesma que, quando li VÁ EMBORA, a primeira coisa que pensei foi *não*. E a segunda foi: *volte e me obrigue a ir embora*. Porque eu deveria ter ficado e lutado na primeira vez. Eu nunca deveria ter desistido, fugido, tentado esquecer. A El teve a minha vida por anos. Ela roubou a minha vida. Enquanto eu fui o quê? Um reflexo em um espelho. Uma sombra no chão, escura, superficial e impermanente. Sem nenhuma importância.

O vento aumenta, me impele de volta para casa, e, quando me viro, ouço a porta do galpão. Como ela não está totalmente alinhada com o batente, faz um baque surdo e rápido a cada rajada. Sem saber por quê, vou até ela e a abro. Meus olhos levam alguns segundos para se ajustarem à escuridão ali dentro. Quando consigo enxergar, só vejo caixotes empoeirados e vazios, alguns jornais velhos e sacos de adubo. Então, um lampejo azul muito forte.

Relutantemente, eu me arrisco a entrar, desviando de toda desordem. O azul está espremido na parte de trás do galpão, dobrado em um cubo malfeito. Eu me inclino para tocá-lo. Parece que é feito do mesmo material que o colchão inflável que a El e eu tínhamos no quarto. Então algo se agita na minha mente, alguma conclusão ruim a que meu subconsciente chegou, antes de qualquer outra coisa. Eu deveria deixar isso onde está. Seja lá o que for.

Em vez disso, puxo o objeto debaixo de todo o resto do entulho, e com força suficiente para quase perder o equilíbrio. Tento esticá-lo, deixá-lo de pé. É grande, talvez tão alto quanto eu. Há uma grande abertura oval no centro e, dentro dela, encontro um remo de fibra de carbono dobrado em quatro partes. A palavra *Gumotex* está impressa ao longo do comprimento da parte maior. E é quando eu tenho certeza.

É o caiaque inflável da El.

14

Tenho um sonho terrível. A El e eu estamos correndo em disparada, e a força que colocamos nos passos faz nossas pernas tremerem, colocando uma carga extra nos joelhos e quadris. O medo é uma coisa sólida e forte, pressionando nossos ombros para baixo, arrancando o fôlego da nossa boca.

A Fada do Dente está nos perseguindo, seu passo rápido e pesado fazendo tremer as tábuas do piso enquanto corremos para o Café dos Palhaços. Dicky Grock parece assustado em vez de triste; os lábios estão cerrados quando ele nos apressa a entrar no armário. Até Pogo parece preocupado, embora o largo sorriso vermelho permaneça congelado no lugar.

Nós nos agachamos no escuro. Os palhaços fecham a porta do armário, as costuras de seus pés de pano arranhando o chão enquanto correm para se esconder debaixo da cama. Dentro do armário, respiramos o ar frio e viciado, nos agarramos uma à outra com força suficiente para doer. Ouço as botas pesadas, os passos erráticos. Sinto o cheiro de sangue.

A maçaneta do armário começa a chacoalhar, girar e girar... então o armário se foi, o Café dos Palhaços se foi, e a El e eu estamos paradas na beira de uma praia, o mar batendo nos nossos pés, a silhueta negra de um navio pirata no horizonte. O Barba Azul está de pé em cima do vovô na areia, com um gancho longo e curvo em uma das mãos e um cano de chaminé de fogão na outra. O vovô tem só metade da cabeça. *Não se preocupe, menina.* Ele ri. *Não estou sentindo dor.*

O Barba Azul sorri para nós com todos aqueles dentes pretos e pontudos. O rosto, o peito e os nós dos dedos estão cobertos de sangue. Ele gosta de bater. De machucar. Seu cabelo desce longo pelas costas e balança pesadamente entre as pernas. Há ossos em sua barba. Ele dá uma piscada, então levanta o cano que tem na mão, gira novamente e quebra o que sobrou do crânio do vovô, espalhando arcos vermelhos pelo céu.

A mamãe segura nossos braços, aperta nossa pele. Seu rosto está ensanguentado, os olhos têm uma expressão selvagem. *Vocês se escondam do Barba Azul, porque ele é um monstro. Porque ele vai pegar vocês, fazer de vocês esposas dele, e em seguida vai pendurá-las no gancho até vocês morrerem.* Ela nos sacode e só nos solta pelo tempo necessário para apontar para o navio preto. Mais perto agora, navegando na maré crescente. *Mas fujam do Barba Negra, porque ele é astuto, porque ele mente. Porque, não importa aonde vocês vão, ele sempre vai estar lá, bem atrás de vocês. E, quando ele pegar vocês, vai jogá-las aos tubarões.*

Então nós corremos. Corremos embora a areia seja muito fofa e a maré esteja muito alta. Embora o navio do Barba Negra esteja mais perto do que nunca. Embora possamos sentir os dedos do Barba Azul tentando nos agarrar, embora possamos sentir o cheiro de rum em seu hálito.

Fique comigo!, grita a mamãe logo atrás de nós. *Fique comigo no lugar delas!* Mas sabemos que ele não vai fazer isso.

E, quando o sol desaparece em um baque alto e estrondoso e somos engolidas pelo escuro — denso, frio e cheio de horrores —, começamos a gritar também.

E eu acordo no Café dos Palhaços, a mão apertando a boca com força. O Ross ainda está dormindo ao meu lado.

*

john.smith120594@gmail.com
Re: ELE SABE
Para: Mim

14 de abril de 2018 às 12h01
Caixa de entrada

PISTA 7. TODA BRUXA MÁ PRECISA DE UM BOM TRONO

Enviado do meu iPhone

✶

Procuro embaixo de quase todas as cadeiras da Sala do Trono antes de lembrar que o único lugar em que vi a Bruxa foi na cozinha. E, sempre que ela estava ali, se sentava na cadeira do vovô, na cabeceira da mesa.

Encontro duas folhas de papel enfiadas dentro da estrutura de madeira do assento.

<u>4 de agosto de 1993 = 7 + um pouquinho!</u>
A BRUXA esteve aqui hoje. DE NOVO. A Cat e eu odiamos ela. A Bruxa é chata, belisca e às vezes cospe na gente. A Cat e eu estamos sempre pensando em jeitos de MATAR ELA — a gente poderia afogar a Bruxa na banheira, porque as bruxas não suportam água, ou esmagar ela como fizeram com a BRUXA MÁ DO LESTE. A Rata falou que fica com muito medo, mas ela está sempre com medo, ela é uma INÚTIL!!! Eu e a Cat não temos medo de uma bruxa velha, nojenta e feia.

<u>29 de março de 1997 = 10A, 9M, 29D</u>
A BRUXA esteve aqui de novo. Ela odeia a gente, e eu não sei por quê. Não sei por que ela vem aqui se odeia a gente. Ela devia ser chamada de A MONSTRA. O vovô falou que é melhor as bruxas tomarem cuidado ou vão acabar se cortando com a própria língua.

Ainda consigo ver o rosto dela: as feições pálidas e esticadas, como se algo atrás da boca e do nariz repuxasse o rosto com força, como um cadarço. Olhos estreitos, como a malvada Madame Defarge, olhando para mim como se eu fosse a pior coisa em que alguém poderia pôr os olhos. Outra coisa se esconde atrás dessa imagem e da lembrança de *Você é uma bruxinha nojenta!*, sibilado em meu ouvido enquanto eu ficava toda encolhida, mas não consigo lembrar ou alcançar o que é.

A El e eu sempre canalizamos nossos medos através da Rata. Isso nos fazia sentir melhor. Mais corajosas. Nós a sentávamos no passadiço ou no convés do *Satisfaction* e listávamos todas as maneiras de acabar com a Bruxa — afogando-a, envenenando seu chá, avançando sorrateiramente por trás dela com um bastão de guerra dos lakota ou com o megafone do Pogo. *Mas ela não pode entrar na Terra Espelhada de jeito nenhum*, a El dizia, com rara gentileza. *Porque a Terra Espelhada pertence a nós.*

Sou pega de surpresa pela lembrança clara e repentina da mamãe e da Bruxa de pé na porta da área de serviço — a raiva, a animosidade tão densa entre elas que pressionei o corpo na porta da cozinha e fiquei olhando, petrificada, pela fresta entre as dobradiças.

— Me devolve. É meu.

Eu vi o colar quando a Bruxa se inclinou para a mamãe, o medalhão oval balançando, o ouro refletindo o sol.

— Agora é meu.

Eu me encolhi ao ouvir aquela voz, mas a mamãe não. A mulher que se encolhia e se preocupava com todas as coisas ruins do mundo, que nos fazia guardar rações de emergência em mochilas escondidas debaixo da nossa cama e que nos sujeitava a anos de lições, exercícios e contos de fadas sombrios porque não havia nada de que ela não tivesse medo, sua vida cheia até o limite com a certeza da desgraça, chegou tão perto da Bruxa mais alta e maior que as duas quase encostaram o nariz. O sorriso da mamãe era tão frio quanto gelo negro.

— Você sempre quer o que eu tenho.

A Bruxa enrolou o colar no punho e o enfiou no bolso de seu vestido preto e longo.

— E às vezes eu consigo.

*

Fico parada no meio da cozinha por um longo momento, sentindo a dor de cabeça voltar a pulsar lentamente, mas com força, atrás dos olhos. Percebo que nem sei se a Bruxa existia. Se aquela conversa aconteceu de verdade. Agora que mais lembranças estão voltando — tanto as ruins quanto as boas —, está ficando cada vez mais difícil separar o que foi real do que não foi. Talvez as memórias de infância de todos sejam assim: parte verdade, parte fantasia. Mas esta casa e a nossa mãe e suas histórias transformaram a nossa imaginação em uma forja. Em um caldeirão. E estou começando a me dar conta de que não posso confiar em nada que saiu dele.

Subitamente me sinto furiosa. Começo a abrir e a vasculhar cada armário, cada gaveta. Não espero encontrar mais folhas de papel, não mesmo, mas, assim como aconteceu no Café dos Palhaços, o simples ato de olhar me faz sentir mais no controle, ajuda a penetrar essa estranha névoa de inércia que parece ter se apoderado de mim e se recusa a ir embora. A El está me manipulando para os seus próprios fins inexplicáveis, como sempre me manipulou, e não posso fazer nada a respeito. Nada além disso.

A gaveta embaixo da bancada ainda é a gaveta da papelada: afasto dezenas de extratos bancários e contas de serviços essenciais da casa, até que vejo um envelope endereçado ao Ross, enviado por um advogado de Leith Walk, com carimbo do correio de dois dias atrás. Pego o envelope e tiro os papéis de dentro. O primeiro é um documento intitulado PRESUNÇÃO DE MORTE (ESCÓCIA) ATO 1977; GUIA DE INFORMAÇÕES. E, abaixo, FORMULÁRIO DA ORDEM JUDICIAL INICIAL. Após o DISTRITO JUDICIAL DE, Ross escreveu CHAMBERS STREET, 27, EDIMBURGO. REQUERENTE, ROSS MACAULEY CONTRA ELLICE MACAULEY, SEGURADA. A única coisa que falta no documento é a assinatura do Ross.

Ainda estou olhando para o papel quando me dou conta de que o Ross está parado na porta da cozinha. Seu rosto está pálido, seu maxilar, tenso.

— Eu tive que fazer isso, Cat. A polícia me aconselhou a entrar em contato com um advogado, e ele me disse que o processo poderia levar meses ou até mesmo chegar aos tribunais. Isso é só...

— A polícia? — digo, quando tenho certeza de que já sou capaz de dizer alguma coisa. — Ou Shona Murray?

— Pelo amor de Deus! — explode Ross, no que parece uma expressão de alívio. — Ela é a agente de apoio à família! É o trabalho dela!

Tenho vontade de dar um soco nele. Quero tanto machucá-lo que, por um momento, me pergunto se devo fazer isso, mas acabo me contentando em gritar tão alto quanto ele em resposta.

— Ela não está morta!

Ele se aproxima tanto de mim que posso sentir o cheiro azedo de sua fúria, o hálito quente escapando por entre os dentes cerrados.

— Então por que você está *trepando com o marido dela*?

*

Está ficando cada vez mais difícil me convencer de que a El esteja só debochando. Inventando uma história. Preparando uma armadilha para mim. Sei que estou exagerando, esticando minhas últimas lembranças amargas dela ao limite. Eu me sinto presa, acuada — e todas essas lembranças da nossa primeira vida aqui, dentro destas paredes, destes cômodos, estão tornando cada vez mais difícil fortalecer minhas defesas. Sinto algo se afrouxar dentro de mim, algo ruim e misterioso. Isso me faz ficar parada diante da janela da cozinha, esfregando os dedos naqueles pregos tortos enquanto olho para a parede ao longo da lavanderia, e penso na primeira troca de e-mails: ELE SABE. COISAS QUE ELE NÃO QUER QUE VOCÊ SAIBA. VOCÊ ESTÁ EM PERIGO. POSSO AJUDAR.

Ela estava com muito medo, lembro das palavras da Marie. Ela estava apavorada com ele, tinha dito o Vik.

Não é a El que está mandando os cartões. Ela está por trás da caça ao tesouro, está enviando os e-mails — mas não está enviando os cartões. Sei disso — a maior parte de mim sempre soube disso. Não sei quem estava no jardim ontem, mas não era ela. E o caiaque no galpão. O caiaque Gumotex que o Logan disse que a El usava para ir e voltar do barco quando não havia transporte disponível. Será que ela tinha um sobressalente? Ou a El deixou o caiaque aqui depois de usá-lo para sair do barco? Ou será que outra pessoa fez isso?

A preocupação exagera o tamanho dos problemas, menina.

Pego o celular e encontro o número do Vik.

O Ross falou que você e a El estavam tendo um caso. É verdade? Ele descobriu? Ele te ameaçou?

Quando o Ross volta da cidade com um buquê de rosas, uma garrafa de vinho tinto californiano e um sincero pedido de desculpas, o Vik ainda não respondeu. Nós bebemos o vinho muito devagar, sentados à mesa da cozinha e olhando para o jardim, para a chuva da tarde que bate nas vidraças em um ritmo quase hipnótico.

— Cat. Fala comigo.

Quando levanto os olhos para o Ross, vejo que sua expressão é desarmada, cheia de preocupação.

— Eu vi a Marie de novo ontem. Na loja. — Engulo em seco. — Ela disse... disse que você a ameaçou, que falou para ela ficar longe da El.

O Ross franze o cenho.

— Eu já te falei que não sei quem é essa Marie. — Ele pega o celular. — Mas é melhor contarmos à Rafiq sobre ela. Essa mulher parece bem louca. Talvez ela esteja...

— Não, Ross, espera. — Eu me lembro da pele queimada e das cicatrizes da Marie, das lágrimas em seus olhos. — Só... não precisamos fazer isso. Ainda não. Só... se ela me disser alguma coisa de novo, eu ligo para a Rafiq. Prometo.

Ele pousa o celular de novo. Quando consigo me forçar a olhar com atenção para o seu rosto, percebo como está cansado, triste, como está perdido. Sinto a garganta e os olhos arderem. Eu acredito no Ross, mas como posso confiar nesse crédito que dou a ele? Como posso confiar em mim mesma? Eu odeio toda essa turbulência, toda essa *emoção*, depois de ter me sentido tão absolutamente entorpecida durante anos.

— Não faça isso — diz ele, encolhendo-se um pouco, antes de estender a mão para tocar o meu rosto. — Eu também não tenho ideia do que estou fazendo. Mas o que está acontecendo entre a gente não é uma consequência do luto em relação à El, Cat. Não é uma substituição. — Ele engole em seco. — Ao menos não para mim.

— Nem para mim — digo, mas sinto um aperto no estômago.

Ross pigarreia.

— Quando a El tentou... quando ela me escreveu aquele bilhete suicida... quando eu... — Ele desvia o olhar.

Quando você fez a sua escolha, penso. *Quando preferiu a El.*

— Foi o pior erro da minha vida, Cat. Eu me senti tão culpado, tão apavorado... foi minha culpa: o que ela fez e a consequência que isso teve em você... e quando você foi embora para os Estados Unidos simplesmente pareceu que o melhor a fazer era deixar que você fosse. Eu te amei. Eu te *amo*. Mas como eu poderia deixar a El e sair correndo atrás de você? O que ela teria feito se eu fizesse isso?

Fecho os olhos. A dor na voz dele é crua e verdadeira. Mas, mesmo que o Ross esteja me dizendo o que eu quero ouvir — tudo o que eu provavelmente sempre quis ouvir —, há uma parte de mim que ainda está chocada com o formulário de presunção de morte quase totalmente preenchido; com a rapidez com que ele transferiu seu afeto de uma de nós para a outra, como acabou de fazer. Se a El estava ou não tendo um caso com o Vik. Se ela e o Ross não estavam se dando bem há meses ou há anos. Pensar ou não nisso me torna o pior tipo de hipócrita.

Quando meu celular bipa, olho de relance para a tela. É o Vik.

Não. Não para tudo isso. Mas você está bem? Quer que a gente se encontre?

Não estou brava com o Ross. Não estou com ciúme da Shona em nome da El, ou porque acho que realmente está acontecendo alguma coisa entre ela e o Ross. Estou com ciúme, estou *desconfiada*, porque isso me faz sentir melhor. Porque dilui a minha própria culpa.

Enfio o celular no bolso e o Ross segura minhas mãos.

— Mas e você, Loira? Você também me ama?

Não posso deixar de olhar para ele neste momento. Para aquele rosto cansado e lindo, tão querido para mim, de que senti tanta falta por tantos anos. Não posso mentir ou fingir que meu coração não salta como o de uma adolescente quando ele usa meu antigo apelido.

— Você sabe que eu te amo. Que sempre amei.

O Ross se levanta, me puxa para ele, beija meus cabelos, minha têmpora e meus lábios de uma forma lenta e calorosa. Ficamos desse jeito por alguns minutos e ouço a chuva, os batimentos cardíacos dele, sua respiração. E me esforço para não pensar em mais nada.

Mas acabo tendo que fazer isso.

— Eu preciso te contar uma coisa.

O Ross se afasta e olha para mim.

— Ô-ô.

Quando não digo nada, a expressão dele muda.

— Devo ir buscar uma bebida decente para nós?

Ele me solta, desaparece no corredor e eu volto a me sentar, enquanto escuto o tilintar do vidro contra os ladrilhos do bar.

— Tome — diz Ross, quando volta. — Vodca com soda.

Tomo um gole, faço uma careta, tento sorrir.

Ele se senta. Ergo as sobrancelhas.

— Então...?

— Tenho recebido alguns e-mails.

— O quê?

A surpresa dele é quase cômica. O que quer que ele estivesse imaginando que eu iria dizer, claramente não era isso.

— E-mails. Vários. Desde dois dias depois que cheguei aqui. — Baixo o olhar para a mesa. — São pistas. Que levam a páginas dos antigos diários da El. Você sabe como ela sempre...

— *O quê?*

Recuo quando a cadeira dele é arrastada com força contra a cerâmica do piso.

— Os diários da El? Que porra é essa? — Ele começa a andar de um lado para o outro, passando os dedos pelo cabelo. — O que está escrito neles?

— Principalmente histórias de quando morávamos aqui. A El e eu. Sobre a Terra Espelhada e...

— De quem são? — A voz dele sai muito alta, os olhos de repente parecem furiosos. — Pelo amor de Deus, a El sumiu, ela estava recebendo ameaças *antes* de sumir, e agora alguém... essa pessoa tem os *diários* da El e essa mesma pessoa... — Ele para, olha para mim. — E nunca passou pela sua cabeça *contar* a alguém sobre isso? Qual é o problema com você, Cat?

— Ross, para. Para! Eu vou contar para a polícia *agora*. É por isso que estou contando para você, certo? E ninguém *tem* os diários. É isso que estou tentando te dizer. Eles estão aqui, escondidos por toda a casa como uma caça ao tesouro. Os e-mails são as pistas. É a El, Ross. É a El. — Eu me levanto. Percebo que estou absurdamente nervosa. Preciso que ele aceite isso. Preciso que o Ross finalmente acredite em mim. E estou preocupada que ele não acredite. — Quando eu disse para ela que iria à polícia, ela me contou que era a Rata. Como se a coisa toda fosse só uma brincadeira para ela. Como se eu fosse uma brincadeira para ela. Para a gente contar para eles, para a gente mostrar os e-mails da El para a Rafiq...

— A Rata? — Ross deixa os braços caírem ao lado do corpo. Sua boca está frouxa, o rosto pálido. — *A Rata*?

Meu nervosismo cria asas apavoradas.

— Sim. Você tem que lembrar. Você, eu, a El, a Rata, a Annie e a Belle em Boomtown? No *Satisfaction*? No...

— Sim, eu me lembro da Rata. Da *maldita Rata*.

Ele diz isso de uma forma que faz um arrepio correr por toda a minha espinha. De uma forma furiosa demais, familiar demais.

— Ross...

— Ela apareceu aqui há mais ou menos uns seis meses. O maior erro da minha vida foi deixá-la voltar para esta casa. A mulher estava totalmente maluca. Completamente obcecada pela El. Ela começou a nos seguir quando...

— Espera, o que... — Respiro com dificuldade. — Eu não... você está dizendo que a Rata é real? Uma pessoa de verdade? Ela não é... você está dizendo que ela é uma *pessoa de verdade*?

O rosto do Ross se transforma. Ele me olha com uma espécie de desdém desinteressado, como se estivesse confuso. E, quando finalmente abre a boca para responder, eu já sei o que ele vai dizer.

— Claro que ela é uma pessoa de verdade, Cat.

15

Não sei o que dizer. Não sei o que pensar. Nem mesmo o que *começar* a pensar. Então só balanço a cabeça repetidamente.

— Mas ela vivia na Terra Espelhada. Como... como a Annie e a Belle e o Chefe Nuvem Vermelha e o Velho Joe Johnson... É claro que vivia! Pelo amor de Deus, Ross! Ross? — Mas agora já não estou tão certa, minha certeza parece se esvair por um buraco escuro, um buraco que não fui eu que fiz, e o pânico começa rapidamente a me dominar. Principalmente pelo que significa para mim estar errada a respeito disso. Pior, pelo que significa... pelo que *poderia* significar... para a El. — Ela se chamava *Rata*, pelo amor de Deus!

Em vez de me responder, o Ross sai da sala. Escuto o som de suas botas subindo as escadas. A chuva está muito mais forte agora, e toda a cozinha escureceu. Meu celular vibra. É o Vik. Não respondo, olho para os dois ladrilhos na frente do fogão, para a rachadura na argamassa que os divide ao meio. Pego o copo de vodca e viro tudo de uma vez.

Não acho que o Ross vai voltar até ele aparecer de novo. Seu rosto não parece menos sombrio e, quando ele deixa cair algo na mesa à minha frente, eu me sobressalto.

— A El encontrou no sótão.

É um álbum de fotos, do qual me lembro vagamente, aberto em uma página onde há apenas uma fotografia. A El e eu, de pé diante da mesa da cozinha, fazendo bolos de limão. Temos talvez oito, nove anos, usamos aventais iguais, cobertos de farinha. Olho para nós por apenas um segundo, não mais que isso, porque sentada em uma cadeira, bem no canto da cena, está uma Rata de olhos arregalados e rosto pálido.

Só quando tento arquejar, horrorizada, é que me dou conta de que meus dedos estão pressionados contra a boca.

— Meu Deus. — Meu corpo está frio demais, meu rosto, muito quente. Calafrios descem do alto do meu couro cabeludo até a base da minha espinha. — Meu Deus.

O Ross se senta.

— Você realmente achou que ela não *existisse*?

Viro as páginas do álbum, sentindo a ansiedade aumentar, com medo de vê-la de novo. Como se isso importasse. Como se vê-la uma vez já não fosse prova suficiente. As fotos são poucas, cada página do álbum tem apenas uma, às vezes duas fotos diferentes. Algumas são em preto e branco, outras tão antigas que as pessoas que aparecem nelas são apenas silhuetas. Fantasmas. Paro ao ver um avô impossivelmente jovem, impossivelmente bonito, em um terno escuro e uma gravata-borboleta, com uma mulher loira sentada ao lado dele, muito séria e formal. Ela tem os olhos da minha mãe. É a minha avó.

Então, na página seguinte, uma foto colorida tirada do lado de fora da casa, no jardim da frente. Minha mãe, de avental e parecendo desconfortável, o sorriso, uma careta. E parada muito ereta ao lado dela, de preto da cabeça aos pés...

— A Bruxa — diz Ross, a boca cerrada em uma linha sombria.

— A Bruxa. — Minha voz sai trêmula. — Quem é ela?

O Ross me olha de relance. Ele parece preocupado.

— A sua tia? Eu não sei. Ela era a mãe da Rata. Você realmente não se lembra de nada disso?

Balanço a cabeça.

— Nós não tínhamos... não temos... mais nenhum parente. Eu me lembraria disso. Eu saberia...

O Ross fica em silêncio por muito tempo, então responde em um tom cuidadoso:

— Você também não se lembrava da Rata.

— Eu me lembrava! — digo, embora saiba que minha atitude defensiva é absurda.

— Uma amiga da família, então? — Ross dá de ombros. — Elas estavam aqui com bastante frequência. Sempre tínhamos que ficar mais quietos quando ela estava por perto... vocês tinham pavor dela.

Todo aquele veneno e aquele ódio. Dentes à mostra e gengivas cheias de sangue. Aquele medalhão oval cintilando no punho.

Como era possível que eu me lembrasse de cada canto e de cada código da Terra Espelhada, e ainda assim tivesse lembranças tão distorcidas de duas pessoas para chegar ao ponto de considerá-las tão imaginárias quanto uma Fada do Dente monstruosa ou um Palhaço astuto e sorridente? E *por quê*? Porque, se eu não sou louca, então escolhi deliberadamente lembrar delas dessa forma. Lembrar de um jeito errado. Mesmo agora, quando sei que elas existiram de verdade, minhas lembranças não estão mais claras — elas permanecem vagas e indistintas, como a fumaça soprada por um vento raivoso.

SEI DE COISAS. COISAS QUE VOCÊ SE OBRIGOU A ESQUECER.

Fecho o álbum e me volto para o Ross.

— Você disse que ela voltou? A Rata?

— Por volta de meados de outubro do ano passado. — Ross cruza os braços. — Ding-dong, a Bruxa estava morta. Aparentemente. — Ele para, e percebo que está tentando esconder a raiva, reprimi-la. — Não sei como a Rata sabia que estávamos aqui. Não sei por que ela esperou até a Bruxa morrer para vir. Ela estava em péssimo estado. Pior do que quando nós éramos crianças. Disse que queria retomar o contato com a El. E no começo a El ficou muito feliz com isso, sabe? — Ele olha para mim. — Talvez ela tenha visto a Rata como uma substituta para você, não sei. Nada do que a El fez nos últimos seis meses fez muito sentido.

— O que aconteceu?

Ele encolhe os ombros.

— Como eu falei, a Rata estava bem maluca. Ela precisava de ajuda. Aparecia aqui a qualquer hora do dia e da noite. Chorando, inconsolável, então, no instante seguinte, seu rosto se iluminava como o de uma criança no Natal. Ela me odiava. Queria a El só para ela. Um dia... olha só... — A raiva vence e ele se levanta, os punhos cerrados enquanto caminha de um lado para o outro. — Ela esperou até eu sair para o trabalho, então apareceu aqui com duas passagens de avião só de ida para a porcaria de Ibiza, entre todos os lugares.

— Ross...

Ele faz um esforço visível para se acalmar. Senta e respira longa e profundamente inúmeras vezes.

— Quando a El tentou afastá-la, a Rata começou a segui-la, a espioná-la. — Ele encolhe os ombros. — A espionar a nós dois.

— Você achou que era ela que estava mandando os cartões...

— Ela foi a primeira pessoa em que pensamos quando os cartões começaram a chegar. A polícia investigou e não encontrou nenhuma evidência para provar isso. Mas funcionou porque ela nos deixou em paz e não voltou mais. E achamos que ela tinha canalizado toda aquela loucura para outra pessoa. — Os olhos dele se tornam frios e duros. De repente, o Ross parece um estranho. — Quando éramos crianças, tudo o que ela mais queria era manter nós três separados, nos colocar uns contra os outros. E é isso que ela está fazendo agora. Faz sentido que a Rata estivesse com os diários da El; ela provavelmente roubou os diários quando esteve aqui. — Ele faz uma pausa. — Você *realmente* não se lembra dela?

O que eu lembro é que a Rata que eu conhecia era muito tímida. Ela era quieta e gentil, na maioria das vezes submissa. Uma esponja para todos os nossos medos, fraquezas e segredos. Uma camaroteira, macaca de pólvora e servente. Nossa *piñata* favorita. A Rata que eu conhecia se recusava a lutar contra piratas, se recusava a tomar partido, se recusava a escolher castigos.

O Ross ainda está balançando a cabeça, o rosto ainda mostrando aquela expressão fria e dura que eu nunca tinha visto antes, quando subitamente seus ombros se curvam. Vejo a piedade em seus olhos antes da bondade ou do amor, então ele pega minhas mãos e as aperta com tanta força que chega a doer.

— A El não enviou esses e-mails. Sinto muito, Cat. Meu Deus, eu sinto muito. Ela se foi. Simplesmente se foi.

*

Há uma tempestade vindo de Cuba. Posso ver as nuvens cinza esfumaçadas no horizonte: uma tempestade tropical perto de Bayamo.

O dia fica mais escuro enquanto desço da torre de vigia e atravesso correndo o convés principal. O *Satisfaction* já está adernando muito a bombordo e o vento está cada vez mais forte. Sinto salpicos quentes de chuva no rosto. Quando olho para a El, vejo que ela já está com dificuldade para segurar o leme com firmeza.

— Não há tempo para chegar a Port Royale — grito. — Não vamos conseguir!

Um grito, então um jato d'água, e tenho tempo de ver um pirata deslizar a bombordo e entrar no mar turbulento, que se eleva enquanto uma onda muito alta atinge a popa.

— Içar velas? — a El grita. Seu sorriso é tão largo que consigo ver todos os dentes.

Estou sorrindo também, enquanto a cidade de Bayamo se aproxima. O vento se intensifica, a chuva bate contra o meu rosto e entra nos meus olhos enquanto enrizo a vela mestra com a Annie e a Belle, sentindo os músculos gritarem, o coração trovejar no peito.

Um estrondo repentino e o *Satisfaction* começa a adernar.

— Não podemos virar a favor do vento! — a El grita, e constato que ela e a Rata estão agarradas ao leme, os rostos franzidos de esforço.

Então o Ross vem correndo pelo meio do convés em direção à popa. Ele passa um braço ao redor da El e alcança o leme com a outra mão, afastando a Rata do caminho com tanta força que ela solta um grito e é varrida para a proa.

No momento em que o *Satisfaction* se estabiliza e começa a seguir na direção do vento, a tempestade já se dissipou, e eu cambaleio rumo à proa, sob aplausos e tapinhas nas costas dos piratas. A Rata está encolhida atrás de um barril virado, o cabelo curto grudado na cabeça, o vestido feio e largo encharcado.

Ela olha para mim, o rosto muito branco manchado de chuva ou de lágrimas.

— Eu *odeio* ele.

Não me viro para olhar para o Ross e para a El, mas estendo a mão para ajudar a Rata a se levantar, porque parte de mim o odeia também. Parte de mim odeia os dois.

A Rata não solta minha mão. Ela olha para mim, enxuga o nariz na manga.

— Eu queria ser como você.

E acredito que a selvageria em seus olhos e a inveja são em meu benefício, porque a Rata existe apenas para me fazer sentir melhor, para me lembrar de que eu valho alguma coisa para alguém. Porque ela é *minha* amiga. *Minha* criação. Seguro a mão dela e olho para o sol que retorna.

— Eu queria poder ficar o tempo todo na Terra Espelhada — digo.

E a Rata me lança um sorriso lento e choroso.

— Eu também.

*

Fico olhando para a escuridão, totalmente desperta. Eu deveria ter me lembrado. Eu deveria ter *sabido*. Parte de mim quer rir do absurdo da situação — de não lembrar, de não saber que a Rata era tão real quanto eu ou a El. Mas não rio. Porque estou com medo. Com medo de não *saber*. E assustada porque até agora nunca houve nenhuma outra explicação para aqueles e-mails, além da El.

Eu me levanto sem acordar o Ross, desço na ponta dos pés com meu notebook, e me sento diante da mesa na Sala do Trono.

Eu me lembro do Ross dizendo: *Sua tia? Uma amiga da família? Ela era a mãe da Rata.* Então o pesadelo de apenas alguns dias atrás volta rapidamente. Mais agudo. Transformado.

A Bruxa está arrastando a Rata pelo corredor, até o saguão de entrada. A Rata está chorando, *Não, não! Eu não quero ir!*

E quando a minha mãe diz: *Você com certeza pode ficar um pouquinho mais, não é?*, a Bruxa para de repente e balança a cabeça.

A Rata soluça mais alto e estende as mãos para nós — *Eu quero ir para a Terra Espelhada! Por favor, eu não quero ir embora! Quero voltar para a Terra Espelhada!* —, e nós ignoramos nosso medo da Bruxa, nos adiantamos e pegamos as mãos da Rata, tentando puxá-la de volta para o corredor.

A Bruxa para de novo. Ela se vira e abre um sorriso gelado. E esbofeteia a Rata com força. Uma vez. Duas. Até nós a soltarmos. Então encosta um dedo com a unha muito comprida na cabeça trêmula e inclinada da Rata. Olha para a El e para mim — agora quietas e paralisadas.

Obediência. Isso é família. O olhar que ela lança para a mamãe é feio, carregado de ódio. *ISSO é ser uma boa filha.*

Um jorro de luz. Uma porta batendo. Então, a escuridão.

Minha respiração sai trêmula. Luto contra a culpa e o medo que crescem dentro de mim. Eu sei que aquilo aconteceu. E sei que esqueci que aconteceu.

Abro o notebook, procuro "registros públicos da Escócia" no Google e digito o nome da minha mãe e a data de nascimento na guia de busca do site. Quando filtro as pesquisas para que mostrem apenas os nascimentos no distrito de Leith, minha mãe é a única entrada restante. Excluo o primeiro nome dela, altero a faixa da data de nascimento para cinco anos mais nova ou mais velha do que ela. Quatro novos nomes aparecem — Jennifer, Mary, duas Margarets —, mas descubro que, se eu não fizer uma assinatura paga do site, não vou ter como acessar nenhum detalhe delas, incluindo as datas exatas de nascimento. Assim, faço meu cadastro e pago todas as certidões, incluindo a da mamãe. Depois que o e-mail de confirmação menciona uma possível espera de duas semanas para o envio dos documentos, abro meu e-mail e começo uma nova mensagem para john.smith120594.

Se você for realmente a Rata, se encontre comigo. Eu sei que você está em Edimburgo.

A resposta chega imediatamente.

NÃO. EU NÃO CONFIO EM VOCÊ. AINDA NÃO. E COM CERTEZA NÃO CONFIO NELE.

Me diga o que você quer. Eu preciso que você explique, que me diga o que está acontecendo.

QUERO QUE VOCÊ LEMBRE. QUERO QUE VOCÊ <u>QUEIRA</u> LEMBRAR. ESTOU TENTANDO TE AJUDAR. ESTOU TENTANDO SALVAR A SUA VIDA. A EL ESTÁ MORTA. ELE A MATOU.

E é essa última resposta que me convence de que meus medos só podem ser infundados. Eles *precisam* ser infundados. A Rata é real, isso eu posso aceitar, mas esse gancho excessivamente dramático é um clichê que se parece tanto com a

El que é ela quem escuto na minha cabeça enquanto leio. Isso tudo é só um jogo. Apenas mais um de seus jogos implacáveis. A necessidade desesperada de que isso seja verdade me deixa furiosa novamente. Então tento dar mais corda para ela se enforcar.

Quem matou a El?

Depois de uma longa pausa, tão carregada de expectativa que mereceria um rufar de tambores, a resposta:

O MARIDO MENTIROSO DELA.

16

john.smith120594@gmail.com   15 de abril de 2018 às 00h15
Re: ELE SABE   Caixa de entrada
Para: Mim

PISTA 8. NÃO SE ENGANE: TODO MUNDO TEM MEDO DE PALHAÇOS

Enviado do meu iPhone

*

O guarda-roupa do Café dos Palhaços. Essa é a pista para a página do diário que encontrei cinco dias atrás, depois que descobri a página da pista número 5 debaixo da cama. É a página do diário que descobri fora da sequência porque estava farta de dançar às cegas ao som da música da El. E foi a que mais me assustou.

Não abro o armário de fantasias de novo. Não quero ler aquela página do diário novamente. Mas ainda assim estou tremendo. O cabelo na minha nuca ainda está arrepiado. Porque eu não esqueci o que está escrito ali.

> *10 de agosto de 1998*
> *Alguma coisa se aproxima. Está quase aqui.*
> *Às vezes fico com tanto medo que esqueço de respirar. Esqueço que posso respirar.*

A El e eu estamos correndo de novo. Tão rápido e com tanta intensidade que tropeçamos nos próprios pés. Um baque metálico alto ecoa pelas paredes e o sol desaparece. As sinetas tocam no escuro. Tantas que não dá para contar. Tantas que não dá para distinguir quais sinetas, quais estrelas, quais cômodos.

Luzes da morte nos perseguem, piscando e tremeluzindo através das paredes enquanto tentamos fugir de botas, gritos e urros. Criminosos e guardas da prisão, a Fada do Dente e a Madame Defarge, o Barba Azul e o Barba Negra. Mas agora estamos tão longe da Terra Espelhada que é como uma lembrança que nem chega a ser uma lembrança, só um lugar sobre o qual nós lemos por tanto tempo que parece que já vivemos lá. Como um condado na Terra Média ou uma praça ensanguentada em Paris. Uma prisão no Maine ou uma ilha do Caribe.

Então, estamos agachadas dentro do guarda-roupa, encolhidas, apertando com mais força as mãos uma da outra, cravando as unhas mais fundo na pele, por causa do medo crescente. Porque o Café dos Palhaços não pode nos proteger como a Terra Espelhada nos protege. Ele é só um esconderijo.

Somos piratas e o nosso pai é o Rei dos Piratas, sussurra a El no meu ouvido. Na escuridão fria e densa. Vamos ficar bem.

Mas não vamos. Sei que não vamos. É mentira. E quando a maçaneta da porta do guarda-roupa começar a chacoalhar, a girar e girar, tenho vontade de gritar — preciso gritar — porque parece que é a única maneira de enfrentarmos o sangue, o suor, os urros, a fúria e aquela coisa *errada* que quer tanto entrar. Eu não sei o que nós fizemos. Não sei por que querem nos assustar, nos encontrar, nos machucar. Não sei por que querem que a gente morra. Para nos pendurar em um gancho até apodrecermos.

Gritamos quando a porta é arrombada. Quando a luz da morte e aquele primeiro rosto terrível assomam no espaço que adentraram violentamente. Ossos pretos retorcidos dentro de uma barba azul. Dentes pontiagudos sorridentes. Rum e fumaça. Uma piscadela e um urro. E as sinetas apenas guincham e guincham.

*

Uma campainha ainda está guinchando — alto demais. Real demais. Não é fruto da ressaca do meu pesadelo, mas desse presente imediato.

Eu me sinto absurdamente pesada, absurdamente cansada. Viro de lado como uma baleia encalhada e confiro o despertador: 13h15. Eu dormi por treze horas. Não sei nem como isso é possível. Eu me sento devagar, pisco os olhos doloridos que parecem cheios de areia.

Levanta, penso. Já vai ser um bom começo.

Mas então ouço a campainha novamente. Por mais tempo, mais insistente. E de repente sou tomada pela pior sensação de mau presságio que já experimentei. A pior sensação de desgraça. Essas sensações continuam a me incomodar enquanto rolo para fora da cama sobre pés instáveis, procuro as roupas que usei ontem e tento não cair enquanto me esforço para vesti-las. O tempo todo tentando não pensar no meu sonho, ou em "alguma coisa se aproxima. Está quase aqui". Como uma campainha estridente e dissonante.

Saio para o patamar da escada. Posso ouvir o Ross no chuveiro, então desço as escadas, um passo pesado seguido do outro. Ao fundo, a campainha começa a tocar novamente, mas é a batida — alta e insistente — que finalmente me desperta de vez. Ainda hesito na porta da frente, minha respiração saindo rasa e acelerada. Mas, quando a campainha toca de novo, abro a tranca que só fechamos à noite e deixo entrar o intenso frio do lado de fora.

É o detetive-sargento Logan. E atrás dele, ao pé da escada, está o cabelo platinado de Shona Murray.

— Olá, Catriona — diz Logan, sem nenhum sinal de covinhas ou piscadelas. Ou mesmo de que seria capaz disso. — Lamentamos incomodá-la. Podemos entrar?

— Claro.

Enquanto os dois passam por mim no saguão de entrada, mantenho os olhos no portão, nas sebes amareladas. Ocupo a mente pensando que vou aproveitar a oportunidade para contar a eles sobre o caiaque. Sobre os e-mails e as páginas do diário. Mesmo que eles acusem o Ross; mesmo que tragam à tona o mês de setembro de 1998 e o último dia da nossa primeira vida; o último dia — noite — da vida da minha mãe e do meu avô. Mesmo que aqueles e-mails tenham me dito para não contar nada à polícia. Vou contar de qualquer modo. Porque, de repente, estou com medo demais para não fazer isso.

Eles me esperam no corredor, e, por um momento, não tenho ideia de para onde levá-los. A Sala do Trono é absurda demais, a cozinha é pessoal demais, a despensa é totalmente proibida. Decido que a sala de estar é o menor dos males, até que os levo para lá e pego os dois olhando para o Poirot e para a cômoda Chippendale com algo próximo do espanto — eu me lembro do frio da superfície esmaltada francesa contra minha pele quente demais.

— Gostariam de se sentar? Querem beber alguma coisa? Eu preciso falar com vocês...

— Cat — diz Logan, pousando a mão no meu braço. — Você poderia chamar o Ross? Ele está...

— Estou aqui — diz Ross.

Mas ele para na entrada da sala, a mão na porta como se estivesse prestes a fechá-la na nossa cara. Está descalço, usando um jeans velho e uma camiseta da turnê do Black Sabbath, o cabelo molhado penteado de um lado e, do outro, espetado como o de uma criança.

Logan solta meu braço e pigarreia.

— Talvez seja melhor vocês se sentarem.

Escolho a cadeira de balanço forrada de brocado amarelo, ao lado da lareira. A cadeira da minha mãe. Ela começa a balançar na mesma hora, e me inclino para a frente, plantando os pés no chão até que pare.

— O que houve? — pergunta Ross, com uma voz que não se parece nada com a dele.

— Ross — diz Logan. — Por que você não...

— Estou bem assim.

— Tudo bem.

Logan pigarreia novamente, e, no terrível silêncio que se segue, levanto o olhar e vejo Shona Murray afundando no sofá.

O olhar de Logan se desvia de Ross para mim.

— Ontem, o DIAM... — Ele balança a cabeça. — O Departamento de Investigação de Acidentes Marítimos estava relatando um incidente em um navio comercial no Forth quando... quando descobriram outra coisa... sem... não era...

— O que era? — pergunta Ross mais uma vez.

Olho apenas para o Logan. *Craig, se você preferir. Minha mãe me deu esse nome em homenagem a um cara da banda The Proclaimers.* O tique-taque lento e ritmado do relógio de pêndulo reverbera dentro do meu crânio, por trás dos meus olhos secos e cansados.

— Eles encontraram a embarcação — diz ele por fim. — Encontraram o *The Redemption*.

— Muito bem — digo. — Como eles sabem...

— O barco tem o nome pintado em uma merda de um dourado dos dois lados — diz Ross em um grunhido, com uma voz tão rouca que é até difícil ouvir.

Logan olha para mim.

— Eles estavam usando sonar e mergulhadores. O barco estava no canal de águas profundas, alguns quilômetros a leste de Inchkeith. Enviamos nossos próprios mergulhadores e um veículo subaquático para confirmar a identidade.

— Está certo. — Olho para a lareira verde-garrafa, para o carrossel de atiçadores, pás e pinças. — Está certo.

— Encontramos evidências de que foi a pique.

— Afundou — digo.

Logan assente. Em seguida olha em volta, para todas as opções de cadeiras absurdas, e opta por se agachar, os braços longos caídos entre as pernas.

— Foi afundado propositalmente.

— Como? — pergunta Ross.

Logan enfia a mão no bolso, pega aquele seu caderninho minúsculo e folheia algumas páginas.

— O tampão de drenagem do gio foi removido. É um pequeno tampão manual usado no lugar de uma bomba de esgoto. Ele fica parafusado em um buraco na popa de um barco enquanto ele está no mar e é retirado em terra para drenar qualquer água que possa ter entrado. Os mergulhadores também descobriram pelo menos meia dúzia de buracos no casco, com dez centímetros de diâmetro. Provavelmente feitos com uma serra cilíndrica. Os parafusos da base e os pinos de retenção foram removidos do mastro. O que basicamente significa que o mastro caiu, desmoronou. Quando o barco afundou, o mastro teria revelado a sua posição. — O olhar dele volta a encontrar o meu. — A visibilidade era fraca no dia 3. A leste de Inchkeith, o barco já estaria fora da vista de Edimburgo e de Burntisland. Então, quando o *The Redemption* afundou, ou melhor, quando foi afundado, desde que não houvesse detritos flutuando na superfície, pode-se supor que ele nunca seria encontrado.

— Está certo. — Não consigo mais ver o Logan... Ele é só uma silhueta agachada.

— Também parece que tanto o transmissor de localização de emergência quanto a unidade GPS foram destruídos, o que explica por que nunca nenhum sinal foi enviado. E o bote salva-vidas ainda estava guardado em um armário no convés. — Pausa. — Parece ter sido autossabotagem.

— *Autossabotagem*? — Eu me lembro daquele caiaque azul no galpão. — Está certo — digo de novo.

— Eles encontraram outra coisa — diz Shona.

Ela se levanta e se aproxima de Logan em um pequeno borrão platinado. Na mesma hora, ele se levanta novamente, bloqueia a passagem dela e se aproxima de onde estou sentada.

— Os mergulhadores encontraram outra coisa — diz ele, em um tom terrivelmente lento e cauteloso. Consigo sentir o cheiro do desodorante dele, e o cheiro químico mais doce de seja qual for a merda que o detetive usa naquele cabelo ridículo. — Enrodilhada na cabine do barco.

— Certo.

Percebo que o Ross está parado atrás de mim, com os braços ao redor dos meus ombros. Olho para os músculos flexionados do seu antebraço, para os pelos arrepiados em sua pele.

Lá vem desgraça, penso. Lá vem desgraça.

— Eles encontraram um corpo — diz Logan. — De uma mulher.

Os braços de Ross se apertam à minha volta; seus dedos se cravam na minha clavícula. Logan parece tão triste, tão infeliz, que quase me levanto para confortá-lo.

— A Unidade Náutica e de Mergulho de Greenock resgatou o corpo esta manhã — diz ele. — Sinto muito.

*

A vidraça é fria na ponta dos meus dedos. E vibra toda vez que um ônibus passa, chacoalhando. Estou parada aqui há menos de uma hora, mas parece que se passaram dias até que o BMW prata, muito cintilante, da inspetora Kate Rafiq pare em frente à casa e ela saia. Poucos minutos depois, escuto quando Rafiq entra na sala de estar, mas não me mexo.

— Catriona, como você está?

Eu me viro.

— Não é ela — digo.

Rafiq anda até o centro da sala, indica o sofá e assente quando me sento.

— Ainda não sabemos de nada com certeza.

— Vocês sabem que é o barco dela — diz Ross.

Ele se senta no banquinho, mas quase erra a borda e por pouco não termina no chão. O Ross parece se sentir exatamente como eu: chocado, lento, confuso. Talvez não esteja tão resignado com o destino da El como achei que estivesse.

— Sim. Mas, neste momento, isso é tudo. Não sabemos se a... se a mulher que morreu é a Ellice. E, embora vocês dois devam estar preparados para essa possibilidade, também é importante que não tirem conclusões precipitadas antes de termos qualquer informação mais precisa.

Não vejo como é possível gerenciar essas duas expectativas.

— Você a viu?

Ela não olha para nenhum de nós dois quando assente.

— Estou vindo do necrotério da cidade. Por isso que não consegui chegar aqui antes, sinto muito. — Ela pigarreia e indica um homem alto e magro parado atrás dela. — Este é Iain Patterson, perito forense — apresenta Rafiq. — Queremos identificar o corpo o mais rápido possível para vocês, certo?

Com aparência solene, terno preto e carregando uma maleta grande, Iain Patterson parece uma mistura de mórmon e agente funerário. Ele cumprimenta primeiro Ross com um aceno de cabeça e depois a mim. Então pousa a pasta e começa a abri-la.

— Ross — diz Rafiq. — Você se importaria de pegar alguma coisa da El? Uma escova de cabelo, talvez, ou uma lâmina de depilar usada?

Ele permanece meio agachado no banquinho.

— Eu já fiz isso — responde Ross, olhando para ela e parecendo um garotinho. — Não fiz?

— Sim, é verdade, você já fez. Já temos a escova de dentes dela. Mas é sempre melhor ter duas amostras. Shona, você quer ajudá-lo?

Shona ajuda Ross a se levantar como se ele fosse mesmo uma criança e segue ao lado dele, a mão pousada em suas costas enquanto saem da sala.

Rafiq espera até não podermos mais ouvir o som dos passos deles, então se volta para mim. A expressão dela é confusa, não sei se séria ou preocupada, mas esse olhar subitamente me faz sentir claustrofóbica. Ela olha para mim com extrema atenção, como se eu estivesse na iminência de tropeçar. Não tenho ideia do porquê.

— Catriona, o Iain poderia colher uma amostra do seu DNA?

Quando não respondo imediatamente, ela se aproxima e pousa a mão no meu braço. Suas unhas são curtas, brancas e bem-feitas.

— A princípio nós só pegaríamos amostras de referência dos pertences da pessoa desaparecida, em vez de amostras de parentesco de pessoas do mesmo sangue, mas nesse caso...

— Porque somos gêmeas.

Ela assente.

— Sim, porque vocês são gêmeas idênticas. Vocês têm exatamente o mesmo DNA. Então, você permitiria?

— Sim. É claro que sim. — Olho para ela e vejo novamente aquela expressão em seu rosto. — Há... mais alguma coisa?

Rafiq nega rapidamente com a cabeça e força um sorriso, mas eu sei que há. E também sei que, seja o que for que a inspetora acha que sabe, ou que acha que *eu* sei, ela não vai revelar até que esteja pronta. Meu estômago se contrai, meu cérebro se turva ainda mais.

Rafiq assente para Iain Patterson, que se levanta depois de pegar um tubo de ensaio de plástico na maleta.

— Boa tarde — diz ele, com simpatia.

Sua voz é tão baixa que mais parece uma vibração do que um som. Ele tira um longo cotonete de dentro do tubo.

— Agora, se puder inclinar a cabeça um pouquinho para trás e abrir bem a boca, vou tirar uma amostra rápida da parte interna da sua bochecha, certo? Vai ser muito rápido.

Ele parece animado demais para aquele terno e para as circunstâncias, mas assinto e sigo suas instruções. Assim que ele coloca o cotonete na minha boca, sinto vontade de mordê-lo com força.

— Podemos precisar coletar uma amostra de sangue mais tarde — avisa ele, depois de retirar o cotonete da minha boca e guardá-lo de volta no tubo de ensaio.

Percebo que estou tremendo. Não tenho certeza de quando começou, mas não consigo parar.

— Venha, Catriona, sente-se aqui — diz Rafiq. Sua voz não está mais dura; em vez disso, está tão suave que me dá vontade de chorar. Mas não choro.

Quando ouvimos Ross e Shona descendo as escadas, Rafiq parece aliviada e abotoa o casaco.

— Uma análise de DNA pode levar entre vinte e quatro e setenta e duas horas — explica ela. — Mas, obviamente, vamos nos apressar, está bem?

Assinto. Ross também assente, enquanto se inclina pesadamente sobre a cômoda onde transamos menos de uma semana atrás. Fecho os olhos, e, quando finalmente consigo abri-los, Rafiq está me lançando novamente aquele olhar penetrante.

— Tente não se preocupar — diz ela. — De qualquer modo, tudo vai acabar logo.

*

Depois de fechar a porta quando eles saem, fico no corredor por um longo tempo, iluminada pela faixa prateada de sol que entra pela bandeira semicircular acima do batente superior.

Estamos nisso juntos, está bem?, sussurra Ross no meu ouvido. Mas, é claro, quando me viro para o corredor, ele não está lá. É só mais um fantasma.

17

O tempo passa tão lentamente, de uma forma tão densa, que quase consigo tocá-lo e vê-lo escorrer por entre os dedos. Apáticos, o Ross e eu perambulamos de cômodo em cômodo. Sempre que nos sentamos, tocamos nos joelhos, braços ou dedos um do outro, e não consigo dar importância a todos os motivos pelos quais não deveríamos fazer isso. O Ross treme — os tremores percorrem o seu corpo e penetram em mim. Estamos sentados diante da mesa da cozinha quando ele finalmente levanta a cabeça. Percebo que está tão zangado quanto assustado.

— Não quero que a El esteja morta, Cat.
— Eu sei — sussurro.
— Eu nunca quis que ela morresse.

Não sei se ele diz isso se referindo a nós, por causa da rapidez com que voltamos um para o outro, ou pelo fato de o sentimento de luto dele ter parecido tão intenso desde o início, tão determinado. Estendo a mão e entrelaço os dedos nos dele.

— Eu sei, Ross.

Depois de algum tempo, preciso ficar só. Eu me tranco no banheiro e, confusa, olho para o rosto no espelho, para os olhos cansados e assustados. Eu me lembro da última vez que olhei para esse rosto, e não era um reflexo. Dia de Ano-Novo de 2006. Seis meses depois daquele "eu venci" da El. Seis meses antes do momento em que não seríamos mais adolescentes. Nós nos encontramos em Yellowcraigs.

Foi preciso pegar dois ônibus e caminhar por cerca de um quilômetro e meio para chegar lá, saindo da casa que eu dividia com outras pessoas em Niddrie. Eu não tinha ideia do lugar de onde a El estava vindo — não sabia nem se ela ainda morava na cidade.

A praia estava vazia, as ondas fortes, o vento violento, o dia ensolarado e frio. Foi difícil olhar para ela por muito tempo. Eu sentia tanta falta dela e do Ross que chegava a doer, uma sensação terrível e raivosa; um coto que coçava e formigava, que não me deixava esquecer de como era estar inteiro. A El não deixava o Ross falar comigo, embora ele me ligasse sempre que podia — ainda que nós dois percebêssemos que aquilo era inútil e mais doloroso do que o silêncio. Eu não suportava saber dela, saber dos dois e dos planos que não me incluíam. Não suportava ouvir a tristeza e a culpa na voz do Ross, seus apelos para que eu entendesse seus motivos, para que eu entendesse por que tinha que ser daquele jeito.

— Você emagreceu.

Eu não conseguia dormir. Tinha consultado médicos demais, tomado comprimidos demais. Chegara a flertar com a ideia de suicídio, e a única coisa que me impedia era pensar em como eu pareceria ridícula se falhasse, como pareceria patética. Que então não haveria nada meu que não tivesse pertencido primeiro à El.

Continuei a olhar de soslaio para ela. A pele da El estava viçosa e seu cabelo mais loiro. As unhas vermelhas e compridas. Eu me perguntei quando ela havia parado de roê-las.

— Você precisa comer.

Eu a vi olhando para as minhas unhas malcuidadas, para os arranhões e cortes nas minhas mãos que costumavam aparecer sem eu saber por que ou quando. Vacilei quando ela estendeu a mão direita para pegar a minha mão esquerda. Olhei para trás, para além das ondas agitadas, na direção da linha escura do mar do Norte, e engoli em seco, subitamente assustada.

— Nós vamos nos casar — disse a El, e continuei olhando para as ondas batendo, para os clarões ofuscantes do sol. Percebi que eu apertava a mão dela com força, mas a El não estremeceu, não soltou a mão.

— Você nem quer o Ross. Eu sei que não quer. Só está ficando com ele porque eu o quero. Porque eu amo o Ross.

Percebi que era a primeira vez que eu dizia aquilo. Para qualquer pessoa além de mim mesma. Nesse momento, a El virou para mim.

— Você parece um cachorrinho de merda, sabia, Cat? Quanto mais alguém te trata mal, mais se esforça para gostarem de você. É patético.

Pisquei para afastar o ardor nos olhos.

— Eu vou embora. Vou para os Estados Unidos.

A universidade onde eu estudava estava realizando um programa de estágio com todas as despesas pagas no *Los Angeles Times*. Já havia uma lista de voluntários com um quilômetro de comprimento. Antes daquele dia, não havia passado pela minha cabeça a possibilidade de tentar ir.

A El pareceu surpresa por um instante, talvez até chocada, então desviou o olhar.

— Que ótimo.

Engoli o medo, a dor e a raiva.

— E nunca mais vou voltar.

Ela se virou para me encarar com um sorriso largo. Senti vontade de recuar — tanto por causa da expressão de vitória naquele sorriso quanto pelo apertão repentino dos dedos da El ao redor dos meus pulsos, com força suficiente para deixar hematomas que me lembrariam das palavras dela por semanas.

— Essa sua ameaça não vai ter o efeito que você imagina, Cat. Porque eu te odeio, está entendendo? Eu te odeio. Então vai. Tudo que eu quero é que você vá embora. — O tom furioso não conseguiu mascarar a dor e a ira nos olhos dela. — Para eu nunca mais ter que pensar em você de novo.

Então ela me soltou. E foi embora sem olhar nem uma vez para trás.

Existem muitas desvantagens em ser uma gêmea idêntica. Sempre saber — ver — como você fica quando sorri, quando franze a testa, quando as rugas começam a aparecer ao redor dos olhos, como um espelho que você sempre carrega, preciso e pesado debaixo do braço. Ser sempre confundida com outra pessoa, e ter que esperar o momento certo para interromper, esclarecer, ver a familiaridade calorosa nos olhos da outra pessoa desaparecer. Sempre espremida na metade de uma caixa, os traços de personalidade divididos de forma que uma deve ser extrovertida e a outra introvertida; uma aventureira, a outra tímida. Pegar-se acreditando nisso. Sabendo que quando você é a que não foi escolhida, quando você é a que foi largada de lado, nunca é por causa da sua aparência. É porque você é você. E não ela.

Mas o pior é essa *certeza* opressiva e primitiva de que vocês não são completas uma sem a outra. De que você nunca vai conseguir sobreviver sozinha no mundo. De que não foi feita para isso. Lembrar da El naquele dia dói mais do que qualquer outra coisa. O rosto ruborizado, os olhos piscando, lágrimas que eu esperava que fossem por mim, mas que eu sabia que eram resultado daquele vento cruel. Os dedos dela apertando os meus, como quando lutávamos contra o sono embaixo dos paus-ferros e das figueiras da Selva Kakadu, nenhuma de nós querendo ser a primeira a soltar a mão da outra. Lembrar que aquele foi o último dia, o último momento — mesmo quando a El estava sendo cruel — em que eu senti que ela ainda poderia me amar. Que ela foi a primeira a se soltar.

— Eu saberia.

Quando começo a chorar, a sensação é tão assustadora quanto assistir ao rosto no espelho desmoronar. Eu a vejo cobrir a boca com a mão. Vejo suas lágrimas se derramarem como duas cachoeiras sobre a pele branca marcada por veias azuis. Eu a vejo balançar a cabeça como se aquilo fosse o bastante. Como se fosse tudo o que precisava ser feito. Então tudo isso pararia.

Eu saberia.

*

john.smith120594@gmail.com   15 de abril de 2018 às 21h15
Re: ELE SABE   Caixa de entrada
Para: Mim

PISTA 9. OLHE EMBAIXO DO SEU COLCHÃO

Enviado do meu iPhone

*

3 de julho de 1998
Ele não é de verdade. O papai não é de verdade.
Acho que no fundo eu sabia, mas como a mamãe pôde MENTIR???

Ela estava fazendo eu e a Cat guardarmos as nossas fantasias velhas, os nossos jogos e livros em caixas, para levar para a Terra Espelhada, e eu encontrei uma das enciclopédias grandes do vovô no armário dela. Então eu peguei a enciclopédia, abri e, em uma página com o canto virado, estava o CAPITÃO HENRY MORGAN!!!!!!!

No início eu fiquei animada — porque a foto dele era exatamente como a mamãe tinha dito — <u>exatamente</u> como a minha pintura na Terra Espelhada e tinha todas aquelas coisas incríveis sobre ele ser um corsário (que eu acho que é só um jeito disfarçado e chique de chamar um Pirata que trabalha para o governo. COMO A MAMÃE TAMBÉM DISSE). Ele era até VICE-GOVERNADOR DA JAMAICA!!!

Mas então a Cat viu o ano em que ele tinha nascido. <u>1635</u>!!!!!!

Não conseguimos acreditar. Como a mamãe pôde mentir pra gente? Ela sempre disse que o papai amava a gente e que, se esperássemos por ele na Terra Espelhada, ele voltaria. E nos levaria para a Ilha. Para Santa Catalina. E, por mais que isso pareça idiota agora, a Terra Espelhada é mágica. É melhor do que Nárnia ou Oz ou a Terra do Nunca ou a Terra Média. Podemos fazer acontecer coisas lá que nunca acontecem em nenhum outro lugar. É DE VERDADE. Mas isso não importa. Porque ela mentiu. Ele não é o nosso pai. E quando contamos a ela que sabíamos, ela chorou — e a mamãe NUNCA chora!! Ela disse que fez aquilo para deixar a gente feliz. Então começou a falar sem parar sobre como ela nos ama muito, blá-blá-BLÁ

E o vovô foi tão mau! Como se nós tivéssemos sido burras em acreditar naquilo já no começo. Como se fosse nossa culpa ou alguma coisa assim. Ele disse que a mamãe deveria ter contado pra gente que o nosso pai não passava de um CRETINO que tinha deixado a mamãe assim que ela ficou grávida. E, quando a Cat perguntou pra mamãe se o nosso pai era um CRETINO, a mamãe só chorou um pouco mais e nos deixou com o vovô malvado.
Eu ODEIO eles. ODEIO OS DOIS.

JOGO DOS ESPELHOS

Olha só o estado dessas duas! Estão sempre cansadas. Nunca dormem. Você mesma disse que são péssimas no colégio. Você encheu a cabeça delas com tantos absurdos que as duas passam o tempo todo em uma terra de sonhos. E agora elas acreditam que o pai é um pirata do século 17, pelo amor de Deus! Elas vão crescer mais devagar do que uma lesma, mulher!

Eu me lembro de recuar ao ouvir o tom da voz do vovô, os lábios salpicados de saliva. Tão diferente do avô que eu conhecia. Tão estranho quanto uma mãe cheia de lágrimas nos dizendo *sinto muito, eu amo vocês, eu menti porque queria que vocês duas fossem felizes*. Ou quanto um pai sem rosto que era um cretino.

O vento sacode a janela do Café dos Palhaços. Está tão escuro agora que só consigo ver meu reflexo. Meu telefone vibra. É o Vik de novo. Quando não atendo, uma mensagem de texto aparece na mesma hora na tela: *Preciso falar com você.* Enfio o celular em uma gaveta, abro o notebook e clico em responder a última mensagem de john.smith120594. Meus dedos tremem, mas não tanto que eu não consiga digitar.

Encontraram um corpo. Me diga quem é. Por favor.

Fecho os olhos, que ardem e estão secos como sal. Estou tão, tão cansada. Meu coração pulsa em um baque lento e surdo que consigo sentir no peito e no estômago.

Ninguém me responde.

18

Eles voltam vinte e sete horas e meia depois de terem partido. Todos eles. Estou parada na janela da Torre da Princesa e vejo o BMW prata brilhante da Rafiq estacionar atrás do Beetle azul-claro da Shona — um conversível. A Shona está vestindo jeans justo e uma camisa de seda fina. Que morador de Edimburgo não gostaria de ter um conversível e usar uma camisa de seda fina? Eu me distraio com observações mais mesquinhas enquanto eles abrem o portão e sobem o caminho da entrada em uma lenta fila única. E, quando já não me resta mais mau humor, passo a admirar as pernas do Logan, os ombros largos, até o cabelo idiota.

Por favor, penso, quando escuto a porta da frente, a porta do corredor, o murmúrio de vozes. *Por favor*, quando o Ross grita meu nome do fundo da escada — a voz baixa e hesitante — e, em vez de responder, abro o armário branco, olho para o autorretrato da El e pressiono a ponta dos dedos nas pinceladas raivosas da pele dela. *Por favor*, quando saio para o patamar e agarro o corrimão, sentindo o mundo se inclinar e oscilar. Quando paro perto da base da escada, olho para o corredor e vejo todos aqueles rostos solenes e sombrios e o quadro com as sinetas na entrada da cozinha: as molas pretas, as sinetas brilhantes, os pêndulos em forma de estrela.

Por favor.

Rafiq pigarreia e olha para nós dois.

— Sinto muito, Ross. Catriona. — Ela abaixa a cabeça e o olhar. — Com certeza é ela. Com certeza é a El.

E, afinal, aquele dia terrível em Yellowcraigs dói mais do que tudo.

*

Acabo na Terra Espelhada. Quando consigo enxergar novamente, estou de joelhos no tombadilho do *Satisfaction*, segurando a lanterna do navio contra o peito e olhando para as nuvens brancas inquietas, para as ondas brancas que se quebram, e para o Barba Negra, sombrio e imponente, que aos poucos se aproxima.

Não choro, não consigo chorar, mas todo o meu corpo se agita, enjoado. Não consigo respirar, não consigo enxergar, não consigo pensar. Entre um e outro momento de calmaria, tusso, balanço o corpo e engasgo com a respiração, uma vez, e outra, mas, com a mesma rapidez com que começo a me recuperar, tudo recomeça.

Saio do *Satisfaction* aos tropeções e subo para a longa passagem vazia. Paro na metade do caminho, junto do muro que demarca o limite da casa, e me lembro do capitão Henry Morgan da El, sempre aperfeiçoado e nunca terminado. Nosso pai, rei pirata do século 17.

Não é de verdade. *Não* é de verdade.

Quando outra onda nauseante se aproxima, caio de joelhos. Não sei que conforto imagino encontrar nisso, mas começo a sussurrar:

— Não vamos deixar uma à outra. Nunca enquanto vivermos. — E repito mais uma vez, e outra.

Escuto um barulho, vejo uma sombra, sinto a garganta se fechar de tal modo que o ar entra apenas em pequenos arquejos. Sinto uma lufada de ar frio, um arrepio de pavor. Uma linha branca no escuro lança sombras monstruosas nas paredes. Luzes da morte. O eco de *CORRA!* O grito alto e demorado de pânico que isso provoca me faz querer ficar de pé, mas é tarde demais; quero fugir da aproximação do agigantamento de uma sombra que não é mais uma sombra.

— Cat! Pelo amor de Deus. Para!

O Ross se ajoelha ao meu lado, tenta acalmar meus braços e pernas agitados. Eu me debato muito além do que eu queria ou precisava, porque o Ross é o marido da El; ele era dela e ela era dele desde que o Ross caiu daquela claraboia na Terra

Espelhada — e por algum motivo isso nunca me importou até agora. Por algum motivo, eu acreditei que isso nem sequer era verdade.

— Ah, Deus, por favor. Por favor. Me deixa em paz. *Por favor!* — imploro, enquanto o agarro com força o bastante para machucar a nós dois, enquanto me prendo ao Ross como se ele fosse a única rocha em um mar escuro assassino.

PARTE DOIS

19

john.smith120594@gmail.com   17 de abril de 2018 às 05h50
Re: ELE SABE   Caixa de entrada
Para: Mim

PISTA 10. ATRÁS DO MURO DE BERLIM

Enviado do meu iPhone

*

    Estou no Café dos Palhaços. O Barba Azul e o Barba Negra estão aqui. Eles vão nos arrastar para fora do armário e nos carregar para o Quarto 3, e vão nos pendurar em ganchos até estarmos mortas. E, enquanto morremos, vamos gritar no escuro como o mar, como piratas morrendo em um convés cheio de sangue. E depois vão jogar nossos corpos para os tubarões.
    Estou na Terra Espelhada, sentada de pernas cruzadas no convés de canhões do *Satisfaction*, olhando para a El. Usamos vestidos de estampa xadrez combinando, por cima de camisas brancas engomadas. Se não fosse pelo Ross entre nós, as pernas abertas para firmar o corpo, seria como se nós duas olhássemos em um espelho. Como se uma de nós não estivesse realmente ali. Na mão dela, há uma única folha de papel coberta com tinta de caneta vermelha e preta. O PLANO.

Estamos nisso juntos, certo?, diz Ross. *Nós três. Juntos.*

E a Annie pisca solenemente para mim atrás do leme do navio. Às vezes você tem que ser corajosa. Mesmo quando é uma grande covarde.

Estou na cozinha, sentada diante da mesa. Ovos mexidos em cima da torrada e um mingau quente demais para eu conseguir comer. Há um pássaro preso dentro da velha chaminé. Posso ouvi-lo arranhando e batendo. Minha mão treme. Não consigo acertar a comida na boca e a mamãe cerra os lábios. *Não fique bagunçando pela cozinha, Catriona.* O vovô, que está sentado com a perna machucada apoiada na cadeira sobressalente, joga a cabeça para trás para rir, mas suas mãos tremem, mais do que as minhas. Ele olha para a El ao lado da porta, os dedos na maçaneta. *Você está no caminho, mocinha. Sente-se de uma vez.* A El olha para mim. Seu sorriso é terrível. Finjo que não estou vendo. *Posso tomar um pouco de chá?*

A cortina de veludo preto da despensa era o Muro de Berlim. A El sempre foi Alec Leamas, o espião heroico que veio do frio, enquanto eu sempre ficava do outro lado, com os palhaços — o cruel George Smiley e seu circo —, levando Alec à danação. Encontro a página do diário enfiada na bainha da cortina.

<u>4 de setembro de 1998</u>
Hoje, no café da manhã, todos fingiram que estava tudo Normal. Acho que até mesmo eu, embora não esteja tudo normal, embora eu esteja mais assustada do que já me senti em Toda a Minha Vida. E a mamãe, o vovô e a Cat estavam agindo normalmente, passando o sal e me servindo um pouco de chá e dizendo para nos apressarmos porque está na hora da aula. E eu penso como vocês podem estar Normais? Não Ouviram? Não Viram? Não estão Com Medo? ELE VAI VOLTAR.

Mas eu não disse nada disso, então talvez todos nós estivéssemos pensando a mesma coisa e nenhum de nós conseguia dizer isso em voz alta. Por causa Dele. Para o caso Dele Voltar, quero dizer.
Então, depois do café da manhã, puxei a Cat para trás do Muro de Berlim, tapei sua boca e sussurrei em seu ouvido "TEM QUE SER ESTA NOITE!!"
Porque Tem que Ser. Não importa o que ela diga. Não importa quanto a gente esteja assustada. Esse é O PLANO. Foi o que combinamos.

Estou atrás da cortina da despensa, me esforçando para respirar através da mão úmida da El e da escuridão empoeirada. Os fantasmas sussurram e golpeiam com força ao nosso redor. *Tem que ser esta noite.*
Não, penso. *NÃO.*
Sim, diz a El. Sinto o sorriso dela sob os dedos como se tivéssemos trocado de lugar — eu me tornei ela e ela se tornou eu. E, quando eu a soltei e puxei a cortina, todas as paredes do corredor e da cozinha estavam pintadas de um vermelho feio e escuro. Escuto o pio de uma coruja: alto e longo. Escuto o som de botas, escuto *CORRA!* Escuto sinetas. O barulho é ensurdecedor. A placa de madeira estremece, todas as sinetas balançando para a esquerda e para a direita, os pêndulos em forma de estrela brilhando na penumbra, na escuridão. Vejo a lua.
Acorda!, grita a El na minha voz. Na nossa voz. *Acorda, porra.*

*

Caio do banquinho no chão da despensa. Meus braços e pernas estão pesados demais. Meu estômago está vazio, enjoado. Minha cabeça dói, dói, dói. Essa é a sensação do luto? Ou da culpa? Essa é a sensação de quando metade da gente se vai? De quando metade de você está morta?
Pego o celular e pressiono "responder". A tela fica embaçada, não importa quantas vezes eu pisque.

Me responde. Se encontre comigo. Explique. Ou me deixe em paz, porra.

O Ross está parado perto da janela da cozinha, olhando para um jardim dos fundos distorcido pela chuva, que bate contra o telhado, a tampa da chaminé e a calha. Ele se vira quando me ouve chegar. Ontem à noite, insisti para que dormíssemos sozinhos, e passei a noite toda desejando sentir a respiração dele no meu pescoço, seu braço sobre a minha barriga, suas pernas enroscadas entre as minhas. Hoje, não consigo nem olhar para ele.
— O chá está pronto — diz Ross, pegando o bule, que treme tanto em suas mãos que a tampa começa a chacoalhar. — Vou preparar mais um pouco.
Pego o bule da mão dele.

— Não precisa. — Sirvo o chá em uma xícara e me sento. Dou um gole grande demais. *Não fique bagunçando pela cozinha, Catriona.*

— Cat. — O Ross se senta ao meu lado. Sinto seus dedos quentes contra os meus. Tento dizer a mim mesma que aquele toque não ajuda, que não acalma o vazio que sinto no fundo do peito. — Por favor, não se fecha pra mim.

Tiro as mãos das dele e as aperto entre os joelhos.

— Eu preciso ver a El.

Ross quase se encolhe.

— O quê? Por quê? O DNA...

— Foi você que disse que ela não era suicida — falo.

Porque a única coisa que ainda me mantém inteira é aquela teimosia, aquele "eu saberia", que resiste. Que eu teria sentido no momento em que a El morreu, no momento em que ela se afogou, no momento em que partiu de vez. Que aqueles tremores desesperados, impotentes e terríveis de ontem foram apenas choque, apenas vergonha.

— Talvez ela não tivesse a intenção de fazer isso. — Ele segura novamente minhas mãos e as encosta com força contra seu peito. Sinto o baque surdo de seu coração. — Talvez *tenha* sido um acidente. Talvez a El só quisesse que eu percebesse que ela estava sofrendo. — Os olhos dele estão marejados. Quando retiro novamente as mãos, o Ross se levanta e se afasta de mim.

Olho para os dois ladrilhos na frente do fogão. A fenda manchada e escura na argamassa. Sinto meu sorriso tenso, como se meus lábios pudessem rachar e sangrar.

— Alguns anos atrás, eu li sobre um povo nativo. Foi em uma das enciclopédias do vovô. E era... era um daqueles povos nativos de sorte que conseguiram evitar todos nós durante séculos. Eles se estabeleceram em algum lugar da América do Sul, não sei direito.

— Cat...

— Se um membro desse povo fazia alguma coisa errada, se era pego fazendo alguma coisa errada, ou se só achavam que ele tinha feito alguma coisa... qualquer coisa, entende, desde contar uma mentira até assassinar alguém... esse povo inteiro levava a pessoa para o centro da aldeia e formava um círculo ao redor dela tão apertado que a pessoa não tinha como escapar ou se esconder. Então eles contavam para essa pessoa tudo o que havia de bom nela. Todas as coisas boas que ela já tinha feito. Cada coisa boa que ela já tinha feito. De novo e de novo. E não paravam. Não até que a pessoa os ouvisse. Que acreditasse neles.

Minha voz falha. Meus olhos ardem com lágrimas que me recuso a chorar. Minhas mãos coçam de vontade de segurar as dele. Meu corpo anseia por se deitar. Por sentir o peso firme, quente e seguro do corpo do Ross contra o meu, dentro do meu. E tudo em mim quer olhar no espelho e ver só a El. Estar de pé em uma praia gelada e dizer que é ali que eu vou ficar. Que nunca vou deixá-la soltar minha mão. Por mais que doa. Não importa quantas vezes ela me afaste.

20

A Marie está parada na porta, sob uma forte faixa de luz matinal. Está segurando um enorme buquê de copos-de-leite, o rosto banhado em lágrimas.

— *Je suis désolée. C'est affreux. Je suis tellement désolée.*

Pego as flores; o cheiro antisséptico faz meus olhos lacrimejarem e meu nariz coçar.

— Obrigada, Marie.

Ela pega um lenço lindamente bordado e seca o rosto.

— Eu sabia... Eu sabia que ela tinha que estar... *mais...*

— Desculpe, eu te convidaria para entrar, só que estou de saída.

Ela olha confusa para minha jaqueta jeans. Hoje, não consigo nem olhar para o casaco de cashmere cinza pendurado atrás de mim.

— O Ross está aqui?

— Não. — Tenho certeza de que a Marie sabe que ele não está aqui. Que esperou até ele sair para ir ao Colquhoun's antes de resolver aparecer.

Ela se inclina mais na minha direção, o olhar repentinamente intenso e sarcástico.

— Você perguntou para ele? Sobre o que ele me disse? Sobre como me ameaçou?

— Marie...

— Você está correndo perigo. — Os dedos dela se fecham ao redor do meu pulso. — *Tu comprends?*
— Marie! Para. — Arranco as mãos do aperto dela.
Ela balança a cabeça, tira um celular do bolso e me entrega o aparelho.
— *Regardez*. Veja o que ele me disse uma semana antes de a Ellice desaparecer. Veja!

Fique longe dela. Fique longe ou vai se arrepender.

É o número do Ross. Eu acho que é. Empurro o celular de volta para ela e começo a tentar fechar a porta.
— Não posso fazer isso agora. Eu tenho que...
— Você precisa! Você está correndo perigo! — insiste Marie, e tenta me agarrar novamente. — *S'il te plaît!*
Fico feliz com a fúria que arde subitamente em mim, passando por cima de todo o resto. Deixo as flores caírem enquanto volto a abrir a porta e empurro Marie para o lado. Então saio e bato a porta atrás de mim.
— Catriona...
Eu me esforço para trancar a porta, enquanto as mãos dela continuam a me tocar, a me puxar. Sinto vontade de gritar. Vontade de fugir de tudo isso e nunca mais olhar para trás.
— Catriona. Me escute! Você...
— Estou indo para o *necrotério*! — Meu grito soa desesperado, até para os meus ouvidos.
Marie para de falar, dá um passo para trás e deixa as mãos caírem ao lado do corpo.
Posso sentir outros olhos sobre mim enquanto desço correndo as escadas e atravesso o portão, saindo para a rua em direção ao ônibus 49 que está parando no ponto. Mas não desacelero nem me viro. Simplesmente sigo, sem olhar para trás.

*

O necrotério da cidade é um prédio feio de concreto, espremido entre belas casas vitorianas. O Logan está recostado nas portas duplas que ladeiam uma grande garagem fechada com portas de metal, de estilo veneziano. Quando me vê, endireita o corpo e dá um sorriso breve e solene. Mordo com força o lábio inferior e enfio as unhas na parte mais macia da palma da mão, para conter a falta de ar que ameaça fechar novamente minha garganta.

— Oi, Cat.

Há uma placa na parede ao lado dele onde se lê: "INSTITUTO MÉDICO-LEGAL DA CIDADE DE EDIMBURGO". É uma placa dourada muito grande, polida o suficiente para eu ver meu rosto nela. Pisco várias vezes e desvio o olhar para o céu, que está branco e pesado com a ameaça da neve primaveril.

— Você está sangrando.

Sinto a palma da mão do Logan no meu rosto, o calor áspero de seu polegar contra minha pele. Viro a cabeça e mordo novamente o lábio inferior.

— Estou bem.

Ele assente e deixa as mãos caírem ao lado do corpo.

— Tudo bem.

— Logan. — A Rafiq está parada do lado de dentro das portas duplas. Basta olhar para seu rabo de cavalo elegante e seu olhar intenso para me sentir transportada de volta para a última vez que eles estiveram na casa. *Sinto muito, Catriona. Com certeza é ela. Com certeza é a El.* — Você precisa voltar para a delegacia.

Ele não questiona, mas há um certo desafio no modo como se aproxima de mim e aperta brevemente minha mão.

— Se cuida, tá? Você tem meu número.

A Rafiq mantém as portas abertas e me cumprimenta com um aceno de cabeça quando passo por ela. A sala de espera é de um tom suave de magnólia. É muito quente e vazio aqui.

— Sente-se um pouco — diz ela. — Você tem certeza de que quer fazer isso?

Confirmo com um aceno de cabeça. Por mais que eu não tenha certeza.

Ela suspira.

— Ajudaria se eu lhe mostrasse o relatório de DNA?

Não sei o que ela quer dizer com "ajudaria". Mas sei que quero ver e assinto novamente. Ela pega o celular e me entrega.

TESTE DE ISOLAMENTO DE DNA
   Amostras de referência:
   ID 1551204: escova de dentes de cerdas macias pertencente a Ellice MacAuley (data de nascimento 01/07/86) [Coletada em 04/04/18]
   ID 1551205: Escova de cabelo de corpo grande pertencente a Ellice MacAuley (data de nascimento 01/07/86) [Coletada em 15/04/18]

   Amostra de parentesco:
   ID 1551206: esfregaço da mucosa bucal da irmã gêmea idêntica, Catriona Morgan [HID1551—201] (data de nascimento 01/07/86) [Coletado em 15/04/18]

   Amostras do corpo não identificado:
   Saponificação parcial da face e da parte superior do corpo; DNA extraído da medula óssea femoral

   O isolamento do DNA foi realizado separadamente para todas as amostras. As características genéticas foram determinadas pela seguinte análise, por meio da técnica de Reação em Cadeia da Polimerase. Os resultados foram confirmados por uma retestagem de amostras originais. Todas as análises e interpretações laboratoriais seguem as recomendações da comissão de DNA da Sociedade Internacional de Genética Forense (SIGF).

   Conclusão:
   Com base na nossa análise e na avaliação bioestatística de seus resultados, está praticamente provado que o corpo não identificado [HID1551—200] é > 99,9999% Ellice MacAuley (data de nascimento 01/07/86), moradora do número 36 da Westeryk Road, em Leith. E que Catriona Morgan [HID1551—201] (data de nascimento 01/07/86) é > 99,9999% a irmã gêmea idêntica viva da falecida.

   Testemunha especialista:
   Dr. Iain Patterson
   Chefe de patologia forense
   Departamento de Investigação Criminal de North Lothian

Leio duas, três vezes, até meus olhos ficarem embaçados. Quando devolvo o celular, minha mão está tremendo.

— Eu quero uma cópia disso — tento dizer com alguma autoridade, mas minha voz também treme. Sinto um chiado no ouvido como se eu estivesse debaixo d'água.

— É claro — diz Rafiq.

— Eu ainda quero ver o corpo.

— Realmente não acho uma boa ideia. Não vai ajudar. Na verdade...

— Eu preciso fazer isso. — Eu me forço a olhar para Rafiq. Ela está com o cenho franzido, os lábios cerrados, os olhos cheios de preocupação. — Por favor.

Rafiq finalmente concorda.

— Mas depois eu preciso lhe fazer algumas perguntas, Catriona. Tudo bem? É importante.

Mal a escuto acima das batidas apressadas do meu coração e do rugido que ecoa em meus ouvidos.

*

Rafiq me leva por outra porta: "ÁREA DESTINADA A VISITANTES". Como se estivéssemos em uma mansão. No corredor adiante, mais portas: "SALAS DE INTERROGATÓRIO", "SALAS DE EXAME". Sigo atrás dela. Não falo. Não penso.

Passamos por uma porta identificada como "SALA DO ESQUIFE", mas, antes que eu possa perguntar a ela o que é um esquife, Rafiq abre a porta ao lado: "SALA DE OBSERVAÇÃO". Minha boca se fecha.

Tudo ali dentro dele é suave, discreto, aconchegante. Não institucional. As luzes são baixas, e a acústica, de alguma forma, atenuada. Percebo que desde que o Logan disse: "A Unidade Náutica e de Mergulho de Greenock resgatou o corpo esta manhã", venho imaginando uma daquelas salas de azulejos brancos estéreis, com gavetas de metal e mesas de aço, com grandes ralos, como alguma coisa saída de seriados como *CSI* ou *Testemunha silenciosa*.

Quando Rafiq pede para eu me sentar, sua voz também já perdeu toda dureza. A poltrona é bege e acolchoada. Há aquarelas de paisagens penduradas nas paredes, que me fazem lembrar daquela sala de espera de hospital de quase treze anos atrás, da paisagem marítima de pedras, areia e ondas emoldurada em plástico. Olho para todos os lados, menos para a grande janela com cortinas azuis na parede oposta.

Levo um susto quando ouço uma batida na porta. Quando ela é aberta, me levanto de um pulo, agradecida por não ter mais que ficar sentada, por não ter mais que tentar não olhar.

— Catriona — diz Rafiq. — Esta é a dra. Claire MacDuff.

A dra. Claire MacDuff tem cerca de cinquenta anos e um metro e meio de altura, chutando alto. O cabelo loiro é curto, mas espesso, ela usa óculos de armação verde e tem um sorriso solícito. Está de jeans e um suéter — e isso é o que eu acho mais desconcertante. Eu esperava o habitual jaleco de médica, touca, luvas, botas de borracha, tudo o que é de praxe.

Aceito a mão que ela me estende, e, quando estamos no meio de um vigoroso aperto, ela me diz:

— Olá. Fui a médica responsável pela autópsia da sua irmã.

— Ah — digo, engolindo na resposta o "ótimo" absurdo que quase se segue. Finalmente ela solta minha mão.

— Entendo por que está aqui, mas creio que mencionei que não recomendo que nenhum parente veja o corpo, nesse caso. Como responsável pela investigação, a inspetora Rafiq também estava presente na autópsia e por isso está ciente dos motivos da minha objeção. — Ela levanta a mão antes que eu possa falar alguma coisa. — Contudo, ela também explicou as circunstâncias, e não sou insensível. Mas você vai me ouvir antes que eu concorde com qualquer coisa, certo?

— Certo.

— Normalmente, quando encontramos um corpo no Forth, é porque os gases de decomposição o trazem à superfície depois de alguns dias. Mas a sua irmã ficou treze dias no Forth. Isso significa que, além da decomposição normal, o corpo foi submetido a muitas outras alterações e traumas. É importante que você saiba disso, e é importante que você saiba *do que* isso se trata antes que eu a libere para vê-la, certo?

Pela primeira vez desde que liguei para o Logan, me ocorre que o que estou prestes a ver pode ser provavelmente a pior coisa que já vi na vida. Mesmo que eu esteja tremendo desde que acordei — provavelmente desde antes de acordar —, de repente fico imóvel.

— Quando um corpo passa muito tempo na água, ele pode passar por um processo de preservação natural conhecido como *saponificação*. Esse processo forma algo chamado adipocere, o que significa que grande parte do tecido do corpo da Ellice se tornou ceroso, frágil e deformado. — Ela olha para mim. — Pense em uma vela ou em um sabonete muito usados, prestes a se desfazerem.

— Sim, certo. — Rafiq se levanta e pousa a mão nas minhas costas. — É realmente necessário que você seja tão...

— Ela precisa saber o que está pedindo para ver — diz a dra. MacDuff, e volta o olhar firme novamente para mim. — A cabeça, mais especificamente, o rosto, é sempre a parte mais desfigurada de um corpo que ficou submerso. É por isso que quase sempre confiamos no DNA para identificação. Os lábios, as orelhas, o nariz e a laringe da Ellice foram colonizados e parcialmente comidos por predadores marinhos necrófagos. Houve danos significativos.

Não tenho ideia do que são predadores marinhos necrófagos, mas não pretendo perguntar.

— Certo.

— Cat — volta a falar Rafiq, deslizando a mão em círculos lentos nas minhas costas. Seus olhos estão tão negros que não consigo ver as pupilas. Há dois sulcos profundos entre as sobrancelhas. — Você está ouvindo isso? Vê-la não vai ajudar. Ela não está mais reconhecível como a sua irmã. Aconselho fortemente, *nós* duas aconselhamos fortemente, que você não faça isso.

Eu me afasto dela, para além do alcance de suas mãos, de seu olhar preocupado. Eu preferia quando a Rafiq era um robô frio e eficiente que me chamava de Catriona; não consigo suportar essa estranha gentileza.

— Eu quero vê-la.

— Está certo — diz a dra. MacDuff. — Espere aqui. Vou pedir para os técnicos a retirarem da sala do esquife.

Espero até ela sair para soltar o ar, a respiração trêmula.

— Cat...

— Tenho certeza — afirmo, torcendo para minha voz não vacilar.

Rafiq aperta meu ombro e vai em direção à cortina. Uma pequena luz verde se acende em um painel de interruptores perto da porta.

Estou prendendo a respiração. E, mesmo quando me dou conta disso, ainda não consigo respirar. Não consigo soltar o ar e inspirar de novo. Sinto calafrios descendo pelo meu couro cabeludo, pressionando minhas omoplatas, tensionando meu pescoço. Meu lábio inferior lateja quando volto a mordê-lo, e sinto o gosto de sangue velho e novo.

— Sim, tenho *certeza*.

Rafiq assente brevemente. Ela puxa a cortina, expondo aos poucos a sala bem iluminada. Fecho os olhos. Volto a abri-los.

Eu preciso *saber*. É só o que tenho.

Então, ali *está*.

Não tem cabelo. O couro cabeludo está completamente careca. Brilhante, espesso e com grossas ondulações — a primeira coisa que essa visão me faz lembrar é de uma vela de altar muito usada, a cera derretida e fundida novamente em camadas assimétricas. O nariz é só um buraco, um labirinto escuro de seios nasais. Não tem pálpebras. Nem olhos. Os dentes estão fixos em um sorriso sem lábios. Por baixo do pescoço cinza ceroso e de uma coberta azul, quase vejo os pontos pretos e grossos fechando a incisão em Y que a dra. MacDuff fez na extremidade larga de cada clavícula. Tento imaginar o corpo sob a coberta, tão imóvel e plano em cima da maca de metal. Estanco.

Quando me afasto da janela, Rafiq está ali para me ajudar a me virar em direção à porta, e dessa vez não me ressinto das mãos dela contra as minhas costas. Minhas pernas cedem assim que chego ao corredor e, quando ela me puxa para junto do corpo, quando escorrega comigo até o chão de ladrilhos, não me ressinto mais de sua estranha gentileza. Em vez disso, eu a aceito com a mesma intensidade com que meus braços buscam por ela, e deixo todo aquele horror prateado, toda aquela dor, se derramar de mim em soluços, gritos e ondas de náuseas contra o elegante paletó preto da inspetora.

*

— Tome.

Pego a caneca das mãos da Rafiq. O chá está quente demais, doce demais, mas eu o bebo mesmo assim. Está frio no escritório dela. Mal consigo me lembrar do trajeto de carro do necrotério até a delegacia. Eu me sinto enjoada e minha cabeça lateja. Meus olhos estão tão inchados que mal consigo enxergar.

— Tem certeza de que não quer ver alguém? Um médico ou...

— Como ela morreu? Eu não perguntei como ela morreu.

Rafiq olha para mim e me mostra a palma das mãos.

— Não podemos dizer com certeza. Ao menos não o bastante para satisfazer o fiscal da procuradoria. As causas de óbito mais óbvias seriam afogamento ou hipotermia. Mas... não havia pulmão ou tecido circulatório intactos o suficiente para confirmar qualquer uma dessas hipóteses.

Predadores marinhos necrófagos, penso, e vejo aquele labirinto negro de sinos nasais, aqueles buracos profundos sem olhos.

— O que sabemos é que a El tinha níveis muito altos de diazepam, fluoxetina e oxicodona em sua medula óssea.

Eu me lembro daqueles frascos de comprimidos atrás do espelho do banheiro.

— O suficiente para matá-la?

— Também não podemos ter certeza disso. Não é possível calcular com precisão o tempo que as toxinas ficaram depositadas nos ossos, e as amostras medidas na medula óssea geralmente são mais altas que as amostras de sangue. — Ela se inclina para a frente. — A oxicodona é um opioide comumente usado para dores intensas. Mais forte que a morfina. O clínico geral da El nunca os prescreveu. Você sabe se sua irmã tinha histórico de abuso de drogas? Se costumava usar drogas em seus momentos de lazer?

— O quê? Não. É claro que não. — Não consigo imaginar a El tomando nenhum outro opioide que não Valium. Ela não gostava nem de beber. Não se arriscava a perder o controle nem por um instante. Olho para a mesa da Rafiq, para a foto de um homem sorridente, com roupas de quem trabalha em hospital. — Foi *isso* o que a matou, então?

— É provável que os remédios tenham contribuído para a morte dela, de uma forma ou de outra.

Lembro de mim de pé, sobre uma pedra fria e úmida. Olhando para o muro do quebra-mar a leste e a silhueta vulcânica do Binn se elevando atrás de casas que parecem apenas pontos de pedra. Lembro da espuma branca das ondas na maré alta e do mar do Norte ainda mais distante. E achei que tinha sido ali, naquele lugar — no lugar para onde nós fugimos —, que a El havia desaparecido. Mas isso não é verdade. Ela estava bem ali, todo esse tempo, sob o vento uivante e a chuva, sob todas aquelas ondas cinzentas, na escuridão densa e negra do canal de águas profundas.

— Quando vão trazer o barco para a superfície? — consigo dizer. — Para fazerem a perícia ou qualquer outra coisa? Porque alguém tirou aquele tampão de drenagem e fez furos no casco. E derrubou o mastro e...

— Também mexeram no banheiro de bordo — comenta Rafiq, e não de um jeito de alguém que está do meu lado. — Para que a água entrasse em vez de despejá-la para fora do barco.

Olho pela janela, para o dia branco e pesado: as torres góticas e de aço da cidade, as colinas verdes distantes. Minha pele coça e meu corpo estremece. Respiro fundo como se me preparasse para prender a respiração e mergulhar na água.

— A El não se matou. Ela não *faria* isso.

— Bom, é o que você diz, e posso entender que precise acreditar nisso, mas em 2005 ela...

— Pelo amor de Deus, eu já te disse que a El não tentou se matar de verdade naquela época! Ela fez aquilo para me irritar, para chamar a atenção do Ross, para me fazer ir embora. Não foi... ela só tomou uma quantidade muito grande de paracetamol para ter que ir para o hospital e fazer uma lavagem estomacal, foi... — Paro de falar. Preciso de me acalmar. — O Ross também não acha que ela se matou — digo, embora desconfie que isso talvez não seja mais verdade. — Não vamos deixar que deduzam isso. Se é o que você quer, nenhum de nós dois vai permitir. O que aconteceu não foi culpa da El. Alguém fez isso com ela. Eu sei.

Rafiq não me lembra que eu também disse que *sabia* que a El não estava morta, mas o olhar que ela me lança deixa claro que é exatamente o que está pensando.

— Escute — diz ela. — Nem o Departamento de Investigação de Acidente Marítimos nem a Agência Escocesa de Proteção Ambiental vão liberar fundos para a recuperação do *The Redemption*. Ela não é uma embarcação comercial e já sabemos *como*...

— Então vocês vão simplesmente deixá-lo lá embaixo para apodrecer?

— Às vezes o Departamento de Investigação Criminal consegue acesso a fundos do governo para financiar investigações adicionais em certos casos de assassinato. Mas esse não é um desses casos.

O tom definitivo na voz dela me faz querer socar alguma coisa.

— Mas e os cartões? Alguém estava ameaçando a El. Eu também recebi cartões! E guardei. Tem um caiaque no galpão da casa dela! Também estou recebendo...

Rafiq balança a cabeça e levanta a mão.

— Eu não acredito que os cartões tenham qualquer ligação com o que aconteceu com a El. Nós os investigamos, seguimos todas as sugestões que o Ross e a El nos deram, mas os cartões nunca ameaçaram explicitamente a vida da El... ou a sua. Para dizer a verdade, o alvo era o Ross. E nós já *o* investigamos também. Eles não estavam se dando bem. Talvez a El estivesse saindo com alguém. Talvez o Ross também estivesse. As pessoas sempre adoram se intrometer, interferir em dramas que não têm nada a ver com elas.

Eu me sinto desanimada, frustrada, sem saída. Há dias venho mandando e-mails para a El, sentindo raiva da El. E, na verdade, o tempo todo era a Rata. E, se o Ross estiver certo e as cartas também forem dela, tenho que contar isso para a Rafiq. Tenho que mostrar os e-mails para ela. Porque, mesmo que eles já a tenham investigado, a Rata está envolvida. Desde o início ela vem me dizendo que sabe o que está acontecendo. SEI DE COISAS. COISAS QUE ELE NÃO QUER QUE VOCÊ SAIBA. A EL ESTÁ MORTA. POSSO AJUDAR. Eu me lembro da mensagem do Ross no celular da Marie: *Fique longe dela. Fique longe ou vai se arrepender.*

— Catriona. — Rafiq estende as mãos sobre a mesa. — Escute, a tentativa anterior de suicídio da El, a depressão dela e os remédios que ela estava tomando no momento do desaparecimento, deixando para trás a carteira, o celular, o passaporte, o fato de o *The Redemption* não ter sido encontrado em nenhum lugar perto de onde ela disse ao barqueiro que estava indo... todas essas coisas apontam para um acidente ou para suicídio. Você também não vai querer aceitar isso, mas provavelmente nunca vamos saber com certeza qual das duas opções é a verdadeira. — Ela pousa a mão pequena em cima da minha. — Sinto muito. De verdade.

Estou me sentindo zonza. Minha cabeça lateja. Não sei o que dizer, não sei o que fazer. Se eu contar para a Rafiq sobre os e-mails, também vou ter que contar sobre a Terra Espelhada e sobre o diário da El. Vou ter que contar sobre o que aconteceu em 4 de setembro de 1998. E eu não posso.

Tenho vontade de me levantar e sair correndo. Tenho vontade de continuar a começar incêndios, por mais brutalmente eficiente que a Rafiq seja em apagá-los. Porque se eu não fizer isso, só o que vai me restar vai ser essa certeza pesada e crua, esse vazio terrível, que é maior e mais profundo do que tudo o mais. Do que ser mais especial do que cem mil outras crianças, de sermos raras como javalis ou condores da Califórnia. Do que ficar doente, de cama, e ainda ser capaz de voar, de sentir a rajada de ar frio na pele, as cócegas das folhas e dos galhos, o terror de cair, a agonia de pousar, o deslumbramento de saber. Maior e mais profundo do que ser metade de um todo, nunca ser sozinha — a dias, horas, minutos de sermos fundidas em algo novo, como areia e calcário virando vidro. Não quero ser deixada só com um vazio selvagem. Não quero perceber que nada antes era verdade. Que nunca fomos especiais. Que a El morreu e eu não senti isso. Que, afinal, posso sobreviver sozinha no mundo.

Percebo que estou chorando de novo. Chorando, engasgando e me agachando no chão, agarrando-me às pernas da cadeira como uma criança.

A Anna estava certa. Eu fiz tudo errado em relação a isso. Eu decepcionei a El. Pior, eu a traí em todos os sentidos. Eu roubei dela, eu a odiei, não acreditei nela e a abandonei seguidamente. Só pensei o pior dela durante anos, quando a covarde era eu. Fui eu que fugi. E agora nem consigo fazer justiça por ela. Não posso nem lhe pedir desculpas.

*

Rafiq não tenta me acalmar. Ela fica comigo até minha dor perder o fôlego e, em seguida, me ajuda a sentar de novo e pega uma garrafa de uísque na gaveta da escrivaninha.

Viro uma dose de uma vez só, e ela me serve outra. A cada poucos segundos, tremores cansados sacodem o meu corpo.

— Ela sempre disse que queria ser cremada — sussurro.

— Vai demorar um pouco até vocês poderem começar a fazer os preparativos — explica Rafiq. — O promotor público tem que examinar o nosso relatório e o relatório da autópsia e tomar a própria decisão, antes que o corpo seja entregue aos parentes mais próximos. E, se a El realmente queria ser cremada, a procuradoria também tem que aprovar, infelizmente.

— Mas por quê? Se foi um *acidente*, ou se ela *se matou* como você diz que foi o caso, por que vocês...

— Porque não importa o que possamos pensar ou saber, todas as evidências ainda devem ser coletadas, relatadas e examinadas exatamente da mesma forma, em todos os casos, sem preconceito. — Ela me olha fundo nos olhos. — Além disso, houve algumas complicações neste caso específico. Algumas irregularidades e incertezas...

Endireito o corpo na cadeira.

— Que irregularidades? Por que você não me falou sobre elas antes?

Reconheço tarde demais aquele olhar especulativo de novo. O escrutínio intenso nos olhos muito escuros da Rafiq.

— Hoje em dia, podemos identificar um corpo de várias maneiras, mas sempre seguimos a mesma checklist: bens pessoais, marcas distintivas, fatores de identificação visual, registros dentários, DNA. — Ela sustenta meu olhar. — No caso da El, como a dra. MacDuff mencionou, houve trauma e decomposição significativos, portanto não foi possível averiguar marcas distintivas e fatores de identificação visual.

Assim como na sala de observação, subitamente não consigo respirar direito.

— Sei que esse momento é traumático para você, entendo isso, mas nós duas queremos a mesma coisa: que o corpo da El seja liberado, que o caso dela seja correta e devidamente encerrado. É por isso que essas... irregularidades precisam ser resolvidas. — Ela faz uma pausa. — Explicadas.

Não digo nada. Não expiro. Não inspiro.

Rafiq se inclina para a frente até quase nos tocarmos.

— Você se lembra que eu disse que precisava lhe fazer algumas perguntas, Catriona?

Não assinto, embora me lembre, sim. Embora eu saiba quais vão ser essas perguntas. O que está por trás de todos aqueles olhares de soslaio e pausas sugestivas, como se a Rafiq sempre desconfiasse que eu sabia alguma coisa que ela não sabia, como se só esperasse o momento de eu vacilar, de eu me trair. Ela estava certa. Acho que acabei de fazer isso.

— Depois que os mergulhadores forenses desceram para pegar os objetos pessoais — disse Rafiq —, passamos para os registros dentários da El. O que você acha que encontramos, Catriona?

Engulo em seco.

— Não encontramos nenhum registro dentário da El. — Rafiq dá um sorriso breve e sem humor. — Então eu pedi ao Logan que fizesse um histórico de caso mais detalhado dela, enquanto começávamos as investigações de DNA. Apenas o básico: local de nascimento, pais, escolas. E o que você acha que nós encontramos então, Catriona? — A voz dela ainda é gentil, mas suas palavras são duras.

Consigo balançar a cabeça.

— Nada. Não encontramos nada.

Fecho os olhos.

— Porque, antes de 5 de setembro de 1998, é como se a El... e você... nunca tivessem existido.

21

A El e eu estamos sentadas de pernas cruzadas na cama do Café dos Palhaços. Ela usa pantalonas brilhantes presas por suspensórios de bolinhas. Eu vesti um macacão xadrez e coloquei uma peruca laranja. Meu rosto está pintado para combinar com os olhos e a boca tristes do Dicky Grock. A El tem o rosto branco e os lábios vermelhos, sorrindo como o terrível Pogo.

Estamos sentadas diante de uma mesa de plástico em uma lanchonete americana dos anos 50. Tomando café preto e comendo donuts. O Pogo se senta ao nosso lado, enquanto o Dicky Grock cuida da frigideira. Uma jukebox toca "Teddy Bear", "Love Me Tender", "Blue Moon of Kentucky". Eu sussurro para a El: "Quando a gente pode ir embora? Quando a gente pode ir?". Porque não somos realmente palhaços e eles podem perceber isso, podem descobrir. Porque os palhaços são espertos, os palhaços são assustadores, os palhaços são uma espécie inteiramente diferente das pessoas. Palhaços *odeiam* pessoas. Todo mundo sabe disso. Mas o grande sorriso vermelho da El diz: "Ainda não, ainda não". Porque ela tem mais medo da Fada do Dente, e todo mundo sabe que a Fada do Dente tem pavor de palhaços.

Mas o Barba Azul não tem.

*

O café está movimentado, quente e barulhento demais. A vibração e o arrastar constante das cadeiras, os grãos de café sendo moídos e o assobio alto do vapor. Olho por uma grande janela úmida de condensação, observo o balançar de guarda-chuvas e corpos embrulhados em capas e casacos, andando em passos acelerados pelas ruas lá fora.

— Neve em abril... cacete — diz Rafiq enquanto se senta, empurra um cappuccino enorme e um pacote de biscoitos na minha direção.

Aqueço as mãos ao redor da xícara. Em uma mesa atrás de nós, uma criança começa a gritar e um bebê começa a chorar.

— Experimente os biscoitos — sugere Rafiq.

A náusea se instala em meu estômago como uma pedra. Outro bebê começa a chorar.

— Eu nunca quis ter filhos — comenta Rafiq, e revira os olhos. — A não ser por um dia muito estranho em 2006. Um rápido tique-taque e meu relógio biológico parou para sempre, graças a Deus.

Como continuo em silêncio e sem encontrar seus olhos, ela pousa a xícara e aperta as mãos com força.

— Escuta. Não é minha intenção fazer você sofrer ainda mais, mas isso precisa ser resolvido. — Ela faz uma pausa. — Em vez de uma certidão de nascimento, ou de um registro de hospital, ou mesmo de um daqueles carimbos de mãos e pés, o primeiro documento de verdade que temos de qualquer uma de vocês é o relatório de um policial, Andrew Davidson, datado de 5 de setembro de 1998, informando que vocês duas haviam sido encontradas, fugindo, por um sr. Peter Stewart, de sessenta e seis anos, morador do número 10 da Muirdyke Place. E, quando o Logan e eu examinamos esse relatório mais atentamente, sabe o que descobrimos de ainda mais bizarro?

O calor da xícara de café queima minha pele.

— O sr. Peter Stewart encontrou vocês em Granton Harbour.

Meus dedos formigam, como se ainda pudessem sentir o calor da El, o aperto firme da sua mão. Estremeço com o vento frio do mar do Norte preso dentro do canal do estuário, levantando ondas, sacudindo mastros e boias. E, em vez de um céu branco pesado de neve, vejo um amanhecer vermelho se espalhando sobre o quebra-mar como um hematoma. Como sangue, azedo, escuro e dissimulado.

— Quando vocês duas tinham doze anos, vocês aparecem... *puf!*... do nada em Granton Harbour. E se recusam a dizer por que estão ali, de onde vieram, se recusam a dar qualquer informação a não ser os seus nomes. Não há nenhum registro de relato sobre o desaparecimento de vocês, de alguém procurando por vocês, embora as duas tenham ferimentos que indicam agressão física. Seus nomes não existem em nenhum registro de qualquer tipo. *Vocês* não existem.

Ela faz uma nova pausa e se recosta na cadeira. Espera. Não digo nada, não faço nada, olho pela janela para a neve que cai com mais força.

— E o que acontece então? Os serviços sociais cuidam de vocês, não fazem perguntas, simplesmente dão a vocês uma vida nova?

Eles fizeram muitas perguntas. Nós simplesmente nunca respondemos. E, quando ficou óbvio que não seríamos adotadas, eles nos ajudaram a requerer e registrar os nossos nomes, a nossa nova vida, por mais demorado e difícil que isso fosse. A mamãe sempre nos disse que o nosso sobrenome era Morgan. Por causa do rei pirata que nos abandonou. O pai que nunca tínhamos conhecido. Observo grandes flocos de neve desaparecerem no asfalto molhado.

— Muito bem, Cat. Então comece com isso. Por que a El não tinha registros dentários?

Fecho os olhos. Finjo que não estou tremendo. Que não estremeço a todo momento.

— A El tinha fobia de dentista.

— Certo.

— Ela sempre foi meticulosa com limpeza, higiene, tudo isso. A nossa mãe se certificava de que nós duas fôssemos. E, quando estávamos no Rosemount, a El sempre se recusou a ir ao dentista. — Engulo com dificuldade. — Acho que isso não mudou.

— Por quê?

Um dos bebês passa aos berros pela nossa mesa, batendo com os braços e com as pernas em uma tentativa de escapar do sling, a mãe com o rosto sombrio.

— A nossa mãe arrancou os nossos dentes. Você sabe, como os pais sempre fazem. — Dou uma olhada rápida para a Rafiq, mas ela parece não entender. — Se um dente estava para cair, ela amarrava a ponta de um barbante em volta dele e a outra em torno de uma maçaneta, então fechava a porta. Isso geralmente funcionava. E, se o dente não estivesse solto o suficiente, ela simplesmente o arrancava com um alicate.

Rafiq franze a testa.

— Você está se referindo aos dentes de leite.

Não sei se é uma pergunta.

— Na maior parte. E uma ou duas vezes, quando éramos mais velhas. Se tínhamos uma cárie mais séria ou um abscesso.

— Jesus — diz Rafiq.

— Os pais fazem isso. Às vezes.

— Não, Cat, eles não fazem.

Eu me lembro da El gritando e gritando. Eu batendo na porta trancada do banheiro, sentindo o medo, a dor, o desamparo. Lembro como era ter a boca cheia de sangue. De ficar cuspindo sangue durante dias. Lembro do completo pavor de ouvir o rangido do armário da cozinha onde morava o alicate de bico torto.

— A nossa mãe tinha medo de palhaços. — Tento rir, mas o que sai é uma tosse sufocada. — Ela tinha medo de muitas coisas, mas tinha *pavor* de palhaços. Acho que há uma palavra para isso... nunca pesquisei, mas ela sofria disso. Então a El teve uma ideia: se uma de nós tivesse dor de dente, nós nos vestiríamos de palhaço para a mamãe não poder... você sabe, fazer alguma coisa a respeito. O nosso avô comprou as fantasias para nós, achou que fosse só brincadeira. Ele sempre disse que a mamãe tinha medo demais de tudo, e que acabaria passando esses medos para nós. — Só percebo que estou torcendo os dedos para a frente e para trás quando um deles estala alto. — Nós pintávamos um palhaço no espelho do banheiro como um aviso, então nos vestíamos e nos escondíamos no quarto de hóspedes, que chamávamos de Café dos Palhaços, e ficávamos lá. Por dias às vezes. Até sentirmos muita fome ou sede, ou ficarmos entediadas. E a mamãe nunca entrava.

— Jesus — repete Rafiq.

— Não era culpa da mamãe. — Eu me lembro do rosto tenso e sério dela. Das suas infindáveis histórias, lições e avisos. — Ela só era... preocupada. Só queria nos manter seguras. Os dois, na verdade, ela e o vovô. Por que você quer saber tudo isso?

— Por que eles simplesmente não levavam vocês ao dentista? O que acontecia quando vocês ficavam doentes?

Lembro de mim deitada na cama, me perguntando se era possível morrer de gripe. E do tornozelo preto e azul da El depois que ela caiu do Velho Fred. De como, depois que o tornozelo sarou, o lugar ficou com uma protuberância nodosa. O que nos diferenciava um pouco mais.

— Nós sempre melhorávamos.

— Mas eles nunca levaram vocês ao médico, certo? Eles não podiam. Assim como não podiam levar vocês ao dentista. Porque o nascimento de vocês duas nunca foi registrado. E a escola?

— Nós estudávamos em casa. A minha mãe era uma ótima professora.

Eu me lembro da despensa e das suas paredes forradas com aquela estampa que era uma confusão de narcisos amarelos e laranja, da mesa de madeira que dava para o pátio de exercícios e para o pomar mais além. *A tempestade*, *O conde de Monte Cristo*, *Jane Eyre*, *A casa torta*. Lembro de ficar deitada na Torre da Princesa enquanto a mamãe nos contava sobre Branca de Neve e Rosa Vermelha; Barba Azul, Barba Negra e o rei pirata.

— Eles mantinham vocês em cárcere privado?

— Não. Não!

Mas me lembro daqueles pregos longos e tortos cravados nos peitoris de todas as janelas; da tranca fechada da porta vermelha. Começo a me levantar, as pernas traseiras da cadeira arranhando ruidosamente o chão.

Rafiq me segura pelo pulso e me faz sentar de novo.

— Vocês tinham permissão para sair de casa?

— Sim. A gente brincava no jardim dos fundos...

— E fora do jardim?

— Não. Mas isso...

— Vocês viam ou falavam com alguém além da sua mãe e do seu avô?

— Sim! — digo, e a primeira pessoa em que penso não é o Ross, nem mesmo a Rata, mas a Bruxa: alta, magra, dominada por uma fúria sombria.

— Quem?

O rápido lampejo dos olhos de Rafiq é a única indicação de que ela não está tão calma quanto quer que eu pense que está, e, subitamente, isso me assusta. Faz meu medo reaparecer. Sei exatamente que nome ela espera que eu diga.

Começo a balançar a cabeça, a tentar me levantar de novo, mas nem minhas pernas me obedecem mais.

— Onde era sua casa, Cat?

Ainda não consigo me mexer, me levantar. Meus dentes estão chacoalhando.

— Cat. Está *tudo bem*. Tente relaxar. — Rafiq pousa a palma das mãos na mesa entre nós. Respira fundo. — Muito bem. Vou dizer o que eu penso. Na verdade, a maior parte eu *sei*. Mas também vou dizer o que eu penso.

Não digo nada. Não olho para nada.

— Em setembro de 1998, eu era uma policial tonta de baixa patente, que trabalhava no East End de Glasgow. Não acontecia muita coisa lá naquela época, como imagino que também não acontecesse em Leith: basicamente drogas e bêbados. Mas, depois que o Logan e eu lemos o relatório policial do dia 5 de setembro, alguém da minha equipe que estava trabalhando em Leith naquela época se lembrou de uma coisa. Essa pessoa lembrou que na manhã do dia 5 de setembro eles receberam uma ligação anônima para a emergência, feita por um rapaz, chamando a polícia para um endereço na Westeryk Road. A menos de cinco quilômetros de Granton Harbour. E, quando a polícia chegou no número 36 da Westeryk Road e acabou invadindo a casa, você sabe o que eles encontraram?

Não digo nada. Não olho para nada.

— Encontraram dois corpos. Um homem e uma mulher. Eles concluíram que foi assassinato seguido de suicídio. — Ela olha para mim, em busca de alguma reação. E continuo me esforçando para não dar o que ela quer. — Então eu fiquei pensando naquele rapaz que fez a ligação anônima. O Logan checou todas as pessoas que estavam na porta ou que deram alguma declaração em relação ao caso. E imagine a nossa surpresa quando surgiu o nome de ninguém menos que um certo Ross MacAuley, que morava na casa ao lado, no número 38. — Ela para e suaviza o tom incisivo que provavelmente usa em salas de interrogatório. — Isso é o que eu sei, Catriona. Então, você quer me dizer o que eu acho?

Balanço a cabeça.

— Eu só quero esclarecer as coisas e nada mais. Isso aconteceu há vinte anos. Vocês eram só duas crianças. Crianças que, pelo que posso ver, tiveram uma criação bastante assustadora. — Ela me olha como se esperasse que eu fizesse alguma objeção. — Parece que a polícia investigou a possibilidade de vocês terem saído do número 36 da Westeryk Road naquela noite. Porque, naquele primeiro relatório de Granton Harbour, o sr. Peter Stewart insistiu que uma das garotas estava usando um suéter coberto de sangue. Mas o policial Davidson também relatou que o sr. Peter Stewart estava *bêbado como um gambá*. E nenhuma roupa ensanguentada foi encontrada posteriormente. Uma busca no número 36 também não encontrou nenhuma evidência de que outra pessoa além das vítimas morava no endereço, muito menos duas crianças. Então o caso ficou daquele jeito mesmo: o mistério comovente de duas gêmeas idênticas que exibiam sinais de abuso, que apareceram do nada e não pertenciam a ninguém.

Ela faz uma nova pausa.

— Mas agora, uma jovem, uma gêmea idêntica, que vivia exatamente no mesmo endereço daquele assassinato seguido de suicídio, foi encontrada morta depois de partir do mesmo porto. Então, talvez eu esteja um pouquinho à frente da curva. Porque, você sabe, a primeira regra para ser um detetive, além do fato de não poder ser mais uma tonta, é que coincidências acontecem, mas elas não vêm em pacotes diferentes.

Tento respirar, mas não consigo. Tento falar, mas é ainda mais impossível. Não tenho ideia do que dizer.

A Rafiq fica com pena de mim, se recosta na cadeira novamente e me oferece um sorriso gentil.

— Não acho que você seja culpada de nada, Cat, não é disso que se trata. Mas preciso contar a história do jeito que ela aconteceu. Porque outra pessoa *vai* acabar descobrindo tudo. E, quando isso acontecer, preciso ser capaz de conter essa pessoa. De explicar, de impor um limite. Então, por favor, me conte. Você sabe o nome das duas pessoas que foram encontradas mortas no número 36 da Westeryk Road?

Não consigo ficar parada. Não consigo concentrar meus pensamentos em absolutamente nada. Quero fugir. Quero me esconder. Quero que tudo pare. Quero contar a ela.

— Você já deve saber o nome delas. Por que... — digo.

— Você sabe por quê. Porque eu acho que você estava lá... você e a El. Porque eu acho que era onde vocês moravam. Porque eu acho que vocês testemunharam o que aconteceu na noite em que aquelas duas pessoas morreram. E por isso fugiram. Porque eu preciso saber o que aconteceu de verdade. E preciso que você me conte. Você sabe quem eram aquelas duas pessoas?

— Sim — sussurro.

Ouço crianças gritando, bebês chorando, o chiado da água quente, pernas de cadeiras arranhando o chão, meu coração batendo. Sinto o cheiro de casacos e guarda-chuvas úmidos. De café e donuts. Vejo a neve, o céu branco opaco, as calçadas molhadas e escorregadias, os corpos agasalhados passando correndo pela janela. Vejo os olhinhos brilhantes da Rafiq. A empatia que sempre esteve por trás do escrutínio ameaçador. Ela segura com força meus punhos cerrados.

— Me diga o nome deles, Cat.

Engulo em seco. Olho para ela e continuo a olhar até não conseguir ver mais nada.

— Nancy Finlay e Robert Finlay — sussurro, mas os nomes ainda soam altos demais.

— A sua mãe e o seu avô?

Não, penso. A Fada do Dente e o Barba Azul.

22

A casa está mais vazia do que nunca. Ela ecoa com o silêncio — carregada de ameaças e lembranças. Fico parada no corredor, olhando para todos os lados, para as portas fechadas, o relógio de pêndulo, a mesa do telefone, a espiral escura da escada, para a luz verde e dourada que se derrama sobre os ladrilhos de mosaico, para a cortina preta empoeirada que esconde a despensa e a entrada para a Terra Espelhada. Olho para todos os pratos pendurados: tentilhões, andorinhas e tordos empoleirados em galhos frondosos, em galhos nus, em galhos nevados. Escuto a voz da minha mãe: *Existe um pássaro chamado de gloriosa* curre *dourada, que é o mais inteligente de todos os pássaros. Porque, sempre que ela abre as suas grandes asas douradas e voa, onde ela pousa é onde a sua próxima vida começa, como se a anterior nunca tivesse acontecido. Só o que ela sabe, só do que se lembra, é de quem ela é agora. Como uma lagarta que se transforma em borboleta. Não sejam como eu. Sejam como ela. Nunca tenham medo de voar.*

    Tenho que me recostar na parede do corredor. Todo esse tempo, eu fingi que fugi há doze anos, que a minha vida recomeçou há doze anos. Mas era mentira. Não fui a lugar nenhum, porque nunca esqueci quem eu era, quem eu tinha sido, e as lembranças que levei comigo eram apenas a metade de um todo. A bondade contida nelas, o caráter de conto de fadas, tornou-se triste e amargo dentro de mim, e tem me assombrado muito mais do que esta casa e seus fantasmas. E o que se afrouxou e se soltou dentro de mim no dia em que entrei novamente por sua grande porta vermelha talvez seja afiado com bordas quebradiças e quente com profundos abismos escuros, mas não era medo, pavor ou expectativa. Era alívio.

E devo a verdade a esta casa.

Uma verdade é que preciso beber alguma coisa. Não quero beber, preciso.

Há uma garrafa de vodca barata pela metade em cima da mesa da cozinha, ao lado de um copo vazio e de um bilhete.

Cat, volto logo. Só preciso de um tempo sozinho. Provavelmente nós dois precisamos. Lamento não ter conseguido ir vê-la com você. Te amo. Bjs

Eu me sento e sirvo a vodca no copo.

Outra verdade é que eu achava — acreditava piamente — que a El ainda estava viva, mesmo depois que o corpo foi encontrado. Eu achava que era o corpo de outra pessoa. Que ela havia escapado do barco, do estuário. Que o caiaque Gumotex azul no galpão havia sido deixado lá por ela. Que não era o meu ódio ou a minha dor que precisava que aquilo fosse verdade — que apenas *era* verdade. Algumas pessoas encontram força na coragem, na determinação, na esperança. O Ross estava certo: sempre achei minha força na negação.

Outra verdade. O vovô foi a pior e a melhor pessoa que já conheci. Balanço a cabeça. Uma meia verdade. Bebo um pouco mais, olho para o quadro com as sinetas na parede, para as letras desbotadas nele. Lembro de QUERO QUE VOCÊ LEMBRE. QUERO QUE VOCÊ QUEIRA LEMBRAR. Eu não quero. Mas vou. Porque as várias maneiras como traí a El — mentindo, sendo dissimulada, odiando, indo embora — foram só sintomas e nunca a doença. Mais do que tudo, eu a traí ao negar, ao fingir, ao esquecer.

Em cada barco tem sempre um cretino. E, se não tiver, provavelmente o cretino é você.

Meu avô usava costeletas enormes, cheirava a tabaco para cachimbo, tinha uma risada alta, dentes ainda brancos sorridentes e usava aparelhos auditivos barulhentos que não funcionavam. Um Velho Lobo do Mar. Era um bálsamo para os terrores indiscriminados da mamãe. Era um avô que gostava de sol e de Tic Tacs de laranja; que passava verões inteiros fazendo guirlandas de margaridas no jardim dos fundos e montando fortes embaixo das escadas. Sempre podíamos contar com ele para nos confortar: uma piscadela, um sorriso, uma palmadinha carinhosa nas mãos. *A vida é muito curta, menina. Não vale a pena a gente esquentar a cabeça.*

Mas o Barba Azul. O Barba Azul era um tirano. O Barba Azul gostava da noite e de rum escuro. Ele nos contou que pendurou seu amigo mais antigo, Irvine, em um gancho, só para que fosse ele a deixá-lo ir, a deixá-lo se afogar — por liberdade, por dinheiro, por uma casa cheia de sombras e fantasmas. E foi ele que martelou os pregos compridos para fechar as janelas — janelas georgianas estreitas de madeira nobre, com painéis de vidro pequenos e grossos — de modo que tudo nela pertencesse sempre só a ele. O Barba Azul tagarelava, delirava e perseguia a nossa mãe pelos corredores e quartos com um cano de chaminé na mão. Ele nos chamava de cretinas nojentas e sacudia a casa com o que queria fazer, com o que prometia fazer. Porque o Barba Azul amava odiar, amava ser temido, precisava ser sempre *o pior pesadelo* de todo mundo.

Eu paro. Olho para aqueles ladrilhos na frente do fogão. Não consigo pensar no "assassinato seguido de suicídio" mencionado pela Rafiq, ainda não. Mas posso me obrigar a lembrar de como era antes. Não *daquela* noite. Nem mesmo de todas as noites, mas de uma quantidade suficiente delas. E cada vez mais. Até pararmos de esperar o silêncio — o alívio.

Eu me lembro do barulho pesado da tranca da porta vermelha sendo fechada à noite, o mesmo barulho das portas das celas na prisão Shank. Repetidamente, ecoando como um hábito. Porque um marinheiro sábio nunca deixa o porto às sextas-feiras. Em vez disso, ele desce para o Mission e bebe rum em terra firme. E toda vez que o meu avô fazia isso, toda vez que fechava e trancava a grande porta vermelha para a luz e para o que havia do lado de fora, a mamãe nos mandava para o saguão de entrada para ouvir as sinetas. Ela passava pela casa toda, entrava em todos os cômodos, puxando as sinetas, fazendo cada uma delas soar. E escrevíamos a lápis a que quartos elas pertenciam, para que a mamãe pudesse checar, apagar e começar o teste novamente na sexta-feira seguinte. Porque nunca foi um jogo, nunca foi um teste de telepatia. Era para que ela sempre pudesse nos avisar exatamente onde o Barba Azul estava. Quando ele voltava.

Então, as longas horas subindo e descendo as escadas, correndo pelos corredores, atravessando passagens, nos enfiando debaixo de mesas e camas, dentro dos armários, na Terra Espelhada. A El e eu sussurrando e rindo, o coração batendo rápido, mas bem-humoradas, porque aqueles eram só exercícios para a mamãe, não eram de verdade. Nunca eram treinos anti-incêndio, para fugir de intrusos ou para o caso de uma guerra nuclear. *Corram mais rápido! Ele está vindo!* Eram exercícios para fugir do Barba Azul.

    Depois que escurecia, a El e eu nos deitávamos na nossa cama, de mãos dadas, lutando contra o sono. Algumas noites não havia nada e acordávamos com a luz e o canto dos pássaros. Mas, se uma sineta tocasse alto e por muito tempo na escuridão, nós nos levantávamos rapidamente, já vestidas, os ouvidos atentos à próxima sineta. O som da cozinha era o mais fácil de reconhecer porque não tinha uma sineta própria — em vez disso, a mamãe usava a da sala de estar, tocando duas vezes, bem rápido. Se era aquele o som que ouvíamos, sempre tínhamos mais tempo, porque era na cozinha que ficavam os estoques de rum dele. Nós nos esgueirávamos escada abaixo, cada vez mais devagar à medida que nos aproximávamos da base. A mamãe sempre tentava fechar a porta de qualquer cômodo em que estivessem; nós ouvíamos a voz alta e agitada dela, como a sineta da Sala do Trono, como um estranho risonho, e corríamos em volta do corrimão de carvalho e do Muro de Berlim, passávamos pelos narcisos laranja e amarelos e entrávamos no armário. Encontrávamos nossas lanternas e iluminávamos os azuis, amarelos e verdes da Ilha enquanto abríamos trancas e rastejávamos para a escuridão. Para dentro da Terra Espelhada. Nessas noites, sempre virávamos para o leste, para os conveses largos e as velas altas do *Satisfaction*. E esperávamos que o capitão Henry viesse nos resgatar enquanto lutávamos contra fragatas e bergantins, os ouvidos zumbindo com o barulho de madeira estilhaçada e de homens moribundos, com o estrondo dos canhões e dos mosquetões, com o rugido da tempestade.

    Mas algumas noites — e isso se tornou cada vez mais frequente — era a nós que o Barba Azul queria. No lugar da mamãe. Algumas noites, as sinetas tocavam vezes demais e rápido demais. Algumas noites, ele apagava todas as luzes — com um barulho metálico alto do interruptor geral do quadro de fusíveis —, de modo que só o que conseguíamos ver eram as luzes da morte dele, oscilando, enquanto ele procurava por nós, urrava por nós e nos alcançava. Algumas noites, era o cano da chaminé; outras noites, a fivela grande do cinto dele; outras ainda, seus punhos. E aquelas eram as noites em que a mamãe não só precisava nos avisar, mas também nos salvar. E aquelas também eram as noites que tínhamos que fingir que nunca haviam acontecido. O Barba Azul exigia isso. A mamãe exigia isso. A Terra Espelhada exigia isso.

Estou tremendo. Estou congelando de frio. Eu me lembro de ficar agachada dentro do guarda-roupa do Café dos Palhaços. Apavorada. Porque o Café dos Palhaços só servia para nos escondermos. Ele não era capaz de nos proteger como a Terra Espelhada. Eu me lembro do estrondo de botas na escada, no patamar. Lembro de gritar ao ouvir a porta sendo aberta com força, fazendo surgir as luzes da morte e os dentes sorridentes do vovô. O cheiro de tabaco para cachimbo e de rum. A mão que me agarrou pelos cabelos. A mão que apertou o braço da El com tanta força que eu consegui ouvir — sentir — os ossos dela gemendo. *Eu vou matar vocês. Dessa vez vou matar vocês. Cretinas nojentas e ingratas.* Um olhar astuto, frio e sem expressão. *Acho que chegou a hora de começarem a ganhar o próprio sustento.*

E então me lembro da voz da minha mãe, alta e estridente: *Não! Você não pode fazer isso. Elas são só crianças! Me leva no lugar delas. Por favor.* A El e eu abraçadas e chorando; esperando, *rezando* para ele aceitar a oferta dela, a parte de trás do armário áspera contra nossas roupas, nossa pele, enquanto pressionávamos o corpo contra a madeira, nos esforçando para firmar os pés, para encontrar um jeito de continuarmos escondidas, para desaparecermos.

No silêncio profundo e terrível, escuto a porta da frente se abrir. Eu me levanto rapidamente, furiosa, desesperada para fazer qualquer coisa para escapar de toda essa verdade de uma vez, como uma avalanche, um terrível deslizamento de terra, uma onda imponente — alta, larga e com um brilho congelante. Atravesso o saguão correndo, abro a porta e vejo o cartão no capacho com meu nome em letras maiúsculas, então saio em disparada pela porta da frente e desço as escadas da entrada.

A Marie fica paralisada, a mão no portão de metal, a expressão tão horrorizada que por um momento ela se torna feia e infantil. Ela se recupera mais rápido do que eu, bate o portão e sai correndo pela rua em direção ao Galinheiro de Biscoito.

Não me dou tempo para raciocinar ou parar, porque é o que eu sempre faço. Outra verdade. A Marie já está fechando a porta, mas me jogo contra ela, os dentes cerrados, forçando a entrada. A Marie grita, a porta cede e eu entro, aos tropeços.

Ela desce por um pequeno corredor e entra na cozinha, onde se recosta em uma bancada, respirando pesadamente. Quando olha para mim, sua expressão é desafiadora. Ela olha para a grande faca com cabo de aço no bloco ao lado dela. Então me encara.

Provavelmente eu deveria ter medo dela, mas não tenho.
— Por que você está deixando aqueles cartões?
Ela cerra os lábios. Eu me forço a andar em sua direção.
— *Por que* você está deixando aqueles cartões?
A Marie cruza os braços.
— Porque eu não queria que o Ross machucasse vocês. Nenhuma de vocês.
Ela suspira e se senta pesadamente em uma cadeira. A tristeza em seus olhos me deixa furiosa.
— Sente-se, Catriona — diz ela. — Sente-se que eu vou lhe contar.
Mas eu não me sento. Cansei de fazer o que as pessoas me dizem para fazer.
— *D'accord*. — Ela suspira de novo e endireita os ombros. — Meu nome não é Marie Bernard. Eu não sou de Paris. Nos anos 90, eu paguei um bom dinheiro para vir da República Democrática do Congo para cá. — Ela me olha. — Eu amava o meu país. Demais. Seu lema é "Justice, paix, travail". Trabalhei muito para ter a minha vida aqui e, assim que consegui, finalmente encontrei a paz. Então, tudo o que restou foi a justiça.
— Justiça?
— Eu ajudo as pessoas. As mulheres. — Ela olha para as mãos com cicatrizes. — A Anna viu os hematomas da El. Nós vimos as mudanças de personalidade nela, em seus hábitos. O medo em seus olhos. Vimos como o marido dela sempre precisava estar no controle.
— E isso... *isso*... foi o que bastou para vocês terem certeza de que o Ross estava agredindo a El? Você tem noção de como...
— *Non*. — Ela levanta as mangas da blusa, expondo cicatrizes entrecruzadas que sobem até acima dos dois cotovelos. Então mostra o pescoço, onde a pele abaixo da clavícula é manchada e saliente como a queimadura em seu rosto. — O que eu deixei para trás no Congo foi o que me deu essa certeza. — Seu olhar fica mais intenso. — O que ainda me dá essa certeza.
— Ele *não está* me agredindo. — Mas aquelas cicatrizes doentias extinguem minha indignação.
Ela sorri.
— Ela também disse isso no início.
Balanço a cabeça.

— Quantas vezes você já fez isso?

A Marie levanta o queixo.

— Muitas.

— Você aterroriza os aterrorizados. Esse é o seu jeito de *ajudar*?

O sorriso da Marie se torna compassivo. Tenho vontade de lhe dar uma bofetada.

— Depois de um tempo, isso é só o que as vítimas entendem. Por mais que eu desejasse que não fosse assim.

— A El nunca soube, não é? Que era você?

A Marie se ajeita na cadeira e, pela primeira vez, parece desconfortável.

— A El tinha medo dele.

— Não acredito em você.

— Ela ia fugir e eu ia ajudá-la. Mas então ela mudou de ideia. Disse que não podia. Não quis me dizer por quê.

— Marie. Eu *não* acredito em você, porra.

Ela cerra os lábios e cruza os braços.

— Você viu a mensagem que ele me mandou. Eu só queria proteger a El.

— Não funcionou, não é mesmo? O seu plano genial. Então, por que diabos você achou que as mesmas ameaças funcionariam comigo?

Ela sorri de novo. É um sorriso ruim, talvez até meio louco, que estica sua pele cheia de cicatrizes e torna astuta a expressão em seus olhos.

— Os cartões não eram para você.

— O quê?

— Eram para *ele*. Eu queria que o Ross soubesse que alguém sabia. Que ele tinha matado a El e que provavelmente te mataria.

Lembro da Rafiq dizer: "Os cartões nunca ameaçaram explicitamente a vida da El... ou a sua. Para dizer a verdade, o alvo era o Ross".

— Você tem ideia de como isso parece *insano*...

— A única coisa que os abusadores temem é a exposição. — A Marie encolhe os ombros.

Quando ela se levanta e começa a caminhar até mim, recuo para o hall de entrada, em direção à porta aberta.

— Você fez mais alguma coisa?

— *Que veux-tu...*

— Você tem me seguido? Me observado? Sabe de mais alguma coisa... *qualquer coisa*?

Ela me olha com uma expressão confusa.

— *Non*. O que...

— Eu não acredito em você.

Ela parece relaxar.

— Eu só menti sobre o meu nome e de onde eu vim. Eu nunca menti para você sobre qualquer outra coisa.

Recuo quando ela se aproxima de mim e tenho que me conter para não dar um tapa na sua mão.

— Ele *não* está sendo abusivo comigo.

A Marie deixa as mãos caírem ao lado do corpo.

— Ainda.

— Lamento o que aconteceu com você. — Minha voz vacila, eu me viro e começo a me afastar. Se não me afastar da Marie, sei que vou dizer alguma coisa de que vou me arrepender. — Mas é você quem precisa de ajuda, Marie. Me deixe em paz. Nos deixe em paz. Ou vou contar à polícia o que você fez. E isso *não* é uma ameaça. É uma promessa.

Atravesso a rua pisando firme e entro em casa, parando só para pegar o cartão, antes de fechar a porta da frente. Através do envelope fino, já consigo ver o que está escrito, em letras pretas e grandes:

BOA SORTE

23

Entro na cozinha e enfio o cartão no fundo da lixeira. Tento me acalmar, me forço a me sentar. Olho para a garrafa de vodca, então para o bilhete do Ross. Muito bem. Já que eu estava enfrentando as coisas, vou enfrentar isso também. Sirvo duas doses de vodca e bebo uma delas.

Logicamente, não faz sentido. O Ross amava a El. Por que ele a machucaria? Se a El *estava* tendo um caso, ele poderia simplesmente tê-la deixado. O Ross tem um bom emprego, tem mais dinheiro do que ela. Ele nunca quis mesmo morar nesta casa, neste *mausoléu*.

E *se* ele era abusivo e controlador...

Bebo o resto da vodca enquanto sofro com uma sequência do Ross me tocando e me beijando, sua pele quente deslizando, o prazer ardente em seus olhos. Os hematomas, eu descarto na mesma hora. Faziam parte do sexo. De um sexo bom. De um sexo *ótimo*. E, embora eu não goste de pensar nele tendo o mesmo tipo de sexo com a El, o fato é que as pessoas gostam do que gostam. É da natureza do Ross ser apaixonado. Ele é assim. Sempre foi assim. Lembro da sua dor, depois da fúria quando a Guarda Costeira desistiu da busca. Dos soluços e do desespero. *O que eu vou fazer sem ela?*

Se ele era abusivo e controlador, por que a El simplesmente não o deixou? Dessa vez sou recompensada com um lampejo do rosto sorridente e raivoso do meu avô, mas também afasto essa imagem. A El sempre foi mais forte do que eu. Ela não perdoou, ela não esqueceu. Se o Ross a estivesse machucando, ela o teria deixado. E se a Marie estiver certa, se o Vik estiver certo, se a Rata estiver certa e o Ross for exatamente o que dizem que ele é, ele a teria matado de paixão, de raiva, como qualquer outro marido violento. Ele não teria orquestrado um plano elaborado para afundar a El e o barco no Firth of Forth. E, de qualquer modo, como — *como* — ele poderia ter feito isso? A Rafiq confirmou que o Ross estava em Londres quando a El desapareceu. E ela estava sozinha quando deixou Granton Harbour. Como o Ross poderia — sem que ninguém visse — tê-la alcançado, dominado, afundado o barco dela e voltado para a costa, tudo isso enquanto ele supostamente estava em outro lugar? Além do mais, o Ross não sabe nadar, tem medo de água.

Mas.

Há o caiaque Gumotex no galpão. E alguém que orquestrou uma trama elaborada para afundar a esposa e o barco dela no Firth of Forth *diria* que não sabe nadar, que tem medo de água. Eu me lembro daquele formulário de presunção de morte. Do Ross insistindo que não sabia quem era a Marie.

Eu me lembro de ter esquecido da existência real da Rata. De esquecer tudo de ruim que aconteceu nesta casa. Do esforço que a Rata está fazendo para me forçar a lembrar. Preciso mandar outro e-mail para ela. Dessa vez, preciso *convencê-la* a se encontrar comigo, não importa o que aconteça. Porque não posso mais confiar no que acredito ou no que acho que sei.

Eu me sirvo de mais vodca. Porque o próprio Ross é o maior alerta vermelho. Quando ignoro aquelas antigas e conhecidas pontadas de ciúme toda vez que me lembro do MARIDO ARRASADO PELO SOFRIMENTO que gritou na direção do mar, tenho que admitir para mim mesma que é muito difícil conciliá-lo com o homem que esteve na minha cama por toda a semana passada, sussurrando no meu ouvido, na minha pele, junto ao meu coração, o quanto ele me quer, o quanto precisa de mim, o quanto me ama. A culpa, ou mesmo o remorso, provavelmente pode se parecer muito com a dor do luto.

Deixo a vodca de lado. Não ajudou nem um pouco. *Tentei afogar as minhas mágoas, mas as desgraçadas aprenderam a nadar.* Minha cabeça parece mais pesada, mais confusa, meu corpo mais dolorido. Eu me levanto e me apoio na mesa para me equilibrar.

Pelo amor de Deus, Catriona, por que você é tão inútil? Mas eu não sou inútil. Nem indefesa. Há semanas venho tentando me parecer com a El, pensar como a El, *ser* como a El, porque eu não quero ser eu. Sei disso. Mas não é da *Catriona* que voltou para esta casa que tenho medo. É da Catriona que morava *nesta* casa. A Catriona que estava sempre com medo. Com medo de cair, de correr, de voar. De enfrentar a verdade.

Subo as escadas, segurando firme no corrimão. Hesito apenas por um momento do lado de fora da Selva Kakadu. Não sei quando o Ross vai voltar. Abro a porta do nosso antigo quarto. O maior choque é que ele não parece o mesmo. Não há venezianas de madeira, papel de parede de floresta tropical, colcha amarela dourada. No lugar do antigo armário de carvalho e da penteadeira, há uma escrivaninha e uma cadeira antigas, e um guarda-roupa branco. O quarto é cor de magnólia, o tapete é exuberante. Esse é o único cômodo em toda a casa que foi totalmente apagado e redesenhado.

Vou até a cômoda, com suas várias gavetas, e começo a revirar tudo. Não tenho ideia do que estou procurando, e só o que encontro são cadernos e cartões-postais em branco, clipes de papel, envelopes comerciais, dezenas de canetas.

Volto a me arrepender de ter tomado a vodca quando me viro rápido demais e o chão começa a se inclinar tanto que sou obrigada a me apoiar na cabeceira da cama para me manter de pé. Minha mente parece pegajosa, lenta demais. Olho para a cama de casal e de repente sou pega de surpresa por uma imagem muito vívida do Ross e da El juntos. Quando vejo a bolsa de couro encostada nas pernas de uma mesa de cabeceira, eu a pego rapidamente, feliz com a distração, enquanto tento abrir suas fivelas rígidas. Dentro, encontro papéis soltos e uma pasta de plástico grossa. Na lombada da pasta está impresso "Universidade de Southwark", em letras douradas, abaixo de uma insígnia azul e vermelha. Bingo.

<u>A PSICOLOGIA DA PSICOFARMACOLOGIA</u>
TEMA: DROGAS PSICOATIVAS: MEDICINA BOA VS.
MEDICINA RUIM;
A EFICÁCIA DAS TERAPIAS VS. MARGENS DE SEGURANÇA
DE 2 DE ABRIL, ÀS 9 HORAS, A 3 DE ABRIL, ÀS 16 HORAS, 2018
UNIVERSIDADE DE SOUTHWARK, ST JAMES ROAD, LONDRES

Folheio o programa da conferência, o sumário de temas a serem apresentados, o nome do Ross na lista de participantes. Então me lembro dele falando: "Quando voltei, ela já estava desaparecida fazia pelo menos cinco horas", e vou até a página de contatos. O primeiro na lista é o número de contato e o e-mail da professora Catherine Ward, chefe de Farmácia e Farmacologia.

Eu me sento na cama, pego o celular, entro na internet e crio um novo endereço de e-mail. Quando "inspetora Kate Rafiq" não é aceito como nome de usuário, dou a ela uma inicial do meio, M. Não tenho ideia de como falsificar um endereço de e-mail e estou muito nervosa e bêbada demais para tentar descobrir. Só me resta torcer para que a professora Catherine Ward não pare para se perguntar por que uma inspetora de polícia escocesa estaria usando o Gmail. Não me importo se eu for descoberta, nem quando. Não me importo se estiver infringindo alguma lei. Eu preciso saber. De alguma coisa. De nada. Meu e-mail é curto: encaminho as perguntas originais buscando confirmação da presença e dos movimentos do Ross. Assim que envio, desejo não ter feito isso.

Então começo um novo e-mail para john.smith120594.

Rata, eu sei que a El está morta. Lamento não ter acreditado em você. Por favor, se encontre comigo. Por favor.

Eu me levanto e coloco a bolsa do Ross de volta no lugar, dessa vez cambaleando só um pouco. Volto para o patamar da escada. A casa ainda está estranhamente silenciosa. Os pelos dos meus antebraços e da nuca formigam e coçam contra minha pele quando olho na direção da boca escura que é aquele corredor entre o Café dos Palhaços e a Torre da Princesa. Na direção da porta preta fosca na extremidade. Quarto 3. O Quarto do Barba Azul. A atração que sinto por aquele cômodo é como a vertigem da minha infância: a paralisia vertiginosa de esperar para cair. *Querendo* cair. E, quando meu celular de repente começa a vibrar contra minha perna, solto um grito — alto e longo —, tateio até conseguir tirá-lo do bolso e atendo sem olhar, tamanho é meu terror repentino e absoluto de estar sozinha.

— Cat! Graças a Deus você finalmente atendeu.

— O que você quer, Vik? — Minha voz sai trêmula, mas já comecei a me sentir uma idiota.

— Eu... — Há uma pausa. Longa. — Eu soube a respeito da El e...

— Está tudo bem — digo. — Obrigada. Eu...

— Não. Você não entende... — O sinal está ruim, sibila e ruge. — Eu preciso te contar uma coisa... Eu não sabia.... — As palavras dele são engolidas pelo uivo de uma sirene que se aproxima, o toque de uma buzina.

— Vik, não consigo te ouvir. Onde você está?

— Onde *você* está?

Paro dentro daquela faixa de luz dourada da Westeryk Road e me viro em um círculo letárgico, zonzo.

— Estou no andar de cima.

— Cat, escuta... — A voz dele é cortada de novo e volta mais alta. — ... você tem que sair daí.

— Por quê? — Estou parada, mas as paredes ainda estão girando, girando.

— ... não posso te dizer agora. Lamento. Estou tão... mas você tem que acreditar em mim.

— *Por quê?* — Meu estômago se contrai, e me pergunto, com uma preocupação distante, se estou prestes a vomitar.

— Cat... — Alguns gritos, o rugido de outro carro que passa. Talvez maior. Uma van. — ... está me ouvindo? Você *tem* que sair dessa casa.

Então ele se vai. E fico sozinha com o silêncio. Sozinha com o globo de vidro que pende do teto rosa, com as portas fechadas, a luz dourada, com aquele corredor estreito e escuro. Sozinha com a casa.

Balanço a cabeça. Minha voz está firme, calma.

— Para onde mais eu iria?

Sinto fisicamente o impacto da volta repentina à Terra Espelhada — parece que estou sendo arrancada na direção dela, não apenas puxada. É uma sensação dura, afiada e real. E dolorosa, porque minha garganta está rouca de tanto gritar, e estou de joelhos no escuro, a tempestade rugindo com raiva, nos jogando do convés principal para o convés de canhões, sufocando a El.

Não.

O *vovô* estava de joelhos. Ele me empurrou com tanta força que bati com a cabeça no convés e vi estrelas, mas eu ainda conseguia ver o rosto vermelho e inchado da El, as mãos dele apertadas ao redor do pescoço dela, o suor escorrendo do nariz. Ainda conseguia ouvir a mamãe gritando: "Deixa elas em paz!". Agora rouca também, porque aquela era a noite depois do Café dos Palhaços e do Quarto do Barba Azul, era a última noite na Terra Espelhada. A última noite da nossa primeira vida.

E quando tento me afastar, quando tento *voltar,* a mamãe solta um grito e se move através de mim como um fantasma. Ela está atrás do vovô, com o braço bom levantado sobre a cabeça, a lanterna da popa do *Satisfaction* na mão. E, quando o vovô se vira, olha para ela com uma piscadela e um sorriso e diz: "Para com isso, menina", mas ela não para. Em vez disso, ela golpeia a lanterna com força no alto da cabeça dele. De novo e de novo. Até que o som não seja mais duro, curto e claro, mas macio, longo e escuro como cobre.

— Meu Deus.

Estou de quatro no topo da escada. Minha respiração sai quente e acelerada, como se eu estivesse correndo. O suor frio desce pela minha espinha.

Quando escuto a porta do corredor se abrir e logo fechar, eu me levanto rápido demais — o mundo gira e cambaleia por um instante antes de se endireitar novamente.

— Cat? — grita Ross. — Você está aí?

Engulo em seco e seguro o corrimão. Não me sinto mais bêbada. Agora me sinto doente, febril e terrivelmente sóbria. Terrivelmente desperta. A sensação de vertigem volta, mas eu ignoro. Não posso deixar que isso se apodere de mim. Não mais do que aquele som. Aquele som úmido, macio e *longo.*

O Ross espera por mim na parte de baixo da escada. Entro no corredor e ele avança sem nenhum aviso, me puxando para junto do seu corpo.

— Oi, Loira.

E, quando não tenho escolha a não ser deixá-lo entrar, sentir seu cheiro, toda aquela lentidão pesada, aquele terror paralisante, aquela incerteza, desaparecem. Eu me odeio por isso, tenho medo de mim mesma por isso, mas não tenho como evitar.

O Ross me aperta com força demais por um momento e depois se afasta, a palma da mão quente contra meu rosto. Ele andou chorando de novo, seus olhos estão injetados, a pele está úmida, o cabelo foi embaraçado pelo vento.

— Eu estava andando — diz ele. — Só caminhando. Durante horas.

Engulo o nó na garganta. Tudo o que a Marie e o Vik disseram, tudo o que eu pensei, minhas desconfianças, o que eu me esforcei para afogar na vodca, tudo isso se transforma em pó quando ele está parado na minha frente, olhando para mim de um jeito que ninguém jamais olhou. Embora ele saiba. O Ross sempre soube de tudo o que acontecia nesta casa. Ainda assim, ele me olha exatamente do mesmo jeito. Do mesmo jeito *bom*.

Não consigo acreditar que ele machucou a El. Nem a *polícia* acredita.

Estou sentindo tanta culpa, tanta tristeza. Culpa por desejá-lo, por tê-lo, por duvidar dele. Culpa por tudo o que eu fiz em relação a tudo isso. Estou sofrendo com o luto por duas crianças tão abusadas e aterrorizadas a ponto de não serem mais capazes de reconhecer o abuso e o terror. Por aquela coisa derretida, brilhante e devorada que estava embaixo de uma manta cirúrgica azul no necrotério da cidade de Edimburgo. Pela irmã que segurava minha mão quando adormecíamos; pela irmã que sempre compartilhou comigo a mesma dor, os mesmos pesadelos e a mesma esperança miserável. Pela minha pobre mãe torturada e fodida. De joelhos ao lado do corpo do vovô. Os lábios torcidos em uma expressão cruel, os olhos negros, frios, calmos e cheios de fúria.

— Você está bem? — pergunta Ross, em seguida balança a cabeça. — Merda, que pergunta idiota...

— Foi um dia péssimo — digo.

Porque foi mesmo. Quando lembro que me sentei diante da mesa da cozinha e lhe contei sobre uma tribo perdida na América do Sul, parece que isso aconteceu há semanas.

— Lamento não ter... — Ele pisca. — Foi... quer dizer, eu sei que foi, mas achei que talvez.... — Há esperança em seus olhos. Uma esperança que certamente nunca poderia ser fingida.

— Era a El. Era... — Agarro seus braços. Sei que devo estar machucando, mas o Ross nem estremece. — Ela estava...

— Está tudo bem, sinto muito. Sinto muito.

As lágrimas que escorrem pelo seu rosto e queixo são tão reais e desesperadas quanto as minhas. Não sei qual de nós agarra o outro primeiro. Qual de nós começa o beijo, qual de nós começa a arrancar a roupa do outro, qual de nós exige e qual de nós cede. Ele me penetra enquanto me deito na escada, olhando para o teto alto e abobadado e para a luz verde-dourada, enquanto o abraço, enquanto o sinto dentro de mim, a escada fria e dura contra a minha pele, contra os meus ossos.

    E gozo com tanta intensidade que grito. Esqueço.
    Porque para onde mais eu *iria*?
    Ele é tudo o que me resta.

24

Passo quase correndo pelo Colquhoun's, mas poucos metros depois escuto a porta se abrir e a Anna chamar:
— Espera!
Paro e me viro. Embora não queira.
A Anna já está chorando — soluços grandes e feios que atrapalham o que ela está tentando dizer.
— É tão terrível. Não consigo acreditar. Não consigo acreditar que ela esteja morta. Eu sinto muito. Sinto muito.
Quando ela me puxa para um abraço forte, eu a abraço de volta na esperança de que seja o suficiente. Não tenho condições de lidar com outras pessoas agora — nem com o pesar, nem com a dor, nem com a *carência* delas. Ela finalmente me solta e eu recuo um passo. Ela funga com força e respira fundo duas vezes enquanto enxuga o rosto. Uma longa linha preta de rímel escorreu do olho esquerdo até a têmpora.
— Ontem, quando eu soube, não consegui nem pensar — diz ela, baixando a voz e cravando em mim o olhar duro que reconheço melhor. — Mas agora... agora eu sei que tenho que ir à polícia.
— Anna...
— Não, escuta. Eu vou. Tenho que dizer a eles que ela estava com medo. Tenho que contar a eles sobre os hematomas. A Marie disse que a El queria dei-

xar o Ross. — Ela levanta a palma das mãos quando ameaço interromper. — E é nesse momento que os maridos matam as esposas, não é? Quando elas estão prestes a...

— Anna! Não consigo lidar com...

Ela me agarra com força pelos cotovelos.

— Mas você tem que lidar! Eu devia ter pressionado mais a El, devia ter ajudado mais. — Ela aperta meu braço com mais energia. — Ela iria gostar que eu te ajudasse, Cat. Você precisa ir embora. Precisa...

Recuo um passo e cravo as unhas em seus dedos até ela me soltar.

— Faça o que você achar que tem que fazer, Anna — digo. Minha voz está trêmula. Minhas pernas vibram com a necessidade de sair em disparada. Mas, em vez disso, eu me viro e me forço a continuar a caminhar. — Não posso falar agora.

Ignoro os gritos dela e a vontade de correr, até ambos ficarem para trás.

*

O Links está completamente deserto. Mas, aqui, sinto olhos em mim; minha pele se arrepia com a certeza familiar de ser seguida, *observada*. Eu me volto uma vez, olho ao redor do parque plano e vazio. Nada da Anna. Não há absolutamente ninguém.

Puxo o capuz e continuo a andar. Passo pelas mesmas árvores que lutavam contra o mesmo vento cortante daquele amanhecer gelado, tantos anos atrás: sicômoros e olmos que escondiam fantasmas atormentados e inchados de peste. Passo pelas mesmas casas de arenito, as mesmas casas onde os assassinos de crianças viviam e espreitavam. E observavam.

Todos aqueles obstáculos, aquelas armadilhas, que o vovô armou para que nunca quiséssemos sair do número 36 da Westeryk Road. Ele exagerou, suponho, como fazem os abusadores; quando atravessamos o Links, estávamos tão cansadas de ter medo quanto de correr. E já sabíamos que ele era um mentiroso. O número 36 da Westeryk Road era tão assustador e perigoso quanto qualquer outro lugar. Mas nós ainda o amávamos, mesmo com todo aquele medo, com tantas mentiras, com o fedor de cobre quente do sangue na nossa pele. Porque naquela época, como agora, ainda era muito fácil separar o vovô do Barba Azul. E muito necessário. Era muito mais difícil e doloroso juntar os dois, aceitar que o maior pesadelo da minha infância já foi a minha pessoa favorita depois da El. Sinto tristeza por isso também, tanto agora como naquela época — como se eu o tivesse perdido duas vezes. Como se ele nunca tivesse existido.

Olho para trás, na direção da rua, antes de virar para a Lochinvar Drive e seguir em direção ao iate clube. Tenho que me espremer ao redor de mais alguns barcos sustentados por blocos para conseguir chegar perto da água. O vento que vem do Forth está frio como sempre, mas sopra baixo; o barulho dos iates atracados parece abafado e distante. Finalmente paro. Inspiro, expiro.

Olho para baixo, para a rampa de pedra e depois para cima, além do muro do quebra-mar de Granton, a nordeste, em direção à pequena ilhota de Inchkeith, a mancha amarela de seu farol quase invisível. A água escura além dela. *O canal de águas profundas.* Olho e olho, e fico quase feliz quando as nuvens baixam sobre Burntisland e a chuva começa a cair, forte e rápida o suficiente para bater em meu crânio dolorido e obscurecer minha visão.

Meu celular bipa. É uma mensagem do Ross.

Tenho que passar no trabalho, então pode deixar que eu compro alguma coisa para o jantar. Alguma sugestão? Bj

Não respondo. Mesmo que não haja nada de errado com o que ele disse. O Ross tem um emprego. Nós precisamos comer. Nós não morremos. O que não me impede de levar um susto quando o celular bipa novamente.

john.smith120594@gmail.com   18 de abril de 2018 às 14h55
Re: ELE SABE   Caixa de entrada
Para: Mim

VOCÊ ESTÁ FICANDO SEM TEMPO.
<u>LEMBRE O QUE ACONTECEU NO DIA 4 DE SETEMBRO.</u>
ENTÃO VOCÊ VAI ENTENDER.
E VAI SABER O QUE DEVE FAZER.

Enviado do meu iPhone

Não vou saber. *Não sei.* Eu me lembrei de tudo — de cada coisa horrorosa — e ainda não tenho ideia do que preciso entender. Do que preciso fazer.

> *Chega de mistério, Rata. Isso não é um jogo. Isso não é a Terra Espelhada. Me diga o que você sabe. Se encontre comigo. Me conte. Ou me deixe em paz.*

Envio a resposta e volto para a rua. A chuva está caindo mais forte. O céu ficou tão escuro que parece que já está de noite. Eu me esforço para conseguir passar por entre os barcos no pátio. Os cascos estão marcados com ferrugem e cracas. Eles cheiram a mar, a coisas que viveram e morreram neles. Estremeço. E quando escuto alguma coisa atrás de mim, perto demais, giro o corpo e as costas da minha mão batem no barco mais próximo, fazendo um barulho alto. Caio com força, tonta, deslizando contra o concreto liso até estar deitada de costas, com os braços e pernas esticados. Viro a cabeça, esforçando-me para ouvir alguma coisa acima da chuva — então, através do espaço estreito abaixo do casco elevado, vejo botas — de couro com biqueiras de aço. E acima delas, uma calça jeans.

Eu me arrasto para trás, lutando para firmar a mão no piso escorregadio. Quando consigo me levantar, minha respiração está acelerada demais, *alta* demais. Mas não corro. Tenho vontade de correr — sempre tenho vontade de correr —, mas, em vez disso, dou a volta no barco e me lanço em cima da sombra escura. E quando encontro movimento, solidez, eu soco, chuto e grito.

Mãos se estendem para mim, e eu soco e arranho. Um peso maior me empurra, mas não está tão furioso, tão desesperado, tão determinado a lutar sujo. Cravo as unhas, levanto o joelho em um golpe, uma vez, e outra, e outra.

— Para! *Para.*

O Vik cambaleia na direção da pouca luz restante, a palma das mãos para cima.

— Você?! — grito, e a fúria alta e ultrajada na minha voz, a autoridade, escondem o alívio que sinto.

— Cat, por favor, para! — ele grita pela última vez enquanto me lanço novamente em sua direção.

Ele está encharcado até os ossos, o casaco colado ao corpo, a chuva pingando nos olhos e queixo. Parece arrasado.

Eu paro. Isso consome quase toda a energia que me resta, mas eu paro. Ficamos olhando um para o outro nas sombras e na chuva, respirando com dificuldade e rápido demais.

— Há quanto tempo você está me seguindo?

— Cat, eu...

— Há quanto tempo, Vik? — praticamente grito.

Porque, agora que toda a raiva dentro de mim finalmente escapou, nem mesmo a promessa de uma explicação é suficiente para contê-la de novo.

O Vik baixa o olhar para o chão.

— Desde que você voltou dos Estados Unidos.

— Como você sabia que eu *tinha* voltado? — questiono, antes de me ocorrer que a pergunta que eu deveria fazer é: "por quê?". Então uma suspeita repentina me leva em uma nova direção. — Você conhece a Rata? Ela está... você está...

No entanto, embora Vik já negue com um cauteloso movimento de cabeça, o fato de ele não parecer nem um pouco confuso sobre quem é a Rata só serve para transformar minha desconfiança em certeza.

— Você conhece ela. Você *conhece* ela! Vocês dois são...

— Cat. Eu preciso...

— Espera. A Marie também está envolvida nisso? Era sobre isso a sua ligação de ontem? *Você tem que sair dessa casa*. Vocês todos estão...

O Vik dá um passo à frente.

— Eu preciso te contar uma coisa.

— Então *conta*.

Consigo ouvi-lo engolir em seco, mesmo com o barulho forte da chuva. Nesse momento ele olha para mim, com o rosto muito sério.

— Eu sou a Rata.

— O quê?

O Vik desvia o olhar.

— Sinto muito. Eu sou a Rata. Ou pelo menos tenho fingido que sou ela. Sou eu que estou enviando os e-mails.

Recuo um passo e balanço a cabeça.

— Eu não... não entendo. *Por quê?*

— Porque a El me pediu — diz ele.

— Me mostra o seu celular. — Ainda estou balançando a cabeça. Não consigo parar. — Me mostra o seu celular, Vik. Agora.

Ele enfia a mão no bolso da calça jeans, tira um iPhone e digita a senha antes de me entregar o aparelho com relutância. Abro a caixa de entrada com dedos trêmulos, espalhando chuva pela tela. E vejo bem no alto:

Cat Morgan
Chega de mistério, Rata. Isso não é um jogo. Isso não é a Terra Espelhada.

— Ah, Deus.
Ele deixa escapar um longo suspiro.
— A El pediu para eu te proteger. Disse que, se alguma coisa acontecesse com ela, você voltaria e... quando eu concordei, achei que fosse paranoia, não acreditei que fosse acontecer nada com ela. Eu sabia que ela estava com medo do Ross, mas nunca pensei... — Ele para e fecha os olhos. — E, quando a El desapareceu, eu achei que... achei que tinha que fazer o que ela me pediu. E agora... *agora*... ela está morta, e eu...
— Você está tentando me dizer que, no caso da morte da El, no caso de ela ser assassinada pelo marido brutamontes, ela simplesmente não foi capaz de tomar a decisão de ir embora, mas, em vez disso, ela pediu para você me seguir e me ameaçar? Para me manter a salvo dele? É isso que você está me dizendo? — É melhor sentir só raiva. Melhor não pensar ou sentir mais nada.
— Eu *nunca* te ameacei.
— Vocês *estavam* tendo um caso? — Porque eu não consigo pensar em nenhuma outra razão no mundo para ele fazer isso.
— Eu amava a El.
Há tanto carinho, tanta adoração em seus olhos que tenho vontade de socá-lo de novo.
— Isso é um sim?
— Eu já te disse, não. Nunca aconteceu nada.
— O que *exatamente* a El pediu para você fazer?
— Ela pediu que eu te seguisse, que me certificasse de que você estivesse bem. Que te enviasse as mensagens que ela já tinha me enviado antes... de desaparecer. E que as enviasse em uma ordem específica, em horários específicos. — Ele pigarreia. — Que respondesse a qualquer pergunta sua com as mesmas respostas. Que a El estava morta. Que eu era a Rata. Que eu não podia me encontrar com você.

Que você tinha que se lembrar do que aconteceu no dia 4 de setembro. Eu não... não sei o que isso significa. Juro.

— Então você não sabe o que a El queria que eu lembrasse? Que porra ela queria que eu fizesse?

Ele balança a cabeça, parecendo arrasado de novo.

— Ela falava que tinha a ver com o fim da sua primeira vida. Vivia repetindo: *Ele sabe*.

Um calafrio desce pela minha espinha, mas me recuso a me permitir sentir. Ouço o barulho da porta do Café dos Palhaços, do guarda-roupa. Do gemido enferrujado da lanterna do *Satisfaction*. Um som não mais duro, curto e branco, mas suave, longo e escuro como cobre.

— Por quê?

O Vik me olha sem entender.

— Por que o quê?

— Por que ele a matou?

— Porque ela queria ir embora. Ela estava planejando ir embora.

— Então por que ela simplesmente não *foi* embora? Por que não procurou a polícia?

— Eu não sei. Mas gostaria que ela tivesse feito isso.

— Por que diabos *você* não foi à polícia?

— Eu fui! Eu liguei para eles depois que ela desapareceu. Contei que a El estava com medo dele, com medo de que ele fizesse alguma coisa com ela. Eu disse a eles...

— Não. A polícia não mencionou você, Vik. *Eu* mesma só sei que você existe porque, aparentemente, você está me seguindo há duas semanas!

— Eu não dei o meu nome a eles. Eu não queria...

— O quê? — Abro as mãos ao redor do espaço entre nós. — Se *envolver*?

— Você não entende. A El me fez prometer não entrar em contato com a polícia. Ela disse que tinha medo de que o Ross viesse atrás de mim. Eu não estava nem um pouco preocupado com isso, mas estava com medo de... Eu estou noivo. E eu...

— Você está noivo?

Ele olha para mim, e nem a postura desafiadora dos seus ombros ou o maxilar cerrado conseguem esconder a vergonha em seus olhos.

— A El me fez *prometer*, Cat.

— Tudo bem. — Como não consigo mais olhar para o Vik, olho para o casco úmido e enferrujado de um barco, a pintura descascando. — E quanto à Rata? Ela sabe sobre tudo isso? Também está envolvida?

— Eu nem sei quem ela é — diz Vik, abatido. — A El falou que, se eu fingisse que era ela, ajudaria você a lembrar.

— E a Marie? Você a conhece?

— Não. Eu juro.

— Você esteve na casa?

Não estou pensando apenas nas páginas do diário, na lanterna, no *código pirata* colado no teto da Terra Espelhada, mas no caiaque no galpão, nos sussurros no meu ouvido, na sensação de que nunca estou sozinha dentro do número 36 da Westeryk Road.

— É claro que não. O que...

— Você deixou gérberas rosa no túmulo da minha mãe?

— Deixei. A El...

— Pediu para você fazer isso. — Quando ele só parece mais arrasado, minha raiva que havia enfraquecido ganha novo fôlego. — Há pouco mais de uma semana, você veio até aqui e me confortou. Me fez sentir melhor. Eu gostei de você. Você *chorou*.

— Cat, eu ...

— E quando eu te disse que não acreditava que a El tinha morrido, porque ela estava me enviando e-mails, você só balançou a cabeça e não disse uma palavra. Nem uma porra de uma palavra! E agora realmente espera que eu acredite em uma única coisa que você diz?

— Você não entende? — O Vik parece frustrado agora, como se percebesse que estava fracassando em sua missão. — A El *sabia* que isso iria acontecer... tudo isso! Ela sabia que o Ross a mataria, e foi exatamente isso que ele fez. Ela sabia que você voltaria, e você voltou. Ela sabia que perguntas você faria. Sabia que a polícia acharia que tinha sido um acidente. — Ele olha para mim. — Estou dizendo a verdade, Cat. Você *tem* que acreditar em mim.

Mas eu não acredito. O Vik amava a El, posso ver isso. Também posso ver que a tristeza dele é igualmente sincera, e talvez a sua convicção, mas também posso ver outra coisa. Nos olhos dele, na sua linguagem corporal. Sou boa em mentir. Melhor do que o Vik. E sou capaz de reconhecer outro mentiroso de olhos fechados. As atitudes dele não são movidas apenas pela culpa ou por algum tipo de senso de obrigação distorcido. Ele queria me seguir, me espionar, porque assim a El não morreria. Ela permaneceria nas mensagens que ele envia e permaneceria em mim — seus olhos, seu rosto, sua voz, como aquele espelho que sempre carrego debaixo do braço. Eu sou o último elo que resta dele com ela.

Como? Como é possível que ela continue manipulando todos nós dessa maneira? Eu, o Vik, o Ross. A polícia. E sem que nenhum de nós tenha a menor ideia do motivo?

— Eu vou à polícia hoje — diz Vik, baixando o olhar. — Vou dar um depoimento decente dessa vez, contar tudo o que a El me disse. Eu nunca deveria ter...

— Há mais alguma?

— O quê?

— Há mais alguma mensagem que você ainda não me enviou?

— Não.

— Vik.

Os ombros dele se curvam.

— Só mais uma.

— Me mostra.

O Vik pega o celular. Pela primeira vez desde que o confrontei e soquei seu peito, posso sentir a chuva escorrendo pelo meu rosto, nariz, queixo e dedos, batendo forte contra meu crânio. Consigo ouvi-la: um som pequeno e rápido de encontro a mastros e armações de metal, mais opaco e lento contra o concreto, o asfalto e a madeira. Mais alto do que tudo no estuário: profundo, agudo e ressonante, como uma antiga lembrança, um medo esquecido, um *arranque* — forte, agudo e real.

— Toma — diz ele, e me entrega novamente o celular.

Eu o pego e o encaro pelo tempo necessário para ele encontrar o meu olhar.

— Não vá à polícia ainda, Vik. Ainda não. Se for necessário, iremos juntos. Mas eu preciso que você me deixe fazer isso primeiro. Você me deve isso.

Quando ele assente, em um movimento lento e hesitante, respiro longa e profundamente. Muito bem, El. *Só mais uma.* Então acabou para nós.

john.smith120594@gmail.com   Rascunhos
Re: ELE SABE
Para: Cat Morgan

PISTA 11. O ÚNICO LUGAR FORA DA TERRA ESPELHADA ONDE VOCÊ JÁ FOI VERMELHA EM VEZ DE BRANCA.

Enviado do meu iPhone

25

Estou parada na parte cimentada do jardim dos fundos. Ensopada até os ossos. Mas minha cabeça não lateja mais. Há muito não me sinto tão lúcida e desperta. Ando em círculos algumas vezes antes de perceber o que estou fazendo: chutando pedrinhas prateadas e cinza, puxando para cima antigos macacões impermeáveis de pesca. Marchando pelo pátio de exercícios atrás do Andy Dufresne da El. A única vez em que fui Vermelha em vez de Branca.

Vou até a primeira coluna de concreto feia e olho dentro da urna que fica em cima dela. Vazia. Quando tento empurrá-la, ela não se move. A segunda também está vazia, mas se move quando a empurro — o bastante para eu precisar segurá-la antes que caia no chão. Embaixo da urna, há um envelope dentro de um saco plástico hermeticamente fechado. Eu o pego, devolvo a urna para o lugar e subo as escadas até a área de serviço. Na cozinha, me sirvo de uma dose de vodca que provavelmente não deveria tomar e me sento diante da mesa. Seria melhor eu ler isso no Café dos Palhaços, para o caso de o Ross voltar, mas não consigo esperar nem o tempo que levaria para subir as escadas. Por causa das palavras escritas no envelope com os garranchos pesados da El.

BRANCA DE NEVE

Tiro o envelope de dentro do saco e abro. É só um pedaço de papel: estreito e fino.

Querida Cat,

Vou dizer isso e então acabou. Talvez eu deva começar com "sinto muito", ou com "como você está?",, ou ainda com "como tem sido a sua vida nos últimos doze anos?". Mas com certeza você ainda me conhece bem o bastante para saber que a primeira coisa que passa pela minha cabeça também é a última. Então, só tenho que dizer isso, e daí acabou.

Ele vai me matar. Se você está lendo esta carta, ele já fez isso. E eu já morri.

Se você está pensando "já vai tarde", acho que não posso te culpar. Se você está pensando "bem-feito", acho que também mereço. Eu já te odiei. E não te culpo por retribuir esse ódio. E, se você está me chamando de mentirosa, só o que eu tenho é esta carta para te convencer de que estou dizendo a verdade.

Tudo começou como amor — ou com o que eu pensei que fosse amor. Você sabe como ele era, você não pode ter se esquecido. A intensidade dos sentimentos e o modo como ele agia — a intensidade dele —, como era bom quando ele dirigia os holofotes para você. Mas triste, então, toda aquela paixão e angústia se tornaram asfixia, ciúme e controle. Todos os homens são piratas, lembra? Príncipes encantados bondosos não existem. Ele me fez sentir tão pequena. Eu agradecia a ele por cuidar de mim. Agradecia pelo desprezo dele e depois pela raiva. Na primeira vez que me bateu, ele chorou por uma semana. Na segunda vez, menos de um dia. Na terceira, fui eu que pedi desculpas para ele. Eu costumava me perguntar o que ele tinha visto em mim, mas agora acho que eu sei. Ele sabia o que o Barba Azul tinha feito comigo. Sabia que eu era mais fraca do que você. Sabia que eu seria uma presa fácil desde o início.

Alguns anos depois de nos casarmos, ele soube do leilão da casa. Da nossa casa. Implorei que ele não fizesse isso, mas ele comprou mesmo assim. Qualquer coisa para me trancar dentro dessa prisão novamente. Ele me fez descrever cada detalhe de cada quarto. Depois de tudo comprado, de tudo colocado de volta no lugar, tornou a minha prisão menor e mais segura.

Você era a que mais amava o vovô. Você era a que mais adorava as histórias da mamãe. A sua imaginação sempre foi melhor do que a minha — quando você não queria que alguma coisa fosse verdade, simplesmente fingia que não tinha acontecido. Acho que foi por isso que se esqueceu do fim da nossa primeira vida e nunca tentou se lembrar. Eu sempre achei que fosse melhor assim.

Eu poderia simplesmente te contar, agora mesmo, o que aconteceu na noite em que o vovô e a mamãe morreram. Poderia contar e jurar para você que é a verdade, e talvez você acredite, talvez você até se lembre. Mas não acho que seria isso que aconteceria. Não é preciso ser psicóloga para saber que todas as fantasias inconscientes que você criou — incorporou — são muito mais fortes do que aquilo que reprimiram. E a única maneira que consigo pensar para destruir todas elas é te devolver o que era real, peça por peça, pista por pista. Até que você se veja forçada a se lembrar de toda a verdade por si mesma. Porque é a única maneira de você acreditar.

Sei que você vai ficar furiosa com a caça ao tesouro. Eu escondi as páginas do diário e escrevi as pistas. E um amigo — um <u>bom</u> amigo, que eu sei que vai respeitar os meus desejos depois que eu partir — está enviando essas pistas por e-mail para você. Sinto muito pelo subterfúgio. Lamento ter feito ele fingir que era a Rata. Ela apareceu em casa no ano passado, do nada. E, em vez de me tornar amiga dela, em vez de ficar feliz por ela estar de volta, eu só pensava em como o Ross ficaria furioso com aquilo, como descontaria em mim. Porque eu sou uma covarde. E talvez também tenha sido covardia fingir que era a Rata nos e-mails, mas achei que pudesse ajudar. Achei que você não iria me ouvir, mas que talvez a ouvisse. Lamento se os e-mails ou o meu diário te assustaram. Mas acho que quero que você fique assustada. Quero que você se lembre do que aconteceu na noite em que a mamãe e o vovô morreram. Quero que você se lembre do que o <u>Ross</u> fez.

Eu deixei uma coisa para você no Silver Cross. Isso e esta carta são tudo o que tenho para te dar. Você tem que acreditar nelas. Você tem que acreditar em mim. Não sei o que ele vai fazer, mas sei que não vai parecer assassinato. Porque ele nasceu para ser pirata.

Penso em você o tempo todo. Por favor, não pense que não. Quando você foi embora, chorei todos os dias, todas as noites, durante semanas. E ele me abraçou e me disse que estava tudo bem. Que estava tudo bem porque pelo menos tínhamos um ao outro. É conveniente para ele que você e eu estejamos separadas. Sempre foi assim. Eu quis entrar em contato com você inúmeras vezes. Mas não entrei. Porque eu sabia que você estava melhor sem nós. Porque eu sabia que, se entrasse em contato com você, ele tiraria todas as liberdades que me permitia ter. Tenho a minha pintura, faço algum trabalho voluntário, tenho algumas amigas. E tenho o meu barco. Ele concordou em comprá-lo antes de se dar conta de que o barco seria a melhor maneira de eu escapar dele. Por isso chamei a embarcação de The Redemption ("A Redenção"). Se você descobriu isso, então deve se lembrar. De como eu amava essa história. Que qualquer fuga é melhor do que nada.

Não posso pedir que você confie em mim, porque sei que você não confia. Não posso pedir que você acredite em mim, porque sei que não vai acreditar. Lamento todos os dias o que fiz com a gente. Eu nunca deveria ter entregado o controle a ele. Não na nossa primeira vida e certamente nunca na segunda. Lembre-se de que ELE SABE. Lembre-se do PLANO. O Silver Cross. O X MARCA O LUGAR. Lembre-se disso e você vai se lembrar do resto. Vai saber a verdade. Vai conhecer o Ross. Vai acreditar em mim. Vai ficar a salvo.

Eu sinto muito.
Com todo o meu amor,
Bjs,
Rosa Vermelha

Leio a carta novamente. E mais uma vez. Corro os dedos sobre os traços da caneta da El. É a caligrafia dela, a voz dela, sei disso, conheço a El, mas ao mesmo tempo parece falso. Cuidadoso demais, roteirizado demais. *Se você está lendo esta carta, eu já morri* — a El de antes teria revirado os olhos com desprezo para uma frase dessa. Porque com certeza o que ela está dizendo é uma loucura. Tento imaginar o Ross batendo nela, mas não consigo. É como tentar imaginá-lo me batendo. *Não pode* ser verdade.

Mas foi o Ross que me disse que a El quis voltar para cá, que foi ela que quis que a casa fosse exatamente a mesma de sempre. E agora me dou conta de como *isso* soa ridículo. Como soa falso. Por que ela iria querer voltar aqui para esta prisão onde passamos doze anos? Para este lugar de morte, pavor e escuridão?

Mas. Se eu acreditar que a El realmente tinha medo do Ross e que está só tentando me proteger, por que ela *não* me contaria o que achou que eu tinha esquecido — seja o que for que o Ross supostamente fez? Porque agora eu me lembro de tudo o que reprimi. Essas lembranças *não* são falsas. Não podem ser. Eu me lembro de tudo o que aconteceu na nossa primeira vida, incluindo a noite em que a mamãe acabou quebrando o crânio do vovô com a lanterna da popa do *Satisfaction*. O que mais há para lembrar?

Sinto a cabeça latejar. O Silver Cross... Cruz de prata. Eu sei que deveria saber do que se trata — sei que eu *sei* o que é —, mas não consigo pensar. Não consigo lembrar.

Termino a vodca e me levanto. Porque ao menos sobre uma coisa a El estava certa. Uma coisa que me faz sentir frio, medo e incerteza. Ela achava que ia morrer. E agora ela está morta.

*

Estou parada na entrada do corredor estreito que leva ao Quarto 3, procurando um interruptor que não consigo encontrar. Eu me forço a andar na escuridão, os braços estendidos. Estremeço quando meus dedos batem nos painéis da porta, no final do corredor. Hesito diante da lembrança das palavras de ordem: *Não entre! Nunca podemos entrar!* Esse é o único cômodo em que nunca estive, nem mesmo quando era criança. A mamãe se certificou disso, se certificou de que a El e eu ficássemos com tanto medo que passávamos pelo corredor sem nem olhar. Eu me lembro dos gritos dela. Do eco da batida dessa porta. O vovô também tinha medo — às vezes eu o via parado na porta da Casa das Máquinas, olhando fixamente para o corredor, e todo ele tremia, a boca aberta, os olhos vidrados. Será que a El escondeu alguma coisa no quarto do Barba Azul? Será que ela *entrou* ali? Não sei. Mas sei que tenho que olhar.

Quando toco a maçaneta, percebo que sussurro de um jeito rápido e urgente: "Ele só sai à noite, ele só sai à noite". Eu me obrigo a parar. Todas as esposas do Barba Azul acabaram penduradas em ganchos enferrujados de sangue, menos a última. E o que a salvou foi ignorar o próprio medo pelo tempo necessário para olhar, destrancar a única porta que ele disse a ela para nunca abrir. Então giro a maçaneta. Empurro a porta escura e empoeirada. E entro.

O quarto do Barba Azul não tem janelas. No fundo eu já sabia, porque a parede externa do quarto é a da passagem da Terra Espelhada, mas ainda assim sou pega desprevenida. Pela escuridão. Encontro o interruptor. Acendo a luz antes de entrar.

O ar está frio e pesado, cheira a tinta velha. Em um canto está uma poltrona de couro surrada, uma luminária comum. Todo o resto está escondido embaixo de lençóis. Olho para cada parede, para cada sombra, como se ainda esperasse ver os cadáveres das esposas do Barba Azul. Ou escutar os gritos da minha mãe ecoando e abrindo caminho pelo piso até a despensa, o armário e o oceano mais além.

Foco.

Eu me adianto mais um passo para dentro do quarto, começo a puxar os lençóis, tossindo com a poeira que eles levantam. Embaixo do segundo lençol, encontro uma caixa grande de madeira. Estanco. Meu coração dispara. Não é uma caixa. É o nosso baú do tesouro do *Satisfaction*. Fechado por faixas de couro preto e um cadeado dourado enferrujado.

Eu me ajoelho. O cadeado está aberto. Levanto a tampa e me encolho com o barulho alto das dobradiças.

Está cheio de lençóis velhos. Começo a tirá-los e empilhá-los no chão. Quando meus dedos batem em algo duro, imediatamente recuo.

Vamos lá.

Retiro o último lençol. Há dois objetos ali. Um grande e um pequeno. O grande: uma furadeira de cabo azul com um cilindro oco anexado. O pequeno: um cabo redondo de aço em uma extremidade, um tampão de borracha preta na outra.

Oscilo sobre os calcanhares. Pressiono os dedos úmidos contra o rosto. A El não colocou essas coisas aqui. Ela não colocou isso aqui, nesse quarto horrível, para eu encontrar. Porque eu sei instintivamente o que são.

Eu me lembro do rosto do Logan, do tom cuidadoso em sua voz. *Encontramos evidências de que foi a pique. Propositalmente.*

Volto a olhar para a serra cilíndrica. Para o tampão de drenagem do gio.

São os Troféus do Tesouro.

*

As escadas estão às escuras. A única luz, de um vermelho leitoso, vem do lampião vitoriano no corredor. Desço a escada tateando, o corrimão frio sob a palma da mão. A casa continua dormindo, alta e velha; suas veias barulhentas e rangentes como um mapa oculto de estradas pretas e fios de cobre, como segredos trancados atrás de portas e dentro de armários, oceanos, mundos noturnos de fogo, fúria e diversão.

Passo pela cozinha e olho para o reflexo do meu rosto no espelho acima da mesa do telefone. Abro a porta da sala de estar. Finalmente, solto o ar.

A sala está quente, dourada. As grandes cortinas do chão ao teto foram fechadas contra a chuva e a noite, e o fogo se alimenta ruidosamente de uma pilha de lenha, que dança de encontro aos ladrilhos verdes. Há velinhas acesas nas mesas laterais e ao longo de toda a extensão do Poirot, refletindo ouro e prata em espelhos e madeira polida, de forma que parece véspera de Natal. Só falta o abeto Fraser de dois metros e meio, cintilando em branco e soltando suas agulhas, fazendo com que toda a sala cheire como uma floresta no inverno.

Fantasias inconscientes, penso nas palavras até elas se tornarem um borrão dentro da minha cabeça. Até eu só conseguir ver o Barba Azul nos perseguindo com suas luzes da morte. O sangue sendo cuspido do crânio arruinado, escorrendo, preto, para o convés de canhões do *Satisfaction*. O Ross se levanta do sofá e sorri com cautela.

— Você está bem?

— Estou.

Os olhos dele abrangem rapidamente a sala.

— Diga se isso é demais.

— Não, está tudo bem.

No entanto, não consigo entrar de vez na sala. Não consigo *fazer* nada.

— Tem certeza que está bem?

A linha profunda entre as sobrancelhas do Ross volta a aparecer. Sinto vontade de pressionar a ponta do polegar contra ela e alisá-la.

— Sim.

Caminho em direção ao sofá, em direção a ele.

— Sente-se, por favor — diz Ross.

Ele estende a mão brevemente para apertar a minha, que está muito fria, antes de passar por mim e ir até o bar.

Eu me sento. Fico observando-o. A silhueta de cintura estreita e ombros largos na luz bruxuleante, os cachos grossos do cabelo encostando no pescoço. Meus dedos tocam o bolso do jeans, onde está a carta da El, guardada no saco hermeticamente fechado. Sua presença me conforta e me apavora.

Vejo os copos com xerez pousados na cerâmica turquesa do Poirot. Ouro dentro de cristal esculpido. Dois em vez de quatro. A El realmente contou tudo a ele.

— Um aperitivo — diz Ross, e apoia os copos sobre uma mesa de centro iluminada pela luz das velas, me fazendo lembrar daquele cantinho especial no restaurante italiano, "ideal para uma ocasião romântica".

Quando o Ross se senta ao meu lado, sinto o calor do seu corpo na minha coxa e o aroma familiar que mistura pinho e almíscar. Ouço as batidas do meu coração, pesadas e altas demais.

— Saúde — diz ele, o tom solene o bastante para eu finalmente deixar de lado meu sorriso congelado.

O toque baixo e longo dos nossos copos se tocando demora mais do que o tempo que levo para tomar o xerez. Sinto sua queimação maravilhosa descer até o estômago. Sei que eu deveria perguntar ao Ross sobre o dia dele. Sobre o que aconteceu em sua volta ao trabalho. Como ele está se sentindo, como está lidando com a situação. Não estou me saindo bem em dar a impressão de que está tudo normal. O Ross pensa o mesmo. Ele envolve meus dedos frios ao redor dos dele.

— Vai ficar tudo bem, Cat — sussurra. — Pelo menos temos um ao outro.

E fecho os olhos contra a pressão quente dos lábios dele contra minha têmpora.

26

Eu me sento diante da mesa da cozinha, enquanto o Ross fica parado na frente do fogão Kitchener da mamãe. A chuva bate contra a janela; o vento uiva, preso dentro dos altos muros de pedra do jardim. A cozinha está quente e úmida, mas por algum motivo continua frio aqui dentro. Estou tremendo.

Pego o shiraz que o Ross serviu para mim. Pouso de novo na mesa sem beber. O cheiro de carne picada faz meu estômago revirar. Minha cabeça dói, parece espessa, lamacenta, e estou irrequieta demais, nervosa demais. A cada poucos minutos, meu coração parece falhar uma batida e então compensa batendo demasiadamente rápido. Talvez seja o luto, o choque: tremores de acomodação excessivos em um espaço de tempo muito curto. A morte da El. A confissão da Marie. A "Rata" do Vik. A carta da El. Tudo o que já aconteceu nesta casa. Preciso perguntar ao Ross sobre o que encontrei no Quarto do Barba Azul. Preciso perguntar a ele sobre a Marie e sobre aquela mensagem de texto. Sobre o que o Vik disse. E realmente preciso perguntar a ele sobre tudo aquilo de que a El o acusou. Mas não consigo.

O Ross coloca a tampa sobre a panela de chili, volta para a mesa e se senta tão perto de mim que consigo ver aquelas manchas prateadas dentro de suas íris.

— Eu preciso falar uma coisa com você. Jesus, você está congelando.

Olho para minhas mãos envolvidas nas dele. Nem senti que elas estavam ali.

— Estou bem — digo, mas ele começa a esfregar meus dedos, sopra uma baforada quente contra a palma das minhas mãos.

— Sei que provavelmente não é o momento certo para te contar isso, mas... Eu vou vender esta casa.

— O quê?

— Assim que eu puder, quero dizer. — A voz dele é gentil, como se eu fosse um cavalo arisco. — Vai demorar um pouco. A El não deixou um testamento, e depois tem toda aquela coisa do atestado de óbito. — Quando tento recolher as mãos, ele apenas as segura com mais força. Eu me pergunto como o Ross tem certeza de que a El não fez um testamento. — Eu sei como isso tudo pode parecer, Cat. Sei como é difícil. Sei... — Ele vacila, morde o lábio.

— Está tudo bem.

É um absurdo como eu ainda quero — como eu ainda preciso — confortá-lo. Suavizar aquela ruga entre seus olhos, esfregar os polegares contra sua pele, para tentar apagar as sombras escuras e cansadas.

— Fica comigo.

— O quê?

Ele me encara tão de perto, tão fixamente, que não consigo nem piscar.

— Fica comigo. *Fica* comigo. Eu sei que também não é a hora certa para dizer isso, mas eu te amo, Cat. Não da mesma forma como amei a El. É diferente, é de um jeito diferente. — Ele fecha os olhos como se sentisse dor. — De um jeito melhor.

Não sei o que dizer. Não sei o que sentir.

— Eu sei que nós vamos ser julgados. Mas, Cat, se você aguentar, eu também aguento. Podemos ficar aqui até a casa ser vendida. Ou podemos sair, ir para algum lugar, qualquer lugar. Você decide. Tudo depende de você. Eu te amo. Eu preciso de você. — Ele solta minhas mãos para acariciar o meu rosto. Seus dedos estão tremendo, os olhos brilhando. — E a El amava a nós dois. Ela iria gostar que fôssemos felizes.

Não sei se o tampão de drenagem é *o* tampão de drenagem. E a serra cilíndrica pode ser só uma serra cilíndrica. Eu preciso procurar o Logan e a Rafiq. Mostrar tudo a eles. Deixar que rastreiem, que periciem. Porque esse é o *Ross*. Nem a minha vergonha nem o meu luto conseguem apagar a lembrança de como a El era inteligente, a lembrança da crueldade às vezes casual dela. A El estava certa: eu não confio nela. Não confio nela há muito tempo. Ela ainda está puxando nossos cordões. A carta pode ser só mais uma mentira. Assim como os e-mails da "Rata".

Porque alguém *mentiu* para mim. Eles não podem estar os dois dizendo a verdade. Grande parte da minha vida, das convicções que eu tenho a respeito da minha vida, é falsa. Um universo paralelo onde uma pessoa que eu amo é um monstro. Onde um reflexo no espelho mente. Eu me lembro da El dizendo: *Ela acha que, se finge que alguma coisa não aconteceu, então não aconteceu.* Eu não quero mais que isso seja verdade. Estou confusa. Acima de tudo, estou com medo. Porque, quando eu tinha doze anos, fugi da minha mãe, do meu avô e desta casa. E, quando eu tinha dezenove, fugi da El e do Ross, e do meu coração partido. Mas dessa vez eu não vou fugir. Não vou a lugar nenhum até descobrir a verdade.

Fecho os olhos e na mesma hora a sala fica mais fria e mais iluminada. Sinto o cheiro de ovos cozidos e de torradas queimadas. Ouço o pânico frenético de asas batendo. *Não fique bagunçando pela cozinha, Catriona.* Minha mãe está curvada, o braço preso no torso dentro de uma tipoia feita com um pano de prato, um trecho careca do tamanho de um punho no centro do couro cabeludo, aquela nudez de um rosa em carne viva. O horror na risada alta e familiar do meu avô. *Você está no caminho, mocinha. Sente-se de uma vez.* O pavor prateado e trêmulo. Alguma coisa se aproximando, quase aqui.

Abro os olhos. O Ross está olhando para mim com um misto de preocupação e impaciência.

— Para onde você foi?

Balanço a cabeça e pego o vinho. Dou um gole e estremeço.

— Eu estava pensando no passado. Nesta casa. No meu avô.

Ross endireita o corpo na cadeira.

— Pensando no que ele fazia. Na bebida, na violência.

— Não adianta ficar pensando no passado. Não importa mais. — Seus dedos traçam o contorno do meu rosto e seu sorriso é hesitante. — É por isso que precisamos vender esta casa e ir embora. É por isso que nós...

— Mas eu tranquei tudo isso em um canto da minha memória, Ross! Uma grande parte disso. O que aconteceu aqui. O que aconteceu com a gente. Você não acha que *isso* é importante?

— A porra do seu avô aconteceu há décadas, Cat! *Isso* aqui é importante. — Ele segura minhas mãos de novo. — *Nós* somos importantes. Não vejo por que...

Eu me desvencilho dele e me levanto. Minha cadeira faz barulho contra o chão de ladrilhos, as pernas traseiras oscilando, deslizando, até que o Ross se lança na minha direção para segurá-la. Eu me encolho, obviamente demais — a mágoa e a incredulidade que passam pelo seu rosto me fazem desviar o olhar.

— Porque... e se eu estiver errada? E se houver alguma outra coisa, alguma coisa pior, de que eu não consigo me lembrar? E se eu tiver fingido que não aconteceu?

Estou tremendo, ainda de pé, mas parte da névoa na minha cabeça se dissipou. O Ross parece confuso, com raiva. Mas, é claro, ele não consegue entender, porque estou falando sobre fantasia versus verdade. As respostas para as perguntas terríveis que ainda não consigo perguntar a ele.

Mas tem que ser esta noite.

Os olhos injetados de sangue da El. Seu sorriso terrível atrás do Muro de Berlim. Tem *que ser esta noite.*

O Ross me sacode, os dedos seguram meus braços com força.

— Cat! Você consegue me ouvir? Você está bem?

— Para! Eu estou bem. Estou bem.

Ele não me solta.

— Santo Deus, tem certeza? Achei que você estivesse tendo uma crise ou alguma coisa assim.

Talvez eu *deva* parar. Guardar de novo tudo o que mantive fechado por tanto tempo dentro daquela caixa. Mas o problema é que há coisas demais. Agora vejo que escolher não enfrentar nada que nos assuste — incluindo o pior do nosso passado — não é normal, e me parece ainda mais estranho não ter pensado assim até agora.

Minha mãe tirando a mochila preta de debaixo da minha cama, jogando latas de comida fora da validade no chão. *Pelo amor de Deus, Catriona, por que você é tão inútil? Isso é importante!* Batendo com os nós dos dedos na parte plana da nossa mesa, alimentando aquele zunido sempre presente de pavor e desgraça. Olhe, escute. *Aprenda.* As paredes da despensa forradas de narcisos laranja e amarelos, e o som alto e constante da voz dela lendo para nós. *Um conto de duas cidades, Papillon, O homem da máscara de ferro, O espião que veio do frio, O conde de Monte Cristo, Rita Hayworth e a redenção de Shawshank.*

Não sejam como eu. Nunca tenham medo de voar.

— Ai, meu Deus. — Deixo o corpo cair na cadeira e pressiono a mão na boca. Quando pego o vinho, meus dedos tremem tanto que não consigo beber. Meu estômago se contrai.

— Cat, que diabos está acontecendo? Será que eu ligo para alguém?

Não é sobre kits de sobrevivência. Ou sobre as aulas. Não é sobre contos de fadas ou histórias de faz de conta. Nem sobre paranoia, crueldade ou delírio. Nem sequer sobre tentar sobreviver morando na mesma casa que um monstro.

O Ross me encara.

— O que foi?

Tudo isso é a mesma coisa. O mesmo *PLANO*. *Tem que ser esta noite.* Aquela última noite da nossa primeira vida. Aquela última faixa de luz dourada se projetando no carpete do corredor, aquele último baque da tranca sendo fechada na sexta-feira. Silêncio, escuridão e depois descer correndo as escadas, as mochilas chacoalhando, puxando nossos ombros para trás. A mamãe abotoando nossos casacos sobre os moletons, o rosto contraído, em carne viva, em carne viva e muito vivo, o lado esquerdo do rosto escuro e inchado, o olho um pouco mais do que uma fenda cercada de roxo e preto. E nos abraçando com muita força com seu único braço útil. *Vocês estão prontas?*

— Deus. — Minha voz sai sem expressão. Alguma coisa a meio caminho entre a esperança e o horror tenta subir pela minha garganta. Nós nunca fugimos desta casa. Nunca fugimos do que aconteceu nesta casa. A ideia sempre foi irmos embora. *Esse* tinha sido *O PLANO*. — Era sobre escapar. *Sempre* foi sobre escapar.

— Cat...

Olho para o Ross. Os pelos dos braços dele estão arrepiados, e ele está sentado muito reto, como se todo o seu corpo estivesse em estado de alerta.

— Foi isso, não foi? Na noite em que eles morreram? No dia 4 de setembro? Nós estávamos escapando. A El e eu. E você e a mamãe sabiam. Você e a mamãe estavam nos ajudando. Esse era *O PLANO*. Não é isso? Para fugirmos dele. Para fugirmos daqui. Para nunca mais voltarmos.

O Ross cede. Ele vira a palma das mãos para cima para envolver meus pulsos.

— É claro que foi.

Escuto um som. Acima do barulho da chuva e do vento. É um som lúgubre, longo e baixo, como o pio de uma coruja.

Ficamos paradas nesta cozinha, a apenas alguns metros desta mesa, a luz da lua se derramando pelo chão. Indecisas, impacientes, os nervos em frangalhos, deslumbradas com a empolgação, apavoradas com a urgência furiosa da mamãe. Mesmo assim, não sabíamos o que estava acontecendo. Nada do que estava acontecendo. Não tínhamos nenhuma ideia do que significava "escapar".

O pio de uma coruja. Uma fração de segundo em que olhei para a El e ela olhou para mim. O cenho franzido da mamãe. Aquela lenta expressão de suspeita reservada só para nós.

— Alguém está nos ajudando — disse a El.

Alguém em quem podemos confiar, lembro que senti vontade de dizer, mas não disse. Porque a mamãe acreditava que os belos príncipes encantados eram dissimulados. Nunca, jamais, confiáveis. Porque o Ross sempre foi nosso segredo desde o início.

— O pio da coruja significa *perigo*, mãe! Significa *corra*!

E foi o que fizemos.

— Você era o vigia — digo.

O Ross fica pálido. Ele desvia o olhar para a noite escura e úmida — tão diferente da estranha calmaria cintilante na noite enluarada em 4 de setembro de 1998 —, então se levanta. Seus ombros estão rígidos. Posso ver as veias em seu pescoço, o músculo pulsando no maxilar. Ele nem olha para mim.

— Eu disse que te amo, que quero morar com você, ficar com você. Achei que você iria querer falar sobre a El. Mas você só quer falar *desta* casa e da porra do seu avô maluco. — Ele pisa firme em direção à porta. — Vou subir. Quando eu voltar, vamos ter a porra de uma conversa normal, certo?

Então ele se vai. Ouço seus passos pesados subindo a escada.

Eu me sobressalto com o estrondo de um trovão. A moldura da janela balança, tenta se levantar e volta a cair. Minha coxa começa a vibrar, e, quando percebo que é o meu celular, meus dedos trêmulos têm dificuldade para alcançá-lo. Quando finalmente consigo, quem chamava já desligou. Não reconheço o número, mas vejo que deixaram uma mensagem. *Me ligue quando receber esta mensagem. Rafiq.* E, quando escuto o recado na caixa postal, ela diz exatamente a mesma coisa, mas a ordem tensa e concisa me assusta. Ela parece uma inspetora Kate Rafiq diferente da que eu conheci. Parece preocupada. Talvez até com medo.

Eu deveria retornar a ligação. Mas me sinto tão perto de descobrir alguma coisa... E eu já olhei para baixo. *Quero cair. Tem* que ser *esta noite.* Há um e-mail não lido na minha caixa de entrada. O remetente é ProfessoraCatherineWard@ southwarkuni.com. A luz da cozinha pisca enquanto o e-mail abre na tela, e fico olhando para o sinal de carregar, tentando ignorar meu coração disparado, meus pensamentos lentos e confusos.

Cara inspetora Kate Rafiq,

Muito obrigada pelo seu e-mail. Acabei de voltar de um cruzeiro de três semanas no Ártico, mas, quando soube da sua investigação, já havia resolvido entrar em contato antes mesmo de receber seu e-mail. Meus colegas (sem que tenham qualquer culpa por isso, apresso-me a acrescentar) estavam errados quando disseram que o dr. Ross MacAuley não saiu da conferência até o seu término, às 16 horas. Em 3 de abril. Na verdade, ele saiu na noite do dia 2 de abril. Especificamente às 17h45.

Tenho certeza da hora porque o meu voo para Bergen foi antecipado por causa da previsão de mau tempo — tive apenas algumas horas de antecedência para deixar a universidade, fazer as malas e chegar a Gatwick. Vi o dr. MacAuley colocando a mala dele no carro e saindo do estacionamento. Eu conheço o dr. MacAuley de vista — no ano passado, ele apresentou um artigo no Simpósio da Sociedade Biofísica, realizado em Glasgow.

Peço mil perdões por esse depoimento ter chegado tão tarde para a sua investigação. Vi no noticiário que a mulher desaparecida havia sido encontrada tragicamente, mas que a sua morte não era considerada suspeita. Tenho esperança, então, de que a minha omissão só agora esclarecida não tenha tanta importância, embora, é claro, eu me coloque à disposição, caso precise de mim. Seguem abaixo meus contatos pessoais e do escritório.

Atenciosamente,
Catherine Ward

Ela está certa, é claro. Não importa. Não significa nada. Outro estrondo de trovão sacode a moldura da janela. Engulo em seco. Isso significa que ele mentiu. Para mim. Para a polícia. Antes de mais nada, foi exatamente por isso que eu enviei um e-mail para a professora Catherine. E a resposta dela foi exatamente o que eu temia que dissesse. Exatamente o que eu *esperava* que ela dissesse.

Um relâmpago torna a cozinha branca e cintilante como um sinalizador, e eu pisco algumas vezes. Imagino ter visto alguma coisa no jardim, alguma coisa errada, fora do lugar, antes que a janela volte a ficar escura. A casa geme, inquieta e desperta. Ouço o Ross se mover no andar de cima — as velhas tábuas do piso estalam como se emitissem um alerta.

Eu me levanto. Cambaleio contra a mesa, subitamente tão tonta que vejo pontos escuros dançando na visão. Minha cabeça cai para a frente, pesada demais, e a tontura que a acompanha é tão forte que estendo a mão para me segurar na cadeira. Quando ela cai, o barulho soa abafado, como se eu estivesse debaixo d'água. Só quando bato com o quadril com força contra a mesa é que meus ouvidos recalibram com estalos simultâneos, e os sons da tempestade e da casa voltam. Apoio a palma das mãos na mesa, estabilizo a respiração e me recosto no tampo de madeira para ganhar um pouco de solidez.

Olho para o vinho. É vermelho como sangue velho sob a luz fraca e bruxuleante. Então me ocorre que venho me sentindo assim, estranha, letárgica e pesada, por muitos e muitos dias. Lembro de todos aqueles sonos de doze horas. Todas as bebidas que o Ross me preparou diante do Poirot. A garrafa de vodca em cima da mesa da cozinha. O chá que ele sempre faz fresco porque a água já está quente. O exame toxicológico da El depois que ela morreu. Todos aqueles comprimidos. *É provável que os remédios tenham contribuído para a morte dela, de uma forma ou de outra.* DROGAS PSICOATIVAS: A EFICÁCIA DAS TERAPIAS VS. MARGENS DE SEGURANÇA.

Vou cambaleando até a pia, despejo o vinho e bebo água direto da torneira, um gole morno após o outro, até sentir o estômago cheio e os pensamentos mais claros. Outro relâmpago, o estrondo de um trovão, dessa vez poucos segundos depois. Olho novamente para a janela — janelas georgianas estreitas de madeira nobre, com painéis de vidro pequenos demais até para uma criança passar. Os pregos compridos e tortos cravados no peitoril. O Ross dizendo: "Para ser sincero, eu não me importava muito com isso. Achei que as janelas trancadas ajudariam a manter a El segura quando eu não estivesse aqui". E a El na carta: "Tudo colocado de volta no lugar, tornou a minha prisão menor e mais segura". Talvez esses não sejam os mesmos pregos que meu avô martelou na velha madeira marcada, afinal.

Olho para os ladrilhos na frente do fogão da mamãe e, pela primeira vez, vejo o sangue correndo rápido e escuro entre eles, se acumulando nas rachaduras da argamassa.

As tábuas do assoalho rangendo alto. *Perigo. Corra.*

Faço isso. Mais tarde penso no resto. Inclusive se correr é um erro ou não. Disparo pelo corredor, ignorando o barulho de advertência dos pratos com estampas de pássaros. No saguão de entrada, lanço um rápido olhar para trás, para a escada. Outro relâmpago ilumina o corredor vazio, a janela de vitral. Corro para a porta da frente.

Está trancada.

Perco momentos preciosos puxando para trás a tranca noturna uma vez, e outra, mas sei que é inútil. Sei que só há uma chave para a tranca.

Corro de volta pelo corredor e lanço outro olhar para as curvas da escada na escuridão, antes de correr de volta para a cozinha e fechar a porta silenciosamente.

Corra.

Atravesso em disparada o piso de cerâmica e entro na área de serviço. Não consigo encontrar o interruptor para acender a luz, mas outro relâmpago expõe meu pior medo que ainda resta. A chave enorme sumiu. Quando giro a maçaneta, vejo que a porta do jardim dos fundos também está trancada.

Não há mais para onde ir. Preciso me acalmar. O Ross vai voltar em breve. Preciso *pensar*. Preciso agir.

Volto para a cozinha. Endireito a cadeira caída. Pego o celular e retorno a ligação da Rafiq.

— Estou em casa — digo, quando a ligação cai no correio de voz.

E não tenho tempo para dizer mais nada antes que um trovão estoure sobre a casa em um rugido explosivo, meu sinal seja cortado e o jardim reapareça como um lençol branco de luz congelada.

O pomar, as colunas feias e o piso cimentado, a lavanderia e seu telhado de ardósia, sua porta com correntes. E ali, na extensão nua da parede ao lado, destacando-se em alto-relevo contra ela, como uma foto superexposta à luz: em letras grandes, compridas, em vermelho-sangue. Compridas o suficiente para serem um grito. Um grito.

A El *realmente* gritou enquanto olhava para fora da janela, apontando o dedo. Eu vi seu reflexo contra o vidro escuro, sua boca na forma de um *o* horrorizado. O luar criava sombras prateadas nas macieiras, no pátio de exercícios, nos muros altos da prisão. E as palavras pintadas, em um alerta vermelho e feio.

ELE SABE

O horror das palavras me paralisa.

Até eu ouvir a tranca. Sendo aberta com um baque, pesado e alto. Como as celas na prisão Shank.

As luzes se apagam em outro estrondo de trovão. Grito e deixo cair o celular, com um ruído alto. Estou de quatro no chão, tateando freneticamente ao redor, quando as luzes piscam e voltam com um zumbido baixo.

— Cat?

Congelo. Meu celular está embaixo da mesa. Eu me atiro para a frente para pegá-lo e fico de pé.

— Você está bem?

Rangido, rangido, pausa. Ele está no topo da escada.

— Sim. — Minha voz falha na única palavra.

Outro rangido, uma pausa mais longa.

— Vou pegar a lanterna só para garantir, para o caso de termos um corte de energia, e já volto. — Rangido. — Não sai daí.

Ele parece bem animado, o sorriso em sua voz tem até dentes. O que é especialmente estranho, já que acabamos de ter uma discussão, na qual eu disse um monte de coisas e ele se calou diante da maioria delas, depois de eu simplesmente gritar.

O toque da sineta me faz estacar no meu pânico. Baixo, pesado e grave. Olho para o quadro com as sinetas, para a que balança violentamente, com um som fino, metálico, em fá sustenido ou sol bemol. A palavra *Banheiro* está quase escondida por trás do pêndulo frenético em forma de estrela. Olho para o teto. Por que diabos o Ross estaria puxando a campainha do banheiro? Olho então para o meu reflexo na janela da cozinha, para as sombras escuras do meu rosto distorcido pela chuva. *Não é ele.*

Dessa vez, quando as luzes se apagam e piscam antes de voltar a escurecer a cozinha, eu não grito. Nem quando o trovão sacode a casa do chão ao teto e o jardim fica branco novamente. Torço para que as palavras tenham sumido. Quero que elas não estejam lá, porque isso vai significar que estou maluca, uma pessoa tão determinada a fugir para sempre que inventa mais fantasias do que é capaz de administrar ou refutar. Mas elas ainda estão ali, um segundo antes de o jardim voltar à escuridão e de a luz voltar à cozinha. As palavras, os fatos. A frase na parede.

ELE SABE

Minha mãe gritou quando ouviu o barulho da tranca. Pegou a El com o braço bom e a mim com o braço ruim, nos afastou da janela e nos levou de volta para o corredor. Nós não queríamos ir. A mamãe nos empurrou em direção à despensa, ao Muro de Berlim. *Vão para a Terra Espelhada agora!* Seu rosto torto e cheio de hematomas parecendo muito determinado, as unhas arranhando, os pés chutando — ela nunca teve medo de nos machucar. Um olhar por cima do ombro como um pássaro prestes a bicar, a voar. *Vou detê-lo. Mas vocês têm que ser rápidas. Está na hora. Tem que ser esta noite. Vocês têm que ir AGORA. CORRAM!*

Há duas sinetas tocando juntas agora, dissonantes e frenéticas, as estrelas balançando como se estivessem embriagadas, o quadro inteiro estremecendo, espalhando poeira. Quartos *4* e *5*. A Torre da Princesa e a Casa das Máquinas. Tocando juntas, porque as duas ficam em lados opostos no final do patamar da escada. Então, Quarto *3*: o som baixo e longo dentro do eco que já vai perdendo a força. *Ele está voltando.* Saio tropeçando da cozinha enquanto as luzes piscam novamente, enquanto as sinetas mudam de novo. Quartos *1* e *2*. A Selva Kakadu e o Café dos Palhaços. *Ele está no topo da escada.* Corro para a despensa, abro a cortina com força. Porque não importa se essas palavras vermelho-sangue são apenas uma lembrança reprimida. Não importa se as sinetas tocando são reais ou se só existem na minha cabeça. Não importa se já não existe uma mãe, um Barba Azul ou um treinamento de sobrevivência há quase vinte anos. Eles são um alerta. Um alerta a que devo obedecer. Porque, ainda mais do que fantasias ou o rangido das tábuas velhas do piso, essas sinetas sempre foram o melhor sistema de alerta desta casa. E a Terra Espelhada sempre foi o seu refúgio.

Na sequência de outro rugido de trovão, escuto o Ross chamando. Não olho pela janela enquanto corro para o armário, levanto o trinco, arrasto o banquinho e entro ali dentro. As luzes piscam, ligo a lanterna do meu celular e fecho a porta do armário atrás de mim. A luz lança sombras profundas que avançam e recuam enquanto estico a mão para abrir os dois ferrolhos pesados. Não sei o que estou fazendo, mas não posso nem quero parar. Pela primeira vez, preciso confiar em mim mesma. Abro a porta para a Terra Espelhada e desço a escada de madeira. Fico paralisada quando ouço outra sineta, dois toques curtos. O Ross está na cozinha. Ele me chama novamente, dessa vez mais perto. Uma sineta estridente e nervosa. Um momento de silêncio, então outra vez. Dois sons abafados, mas ainda assim minha antiga memória muscular vence. *Sala de estar. Sala de jantar.* Ele está ficando sem lugares para procurar.

Fecho a porta; é só o que posso fazer. O Ross sabe que é aqui. E ele sabe que, assim como na porta do armário, aqui não há fechaduras por dentro, não há como trancar. A vertigem me faz tatear em busca de uma mão que não está ali, então paro e respiro. Avanço mais na escuridão, desço o próximo degrau e o seguinte, e só me permito pensar no Ross se balançando para entrar pelo alto da claraboia, no telhado do banheiro, como um chimpanzé. Fugindo para o dia. Sussurro as palavras que pensei neste mesmo lugar onze dias atrás: "Não sou mais criança". Dessa vez não vou ter medo de escalar, de cair.

As mochilas eram pesadas demais. Elas se arrastavam e raspavam nas paredes da escada. A mão da El segurava a minha, com força demais, quente demais, nossa lanterna dançando em movimentos raivosos. O vovô urrando acima de nós. Os protestos da mamãe logo se transformando em gritos. E, quando um estrondo poderoso sacudiu as paredes, a El me puxou para baixo mais rápido. *Vamos, vamos. Rápido.*

Um tilintar alto e educado como a porta de um brechó. A *Despensa*. Tem que ser — a única sineta que eu nunca ouvi, nem uma vez. Porque o vovô nunca entrou na despensa. Ele achava que fosse uma sala de aula estreita e fria. Até aquela última noite, ele nem sabia que a Terra Espelhada existia, não sabia que havia um caminho para a lavanderia que não estava trancado com cadeado ou com correntes. Olho para cima e por cima do ombro, mas só por um segundo — a escuridão é densa demais, e os degraus, íngremes demais. E, de qualquer modo, não demora muito para o Ross estar atrás de mim.

27

Chego ao final da escada, viro para procurar o cordão que acende a lâmpada e, quando o encontro, puxo-o com força para baixo. Dessa vez a luz não é imediata nem forte. Ela pisca, fica mais escura e se estabiliza em um brilho suave, amarelo--manteiga.

Quando a El puxou a mesma corda, inundando a Terra Espelhada com uma luz prateada e fria, deixei cair a mochila e me encolhi ao ouvir um estrondo acima da nossa cabeça, alto o suficiente para fazer vibrar as vigas de madeira. *O que vamos fazer agora?* E pouco me importei que aquilo soasse como um choramingo de criança, ou que a El também achasse que soava. Ela me empurrou em direção à fronteira entre a prisão Shank e o *Satisfaction*. *O que mamãe falou. Vamos!*

Agora corro pela passagem até a lavanderia, abro a porta com força e dirijo a lanterna para as vigas do telhado, tentando encontrar a claraboia. Só consigo ver sombras profundas e velhas teias de aranha.

Por favor, por favor.

Então eu vejo. Não é uma claraboia, mas sim um quadrado de madeira nova e clara. A claraboia não está lá. Ela sumiu.

Giro o celular para iluminar o espaço gelado em volta. A luz oscila na direção da lanterna da popa e seu gancho parafusado na parede à direita. Não é a mesma lanterna, é claro. Agora eu sei disso. A lanterna que se cravou no crânio do vovô deve estar em um armário de provas em algum lugar. Mas, assim como a lanterna antiga embaixo da cama do Café dos Palhaços, isso me assusta e me faz lembrar de que não estou bem. De que não estou segura.

    Corro de volta para a passagem; dessa vez minha luz para na extremidade da parede de tijolos. Estou presa. Eu me sinto doente e com medo. Minha cabeça lateja e meu estômago se retorce com o veneno. Acho que eu esperava saber o que fazer quando chegasse aqui. Talvez esperasse que a Terra Espelhada me contasse. Em vez disso, agora este lugar é mais do que nunca uma prisão. Tropeço no volumoso carrinho de bebê de três rodas enquanto luto para vencer mais uma onda de tontura. A lanterna ilumina a etiqueta branca desbotada no canto do capô do carrinho bem no instante em que me lembro: *Silver Cross... Cruz de prata.*

    Meus dedos vacilam quando puxo o capô para trás. Em cima de um travesseiro mofado vejo um cartão-postal branco com um furo no canto. Eu o pego e viro. Reconheço a caligrafia do Ross. Então a luz amarelo-manteiga escurece com aquele baque metálico familiar. E ele passa pela entrada da Terra Espelhada, fazendo barulho.

    Ross desce rápido, rápido demais para eu ter tempo de fazer alguma coisa, além de me esconder. Eu me agacho contra a parede abaixo da escada e me encolho ao ouvir o ruído forte de suas botas enquanto ele grita o meu nome. O Ross me vê na mesma hora, embora eu não consiga vê-lo. Seu rosto está escondido por trás da luz de um lampião a querosene — no lugar onde ficaria um toco de uma vela em um lampião antigo, dança e crepita uma chama de querosene.

— Que diabos você está fazendo aqui? — A voz dele soa normal, confusa. — Não me ouviu te chamando?

— Por que você desligou a energia?

— Eu não desliguei. A energia acabou em toda esta área. — Ele ergue mais o lampião. — Vem, está frio demais aqui. Vamos...

— Você fechou a claraboia com tábuas?

O querosene sibila. Consigo ouvir o gotejamento constante da calha da lavanderia.

— Eu tirei a claraboia — diz Ross. Sua voz está mais baixa e previsível. — Qualquer um poderia usá-la para entrar na casa. Dava para abrir a claraboia por fora, lembra?

Engulo em seco. Respiro longa e profundamente.

— Eu sei que você voltou da sua conferência no dia 2 de abril e não no dia 3. — Também sei que dizer isso a ele é de uma estupidez absoluta. Se o Ross é culpado, confrontá-lo aqui, neste espaço escuro e esquecido, é loucura. Mesmo que pareça o único lugar onde eu teria coragem.

Silêncio. Então, em uma voz baixa e muito firme:

— Você tem me investigado?

Ele ainda é pouco mais do que uma silhueta. Cada vez que fecho os olhos, só o que consigo ver é a chama dourada do lampião. Mas posso sentir o cheiro dele. E posso *senti-lo*.

— Eu saí mais cedo porque a El me *implorou* para voltar para casa. Ela disse que estava com medo, que precisava de mim. Ela estava tão nervosa que fiquei preocupado que acabasse fazendo alguma tolice. — A sombra dos seus ombros salta através da parede. — Não havia voos disponíveis, então eu peguei um carro. Mas acabei não voltando para casa. Não consegui encarar este lugar. Não consegui encarar *a El*. — Ele deixa escapar um som que fica entre uma risada e um bufo. — Eu não fiz nenhum mal para a El, Cat.

— Então por que mentiu para a polícia?

— Eu entrei em pânico. Eles sempre suspeitam do marido, e eu sabia, mesmo naquele primeiro momento, que ela havia morrido. Que o fato de eu ter saído mais cedo da conferência pegaria mal. Quer dizer, pelo amor de Deus... — aquele meio bufo, meio riso de novo — ... nem você acredita em mim.

Ele abaixa o lampião. Quando se aproxima, fico imóvel. Posso vê-lo agora: as maçãs do rosto encovadas, o cabelo desalinhado. *Ross*.

— Por que todas as portas estão trancadas?

— O quê?

— Por que você trancou as portas da frente e dos fundos?

— Porque, quando eu voltei do centro hoje, encontrei dois repórteres parados no jardim da frente, olhando para a sala de estar. — Ele levanta as mãos. — Vou destrancá-las, se é isso que você quer. — Uma longa pausa. — Você veio aqui para *fugir*? — Ele faz isso soar como a coisa mais louca que já ouviu. — Pela *claraboia*? — Então recua dois passos e passa os dedos pelos cabelos. — Meu Deus, Cat. Você está com medo de mim?

— Dia 4 de setembro. Você estava lá. Disse que nos ajudaria. Você nos ajudou.

Dessa vez não é o rugido de um trovão muito próximo que me faz pular, mas o estalo de um raio no telhado. Imagino seus dedos brancos e gelados correndo pelas teias, fios e espaços ocultos até o chão, sob os nossos pés.

O Ross se sentou entre nós duas no convés do *Satisfaction* quando a El contou tudo a ele pela primeira vez. Ela contou que a mamãe tinha dito que todas as noites ruins dali em diante seriam exatamente como aquela noite em que o vovô tinha nos encontrado no armário do Café dos Palhaços. E nos bateu tanto que ela perdeu a voz, gritando para ele parar. Porque machucar só a mamãe não era mais suficiente para o Barba Azul. Porque nós havíamos crescido rápido demais, apesar da insistência da mamãe de que não deveríamos fazer isso. Nós não podíamos mais nos esconder. Ela não podia mais nos salvar. Então, nós precisávamos escapar. E tivemos que organizar O PLANO.

— *Cat*!

Balanço a cabeça. Pressiono a palma das mãos com força contra a pedra fria às minhas costas. Lembro daquela amostra de tinta vermelha na caixa de sapato.

— Você pintou "ELE SABE" na parede aquela noite, não foi?

O Ross solta um suspiro irritado.

— Tudo bem, vamos fazer isso, então. Sim. Você sabe que sim. Isso fazia parte do *plano*. Eu era a porra do *vigia*. Eu vi seu avô voltando do Mission, e a primeira coisa que pensei foi em todas aquelas latas de tinta vermelha no lavatório. Eu tinha que te avisar, Cat. *Essa* era a porra do *plano*. O que...

— Você sempre conseguia entrar no jardim, não é verdade?

— O quê?

— Agora estou me lembrando. Eu costumava pensar... depois... que naquela noite você pareceu um super-herói. Que o seu amor por nós, por mim, de alguma forma permitia que você *voasse* por cima do muro ou do telhado do banheiro para o nosso jardim, para nos salvar. — Deixo escapar um som feio que sai do fundo da garganta.

Ele franze o cenho, o maxilar tenso.

— Então eu conseguia entrar no jardim pelo telhado. O que isso importa?

— Importa porque isso é outra mentira. Você nos disse que só podia chegar até nós pela claraboia... porque você queria poder entrar direto na nossa vida, no nosso mundo, sempre que quisesse. — Olho para os planos estreitos do rosto dele, para as sombras que se suavizam sempre que ele sorri. *Não contem para a mãe de vocês sobre mim. Ela vai estragar tudo.* — Você queria ser o nosso segredo.

— Cat. — O Ross agarra meus braços sem aviso, e, quando tento me desvencilhar, ele apenas me agarra com mais força. Seus olhos estão furiosos. — Por que você está aqui embaixo no frio e no escuro, falando sem parar sobre uma noite que aconteceu vinte anos atrás? Eu sei que nos últimos dias...

— Ele nunca voltava mais cedo do Mission — digo. — Nunca.

O Ross solta meus braços.

— Naquela noite ele voltou.

— Por quê? Ele *nunca* voltava mais cedo. Como *ele soube*? Você contou para ele?

— Você está... está falando sério? Primeiro você praticamente me acusa de matar a minha esposa, depois me acusa de te trancar nessa porra dessa casa, e agora... o quê? Você acha que eu tinha um conluio com o seu avô maluco?

— Não. Não. — Porque é claro que não faz sentido. Não faz sentido algum. Minha cabeça lateja e minha mente está tão disparada quanto as batidas do meu coração. Mais rápido.

Tento passar pelo Ross e minha lanterna oscila como um bêbado pela parede, no lado oposto da passagem. Quando vejo um X desenhado com marcador preto em um tijolo a menos de vinte centímetros do chão, caio de joelhos e pressiono os dedos contra ele. Lembro da carta da El: *O X MARCA O LUGAR*. Estava aqui. **A pintura em tamanho real que a El fez do pirata capitão Henry Morgan, os azuis, amarelos e verdes da Ilha atrás dele. Estava aqui.**

A mamãe sabia que havia uma porta trancada na passagem da casa ao lado — **a casa do Ross** —, uma porta sem fechadura que levava a um jardim da frente sem portão. Ela também sabia que eu não conseguiria subir uma escada para alcançar a claraboia, da mesma forma que não conseguiria descer de volta pelo telhado do banheiro e pela parede entre as duas casas. Minha mãe nunca foi capaz de curar meu pânico de altura, meu medo de cair — nem pela gentileza nem pela crueldade. E a El e eu precisávamos fugir juntas — porque jamais nos separaríamos. Nunca enquanto vivêssemos. Mas a maior certeza da mamãe — o que a Terra Espelhada havia mostrado a ela, havia nos mostrado — era que *sempre* havia outro jeito. Um modo de contornar a situação. Uma saída. E, no fim, a saída foi essa parede de pedras irregulares entre duas passagens.

Andy Dufresne levou vinte e sete anos para abrir um túnel que o levasse para fora da Prisão Estadual de Shawshank. A mamãe disse que tínhamos apenas algumas semanas, mas não podíamos ser menos cuidadosas, nem menos meticulosas. Nunca a questionamos. Nunca reclamamos. A El seguiu O PLANO com a maior facilidade, mesmo que só para seguir os passos do seu herói. Enquanto eu fiz o que sempre fazia: eu a segui.

Não usamos um martelo para perfuração de rocha, mas um pesado martelo de garras de aço, que fazia nossos ombros latejarem e doerem. Às vezes, quando parávamos e nos recostávamos pesadamente contra a pedra fria da Terra Espelhada, podíamos ouvir a voz calma e firme da mamãe vindo da despensa, enquanto ela fingia ler para nós, nos ensinar o que já havíamos aprendido.

Escondemos o buraco cada vez maior no muro do jardim, atrás da pintura do capitão Henry, e também o entulho das nossas escavações em caixas de papelão e nas bases para guarda-sol no *Satisfaction*. Quando ficaram cheias demais, a mamãe costurou sacos de pano dentro das pernas das nossas roupas de prisão. Eram como os bolsos falsos de Andy Dufresne: sacos longos e estreitos que podiam ser abertos embaixo quando se puxavam pedaços de barbante nos bolsos da calça, para espalhar as evidências das escavações dele por todo o pátio de exercícios de Shawshank. Assim, passamos a encher nossos próprios bolsos falsos com pedras e tijolos quebrados, e atravessávamos lentamente a cozinha e a área de serviço — se tivéssemos azar, tínhamos que passar pelo vovô, que revirava os olhos e resmungava: *Lá vão vocês se juntar de novo à gangue acorrentada, maluquinhas* — então, descíamos os degraus da área de serviço até o nosso pátio de exercícios. Ali, marchávamos em círculos, chutando pedrinhas prateadas e cinza, enquanto puxávamos os cordões nos bolsos dos nossos macacões e espalhávamos nossos segredos, exatamente como Andy Dufresne. Uma vez depois da outra, dia após dia, porque a mamãe estava com medo demais para recorrer a meias medidas. Porque o vovô talvez não soubesse sobre a Terra Espelhada e talvez fosse surdo como uma porta, mas não era idiota. E a casa toda era domínio dele.

— Cat, você vai falar comigo? Que diabos está acontecendo?

Eu arranquei o capitão Henry da parede e, por um instante, recuei do buraco escuro que levava ao beco do outro lado. A El beliscou o meu braço e me empurrou para baixo. *Temos que ir!* O chão frio arranhou meus joelhos quando me virei e peguei minha mochila. Então, aquele ruído surdo e terrível do interruptor geral no quadro de fusíveis, e a lâmpada apagou, deixando uma escuridão mais escura do que qualquer outra coisa. Quando a porta da Terra Espelhada se abriu, a El choramingou. Quando a escada começou a tremer e ranger, a mamãe gritou. E, quando comecei a tentar me enfiar dentro do buraco, sabia que não haveria tempo suficiente. Não para nós duas.

Um rugido como um vento quente, como um trovão, como se o pau-ferro e as figueiras estivessem sendo arrancados da terra, como um deslizamento de lama e pedra. *Onde diabos vocês acham que estão indo?* Os punhos dele, os pés, a proximidade do seu hálito antes de cada soco ou chute que acertava. Pela primeira vez, não senti nada daquilo. A El gritou e agarrou o meu casaco antes de ser puxada de volta. E por um segundo — apenas um único segundo — continuei sem ela, avançando em nossa fuga, as bordas ásperas e irregulares, prendendo meu cabelo, minhas mãos, meu casaco.

Mas depois daquele único segundo não havia mais ar, nem noite, nem cheiros outonais de fumaça de lenha ou de folhas podres. Não havia liberdade. Nenhum *buraco*. Meus dedos rasparam na sujeira e no entulho, mas algo do outro lado do muro bloqueava o caminho. Alguma coisa fria, dura e absurdamente pesada. Minha mente imaginou um elefante africano em uma armadura de malha de ferro, um poço cheio de torres e números pretos estampados. *Você não pode passar.*

Então fui puxada de volta para a Terra Espelhada, minha cabeça empurrada com força contra a pedra. Um xingamento, uma risada alta e estrondosa. A mamãe deitada de bruços e imóvel no chão, um facho de luz de um prateado frio refletindo-se em seu cabelo e na têmpora ensanguentada.

Luzes da morte. Porque o Barba Azul finalmente tinha nos pegado.

— O que era aquilo? — Minha voz é monótona e sem expressão. — Um saco de areia? Uma lata de lixo do jardim?

— O quê?

Fecho os olhos. Eles ardem, embora estejam completamente secos. Eu me recosto na parede e me levanto, forçando-me a olhar para o Ross, a continuar encarando-o.

— Você bloqueou a nossa fuga através da passagem da sua casa. Você colocou alguma coisa na frente do buraco, para que não pudéssemos sair.

— O quê? — O horror dele é palpável. — Não! É claro que eu não. — Ele avança. O olhar agora fixo no meu. — Eu estava... eu estou... do seu lado. Sempre. Eu odiava aquele velho filho da puta. Eu *ajudei* vocês. Eu jamais faria mal a vocês.

— Você machucou a El?

— Não.

— Você matou a El?

Seus dedos se cravam nos meus braços.

— Não! Pelo amor de Deus, eu amei... eu amo... vocês duas!

Respiro fundo.

— Você está mentindo sobre aquela noite. Sei que está. O buraco foi bloqueado do seu lado, Ross. Do seu. E se você está mentindo sobre isso, então você está...

— Isso é a El falando. Ou esta casa. A porra desta casa. — Ele para e solta os meus braços. — Escuta. Nós tivemos uns dias de merda, umas semanas de merda. Volta lá para cima e eu prometo que vamos conversar. Só...

— Eu não vou a lugar nenhum. — Porque é aqui que eu consigo lembrar, é aqui que eu consigo ser inteira de novo. E não tenho tanto medo assim do Ross a ponto de sabotar isso. Ainda não.

Ele joga as mãos para o alto.

— Tudo bem. Então fique. Eu vou subir, vou destrancar as portas. Daí posso trazer uma bebida e nós podemos conversar aqui mesmo, certo? Se é isso que você quer.

Não respondo. Do lado de fora, a tempestade parece arrefecer — os rugidos de trovões e os estalos dos relâmpagos ficam cada vez mais distantes, o tamborilar da chuva não é mais duro e ruidoso.

O Ross se aproxima. Ele está sorrindo com os dentes, com os olhos. Ele beija meu rosto e sua pele é macia. Lembro da sineta *Banheiro* — fá sustenido ou sol bemol. Ele fez a barba para mim. Estremeço.

O Ross me deixa o lampião, sua sombra passando pela luz antes que eu escute novamente o ranger da escada.

Tiro o celular do bolso. Sem sinal. E nenhuma resposta da Rafiq. Isso deveria me assustar tanto quanto a promessa do Ross de voltar com alguma coisa para a gente beber — ou quanto o fato de eu ainda estar presa aqui embaixo ou lá em cima —, mas não me assusta. O pânico tenta voltar, mas é como uma rápida comichão, uma sugestão distante. Eu me sinto estranhamente calma, afastada do momento presente. Talvez porque pelo menos metade de mim tenha ficado para trás neste lugar, há vinte anos. Quando pressiono os dedos frios no rosto, ainda posso sentir o fantasma do toque do Ross.

A Annie pisca solenemente para mim da porta da lavanderia, o corpo muito ereto, as botas de salto alto, o cinto de pele de crocodilo e a jaqueta de couro de boi com botões feitos de osso de baleia. *Às vezes você tem que ser corajosa. Mesmo quando é uma grande covarde.*

Pego o cartão-postal que enfiei no cós do jeans. Viro para ler atrás.

EL,
    Deus, obrigado, meu bem. Senti tanto sua falta. Você não sabe quanto tempo esperei, torcendo para você voltar a entrar em contato. Foi como morrer, sabe? Eu não sei se você sabe. Não sei se você conseguiria me amar metade do que eu te amo. Sua carta foi muito fria, mas entendo o motivo — só fiquei muito FELIZ por recebê-la!! Entendo por que você não me deu atenção naquele dia, do lado de fora da Galeria Nacional. Entendo como ele ferrou com você. Você está errada, mas não é culpa sua.

    Se encontre comigo — só você e eu. Sem a Cat dessa vez. Eu soube que vai ter uma festa de 1º de maio no Rosemount, na próxima semana, e sei que você foi convidada (SIM, estou te perseguindo, o que posso dizer? Eu te AMO, cacete).

    Só me manda uma mensagem com o número do seu antigo quarto. Encontro com você lá às duas da tarde. Faça isso por mim, por favor, me encontra só dessa vez, e, se depois disso você não quiser mais me ver, eu te deixo em paz. Prometo. Mesmo que isso parta o meu coração.

    Por favor, apareça lá, meu bem. Só para eu poder te mostrar o quanto eu preciso de você, o quanto eu te quero.

    Eu te amo, Loira. Você sabe disso.
    Todo o meu amor, para sempre,
    Beijos,
    Ross
    (P.S. NÃO conte para a Cat. Ela vai estragar tudo.)

Minha risada fica no limite da histeria. Eu me lembro do rosto da El por cima do ombro nu do Ross. Do horror pálido e frouxo na sua expressão, da reprovação furiosa. Quando a porta da escada se abre novamente, e o Ross começa a descer, fazendo os degraus rangerem, minha risada se transforma em um riso alarmante.

Maldito destino, penso.

28

Seis meses depois de eu me mudar para Los Angeles, ainda sozinha e abalada, mas segura de ter tomado a decisão certa — a decisão mais corajosa —, conheci um homem com um sorriso de lado que me lembrava tanto o Ross que acabei transando com ele menos de uma hora depois de nos conhecermos. No estacionamento para funcionários de um bar decadente que ficava aberto até tarde da noite. Foi tão frenético, tão *desesperado*, que até eu fiquei chocada. Depois daquela noite, andei atrás do homem por Venice Beach por semanas, louca de esperança. Quando ele me dispensou com toda a gentileza — provavelmente com mais gentileza do que eu merecia —, eu chorei em seus braços e implorei por apenas mais uma noite. Mais uma noite em que eu pudesse sentir. Em que eu pudesse fingir. E a El achava que ela era a fraca; que ela havia sido um caso perdido para ele desde o início.

O Ross desce até a poça de luz do lampião. Ele sorri e me oferece uma taça de vinho tinto. *Fica comigo. Fica comigo. Eu te amo. Não da mesma forma como amei a El. É diferente, é de um jeito diferente. De um jeito melhor.* Aceito o vinho e finjo dar um pequeno gole.

ELE A MATOU
ELE VAI MATAR VOCÊ TAMBÉM

Um cartão-postal não tornava aquilo verdade. Minha fraqueza ou o fato de o Ross ser um desgraçado manipulador não o tornam um assassino. A Annie bufa na escuridão. Um estrondo repentino de trovão me provoca um sobressalto. Na sequência, o silêncio é quebrado apenas pela volta da chuva torrencial, por um lampejo ofuscante através da janela da lavanderia. Levo a mão ao peito, tentando acalmar as batidas irregulares do coração. Nada passou. Nada acabou. Eu só estava me escondendo dentro do breve olho da tempestade.

Mas e você, Loira? Você também me ama?

Pego o cartão-postal.

Ross me olha sem entender.

— O que é isso?

Eu me aproximo lentamente, como se ele fosse um animal selvagem, e estendo o cartão-postal até que ele o tire de mim e eu possa recuar novamente. Fico olhando enquanto ele lê, vejo o músculo saltando em seu maxilar, aquela ruga se aprofundando entre seus olhos.

— Por que isso está com você?

— Estava aqui.

— *Aqui?* — Ele olha para mim. — Não é verdade. Você não pode acreditar nisso.

Coloco a taça de vinho no chão.

— É a sua letra.

— Está certo. — Ele aperta o cartão-postal no punho fechado. — *Está certo*. Eu queria que a El descobrisse sobre nós. Foi por isso que escrevi este cartão. Por isso que planejei o flagrante. Eu estava cansado de mentir. Queria que ela soubesse como eu e você nos desejávamos. Sei que isso soa péssimo, sei que *foi* péssimo, acredite em mim. — Ele deixa o cartão-postal cair, atravessa o espaço entre nós e, no estrondo do próximo trovão, segura minhas mãos, pressiona os lábios contra os meus em um beijo rápido e ardente e olha para mim com tanta sinceridade e tristeza que quase esqueço por que estamos aqui. — Mas então ela tentou se matar. Por causa do que eu fiz. A El implorou para eu ficar com ela; me disse que eu era o único homem que ela amaria. Que estava determinada a destruir a nós todos para impedir que você ficasse comigo. — Ele acaricia minha pele. — A El não estava em seu juízo perfeito, Cat, ela precisava de ajuda. E eu já me sentia muito culpado. Você sabe disso.

— Eu sei.

— Ela me chantageou, só isso. Eu sempre te quis.

Não adianta perguntar a ele sobre a carta da El ou sobre as acusações da "Rata". Ou ainda sobre a mensagem que ele deixou no celular da Marie. Vou receber a mesma resposta para tudo. *Ela é bem maluca. Ela precisa de ajuda.*

Quando me afasto do Ross, das carícias implacáveis dos seus dedos, ele se posiciona entre mim e a escada.

— O que você está fazendo?

— Eu vou embora.

— Não.

O Ross cruza os braços e eu me forço a andar na direção dele.

— Me deixa passar.

Ele me agarra, me puxa contra o seu corpo, enfia as mãos frias por baixo da minha camiseta, lambe e beija meu pescoço.

— Ross. Me deixa passar.

As mãos dele alcançam meu sutiã, seus polegares apertam com força meus mamilos, enquanto seus dentes arranham a parte de baixo do meu queixo a ponto de doer.

— Me solta!

Mas é claro que ele não vai soltar. Não é isso que ele faz.

De repente, tenho uma lembrança nítida de estar sentada com a El dentro da nossa cela na Shank. Ross, o guarda daquela ala, olha para nós através da tela de arame. Os olhos castanhos, o sorriso caloroso. *Eu vou deixar vocês saírem. Vou deixar vocês duas saírem, mas só se prometerem que nunca vão fugir. Se prometerem ficar comigo para sempre.*

No instante em que recuo, ele se lança de novo contra mim. Quando acerto o joelho em sua virilha, ele grunhe, os olhos arregalados de choque. E me solta só pelo tempo necessário para eu desviar e subir o primeiro degrau. O grito do Ross é quase como uma tosse chiada. Sinto quando ele cai pesadamente contra a escada, e começo a subir correndo, meu corpo e minha mente subitamente — finalmente — acordando.

O Ross me alcança no penúltimo degrau, seus dedos se fechando com força em volta do meu tornozelo como o tipo de monstro clichê que estou começando a achar que ele é. Eu chuto, mas seus dedos apertam com mais força minha perna, mais no alto, cravando-se nos músculos da minha panturrilha. A palma da minha mão bate de um jeito seco contra a porta da Terra Espelhada, antes que o Ross me vire e me arraste de volta para baixo ao lado dele, as bordas duras da escada arranhando meus ossos, acertando com tanta força a parte de trás da minha cabeça que, por um momento, veja pontos pretos dançando à minha frente.

Depois que o vovô nos arrastou para longe da parede, do lugar da nossa fuga, ele nos soltou pelo tempo suficiente para que tentássemos fugir. Então, pegou a El na escada. Quando ela parou de gritar, meus olhos estavam turvos de sangue e pânico. Eu me abaixei para pegar a mão dela, mas havia sumido. As luzes da morte do Barba Azul cintilaram seu fio fino e prateado contra o teto da escada. Eu podia ouvir grunhidos e murmúrios acima do som terrível de um engasgo úmido.

O suor do Ross cheira a azedo. Eu me debato para sair de debaixo dele. Lágrimas furiosas fazem meus olhos arderem. Não consigo respirar.

Estou aqui. A voz dela não é um eco, é tão quente e urgente em meu ouvido quanto os xingamentos do Ross contra o meu rosto.

Eu gritei quando cheguei perto o bastante da parte de baixo da escada e vi as mãos do meu avô em volta do pescoço da El, a boca dela entreaberta, os olhos revirados. Nossos estilingues e porretes de guerra estavam fechados dentro do armário, mas eu soquei meu avô como um caubói e o chutei como um lakota. Gritei com o horror impotente de ver os olhos injetados de sangue da El fixos nos meus e de saber que minha mãe estava certa: eu não tinha treinado o bastante. Eu não era forte o bastante. Não conseguiria fazer meu avô parar.

Olho para cima. Paro de me debater contra o Ross e meu corpo fica frouxo quando vejo aquele pedaço de cartolina branca presa ao teto com fita isolante preta.

A BRANCA DE NEVE DISSE:
"NÃO VAMOS DEIXAR UMA À OUTRA".
A ROSA VERMELHA RESPONDEU:
"NUNCA ENQUANTO VIVERMOS".

O silêncio é denso e urgente.

Até a tempestade recua.

— Ela está aqui.

— Quem está aqui? — O Ross parece hesitante, talvez até com medo.

— O que você está fazendo, Ross? — Eu me forço a falar com a voz mais normal que consigo, o que é um feito e tanto diante das circunstâncias.

Ele olha para mim e morde o lábio inferior. Aquele sulco familiar entre seus olhos retorna, e ele pousa as mãos em um degrau em algum lugar acima de mim e afasta o peso do corpo, com uma lenta relutância. Então se vira e dá alguns passos para trás, em direção à despensa. Olha para mim e depois para o teto. O sulco em sua testa se aprofunda. Ele não sabe que esse é o nosso código pirata. Ele não sabe que nós *tínhamos* um código pirata. E certamente não sabe que isso significa: "Confie em mim. Confie em mim e em mais ninguém". Mesmo quando você não quiser. A chuva bate no telhado de madeira, e penso na porta atrás do Ross e no frio escuro e úmido do lado de fora com um anseio pior do que a sede.

— Você sabotou a nossa fuga. Bloqueou a nossa saída e então contou para ele, você ajudou o vovô. E fingiu que não tinha feito isso. Fingiu que na verdade estava nos avisando, nos ajudando.

— Não. Não. — Ele desce cambaleante na minha direção, batendo com os nós dos dedos contra a parede com tanta força que eu me encolho, embora isso dificilmente o detenha. — Querida, você está errada. Isso não é verdade. — Em seguida olha para mim, segura meu rosto entre as mãos. E isso é pior, muito pior do que o fato de ele vir atrás de mim como um monstro de cinema, me arrancando o fôlego e a força para lutar. Seus polegares acariciam meu rosto, minhas lágrimas. — Por favor, Loira. Eu te amo. Você sabe disso.

Eu sempre me lembrei de um avô bom e de uma mãe má. Mas sempre me lembrei também de um homem abusivo, cruel e rabugento, e de uma mãe que acariciava nossos cabelos e nos dizia que mais de cem mil outras crianças precisavam nascer antes que uma mãe tivesse filhas tão especiais quanto nós. Mas isso — apenas isso — é o motivo de eu nunca ter desejado me lembrar do que realmente aconteceu nesta casa. Não foi porque eu não suportasse saber a verdade sobre meu avô mau e minha mãe boa, mas porque eu não suportava encarar a verdade sobre o meu Príncipe Encantado. Era mais fácil esconder a sujeira, a escuridão e o medo por baixo de ouro e brilhos, de luzes cintilantes, do cheiro de madeira queimada e de floresta no inverno, da sensação das mãos dele em mim, como sempre foi. O mesmo encantamento. O mesmo ímpeto. A mesma loucura. A El estava certa: se ela tivesse me contado a verdade sobre o Ross, eu nunca teria acreditado nela. Porque tenho fingido — *mentido* — para mim mesma desde que fugi desta casa.

A El já estava perdendo os sentidos quando me lembrei da arma que tinha no bolso. Então eu a peguei — duas lâminas de barbear presas com fita adesiva à metade de uma escova de dentes —, mas aquilo não pareceu que seria o suficiente até eu enfiá-las no pescoço do vovô e ouvir o grito agudo e feminino que ele soltou. Meu avô recuou e arrancou a lâmina, e eu perdi alguns segundos preciosos, horrorizada, esperando para ver se a El voltava a respirar. Então o vovô estava em cima de mim, abrindo e fechando a boca como se quisesse me morder, o sangue esguichando do seu pescoço, grosso e escuro. Eu o empurrei, e o cotovelo dele escorregou no próprio sangue, dando-me espaço para descer os últimos degraus. A El ainda segurava o pescoço, e, enquanto voltávamos correndo para a Terra Espelhada, percebi que não eram os gritos dela que ecoavam pelo espaço estreito, ensurdecedores e assustadores. Eram os meus.

— Foi você, sempre foi você — diz Ross, suplicante. — Eu sempre te quis. E ela estragou tudo. Foi *ela*.

— *Ela está* aqui — digo novamente.

Porque eu sei que é verdade. A casa me ajudou, a Terra Espelhada me ajudou; parece a coisa mais natural do mundo que a El também me ajude. Não a El que se envenenou e contaminou o meu coração e os meus sonhos. Mas a minha irmã. A minha amiga. O cheiro dela, o sorriso dela, os pensamentos dela, correm junto com os meus. É como se todo o meu mundo tivesse mudado de mono para estéreo, de 2D para 3D. É a primeira vez que sinto isso em tanto tempo — que percebo que estava sentindo tanta falta disso quanto ela — que tenho vontade de chorar, pedir desculpas, implorar pelo perdão da El.

— Para de dizer isso!

Na luz fraca, vejo a expressão furiosa do Ross, mas também vejo que seu olhar se desvia para cima e ao redor, como se tentasse encontrá-la.

Desço até as placas de pedra da Terra Espelhada e solto o corrimão. Já estou mais forte e corajosa.

— Só diz a verdade, cacete. — Porque a verdade é a única maneira para qualquer um de nós dois sair deste lugar.

Ele fica em silêncio por um longo tempo. Sai da sombra da escada. Seu maxilar já não está rígido e a expressão em seus olhos é afetuosa, cheia do amor que eu sempre desejei. O cabelo dele está longo demais, a pele barbeada do rosto parece rosada e vulnerável... sinto vontade de esfregar as costas dos dedos contra ela. Esse é o Ross.

— Você ia embora. Ia embora e nunca mais voltaria. — Ele vem na minha direção e estende as mãos, em uma atitude de súplica. — Eu nunca mais te veria. Eu ia te perder. Como o meu pai me perdeu.

Minha respiração cessa no momento que a chuva para. De repente, o silêncio é absoluto.

— Ele se matou. Cinco anos depois que a minha mãe me levou embora. Se enforcou no lustre do meu antigo quarto. — O sorriso do Ross é terrível. Suas mãos tremem. Agora estamos a menos de um metro um do outro. — E eu te amei tanto! O que teria acontecido com você? Ninguém cuidaria de você como eu. Ninguém.

Engulo em seco. Eu não sei quem é *você* na mente dele. Talvez para o Ross a El e eu estivéssemos sempre fundidas, como areia e calcário. Quando ele chega um último passo mais perto, o perfume almiscarado da El deixa meus olhos úmidos, e seu sussurro é alto em meu ouvido.

CORRA.

É o que eu faço.

Corremos para a direita, para dentro da lavanderia, o vovô se agigantando atrás de nós. A pedra deu lugar à madeira enquanto atravessávamos o convés do *Satisfaction*, o rangido das tábuas marcando meu terror. Ele estava perto demais, perto demais. *Vocês não vão a lugar nenhum, suas cretinas.*

Corro em direção à popa e ao espectro quase apagado do navio do Barba Negra. Em direção à pequena janela com moldura vermelha. Procuro freneticamente por alguma coisa, qualquer coisa, que possa usar para quebrar a janela, até perceber que os painéis de vidro ali eram ainda menores do que os de dentro de casa.

— Você não pode ir embora.

— Ross, por favor.

— Eu nunca contei a ninguém sobre o meu pai, Cat. Nem mesmo à El.

— Ross. Você está me assustando. Eu não vou embora. Eu prometo. Vamos só... — Quando ele continua a se aproximar, dou um passo para trás em um movimento tão automático quanto respirar. — Por favor, não...

— Eu não vou te machucar.

Ele parece ofendido, magoado, mas continua a se aproximar, a paixão em seus olhos ainda selvagem e sombria. Mas acho que não é mais amor. Afinal, foi daqui que partimos pela primeira vez para longe dele. Deixando-o de joelhos no mar do Caribe. Deixando-o sangrando, soluçando e gritando por nós, enquanto fingíamos não ouvi-lo.

O vovô jogou a El contra a parede acima da popa. Eu uivei e me joguei em cima dele, mas o seu cotovelo acertou a minha barriga com tanta força que eu não consegui me levantar. Ele sorriu, e só pude ver seus dentes. E o sangue em volta do seu pescoço, como um lenço encharcando sua camisa. *Não se preocupe, menina.* Ele riu. *Não estou sentindo dor.* Então ele acertou um soco na lateral da minha cabeça com tanta força que minhas pernas desabaram.

— Ross, não. Para.

Eu me encolho, afasto as mãos dele e tenho tempo para me perguntar se foi assim com a El. Se foi isso que aconteceu quando ela tentou deixá-lo também. Então me lembro do que realmente aconteceu com ela.

— Eu não vou te machucar. — Ele pega minhas mãos de novo e as aperta com tanta força que faz meus ossos estalarem. — Eu nunca vou te machucar. — Eu me pergunto se o Ross tem consciência de que está balançando a cabeça para confirmar o que diz.

Não consigo parar de me debater, mas ele é muito forte e estou fraca demais. O Ross segura meus dois pulsos com uma das mãos, enquanto a outra sobe ao longo do meu ombro, da minha clavícula, com tanta suavidade que me faz estremecer. Um outro tipo de loucura cintila agora em seus olhos. Uma guerra entre pegar o que ele realmente quer e se contentar com o que sempre teve. A mão dele agora desliza pela lateral do meu pescoço, os dedos correndo por baixo da minha orelha, apertando mais e mais, o polegar subitamente pressionando minha garganta com tanta força que arquejo. A loucura cintila mais forte em seus olhos agora.

Quando recuperei os sentidos, meu avô estava estrangulando a El de novo. Os olhos dela estavam revirados, o rosto arroxeado, os dedos agarrando cegamente o ar. Eu cambaleei na direção deles, com dificuldade. Eu não ia conseguir salvá-la. Eu não bastava. Era isso. Estava acabado.

— Eu não vou te machucar. Eu não vou te machucar — murmura Ross em uma voz assustadoramente reconfortante, as veias em seu pescoço inchadas com o esforço de apertar com mais força minha garganta. Deslizo pela parede e sinto-a áspera e fria contra minhas costas.

— Eu não matei a El — diz ele, na mesma voz calma, o suor escorrendo pelo nariz. — Não matei.

Mas ele matou. Assim como vai me matar.

Sinto a cabeça pesada. Os suspiros agonizantes da El agora são meus. Minha visão começa a encolher e escurecer nas bordas.

Então a El segura minha mão. Com força o bastante para machucar e castigar. *Luzes da morte*, diz ela. Gritos. *Luzes da morte.*

Eu cambaleei pelo convés, esforçando-me para chegar até onde estavam a El e o meu avô, como se nós realmente estivéssemos sendo atingidos por uma tempestade no Caribe. Ignorei os grunhidos desesperados do meu avô, tentando respirar, e me obriguei a olhar apenas para a popa. Para a lanterna. Pendurada em um gancho enferrujado sobre o casco. Meu avô se virou a tempo de me ver levantá-la bem alto. Ele franze o cenho, sobressaltado, então sua expressão se torna quase terna. Uma piscadela. Um sorriso. *Abaixa isso, menina.*

Quase fiz o que ele me pediu. E de um jeito tão automático que mal cheguei a registrar, mas então eu vi a mamãe rastejando pelo convés na nossa direção, com sangue escorrendo dos olhos. Ouvi seus gritos roucos e ásperos enquanto o vovô se voltava com desdém para continuar o que estava fazendo: *Deixe elas em paz! São só crianças!*

Abro os olhos. *Não.* Diga a verdade, porra.

Deixe elas em paz! Elas são suas filhas!

O Ross deixa escapar um soluço profundo, e sinto seus dedos largarem o meu pescoço, o ar voltando aos meus pulmões. Mas isso não importa. Sei que ele não vai parar. De uma forma ou de outra. Ele nunca, *nunca* vai parar.

Enquanto cambaleio para trás, me apoio no gancho da lanterna para ficar de pé e ouço todas as sinetas ao mesmo tempo. O som é agudo e discordante, baixo e longo — alto o bastante para estremecer os tímpanos e sacudir as pedras.

Suas filhas. Essa horrível verdade do que nós éramos. Nós não éramos caubóis, índios, palhaços ou piratas. Ou prisioneiros. Éramos filhas do nosso avô.

Meus dedos tremeram contra a lanterna; as dobradiças rangeram. Olhei para o corpo sem vida da El. Para a parte de trás da cabeça do vovô, seus ombros curvados e em ação.

E acerto a lanterna — a *minha* luz da morte — no alto da cabeça do Ross. Com tanta força quanto acertei a cabeça do meu avô. Com a mesma fúria sombria, o mesmo horror gelado. De novo e de novo, até que toda a força que sobrou em mim se esgote pelos meus dedos. Até que o som não seja mais duro, curto e branco, mas suave, longo e escuro como cobre.

*

Demoro muito para subir as escadas, saindo da Terra Espelhada, mas, assim que subo, descubro que não consigo sair. Em vez disso, eu me sento no degrau mais alto e me encosto na porta. Penso em ligar para a Rafiq, mas desisto. Olho para as sombras da Shank, para o canto direito, na direção do *Satisfaction*.

Minha mãe não falou de novo por um longo tempo. Ela estava furiosa. Na hora, imaginei que era com a gente; agora, imagino, acho que era com ela mesma. Estava furiosa porque o plano dela tinha dado muito errado. A mamãe olhou para o vovô por um longo tempo antes de cair de joelhos também. A princípio, pensei que fosse para tocá-lo, para chorar desesperada, para lamentar a morte dele, mas, em vez disso, ela o empurrou para o lado como se ele fosse um saco de batatas. Quando o soltou, ele deixou escapar um último arquejo, e eu ou a El gritamos.

— Ele está morto — disse a mamãe. Então se levantou, com os joelhos estalando. Olhei em volta, para nossas paredes pintadas e para as longas celas da Shank com uma raiva sofrida. — Não podemos deixá-lo aqui. Me ajudem a subir as escadas com ele.

Demoramos pelo menos meia hora. No momento em que conseguimos arrastá-lo até a cozinha, a exaustão havia curado o nosso choque.

— Vão para o andar de cima — disse a mamãe. — Guardem tudo o que sobrou das roupas e dos livros de vocês. Depois voltem para a Terra Espelhada e tranquem tudo no armário junto com o resto.

Ela já tinha nos mandado arrumar e guardar a maior parte dos nossos míseros pertences no armário, semanas antes de nos contar pela primeira vez sobre O PLANO. Só mais um jogo. Outro exercício de sobrevivência que nunca questionamos.

Quando voltamos para a Terra Espelhada, entorpecidas e em silêncio, com os braços cheios de coisas, a mamãe estava desmontando a Shank, empilhando as velhas tábuas do calçadão contra o muro que fazia limite com a outra casa. Nosso martelo de garras de aço estava aos pés dela.

— Preciso esconder a porta que fica dentro do armário — disse ela. Então franziu o cenho e olhou para nós duas. — Ninguém jamais pode saber que vocês estiveram aqui. Entenderam?

Assentimos, embora não entendêssemos. Embora mal tivesse passado pela nossa cabeça que alguma coisa pudesse acontecer a não ser escaparmos por um buraco na parede, por uma porta sem fechadura e para um jardim da frente sem portão.

Depois que minha mãe arrastou o resto da madeira para dentro da despensa, levou as mãos aos quadris e assentiu em direção ao armário.

— Fechem a porta da Terra Espelhada. — Ela nos lançou um olhar feroz, o rosto machucado e ensanguentado. — E fechem com o ferrolho.

Obedecemos, então a seguimos de volta para a cozinha. Ela se sentou diante da mesa. Havia uma chave ali no meio. A chave do vovô.

— É da porta da frente. Quero que vocês façam o que planejamos. Saiam o mais rápido que puderem.

— Mas agora você pode ir também — sussurrou a El.

— Eu já disse a vocês. Tenho que resolver isso, esse é o meu trabalho. Sempre soube que seria o meu trabalho.

Ela suspirou, se levantou, pegou a tipoia improvisada com pano de prato que agora estava pendurada apenas em seu pescoço e começou a esfregar com força os cortes em nosso rosto e o sangue sob as nossas unhas com sua eficiência bruta de sempre. Sabíamos que era melhor não reclamar, menos ainda chorar, embora a dor logo tenha engolido o nosso medo. Minha cabeça latejava nos lugares onde o vovô havia socado ou batido no chão; doía por dentro, como se o meu cérebro tivesse ficado grande demais para o meu crânio. A El agora se esforçava para engolir; os olhos cheios de lágrimas. Nenhuma de nós duas conseguia parar de olhar para o corpo do vovô jogado ao lado do fogão, o sangue escorrendo rápido e escuro por dois ladrilhos, se acumulando na argamassa entre eles.

— El. Tem um lenço xadrez no cabide. Enrole-o ao redor do seu pescoço e não tire. E tem um pó compacto guardado na gaveta da mesinha do telefone. Levem com vocês e cubram os machucados e cortes mais feios uma da outra.

Ficamos paradas, imóveis e em silêncio, latejando de dor, com os resquícios do horror, o início do arrependimento.

— O que estão esperando?

— O vovô é... — Olhei para o rosto dele, para o sangue vermelho-escuro ainda escapando do crânio muito ferido. — O vovô é nosso *pai*?

A mamãe cerrou os lábios e estreitou os olhos.

— Apenas sigam a rota no mapa do tesouro. Não vão a nenhum outro lugar. Vão direto para o porto, direto para o depósito. Há sempre alguém lá, então vocês vão ficar bem.

— Mãe — sussurrou a El. — O vovô era...

Estremeci quando a mamãe agarrou minha mão direita e a mão esquerda da El.

— Vocês sempre devem segurar a mão uma da outra. Porque...?

— Não vamos deixar uma à outra.

— Nunca enquanto estivermos vivas — sussurrou a El, colocando a mão fria na minha.

— Não confiem em mais ninguém. Não contem com mais ninguém. Vocês só vão ter uma à outra.

Assentimos, tentando não engolir, não piscar, não chorar.

— Lembre-se, Ellice, você é a mais velha, a provadora de veneno. Seja corajosa, seja ousada, cuide da sua irmã. — As mãos da mamãe tremiam, o sangue em sua têmpora voltou a escorrer. — Lembre-se, Catriona, não seja como eu. Seja corajosa. Veja sempre o bem e não só o mal.

Assenti, lembrando da Selva Kakadu barulhenta e estridente, de todas as noites em que a El e eu corremos em meio à escuridão e aos relâmpagos, ao vento forte e às águas que se avolumavam, às sombras agachadas, que se eriçavam de raiva, os dentes afiados. Isso não seria diferente, pensei, embora eu soubesse que seria.

Minha mãe ficou de joelhos, e, embora nada nela tenha abrandado, as lágrimas escorriam por seu rosto torto, encharcando a gola ensanguentada da blusa.

— Nunca se esqueçam de como vocês são especiais. Como vocês têm sido especiais.

Então ela soltou nossas mãos e fechou os olhos.

— Agora vão.

Quando abri a boca para protestar, a El apertou minha mão com mais força.

— Vão!

Quando não fomos, os olhos da mamãe se abriram de repente, os punhos cerrados também se abriram, mostrando as unhas, a boca apertada em uma linha fina e cruel.

— Corram!

Acho que aquele não era o modo como ela queria — ou havia planejado — fazer tudo aquilo. Sem um "adeus" ou um "eu amo vocês" — somente um terrível e prático "agora vão". Ela sabia que obedeceríamos porque, de muitas maneiras, tínhamos mais medo dela do que de qualquer outra pessoa. A El e eu havíamos ficado entorpecidas por uma vida inteira da raiva que a mamãe sentia, da sua revolta e frustração, mas talvez ela também tivesse ficado entorpecida. Foi assim que ela nos protegeu — para que não sofrêssemos nem mesmo uma mínima parte do que ela sofreu durante tanto tempo. O amor da mamãe era cruel; ela foi nos fortalecendo pouco a pouco, de um jeito implacável.

Só uma semana depois a El e eu descobrimos que ela se matou, ao vermos uma chamada no noticiário que passava na TV do salão comunitário de Rosemount. Um assassinato seguido de suicídio, provável história de violência doméstica, com o número do disque-ajuda passando na base da tela. Ela havia tomado todos os comprimidos do vovô, para o coração, e se deitara ao lado dele no chão da cozinha.

A última imagem que guardo da minha mãe na memória é de vê-la ajoelhada no piso da cozinha, bloqueando o corpo do vovô da nossa visão. O maxilar cerrado com força, a pele rosada e exposta daquela área careca, do tamanho de um punho, perto do alto da cabeça. E a última coisa que me lembro de ouvi-la dizer — de ouvi-la gritar em ecos que faziam tremer as paredes grossas e os tetos altos enquanto corríamos em direção ao saguão de entrada vermelho-sangue — não foi menos terrível ou gentil.

Nunca mais voltem aqui.

Mas nós voltamos. Nós duas. Porque não cumprimos nossa promessa. Contamos com outra pessoa. Confiamos em outra pessoa. Nós nos separamos. Nós esquecemos.

Abro os olhos. Eles ardem, minha cabeça dói, minha garganta lateja. Corro os dedos pela madeira lisa da porta, e embora deixem marcas do sangue do Ross em seu rastro, eles estão mais estáveis do que estavam nas últimas semanas. Agora me lembro do mapa do tesouro da mamãe, com estradas pretas e espaços verdes. A água longa e azul e um vulcão. O X que ela fez no espaço entre os muros do quebra-mar, ao lado de um grande depósito de madeira e de um enorme guindaste enferrujado. Onde acreditávamos que encontraríamos um navio pirata para nos levar até a Ilha. Onde a mamãe acreditava que encontraríamos uma segunda vida digna o suficiente para nos fazer esquecer a primeira.

Eu me recosto na parede e olho para o teto. A chuva parece granizo, caindo barulhenta e com força. A El se foi. Todos se foram. Então finalmente começo a chorar. Enrodilho o corpo até ficar pequena o bastante para me abraçar enquanto soluço. Enquanto toda a minha dor, meu arrependimento, meu horror e minha vergonha se derramam para fora de mim e para os cantos escuros e pesados da Terra Espelhada, não me deixando nada além de um vazio.

29

O Logan é o primeiro a me encontrar. Embora me sacuda delicadamente, acordo gritando. Ainda bem que não tenho voz. Ele está dentro do armário, agachado sobre a entrada para a Terra Espelhada. Seu cabelo está encharcado, grudado na cabeça. Ele não volta a me tocar, e fico grata por isso, mas sua expressão não é a de um detetive-sargento. E me sinto ainda mais grata por isso.

— Cat, você está bem? Consegue se levantar?

A resposta provavelmente é sim, mas a verdade é que não quero me levantar. Estou me sentindo mal. Talvez agora que a adrenalina passou, o que quer que estivesse naquele vinho esteja fazendo efeito de novo.

A luz inunda o armário quando a Rafiq puxa a porta e afasta o Logan com o cotovelo. Eu me pergunto se eles tiveram que arrombar a grande porta vermelha da frente para entrar. Espero que sim.

— Catriona? — Ela me olha lentamente, da cabeça aos pés, avaliando os danos. O tempo todo com a expressão de uma inspetora de polícia. E descubro que isso é o que me faz sentir mais grata.

— Onde está o Ross?

Engulo em seco. Dói ainda mais do que eu esperava.

— Você está aqui para prendê-lo?

Ela aponta para o meu pescoço.

— Ele fez isso com você?

Assinto.

— Onde ele está?

Baixo o olhar para a escuridão no fim da escada.

— Certo, precisamos tirar você daqui. Depois cuidamos do Ross. Logan, leve a Catriona para a sala da frente e peça a um policial para ficar com ela.

Mas não tenho nenhuma intenção de sair mancando silenciosamente. Quando consigo me levantar, não aceito o braço que o Logan me oferece. Em vez disso, começo a descer para a Terra Espelhada.

— Merda, não deixa ela descer, Logan!

Ele tenta. É difícil demais se mover naquele espaço confinado e o Logan está muito preocupado em não me machucar. É fácil me esquivar dele, até o Logan parar de tentar me segurar e pegar a minha mão.

— Muito bem. Você pode descer com a gente. Mas nós vamos primeiro, está bem?

Escuto a Rafiq estalando a língua, mas ela não se opõe.

Pressiono o corpo contra a parede, para deixar os dois passarem por mim. De certa forma, é um alívio. Não sei o que vamos encontrar na base da escada.

— Que diabo de lugar *é* este? — murmura Rafiq enquanto descemos pela escuridão em direção ao círculo dourado do lampião do Ross. Ela para um instante e se vira para mim. — É aqui que...

Concordo rapidamente com um único aceno de cabeça, e a expressão dela fica mais atenta.

Já na base, Logan pega a lanterna.

— Esquerda. — Minha voz sai em um sussurro.

Passamos pelo armário, pelo carrinho de bebê da Silver Cross. Nossos pés afundam nas tábuas do piso da lavanderia. Meu coração bate mais rápido, mas só um pouco. Não sei o que quero encontrar. Não sei se quero que o Ross esteja vivo ou morto.

A luz da lanterna foca para a esquerda e o encontra. Ele rastejou da popa até o convés de canhões, até onde estão os rabiscos da El de "Reservas de rum e de água AQUI!!", mas agora ele está parado. Ele se encolhe contra a luz e geme alto o bastante para fazer meu coração disparar de novo. Em seguida olha para cima e tenta se levantar. Seu olho esquerdo está completamente fechado, a ferida acima coberta por uma crosta de sangue. A Rafiq se vira para mim.

— Você fez isso com ele?

Assinto.

— O que está acontecendo?

Recuo ao ouvir a voz do Ross, não consigo evitar. Ele ainda soa como o Ross, e não vejo como isso é possível. A Rafiq passa pelo Logan e se agacha.

— Você consegue ficar de pé?

O Ross olha para ela com seu único olho bom.

— Acho que sim.

— Vamos cuidar desses ferimentos na cabeça no hospital — avisa Rafiq. — Logan, ajude aqui.

Fico parada no convés enquanto os dois o erguem. Ele oscila por alguns segundos e se apoia pesadamente contra a parede do mar e do céu da lavanderia. Depois olha para mim.

— O que... o que está acontecendo? Cat?

Rafiq se afasta ligeiramente dele.

— Ross MacAuley, você está preso, em nome da lei, por agressão e lesão corporal. Tem o direito de ficar calado, mas tudo o que disser pode e será usado contra você, entendeu?

Ross abre e fecha a boca duas vezes. Balança a cabeça.

— Eu não fiz nada. — Ele se afasta da parede, e só o fato de o Logan estar segurando seu braço o impede de cambalear na minha direção. — Cat, fala para eles! Não aconteceu nada. Foi só um desentendimento que saiu do controle, só isso. Eu não fiz nada!

Em um reflexo, levo a mão à garganta que ainda arde, e o Ross arqueja, como se tivesse acabado de reparar nas marcas na minha pele. Ele parece horrorizado. Eu me pergunto se tem tanta prática em esquecer o que não quer lembrar quanto eu.

— Acho que você fez sim, Ross. Na verdade, acho que você tem estado muito ocupado. — A Rafiq parece perigosa aqui embaixo. A carapaça dela é muito mais fina. Ela está com raiva; mais do que isso, ela está animada. — Viemos aqui hoje para detê-lo por desperdiçar o tempo da polícia e atrapalhar uma investigação. Acreditamos que a declaração que você nos deu sobre o seu paradeiro no dia do desaparecimento da sua esposa é falsa.

Ross não diz nada.

— Eu tive uma conversa muito interessante com a professora Catherine Ward. — Rafiq me olha de relance. — Ela queria saber sobre os desdobramentos da resposta que ela havia mandado a um e-mail que eu enviei para ela.

— Não sei quem é essa pessoa — diz Ross, a confusão em sua voz substituída pela cautela.

— Bom, mas ela sabe quem *você* é. Na verdade, a professora declarou que testemunhou você guardando sua mala no carro e saindo da Universidade de Southwark, vinte e duas horas antes do horário que você havia dito.

— Não, eu...

— No momento, estamos verificando as câmeras de reconhecimento automático das placas dos veículos e as filmagens do circuito interno de TV, então nós *vamos* rastrear a cronologia da sua viagem de volta até aqui. — Ela cruza os braços. — Também conseguimos um mandado para verificar seus registros telefônicos no dia 3 de abril. Para a nossa sorte, seu celular foi ligado quando o policial Thompson ligou às seis e meia da noite para informá-lo sobre o desaparecimento da sua esposa. E para onde você acha que o serviço de rastreamento da sua operadora de celular apontou?

— Eu estava só dirigindo. — O Ross parece preocupado. Ele não está mais apoiado no Logan ou na parede. — Eu estava só dirigindo, cacete! — Então aponta o dedo para mim. — Eu disse isso para ela. Pergunte para ela!

— Eu não preciso perguntar para ninguém. Eu já sei que você estava em Edimburgo.

— Ela me ligou... a El *me* ligou! *Ela* pediu que eu voltasse.

— Então, por que você não disse ao policial Thompson...

Logan se posiciona entre eles.

— Ele tem um ferimento na cabeça, chefe.

— E, como eu disse — volta a falar Rafiq, sem tirar os olhos de Ross —, vamos cuidar disso no hospital.

— Eu não sei! — grita Ross. — Nós estávamos com problemas, eu disse isso. Eu só precisava de um tempo para pensar. Não tive tempo para pensar! Eu tinha acabado de estacionar em algum lugar depois de dirigir a noite toda e dormi no carro. Foi só isso! E eu sabia que isso pareceria... talvez eu tenha entrado em pânico. Não sei. Eu não...

— *Houve* o registro de uma ligação para você às cinco e meia da tarde do dia 2, mas não foi da El. Foi de uma seguradora com sede em Newhaven. E, quando o Logan ligou para lá, disseram que provavelmente era um retorno de cortesia porque você havia feito uma consulta de orçamento online no dia anterior. E você pode imaginar a nossa surpresa quando descobrimos em que tipo de seguro eles são especializados?

O rosto de Ross está pálido. Todo o seu corpo vibra, e, mesmo agora, quando sinto a garganta inchada e latejando, o estômago apertado com algo muito semelhante a ódio, ainda preciso fazer um grande esforço para não ir até ele.

— Seguro marítimo acidental ou por negligência — esclarece Rafiq, com os olhos brilhando. — Muita coincidência, não acha? Foi por isso que você acabou não dando entrada no seguro? Achava que até mesmo nós, tontos, poderíamos achar um pouco suspeito você ter feito isso um dia antes de a sua esposa desaparecer no barco dela?

— Isso está errado — diz Ross. — Você está errada, cacete.

Rafiq balança a cabeça.

— Você se lembra daquele telefonema anônimo sobre o qual eu lhe perguntei cerca de dois dias depois que a El desapareceu? Bem, ontem, duas pessoas acabaram se apresentando para dar depoimentos oficiais, alegando que você estava machucando a El...

— O quê? Quem?

— Não posso lhe dizer isso — diz Rafiq.

Mas eu me lembro da dor e da determinação da Anna, da longa linha preta de rímel escorrendo do olho esquerdo até a têmpora. E do sorriso desdenhoso da Marie quando ameacei denunciá-la, se ela não nos deixasse em paz.

Rafiq faz uma pausa, então enfia a mão no bolso.

— Também temos um segundo mandado para revistar esta casa. — A voz dela fica mais baixa, mais suave. — Portanto, vou perguntar mais uma vez, Ross. Você sabe o que aconteceu com a sua esposa?

— Chefe — diz Logan —, não podemos fazer isso, não até que ele seja examinado por um médico. Você sabe disso. — Então ele se aproxima um pouco mais dela e fala baixinho: — Não podemos ferrar com tudo agora.

— Ele sabe — digo o mais alto que posso, embora doa. Dói mais olhar para o Ross, mas também faço isso. Porque agora, com certeza, até ele consegue ver o que está escrito na parede. Em vermelho, gritante e sangrento. — Ele sabe. Porque foi ele que matou a El.

— Não!

Rafiq se vira, uma sobrancelha erguida na minha direção.

— Você tem alguma prova disso?

— O caiaque no galpão. E eu encontrei um baú dentro do quarto do Barba... dentro do quarto no final do corredor, no andar de cima. — Engulo em seco antes de me lembrar que isso é uma ideia ruim. Por um momento, a dor é tão forte que ofusca todo o resto, até mesmo o impacto do olhar ardente e horrorizado do Ross. Levanto a cabeça e o encaro sem vacilar. — Eu encontrei os seus Troféus do Tesouro.

— Cat. — A Rafiq me vira para ela.

— Acho que é um tampão de drenagem — digo. A tristeza me invade, deixando-me ainda mais vazia. — E uma serra cilíndrica.

Ross deixa escapar um som que fica entre um grito e um gemido, e fecho os olhos enquanto a Rafiq sobe as escadas em disparada.

— O que você está fazendo, Cat? — A voz dele sai abalada, tão rouca quanto a minha. — Como você pode...

— Ross, eu aconselho você a não falar mais nada. — A expressão do Logan é severa. — Para o seu próprio bem.

A chuva tamborila em contato com a madeira. Sinto dor por toda parte agora, não só no pescoço, e tenho que me anestesiar contra ela: contra o medo, o horror, os arrependimentos que crescem, rápido demais para eu conseguir pensar em outra coisa. *Pense na El. Não pense nele. Pense na El.*

Quando a Rafiq volta, já parei de tremer. Ela vem direto até mim, ignorando o Ross e o Logan.

— Há mais alguma coisa?

Ouço o ritmo monótono e oco das botas dos policiais no piso de mosaico. O rangido no patamar da escada, o grito de uma porta preta empoeirada. Fico de pé no *Satisfaction* e levanto o olhar para a passagem escura da Terra Espelhada — minha respiração fica ainda mais superficial quando me lembro de nós todos lutando contra tempestades e bergantins. Olhando para cima, sempre para cima. Na direção do barulho de madeira estilhaçada e de homens moribundos, dos estrondos de canhões e dos mosquetões, do rugido da tempestade.

Enfio a mão no bolso do jeans, pego a carta que a El escreveu para mim e estendo para a Rafiq. Ela tira um par de luvas de látex do casaco. Então abre a carta, lê e inspira profundamente. E, quando alguém grita do alto da Terra Espelhada "Encontraram, senhora", algo muito mais selvagem do que alívio ilumina o rosto dela.

O Ross sibila, um misto de suspiro e gemido.

— Não olhe para ele, olhe para mim — Rafiq me diz, séria, os olhos muito brilhantes. — Há *mais alguma* coisa?

— Ele estava me drogando. — Minha voz sai mais baixa do que um sussurro. Aponto para a taça de vinho no chão do corredor. — Acho que ele drogou a El também.

— Não! — grita Ross. Quando olho ao redor, vejo que agora o Logan precisa contê-lo ativamente. — Ela está mentindo!

Mas eu não recuo mais diante dele. Nem mesmo diante dos seus gritos e xingamentos. Escuto o clique das algemas se fechando. Os grunhidos de esforço do Logan enquanto tenta arrastar Ross de volta para a Shank. — Não fui eu! Eu não matei a El! Eu a amava. Fala para eles, Cat. Fala para eles, sua vaca mentirosa! Não fui eu. Eu não fiz nada! Eu amava a El! Eu te amava! Os olhos dele encontram os meus uma última vez. — *Eu desisto*!

Pressiono a garganta com força, de modo que só o que consigo sentir, ver ou ouvir é minha própria dor. E, quando volto a abrir os olhos, o Ross se foi.

— Vai ficar tudo bem — diz Rafiq, e seu tom agora é gentil. Ela tira meus dedos do pescoço. O braço que me envolve é tranquilo, seguro e reconfortante.

— Eu sei — sussurro.

Porque na Terra Espelhada tudo — tudo — é possível. Na Terra Espelhada, estamos seguros. O medo nunca deve ser temido, o horror é só de faz de conta e o instinto de fuga está dentro de cada osso, de cada veia, em cada respiração e em cada tijolo. E ela só pede uma coisa em troca. Apenas uma coisa: que sejamos corajosos.

Então, pela primeira vez em muito tempo, eu me sinto desse jeito.

30

Chego cedo. Fico sentada atrás do volante do Golf velho do Vik, olhando o estacionamento se encher através de um para-brisa obscurecido pela chuva. Meus olhos estão arenosos, inchados pela falta de sono e por uma tristeza nova e impiedosa que se acomoda sobre o meu peito, pesada e estranha. Não consigo me livrar dessa dor. Não consigo fingir que não está lá. Ela consome tudo o que me sustentava, tudo que me manteve viva durante todo o julgamento e ao longo dos dois meses que se passaram desde então — minha raiva, meu sofrimento, minha necessidade de vingança, de justiça, de conclusão do caso. E essa dor erodiu tudo isso, transformou tudo isso em pó. O que já foi um alto penhasco se transformou em poeira e foi levado para o mar.

A prisão parece moderna, elegante, nada do que eu estava imaginando — acho que imaginei as janelas estreitas e as torres escuras de guarda de Shawshank. Em vez disso, é um prédio de dois andares, discreto e cheio de curvas, com acabamento em arenito bege fosco e com grandes janelas. O nome do presídio de segurança máxima está escrito em letras cinza brilhantes, "HMP SHOTTS", acima da porta de entrada giratória.

Estou nervosa, com medo, nauseada, mas há muito meus pensamentos não estão tão lúcidos. Já se passaram duas semanas desde a última vez que tomei alguma bebida. Todas as manhãs durante o mês de setembro, usei a vodca para me fortalecer para mais um dia de "Procuradoria do Governo de Sua Majestade vs. MacAuley", na sala do tribunal 9 do Tribunal Superior de Justiça. Invariavelmente, eu acabava bebendo atrás de cortinas fechadas, mas alguns dias minha determinação vencia. E cada um desses dias — de repórteres, câmeras, olhares, sussurros, detalhes íntimos, de *Ross* — era seguido por longos e entorpecidos espaços de nada. Fantasias conhecidas me fizeram companhia na escuridão, e eu me convenci de que o julgamento era só mais um sonho, outro lugar dentro das paredes de pedra fria da Terra Espelhada.

Eu estava bêbada no dia em que o júri de sete mulheres e oito homens finalmente voltou com um veredito. A sala do tribunal 9, quente e pegajosa, zumbia e vibrava; meu estômago se apertou, minhas mãos tremeram. Eu me escondi no fundo do tribunal, mas, assim como todos os jornalistas e curiosos na Praça do Parlamento, o Ross me viu na mesma hora. Ele parecia cansado e muito magro. E eu detestei a carência que senti, o eco da necessidade de tê-lo.

Mal ouvi o júri considerá-lo culpado pelo veredito de assassinato da El. Mas o ouvi gritar — uma única vez, um grito longo e alto; a voz falhando no final —, antes que a sala do tribunal explodisse em caos e a Rafiq aparecesse para me afastar dos rostos boquiabertos e das perguntas gritadas.

Fecho os olhos. Não sei se vou conseguir encarar isso, se vou conseguir encará-lo. Eu me lembro de novo daquele grito terrível. Tento usar isso para me sentir corajosa, mais forte, *melhor*. Mas já não sou boa em mentir para mim mesma. Perdi a habilidade.

Tiro a carta do bolso novamente. Amassada e marcada porque não consigo deixá-la de lado. Com "CAT" escrito no envelope, na letra da El. A carta chegou dois meses depois da condenação do Ross. Dois dias depois que o Vik me mandou uma mensagem pedindo o meu novo endereço. Eu usei as minhas economias cada vez menores para pagar o depósito e o aluguel do primeiro mês de uma quitinete barata nos arredores de Leith, porque cada novo dia de pátios gramados e macieiras, de tijolos cinza de pedra polida e janelas em estilo georgiano, de sinetas de cobre, portas vermelhas e luz dourada, tinha se tornado uma tortura — uma tortura que eu comecei a desejar, da qual comecei a precisar, pela qual passei a esperar ansiosamente. Como um caso de amor tóxico. Ou um mundo de fantasia de monstros e fantasmas. Na primeira vez que fechei a porta do quarto e me sentei na cama flácida, chorei de alívio.

Tiro a carta de dentro do envelope e pego o pedaço de papel menor que está ali dentro, antes que caia no meu colo, olho para o "Querida Cat" e para o "Com todo o meu amor, El", e para todas as palavras terríveis que há no meio. Quando abri o envelope pela primeira vez, havia ainda um bilhete rabiscado dentro dele: *Ela me disse para não ler. Então não sei se vai ajudar ou tornar as coisas cem vezes piores. Vik.*

3 de abril

Querida Cat,
Esta é a última carta que vou escrever para você. Eu deveria ter escrito antes, mas não sabia como. E agora não posso adiar mais.
Eu menti para você. Mais vezes do que posso contar. Mais vezes do que deveria. Mas você precisa saber que foi por você: tudo o que escondi de você, cada mentira que contei, cada vez que disse "confie em mim", agora é verdade — e antes não era.
Acredite em mim. Agora é verdade.

Olho para os carros, para as pessoas, para o bege e cinza borrados, abro o porta-luvas e enfio a carta lá dentro. Esse novo luto pode ser pesado e cruel, mas esse novo senso de responsabilidade é pior, mais penoso; um terror não mais prateado, mas negro e espesso como alcatrão resfriando. Eu costumava achar que as pessoas cujas vidas estavam presas no limbo só seguiam adiante porque era mais fácil. Mais fácil do que desistir. Mais fácil do que parar. Mas agora eu sei que é porque não há alternativa, não há escapatória. Que a maré vai subir e tudo o que podemos fazer é nos manter na superfície. E esperar que ela baixe.

Dobro o pedaço menor de papel e o enfio no bolso da calça jeans. Abro a porta do carro e saio. Encaro as paredes de pedra lisa e as janelas altas.

Porque eu também não posso adiar mais.

*

Tento não olhar para a recepcionista que verifica a minha identidade, nem para minhas mãos trêmulas enquanto guardo meu celular e minha bolsa dentro de um escaninho, nem para o guarda quando passo pelo detector de metais e autorizo uma revista. A área de espera segura fica no andar de cima e eu me sento, mantendo os olhos fixos no tapete neutro. Talvez ninguém saiba quem eu sou ou quem vou visitar.

A sentença do Ross foi uma grande notícia. Foi televisionada. Eu assisti sozinha, no escuro, enquanto os repórteres batiam na minha porta. A voz do juiz me lembrou a da minha mãe: alta e agressiva, sem dar espaço para opinião, nem para divergência.

Sr. Ross Iain MacAuley, por veredito da maioria, o júri o considerou culpado pelo assassinato de sua esposa, Ellice MacAuley. Depois de submetê-la a meses, talvez anos, de abuso físico e mental, o senhor decidiu e planejou — possivelmente motivado em parte pela percepção de que ela pretendia deixá-lo — matá-la e fazer sua morte passar por um acidente marítimo. Acho que isso mostrou significativa frieza e premeditação. Também acho que o senhor acreditava que lucraria financeiramente com a morte dela. O senhor se declarou inocente. Não mostrou remorso. Diante desses fatores agravantes, não há muito o que encontrar em termos de atenuantes. Portanto, eu o condeno a quinze anos de prisão pelo assassinato de Ellice MacAuley, e a três anos de prisão por tentativa de impedir o curso da justiça.

Os repórteres pararam de me perseguir agora. O julgamento, a condenação, já foram quase esquecidos. E a Rafiq estava errada. Ninguém fez qualquer conexão entre nós e as duas garotas de doze anos encontradas em Granton Harbour em 1998. E ninguém mencionou o assassinato seguido de suicídio no número 36 da Westeryk Road, a não ser como uma macabra coincidência.

Encontro o olhar de um velho de bigodes amarelos, e, quando ele sorri, desvio o olhar. O som alto e intermitente das máquinas de venda automática transforma minha dor de cabeça em um latejar surdo.

Um guarda abre uma porta e acena para nós com o dedo meio arqueado.

— Doze — me diz, quando passo por ele na porta.

Encontro a mesa, me sento e entrelaço os dedos. Não quero vê-lo. Nunca desejei ter que vê-lo novamente. Ainda assim...

Os detentos entram em fila. Sinto o Ross antes de vê-lo: um arrepio frio percorre minha espinha, um tremor vibra em meu peito. Ele para ao lado da mesa por tempo suficiente para eu ter que olhar para cima. E vejo que parece ótimo. Seu cabelo está curto. Seus olhos não estão mais injetados, ele não tem olheiras. No dia em que o Ross se sentou no banco do tribunal, suas faces estavam encovadas, escuras com a barba por fazer. Ele foi encantador, apaixonado, convincente. Ele chorou. Embora eu tenha sentido seu olhar durante a maior parte do julgamento naquele dia ele não olhou na minha direção nem uma vez.

— Oi, Cat — diz Ross agora, e seu sorriso é caloroso, inseguro. — Bom te ver. Não achei que seria.

A última frase é dita como uma pergunta, mas me recuso a responder, ainda não. Preciso estar no controle de toda essa conversa. Não posso deixar nada dele entrar até eu ter feito a minha escolha.

Ele se senta e mantém o sorriso no rosto. Quando estica as pernas, cruzo os tornozelos sob o assento da cadeira. Mas, quando ele pigarreia, eu me forço a encará-lo. Se eu não conseguir fazer isso, estou perdida antes mesmo de começar.

— Por que você está aqui? — Seu olhar é intenso demais. Os olhos castanhos cor de turfa, salpicados de prata.

Fecho os olhos, e eles ardem. Porque também estive de luto por ele, não posso fingir o contrário.

— Ainda não sei.

Ele se inclina mais para perto. Perto o bastante para eu sentir seu cheiro.

— Eu quero... eu preciso... que você saiba como lamento o que aconteceu naquela noite.... — Ele engole, e sua garganta estala. — Sinto muito ter te machucado, Cat. Tenho pensado nisso todos os dias e não te culpo pelo que você disse no julgamento, não te culpo por nada. Juro que não.

Porque eu sou o principal motivo de ele estar aqui. Sou o motivo pelo qual "não há muito o que encontrar em termos de atenuantes". Eu fui a melhor testemunha da Procuradoria de Sua Majestade, e a parte mais contundente do meu testemunho não foi o que eu descobri ou ouvi, nem mesmo a oxicodona e o diazepam que eles encontraram na minha taça de vinho e no meu sangue, mas o fato de o Ross e eu termos transado. Eu suportei o constrangimento de ter essa verdade exposta, suportei até mesmo a forma sarcástica como o advogado do Ross, e, em seguida, o mundo de forma mais ampla, lidaram com ela, porque era um fato muito condenável. Grande parte da acusação era circunstancial: a carta da El, os depoimentos falsos do Ross, as provas físicas descobertas, os dados do telefone celular, as imagens da câmera, até mesmo o surgimento de um testamento do qual o Ross não tinha ideia, em que a El deixava tudo o que tinha só para mim. Talvez nada disso tivesse sido suficiente. Mas o fato de o marido dela — o marido bonito, encantador e angustiado; o viúvo desesperado do YouTube — transar com a irmã gêmea da falecida poucos dias após o seu desaparecimento carregava um peso deliciosamente escandaloso que não tinha como ser afastado. Até mesmo quando eu estava no banco das testemunhas, percebi a antipatia dos membros do júri.

— Naquela última noite na Terra Espelhada, quero que você saiba que eu nunca... eu nunca teria... mas é que tudo acabou saindo do controle, e você não me ouvia. — Ele balança a cabeça com força. — Mas tudo bem, Cat. Tudo bem. Você sabe que eu...

— Não quero falar sobre isso.

Ele torce os lábios, franze a testa.

— Mas eu preciso que você acredite que eu não...

— Que você não teria me matado.

É um esforço manter a voz firme, neutra, porque não tenho certeza se isso é verdade. Mas acho que ele acredita. O Ross acredita que nunca houve um brilho de loucura em seus olhos, nem veias inchadas pulsando em seu pescoço, enquanto ele me estrangulava com cada vez mais força. Só acreditamos no que queremos — no que precisamos — acreditar.

Ele sorri. Há uma mancha de sangue seco sob o queixo dele, e me pergunto se ele fez a barba para mim novamente. Mas dessa vez eu não tremo. Não o odeio mais. Eu me esforcei muito para não odiá-lo. Talvez tenha me esforçado até demais.

Belisco a pele por baixo da mesa.

— É meio irônico. — Minha voz sai aguda demais, alta demais. — Eu te visitar na prisão, em vez do contrário.

O Ross fica ruborizado, e, embora seu sorriso persista, agora é inseguro, incerto, esconde os dentes. Ele deveria rir? Isso é uma piada? É uma piada da qual ele deveria rir? Eu nunca me senti disposta a analisar as reações dele, mas agora é como se cada pensamento estivesse iluminado em néon acima de sua cabeça. Eu me pergunto se ele sempre teve que fingir que era humano, se sempre foi tão obviamente difícil.

De repente, me ocorre que talvez estejam ouvindo a nossa conversa aqui na prisão. Isso é permitido? A possibilidade faz meu coração acelerar de novo; um suor frio desliza por entre minhas omoplatas. O Ross olha para mim, e busco minha calma, minha raiva, porque isso não importa. Nada importa, a não ser a escolha que estou aqui para fazer.

Baixo o tom de voz, olho nos olhos dele como se quisesse fazer isso.

— Preciso te fazer algumas perguntas. Coisas que preciso saber. E preciso que você me diga a verdade.

O Ross lança um olhar rápido ao redor do salão.

— Eu disse a verdade, Cat.

— Então deve ser fácil.

Ele parece espantado.

— Então podemos começar de novo?

— Ainda não sei o que vai acontecer depois.

— Tudo bem. — Outro sorriso. Quando me vê hesitar, ele se inclina ainda mais para perto. — Eu não matei a El. Eu juro, Cat. Eu não matei a El.

— Não é isso que eu quero saber.

O Ross não consegue esconder a surpresa, o alívio.

— Por que você nos drogou?

Quando ele se apressa a balançar a cabeça, eu me levanto rápido e começo a me afastar da mesa.

— Espera. Espera! — O grito dele é alto o bastante para atrair a atenção do guarda mais próximo de nós, um homem alto e entediado, que está mascando chiclete. O Ross levanta a mão e abaixa a cabeça, olhando para a mesa entre nós.
— Por favor, Cat. Senta. Vou dizer a verdade.

Volto a me sentar.

Quando o Ross finalmente levanta a cabeça de novo, seus olhos parecem embaçados.

— Porque eu queria que vocês ficassem. Sempre quis que vocês ficassem.

— Você achou que nós não ficaríamos *se não* estivéssemos drogadas?

— Eu sei que foi errado, que eu fui fraco. Mas, quando a minha mãe foi embora comigo, quando ela acordou um dia e decidiu deixar o meu pai e me levar, eu fiquei chocado. Com o fato de alguém fazer uma coisa dessas e nunca olhar para trás. — Ele fecha os olhos com força, como uma criança. — Então, depois que ele se matou, eu fiquei *apavorado*.

Ele estende as mãos sobre a mesa. Suas unhas estão irregulares.

— Quando a El estava... quando ela ficou deprimida... Eu fiquei assustado. Não sabia o que fazer. Achei que ela podia tentar fazer mal a si mesma de novo. Eu só queria cuidar dela, só queria ajudar a El, só isso. — Ele se inclina para mais perto. — E com você... Eu estava com tanto medo de perder você de novo... eu sentia que era isso que estava acontecendo. Porque quando você foi para os Estados Unidos, Cat — ele engole em seco —, você nunca olhou para trás. Nem uma vez. Mas eu...

— Por que você me queria?

— O quê? — O Ross volta a parecer confuso. Suas mãos buscam por mim novamente, embora eu não ache que ele se dê conta disso. — Porque eu te amo. Sempre amei. Você sabe disso. — Ele sustenta meu olhar, até eu começar a sentir algo dentro de mim cedendo. *Esse é o Ross*, diz aquele olhar. Mas na mesma hora eu resisto a aceitar a ideia. A aceitar o instinto e a saudade.

— Então por que você escolheu a El em vez de mim? Por que sempre foi ela?

O Ross fica em silêncio por um momento, mas o neon acima da sua cabeça ainda sinaliza pânico, incerteza. *O que ela quer que eu diga?*

— Foi porque você queria mais a El? Ou porque você a amava mais? Ou talvez porque ela precisava mais de você do que eu? Ou você precisava mais dela do que de mim? — Eu me forço a relaxar. — Só me diz a verdade, Ross, só isso. Não o que você acha que eu quero ouvir, ou o que você acha que é a coisa certa a dizer. Só a verdade. É só o que eu quero.

O brilho que surge nos olhos dele, então, tem a confiança de quem sabe que vai responder a três perguntas: o que eu quero, o que é certo e a verdade. Ele irradia todo aquele brilho na minha direção.

— Eu não amava mais a El do que você, você sabe que não. Eu a amei, mas com você sempre foi diferente. Mais fácil. Melhor. — Seu sorriso é triste, ávido. — Eu escolhi a El porque, e nisso você está certa, ela precisava mais de mim do que você. Eu não poderia deixá-la. Eu não *conseguiria*.

Deixo escapar um suspiro longo e lento.

— Foi o que eu achei que você diria.

O Ross percebe alguma coisa na minha voz, algum resquício de raiva que não me esforço mais para esconder. Então recolhe as mãos e seu sorriso desaparece. Não funcionou, a resposta perfeita, e ele sabe disso.

— Cat, isso está começando a parecer um interrogatório, e eu já estou farto deles. Eu disse que não matei a El. Eu jamais mataria a El. Mas, se é a isso que todas essas malditas perguntas estão levando, vou repetir: não fui eu.

Eu não respondo, mal consigo olhar para ele. Mas uma parte de mim, a boa menina, que nunca foi capaz de aprender que nunca se pode confiar no amor, ainda — *ainda* —, quer confortá-lo, ainda sente vontade de pressionar a ponta do polegar naquela linha profunda entre os olhos dele para alisá-la.

Encorajado, o Ross se senta mais ereto.

— O que eu quero dizer é, pense bem, Cat. Você já deve ter pensado nisso. Se eu quisesse matar a El, se tivesse organizado tudo nos mínimos detalhes, como aquele maldito advogado sebento disse, por que eu destruiria o meu álibi daquele jeito? Por que eu deixaria uma testemunha me ver indo embora? Por que eu deixaria o meu celular ligado? E por que diabos eu deixaria todas aquelas supostas evidências espalhadas pela casa? Aquela coisa do Troféu do Tesouro era uma besteira de criança, e você sabe disso. Ele distorceu aquilo, assim como distorceu a nossa relação. — Agora o Ross está com raiva e não consegue evitar direcionar um pouco dessa raiva para mim. — E você deixou que ele fizesse isso. Você ajudou.

— Talvez eu tenha acreditado nele.

— Você não acreditou! — Ele bate com os punhos na mesa, fazendo-me sobressaltar, e o guarda da prisão olha para mim. O Ross levanta a palma da mão novamente, abaixa a cabeça, mas, quando olha para mim, seu olhar é tudo, menos submisso. — Por que eu faria isso, Cat? Por que diabos eu faria isso?

Eu me lembro daquele dia terrível embaixo do salgueiro quando ele segurou o meu rosto entre as mãos e tentou recolher as minhas lágrimas com os polegares, os olhos cheios de tristeza enquanto eu implorava, "Não, por favor". Lembro dele descalço, de calça jeans velha e uma camiseta da turnê do Black Sabbath. O cabelo desalinhado, o rosto querido e familiar. As palavras pervertidas e maravilhosas que ele sempre sussurrava na minha pele: as promessas, as gentilezas, a esperança. A ferocidade com que ele me abraçava, me tocava, me beijava. Como se nada mais importasse. Como se não houvesse mais ninguém no mundo além de nós dois. De como eu queria que isso fosse verdade.

E me lembro de uma criança que preferiu acreditar em super-heróis e vilões de contos de fadas a acreditar em qualquer coisa real. Qualquer coisa afiada o suficiente para ferir, para causar cicatrizes das quais ela seria incapaz de esquecer, para simplesmente fingir que não viu.

— Você fez isso porque um dia nós poderíamos ter navegado para longe de você de novo — digo. — Porque você não podia confiar em nós. Era melhor se certificar de que nós ficaríamos. Era melhor nos fazer ficar. Então você mentiu e manipulou, drogou e tramou, e nos separou para manter o controle. Porque você é um covarde. — Lembro daquele dia na Shank: *Vou deixar vocês duas saírem, mas só se prometerem que nunca vão fugir. Se prometerem ficar comigo para sempre.* — Porque você respira roubando o ar de outra pessoa. — *Fica comigo. Fica comigo. Eu te amo. Eu preciso de você. A El iria gostar que fôssemos felizes.*

Baixo o olhar para a mesa de plástico, para as manchas e arranhões no tampo.

— Você escolheu a El porque achava que ela fosse mais fraca do que eu. — Eu me lembro dela deitada naquela cama de hospital, as olheiras escuras se destacando em um rosto branco como talco, o sorriso cansado e trêmulo. Mas não posso. Não posso. Se eu pensar nisso agora, vou desmoronar completamente. — E você é tão bom nisso, Ross. Você é capaz de fazer uma pessoa acreditar que o seu desejo é o desejo *dela*, a ideia *dela*, a traição *dela*. E depois, quando você afasta essas pessoas, é capaz de fazer elas acreditarem que isso também foi culpa delas.

— Não tenho ideia de que merda você está falando.

Nunca ouvi esse tom de voz dele antes. Baixo, sarcástico, ríspido. Eu me pergunto se esse é o jeito de falar natural do Ross.

— A minha mãe foi a única que te viu de verdade, que percebeu quem você realmente era. E ela nem chegou a te conhecer. A mamãe tentou nos avisar, mas ela nos criou em um mundo escuro e emocionante, cheio de piratas, bruxas e maçãs vermelhas envenenadas. Por isso nós queríamos um Príncipe Encantado bonito e esperto, em quem não pudéssemos confiar.

Vejo a expressão dele mudar, toda a raiva ferver sob a máscara bonita e bem ajustada. E isso fortalece minha determinação. Prefiro o Ross com raiva.

— Só que você nunca foi o Príncipe Encantado, não é? Nunca foi. Não é.
— Que porra é...
— Você é o Barba Negra.

Lembro da mamãe apertando com força nossa pele, apontando para aquele navio preto, sempre no horizonte. *Vocês se escondam do Barba Azul, porque ele é um monstro. Porque ele vai pegar vocês, fazer de vocês esposas dele e em seguida vai pendurá-las no gancho até vocês morrerem. Mas fujam do Barba Negra, porque ele é astuto, porque ele mente. Porque, não importa aonde vocês vão, ele sempre vai estar lá, bem atrás de vocês. E, quando ele pegar vocês, vai jogá-las aos tubarões.*

Os olhos dele escurecem, a boca se curva em um sorriso de escárnio que finge ser gentil. Toda aquela raiva em ebulição se acalmou agora — não vale a pena tanta inquietação por minha causa.

— Cat, acho que talvez você precise se consultar com alguém. Os últimos meses foram...
— Eu fiz uma escolha, Ross.

Olho para ele, gravo cada linha, cada cor e cada sombra dele na memória — tudo o que está visível e tudo o que está escondido. *Esse* é o Ross. É disso que vou lembrar se alguma vez pensar nele novamente.

— *De que diabos* você está falando?
— Eu não tinha certeza de qual seria a minha escolha, mas agora eu tenho. — Enfio a mão no bolso e tiro o pequeno pedaço de papel que tirei do envelope no carro. Então me permito só mais um segundo de hesitação antes de colocar a Marca Negra em cima da mesa e empurrá-la na direção do Ross. — Eu escolho *castigo*.

Ele estende a mão e empurra a Marca Negra de volta. Seu rosto é um estudo de angústia e perplexidade.

— Cat, eu não sei o que está acontecendo. Não sei o que você quer dizer. — Ele olha para a Marca Negra. Uma única lágrima cai na parte inferior de seu pulso.

Eu simplesmente ignoro o aperto que sinto no estômago. — Eu não sei o que *isso* significa.

Eu me levanto, pouso as mãos espalmadas sobre a mesa e me inclino o mais próximo que consigo suportar.

— Significa desistir, Ross. Eu consigo te ver.

Quando ele olha para mim, recuo diante da sua expressão e tropeço na cadeira parafusada atrás de mim.

— Vocês são bruxas — diz ele, e seu sorriso é puro Ross: torto e sexy, lento e íntimo. O canino esquerdo se sobrepondo ao incisivo anterior. — Vocês duas. Bruxas malucas desgraçadas. Vocês arruinaram a minha vida.

E com isso se vai meu último resquício de dúvida. Sorrio, e é mais fácil do que jamais imaginei que seria.

— Você só escolheu as vítimas erradas — digo. — Só isso.

Então começo a me afastar dele, em direção à sala de espera.

— Não! — grita Ross. Ele se levanta, investe contra mim e aperta meu braço com força. Com força o bastante para eu saber que vou ficar marcada com um hematoma ali durante dias. — Você não pode me deixar. Você não consegue me deixar!

Todo mundo olha para nós. O guarda alto começa a caminhar rapidamente na nossa direção, seguido por pelo menos outros dois, embora eu não esteja com medo, não tente me desvencilhar, nem fugir. Olho fixamente para o Ross, e algo nele murcha. Seu rosto fica flácido, os olhos ficam úmidos e suplicantes.

— Você não pode ir embora. Não pode me deixar. Não fui eu, Cat. Por favor! Eu não matei a El.

O Ross puxa o meu braço, me puxa para mais perto. E, até que aquele guarda alto e os colegas se aproximem um pouco mais, eu deixo que ele faça isso. Todos ainda estão olhando para nós. Eu continuo olhando apenas para o Ross. *Eu te amei tanto...* Mas não ouso pensar nisso por mais de um segundo, porque ele já tomou o bastante de mim.

— Eu não matei a El, Cat!

Fecho os olhos. Pressiono brevemente os lábios contra o ouvido dele.

— Eu sei.

Então realmente o deixo. Furioso, gritando e soluçando enquanto saio. Não olho para trás. Fecho a porta ao sair. Deixo o Ross pendurado no gancho para apodrecer.

Do lado de fora, a chuva parou, e o sol, baixo e turvo, torna o vidro cintilante e a prisão dourada. Paro no meio do estacionamento com os braços e os dedos bem abertos, a cabeça erguida para o céu. Então fecho os olhos e deixo o mundo arder, quente e vermelho.

Eu olhei, El, penso. *E não fiquei cega.*

31

3 de abril

Querida Cat,

Essa é a última carta que vou escrever para você. Eu deveria ter escrito antes, mas não sabia como. E agora não posso adiar mais.

Eu menti para você. Mais vezes do que posso contar. Mais vezes do que deveria. Mas você precisa saber que foi por você: tudo o que escondi de você, cada mentira que contei, cada vez que disse "confie em mim", agora é verdade — e antes não era.

Acredite em mim. Agora é verdade.

<u>Aqui está o porquê:</u>

Você se lembra do que mais me irritou no dia em que descobrimos aquele verbete da enciclopédia sobre o capitão Henry Morgan? Foi saber que a mamãe tinha mentido para nós, e por tanto tempo. Acho que nunca mais confiei totalmente nela. Eu parei de acreditar nela. Parei de acreditar em nós. Tudo por causa de uma mentira.

Você se lembra do que mais te incomodou? Não foi a mamãe ter mentido para nós, nem mesmo o fato de ele não ser o nosso pai. Mas sim o fato de que ele gostava de torturar as pessoas apertando faixas ao redor da cabeça delas até seus olhos saltarem para fora. Porque não era assim que um rei pirata se comportava — um pai, um herói, um homem. Então, imediatamente depois, você esqueceu. Você recua diante daquilo que não suporta que seja verdade e acredita na mentira. E, quando você parou de falar comigo — quando se recusou a falar sobre aquela última noite horrível na Terra Espelhada —, eu me afastei de você, porque eu só conseguia ver a verdade. Parecia uma doença de propagação lenta, uma doença que eu não suportaria transmitir para você. Eu não queria que você se lembrasse.

Mas então o Ross voltou. Muito antes daquele dia em que você o encontrou do lado de fora da Galeria Nacional. Por meses, ele me seguiu, me assediou, implorou por perdão. Eu o odiava. Eu o odiava muito por causa daquela noite. Mas ele era tudo o que restava da Terra Espelhada e ele sabia disso. Naquele dia, do lado de fora da galeria? Foi para me mostrar que, se ele não pudesse ter a mim, ele poderia ter a você. E aquele 1º de maio em Rosemount foi o jeito que ele encontrou para provar isso.

Então eu tive que fazer o Ross acreditar que era a mim que ele queria mais. Eu tinha que fazê-lo pensar que eu precisava mais dele. Daí eu fingi a minha tentativa de suicídio — você sempre soube disso, mas ele não. Para ele, a minha tentativa de suicídio foi a prova definitiva de lealdade. E talvez tenha sido mesmo. Porque eu tentei me convencer de que tinha feito aquilo por você. Para te proteger de um monstro, assim como você me protegeu. Mas não acho que essa seja toda a verdade. Não naquela época. Porque eu ainda o amava.

Dessa forma, talvez o nosso casamento tenha sido o meu castigo. A minha sentença. Eu não menti para você sobre isso. Um dia ele estava furioso e cruel, no outro estava tão amoroso que parecia uma agonia. Passei a receber aqueles cartões, me ameaçando, me dizendo para ir embora — acho que ele fazia isso só para bagunçar a minha mente. Como as drogas que ele colocava na minha comida e na minha bebida. O Ross esconde as drogas na mesa de cabeceira dele. E acordo todos os dias ansiando tanto por elas que não consigo pensar direito. Elas são como correntes me prendendo. Assim como aquelas "liberdades" que eu disse a você que ele me permitia ter. No *fim, o Ross conseguiu espantar a Rata daqui, depois que ela voltou. E, quando achou que eu poderia estar tendo um caso com o meu amigo Vik, ele ameaçou descobrir quem era o suposto caso e matá-lo. Ele já não me deixa fazer nenhum trabalho voluntário. Ameaçou não me deixar mais pintar, se algum dia eu voltasse a entrar em contato com algum deles. Ameaçou tirar o meu barco. Chegou ao ponto de empapelar a porta da Terra Espelhada. E eu deixei que ele fizesse todas essas coisas. Até eu querer morrer de verdade.*

Ele me encontrou, é claro. Me fez vomitar todos os comprimidos, me fez andar em volta dessa porra dessa casa até eu conseguir ver, ouvir e chorar de novo. E foi então que ele me disse que ainda mantinha contato com você. Que, se eu tentasse deixá-lo de novo, ele faria com você tudo o que tinha feito comigo. E eu me lembrei daquele verbete da enciclopédia sobre o capitão Henry Morgan. Eu sabia que você tentaria sobreviver, fingindo que o que estava acontecendo não estava acontecendo. Fingindo que a sua prisão não era uma prisão e que o seu carcereiro não era um monstro. Até o dia em que você morresse. E, assim, de todos os porquês, esse é o verdadeiro. Não sou nobre, não sou corajosa. O Ross finalmente cometeu um erro. Ele não me deu nenhuma chance de liberdade condicional.

<u>*Aqui está o como:*</u>

Eu gosto de planejar, lembra? Exatamente como o Andy Dufresne. Então, aqui está O PLANO nº 2.

<u>*Fase I:*</u> *Foi o Vik que, sem querer, me deu a ideia de usar o The Redemption. Ele trabalha para a Companhia de Seguros Marítimos de Lothian, especializada em sinistros de acidentes ou alegações de negligência para embarcações de lazer, e me contou todo tipo de histórias de sabotagem deliberada — e como foram descobertas. Ontem à noite, visitei o Vik no enorme escritório de plano aberto em que ele trabalha, e, enquanto o Vik estava fazendo café, fui até uma mesa vazia do outro lado do escritório, liguei para o Ross e implorei para ele voltar de Londres. Eu já tinha feito uma consulta online com a empresa do Vik em nome do Ross no nosso computador de casa, pedindo*

que retornassem a ligação. E a ligação que eu fiz do escritório nunca seria rastreada e ligada a mim por causa do Vik, porque ele é só uma engrenagem muito pequena em um mecanismo muito grande; a Companhia de Seguros Marítimos de Lothian emprega milhares de pessoas — e, de qualquer forma, ninguém além do Ross sabe que nós somos amigos, e ele não sabe o nome do Vik. Eu tenho um segundo telefone, pré-pago, que uso para falar com amigos sem que o Ross saiba. E fiz o Vik jurar que nunca procuraria a polícia, não importava o que acontecesse comigo. Quando a CMSL retornar a ligação para o Ross de verdade, ele vai desligar antes que terminem a primeira frase — o Ross odeia atender ligações de telemarketing. Portanto, ele não terá álibi. E um marido falando com uma seguradora de acidentes marítimos um dia antes de a esposa se perder no mar talvez seja uma grande falta de sorte, mas é mais provável que seja uma prova de culpa.

Comprei um tampão de drenagem com dinheiro vivo há algumas semanas. Exatamente igual ao que eu já tenho. Comprei duas serras cilíndricas. Fiz alguns furos com a primeira serra na parte inferior da cabine, que espero que passem despercebidos, mas preciso que a serra seja periciada e relacionada ao barco. Deixei a serra e o novo tampão de drenagem em casa, no Quarto do Barba Azul, e o meu caiaque no galpão, onde espero que a polícia acabe encontrando.

Quando chegar a hora, vou tirar o tampão de drenagem original e jogá-lo no estuário — ele provavelmente nunca vai ser descoberto, porque leva um tempo para um barco afundar só por causa da falta dele. Vou navegar até o canal de águas profundas, derrubar o mastro, desabilitar o transmissor de localização de emergência e a unidade GPS. A serra cilíndrica é mais arriscada. O barco vai afundar rápido depois que eu usá-la de verdade, mas vou ter que jogá-la no mar, o mais longe que eu conseguir, e torcer para o The Redemption se afastar o bastante para nunca encontrarem a serra cilíndrica.

<u>*Fase II*</u>*: Uma coisa boa sobre o Ross: ele é previsível. Poucas semanas antes de eu ter alguma coisa próxima de se parecer com a Fase I, encontrei o bilhete que ele me deixou anos atrás, armando para*

que eu pegasse vocês dois no Rosemount. Estava na carteira dele, por incrível que pareça — acho que ele ainda gosta de ter seus troféus. Descobrir aquilo foi um presente. Porque eu não podia garantir que o Ross seria acusado pela minha morte, que ele seria até mesmo suspeito dela. A única certeza que eu <u>tinha</u> era de que você voltaria. De que ele ficaria com você, tentaria mantê-la na casa. A não ser que eu conseguisse chegar até você primeiro. Nós duas temos que escapar — esse foi o acordo que fiz comigo mesma. Esse é o ponto principal do PLANO nº 2.

Há semanas venho agindo como a esposa abusada que sou, em vez de esconder isso. É surpreendentemente libertador. Também é surpreendentemente reconfortante saber que amigos são mesmo amigos, que só querem ajudar. (A propósito, se você a conheceu, sinto muito pela Anna, ela pode ser absurdamente leal. Mas, se você precisar dela, ela vai ficar do seu lado.)

Eu sei como o Ross funciona. Eu sei o que, o porquê, o quando e o como de tudo o que ele vai dizer e fazer com você. Até dei ao Vik um cronograma para as dicas por e-mail que pedi a ele para te enviar como sendo a Rata. Por favor, acredite em mim: se eu pudesse te poupar disso, eu pouparia. Mas não tem outra maneira. E acho que você vai resolver tudo exatamente como deveria. Acho que vai se lembrar. Acho que vai parar de acreditar na mentira. Acho que vai acreditar em mim. E acho que vão acreditar em você. Acho que vai ser você quem vai descobrir que ele é culpado, e então o mundo descobrirá em seguida. Acho que você me vingaria antes mesmo de pensar em se salvar. Essa é a minha esperança. Esse é o meu plano. Isso é o que me mantém sã.

Porque hoje eu vou morrer. Agora já consigo dizer isso, já consigo pensar nisso, e a maior parte do medo se foi. Talvez porque agora eu seja mais como o Red do que como o Andy: engolida pelo sistema, sem nenhuma chance de redenção. Mas não sou corajosa o bastante para me afogar. Pareceria pior para o Ross se eu fizesse isso, mas, toda vez que penso a respeito, vejo aquela provadora de veneno se engasgando com uma pérola negra fervente, e sei que não sou capaz de fazer isso. Tenho estocado meus antidepressivos. E tem também os comprimidos na gaveta de cabeceira do Ross. Só torço para que sejam em número suficiente. Assim como torço para que, dessa vez, o plano seja infalível e nós duas possamos ir embora e ficar longe de tudo isso. Talvez você ache que o suicídio é uma forma bem complicada de resolver as coisas. Eu não acho. Posso ter fingido da última vez, mas funcionou. Você escapou. Parafraseando Stephen King, "só o que eu quero é que você se ocupe vivendo enquanto eu me ocupo morrendo". Ou, se isso for estranho demais para você, talvez eu tenha uma imagem melhor. Pense em um dia de neve na despensa. A mamãe sentada no parapeito da janela, lendo as últimas palavras de Sydney Carton antes de ele ser levado para a Place de la Révolution. "Faço uma coisa muito, muito melhor, do que jamais fiz." Porque é. Isso me deixa feliz e em paz pela primeira vez em anos.

Só tem uma coisa que não me deixa feliz. Ao fazer tudo isso, ao planejar tudo isso, eu não te dei escolha. Nunca tivemos muitas opções. Ninguém jamais pensou em nos permitir qualquer coisa. Esta carta é a sua escolha. Ela prova o que eu planejei, o que eu fiz. Você pode mostrar esta carta para a polícia ou para o advogado do Ross — porque, mesmo que tudo tenha corrido conforme o planejado, sei que ele vai recorrer, que ele nunca vai desistir.

Talvez você ainda não confie ou acredite em uma única palavra do que eu digo. Mas espero que tenha se lembrado da verdade de qualquer maneira. Espero que a casa, as pistas, a caça ao tesouro, o diário, tenham funcionado, tenham te forçado a enfrentar o que realmente aconteceu naquela última noite da nossa primeira vida, de uma forma que eu não conseguiria se simplesmente te contasse — que a pessoa que estava mentindo para você era você mesma. Porque eu quero que você escolha o que vai acontecer a seguir. A Marca Negra está em seu poder. Cabe a você decidir o que fazer com ela. Não pense em mim. E nunca ache que qualquer escolha que você fizer é a escolha errada.

JOGO DOS ESPELHOS

Talvez eu não seja tão diferente da mamãe, afinal. Uma vez ela me disse que uma mentira inocente era apenas uma mentira que ainda não havia se sujado, e acho que é verdade — acho que eu me corrompi. Mas isso não importa. Nada importa, exceto isto: muito tempo atrás, você salvou a minha vida. Agora estou salvando a sua. É isso. Isso é tudo.

Por favor. Não pare de acreditar em mim.
Com todo o meu amor,
Bjs,
El

32

Levo a El até o cemitério de Lochend para visitar a mamãe e a coloco ao lado da lápide. A urna onde ela está é um negócio muito feio: arabescos de cerâmica monstruosos e flores marrons. E se tornou meu cobertor de segurança.

Troco as rosas-brancas que havia deixado ali antes por um buquê de rosas-vermelhas novas, olho para a grama, para a lápide, para as letras douradas rebuscadas. *PARTIU, MAS NUNCA SERÁ ESQUECIDA*. Embora ultimamente eu esteja me esforçando muito para não esquecer nada, aqui faço uma exceção. Não olho para o nome dele, não penso no rosto dele. Não penso nele deitado ao lado da mamãe no escuro até os dois se tornarem apenas terra, poeira e histórias antigas.

Lembro que a El amava *Um conto de duas cidades* por causa do horror, da crueldade; Madame Defarge e suas agulhas de tricô. Lembro de ficar parada sob a luz do sol no jardim dos fundos e pensar: *Ela teve a minha vida por anos. Ela roubou a minha vida*. E de me sentir furiosa em vez de grata. Horrorizada. Eu não mereço nada disso. O sacrifício da mamãe, o sacrifício da El. Todos os terríveis anos de sofrimento das duas, enquanto eu afundava na autopiedade e na ignorância obstinada; um reflexo em um espelho, uma sombra no chão, escura, superficial e impermanente.

*

Organizo um memorial. Coloco um anúncio no jornal. Planto uma árvore para a El nos jardins públicos perto de Granton Harbour e do Forth. Faço um discurso péssimo e balbuciante, basicamente para pessoas que não conheço, que a seguir me aplaudem sem grande entusiasmo. Reparo na Marie parada a uns vinte metros de distância, mas ela não se aproxima. E quando volto a olhar, alguns minutos depois, ela se foi.

Algumas pessoas seguem dali para a recepção no pub, mas poucas ficam além das bebidas e dos sanduíches de cortesia. Umas duas horas depois, restam só o Vik e a Anna. Falamos sobre a El, e é menos constrangedor do que eu imaginava. Em um acordo tácito, o Vik e eu não comentamos sobre o que a minha irmã o mandou fazer. Não falamos sobre o Ross ou sobre o julgamento. Falamos sobre a El que conhecíamos, a El de quem sentimos saudade. Tomo apenas Coca diet, embora fosse capaz de matar por uma vodca. E, quando a Rafiq abre a porta do pub com o Logan logo atrás, me sinto relaxada o bastante para ficar feliz em vê-los.

— Foi um bom discurso, Cat — diz Rafiq.

— Você estava lá?

Rafiq sorri.

— A polícia fica sempre pairando atrás, como um cheiro ruim.

— Scotch duplo, certo, chefe? — resmunga Logan. Então percebo, com uma pontada absurda de tristeza, que ele raspou o cabelo maluco.

— Não — diz ela, olhando feio para ele. — Talisker duplo. — Ela olha para nós. — Mais alguém? Ele está pagando.

Depois que o Logan vai até o balcão do bar, a Rafiq se aproxima da mesa e se apoia nas costas de uma cadeira vazia.

— Vamos tomar só um copo — diz ela. — Se não se importarem, é claro.

— Você é mais do que bem-vinda.

Fico surpresa ao me dar conta de que estou falando sério. E de que sinto falta dela. Sempre que penso na Rafiq agora, não é como uma inspetora, mas como a mulher que se sentou no chão e me abraçou enquanto eu chorava pela minha irmã morta, que acariciou minhas costas em movimentos lentos e solidários; a mulher que nunca acreditou no Ross nem em mim, que nunca desistiu até conseguir uma resposta, uma conclusão. Ela sabe que há mais coisas nesse caso — é claro que sabe —, e talvez saiba que a resposta a que chegou nem sequer é a resposta verdadeira. Mas tenho certeza de que ela acredita que é a resposta certa.

Vou até o bar para ajudar o Logan, e o sorriso contagiante dele aquece mais meu estômago do que a vodca seria capaz.

— Oi.

— Oi.

— Você raspou o cabelo.

O sorriso dele é envergonhado.

— A chefe disse que eu parecia um centroavante do Chelsea, então... — Ele passa a palma da mão na nuca, constrangido.

— Ficou bom. Combina com você.

— Acha mesmo?

Sorrio de novo e sou recompensada com uma breve visão de dentes brancos e covinhas.

— Então — pergunta Logan. — E agora? Você vai voltar para os Estados Unidos?

Desvio o olhar do dele e miro o dia cinzento e chuvoso, as pedras lisas, as torres góticas e as casas de arenito.

— Ainda não sei.

O Logan olha fixamente para um ponto entre o meu pescoço e o meu ombro. Sinto o rosto esquentar, mas a Anna nos salva fazendo um baque alto quando começa a colocar as bebidas em uma bandeja.

— Pronto — diz ela, empurrando a bandeja na direção do Logan. — Agora talvez você possa ao menos levar as bebidas até *lá*.

No fim, nós cinco ficamos até escurecer, até o pub começar a encher e se tornar barulhento. A Rafiq e o Logan vão embora primeiro. A Rafiq estende a mão e aperta a minha com força, rapidamente.

— Se cuida, Cat.

— Vou fazer isso. Obrigada. Por tudo o que você fez.

Ela me lança um último olhar demorado. Então balança a cabeça e faz menção de se voltar para a porta.

— Vou esperar no carro, Logan. Não demore meia hora.

Ele sorri para mim.

— Já tive parceiras melhores.

Alguém nos empurra e chegamos mais perto um do outro. Passo os braços ao redor do pescoço dele para abraçá-lo.

— Adeus, Logan.

Ele retribui o abraço e pressiona brevemente o rosto contra o meu pescoço.
— Craig.
— Acho que eu prefiro Logan — digo. — Tenho uma queda por super-heróis.
Ele recua e assente solenemente.
— Entendo bem isso.
— Obrigada por...
— Não precisa agradecer. A nenhum de nós. Estávamos só fazendo o nosso trabalho.
Sorrio e dou um beijo em seu rosto.
— Quero agradecer de qualquer modo.
Ele me encara de um jeito um pouco demorado e me arrependo de não ter dito mais alguma coisa.
— Você tem o meu número, Cat. Sabe onde eu estou.
Então ele também se vai. A sensação é mais de melancolia do que desolação. Afinal, eu sei onde ele está. Onde vai estar. De certa forma, me despedir da Anna e do Vik é mais fácil. A Anna me dá um abraço rápido e forte, um beijo em cada lado do rosto e diz um "se cuida" que tem o tom de uma ordem.
Olho para o Vik. Seu sorriso é triste, embora ainda franza a pele ao redor dos olhos.
— Eu sinto muito por...
— Não importa mais. — Dou um abraço nele e aperto sua mão.
— Eu a amava demais — diz ele.
— Eu sei. Ela também sabia, Vik. — Ele pisca e desvia o olhar. Acho que não me ver mais vai ser bom para o Vik... Sei que nunca é a mim que ele vê.
Depois que saio do pub, estou sozinha. Mas não tenho medo quando alguém sai das sombras, bloqueando meu caminho. Talvez porque haja tão pouco a temer agora. Ou porque já adivinhei quem é.
— Oi, Marie.
Um carro que se aproxima lança um brilho dourado sobre a pele dela, sobre seus olhos.
— Como você está, Catriona?
— Você sabe que poderia ter ido até o pub.
— Eu não sabia se seria bem-vinda. — Seu sorriso é inexpressivo. Fugaz.

Ela não seria, mas de que adianta dizer isso agora?

— A El iria gostar que você estivesse lá.

Ela torce os dedos enluvados, inquieta.

— Eu não ajudei a El, mas te ajudei, não foi? — Ela aperta os olhos contra o brilho dos faróis de outro carro. — Eu te salvei, não foi?

Olho para o lindo lenço dela, para as luvas de couro, a maquiagem imaculada. Todas aquelas cicatrizes terríveis que ela acha que estão escondidas. Eu me inclino para a frente, pego suas mãos e concordo com um aceno de cabeça. Porque, de um jeito estranho, ela realmente me ajudou. A Marie me fez despertar. Ela me fez lembrar o que era ter medo. O que era me sentir aterrorizada.

Ela abre um sorriso cintilante. Seus dedos fortes também apertam os meus.

— Seja feliz, *chérie*. *Vis ta vie*. Por ela.

Em seguida me dá as costas e sinto seu perfume — Chanel. Então ela se vai.

*

Volto para a casa sozinha. Não tenho a menor vontade de deixar a El no apartamentinho deplorável em que estou, mas ela merece menos ainda voltar para esta casa.

Os gramados planos do número 36 da Westeryk Road estão cheios de pontas de cigarro, garrafas de suco vazias e sacolas plásticas. Subo os degraus de pedra até a grande porta vermelha da frente. A casa está trancada há meses. Quando o advogado me entregou o enorme molho de chaves pela primeira vez, fiquei sentada por um longo tempo, sentindo o peso delas no colo, apenas olhando para elas, me lembrando do *corra!*, da escuridão e do trovão, dos meus dedos tentando desesperadamente abrir a tranca noturna. Agora, pego a chave da tranca com dedos firmes, ouço seu baque pesado enquanto ela gira, sentindo o sol quente sobre a nuca. Abro a porta e entro no saguão. O cheiro — madeira antiga e velhice — é temperado com um ar de abandono e negligência, e o alívio que sinto contradiz minha suposta firmeza. No carpete, vejo um envelope endereçado a mim pelo setor de Registros Públicos da Escócia. Eu o pego e coloco no bolso.

Arcos de luz verde e dourada cruzam o piso de madeira, o corrimão, o relógio de pêndulo. Mas não olho para o vitral. Não subo a escada. O advogado me sugeriu fazer um inventário, mas não me importo com nada disso. Eu o instruí a vender a casa com tudo que está dentro dela, o mais rápido possível. Tenho certeza de que o Ross vai concordar. Afinal, de que adianta uma prisão sem prisioneiros?

Estou aqui por mim. Por tudo o que deixei para trás. Porque ainda não consigo seguir em frente. Ainda não mereço o que a El fez, o que a mamãe fez... ainda não consigo encontrar um modo de viver comigo mesma. Sei que preciso me livrar disso: desse desânimo torturado, dessa maldita ingratidão. Sei que quanto mais eu demorar para conseguir fazer isso, mais vou decepcionar a El. Mas ainda não parece certo — parece horrível, terrivelmente errado — e não sei por quê.

Atravesso a sombra da escada, abro a cortina preta pesada. O pó me faz espirrar, me permite chegar ao outro extremo da despensa sem ter que olhar ou me demorar. Entro no armário, tiro os parafusos, acendo a lanterna e desço até a Terra Espelhada pela última vez.

A luz do sol se infiltra pelas rachaduras no telhado. Respiro o cheiro da madeira úmida e do ar bolorento, sinto os cabelos da nuca e o couro cabeludo se arrepiarem, ouço os ecos de nossos sussurros, dos risos e gritos. Na parte de baixo, viro à esquerda sem olhar para a direita e sigo até chegar à lavanderia. Alguém limpou o sangue do Ross, o *Satisfaction* não tem mais um convés de canhões ou uma reserva de rum. Caminho até o convés principal, me sento, cruzo as pernas e olho para o oceano verde e as cristas brancas das ondas, o céu azul e as nuvens brancas. Para a bandeira de pirata com sua caveira pintada e seus ossos cruzados. O espectro gigantesco do navio do Barba Negra para além do gancho vazio do lampião.

Não sei quanto tempo fico ali. Tempo o bastante para aquelas rachaduras iluminadas escurecerem, me deixando na escuridão, a não ser pela luz do crepúsculo que entra pela janela da lavanderia. Não sei em quem ou no que eu penso, mas, quando me dou conta, estou rígida e dolorida, mas também mais leve.

Eu me levanto, massageio as pernas e os braços dormentes. Pego a bandeira de pirata e dobro em um quadrado. Passo os dedos sobre o giz e a pedra das paredes da lavanderia enquanto saio. Na parte inferior da escada, olho mais uma vez ao redor da Terra Espelhada: seus países e fronteiras, seus tijolos e sua madeira, suas sombras e teias de aranha. Então subo as escadas.

Fecho a porta para a Terra Espelhada, tranco com o ferrolho.

Acendo um fogo a carvão no fogão Kitchener da mamãe, e, quando as chamas estão quentes e altas, coloco as mãos acima delas até sentir o calor se espalhar por todo o meu corpo. Abro o envelope do setor de Registros Públicos, pego a certidão de nascimento da minha mãe e as outras quatro que solicitei meses atrás: Jennifer, Mary, duas Margarets. Em "nome do pai" para Mary Finlay, está escrito Robert John Finlay; "ocupação", pescador. E em "data de nascimento": 3 de março de 1962, às 14h32. Olho a certidão de nascimento da minha mãe. Nancy Finlay nasceu no dia 3 de março de 1962, às 14h54. Eu me sento diante da mesa da cozinha. Gêmeas. A mamãe e a Bruxa eram gêmeas. Não gêmeas espelhadas, como eu e a El. Nem mesmo gêmeas idênticas. Porque a mamãe era loira e a Bruxa era morena; a mamãe era baixa enquanto a Bruxa era alta. Mas, ainda assim, gêmeas. Eu me lembro do ódio nos olhos da Bruxa — ódio pela própria irmã — e uma nova onda de vergonha ameaça acabar com a breve sensação de paz que senti ao dizer adeus à Terra Espelhada.

Olho para a placa com as sinetas. E então pela janela. Agora é a luz do sol que colore o muro alto do jardim, em vez do vermelho-sangue. Nunca vou saber se as sinetas realmente tocaram ou se aquele ELE SABE realmente foi pintado na parede naquela última noite com o Ross. E nunca vou saber se a El sussurrou *CORRA!*, o hálito quente contra a minha pele. Mas isso não importa. A Terra Espelhada existiu porque acreditamos nela. Ela foi real para nós. E foi assim que ela nos salvou.

Eu me levanto, vou até o fogão e jogo as certidões de nascimento dentro dele, uma por uma. Incluindo a da Bruxa. Sem o nome do pai da Rata, não há mesmo como eu rastreá-la, só através da certidão da mãe. Só me resta torcer para que, um dia — por maiores que sejam os problemas que ela tenha enfrentado —, a Rata me procure como procurou a El.

Olho para a certidão de nascimento da minha mãe e passo o polegar pelo nome dela. Eu me lembro de — assim que voltei para esta casa — sentir como se a minha vida em Venice Beach, sua segurança e suas certezas, já parecesse perdida para mim, só uma fotografia cintilante de um lugar que visitei há muito tempo. Mas que nunca tinha sido de verdade. Nem mesmo o calçadão cheio de palhaços, místicos e magia. E foi por esse motivo que tudo aquilo não me salvou.

Solto a certidão de nascimento da mamãe nas chamas e vejo as bordas do papel se crisparem em ouro e preto. Fico olhando até ela desaparecer. E penso *Agora você pode ir embora*. Porque eu sei que ela também ainda está aqui. Em todos esses anos, nenhuma de nós jamais escapou realmente desta casa. Ou daquele momento trágico, preservado como um corpo preso sob cinzas e pedra-pomes.

Então enfio a mão no bolso do jeans, pego a última carta da El e leio mais uma vez antes de jogá-la no fogo, junto com a bandeira de pirata. Deixo escapar um som abafado quando elas são pegas pelas chamas: o gritinho animado e assustado de uma criança. E olho uma última vez para aquele trecho nu no muro do jardim. Espero que ele saiba. Espero que ele saiba que nem a El nem eu estamos mais aqui. Que nunca mais vamos voltar. Porque a Casa das Máquinas dele nunca foi o coração desta casa. O coração desta casa sempre foi a Terra Espelhada. Que agora não existe mais.

Apago o fogo e fecho a grade do fogão, o que me deixa com a breve sensação de desligar o ventilador mecânico de um paciente que já morreu. No mesmo instante, a casa volta a um silêncio sepulcral. Eu a deixo em paz.

Só paro de novo quando estou do lado de fora. Olho uma última vez para a penumbra — os vários tons de vermelho e dourado, preto e branco — antes de estender a mão para fechar a grande porta da frente para sempre.

E talvez, quando ela se fechar, eu ouça o protesto abafado das entranhas de cobre e estanho dos badalos e sinetas; o estremecimento impaciente de fios e veias dentro de paredes ocas; o sussurro de mundos atrás de portas, dentro de armários, sob céus ainda azuis e oceanos verdes.

Mas eu não me importo se realmente ouvir.

E é neste momento que eu entendo por que voltei aqui, por que tive que dizer adeus.

Para eu não ter mais medo de voar.

33

Compro um assento para a El no avião. Uma indulgência, talvez, e que me rendeu alguns olhares estranhos, mas posso me dar a esse luxo depois de reservar um voo na noite de Natal, saindo de Heathrow. Além do mais, a El ganhava mais dinheiro com as vendas dos seus quadros do que qualquer um poderia imaginar, portanto pareceu justo. Eu não queria que ela estivesse no porão ou em um bagageiro no alto — em qualquer lugar que não fosse ao meu lado, quando finalmente atravessamos o oceano em direção à Ilha.

Tive que transferir as cinzas da El da urna grande e feia para uma caixa de papelão com flores pintadas de rosa e uma janela de visualização. Já estou com medo do momento em que terei que literalmente deixá-la ir, mas estou com mais medo do que vai acontecer depois disso. Carregá-la comigo começou a parecer tão natural quanto sentir a sua dor quando ela não está comigo. No meio do Atlântico Norte, finalmente adormeço. Sonho com a Ilha — com a Santa Catalina do capitão Henry —, suas praias, lagoas e palmeiras pintadas com as pinceladas grossas da El. Sonho com o capitão Henry finalmente de pé diante do leme do *Satisfaction*, e a El e eu nos gurupés do navio, enquanto as ondas turquesa do Caribe nos levam cada vez mais para perto da costa da ilha. Acordo inquieta, talvez até com medo. Do lado de fora da minha janela está escuro como breu. Vejo as planícies brancas e as sombras negras do meu reflexo, as cavidades escuras dos meus olhos olhando de volta para mim.

— Um marinheiro esperto nunca deixa o porto em uma sexta-feira — sussurro.

Escuto a voz da El, clara como um sino. *Já estamos no sábado, sua idiota.*

E, quando checo o relógio, vejo que ela está certa. É dia de Natal.

Então olho de novo pela janela e penso no céu rosa do amanhecer. Na El segurando minha mão com força enquanto observamos o mar e esperamos. Sorrio e pouso os dedos sobre a tampa da caixa.

— Finalmente vamos fazer isso, El. Finalmente.

*

Estou menos entusiasmada depois de uma escala de quase dez horas em Bogotá, seguida por um voo de duas horas para San Andrés e outro para Providencia. É noite novamente quando consigo escapar do aeroporto El Embrujo. O motorista do táxi começa uma conversa simpática que não estou em condições de apreciar, enquanto atravessa as ruas vazias, iluminadas apenas pelas luzes de chalés e cabanas, e de um ou outro hotel. Não consigo ver o mar, mas posso sentir seu cheiro: muito mais forte e mais limpo do que em Leith.

Quando ele finalmente para com um guincho abrupto de freios, estou tão feliz por ter chegado que seria capaz beijá-lo. Até ele tirar minha mala do porta-malas, e tanto ela quanto eu estarmos paradas no meio de outra estrada vazia.

— Onde fica o hotel?

Ele sorri, mostrando os dentes irregulares.

— Em Santa Catalina.

— Isso eu sei.

— Santa Catalina é uma ilha diferente de Providencia.

— Sim, eu também sei — digo, agora muito próxima do pânico. — Mas elas supostamente são conectadas uma à outra.

— Elas são conectadas — diz ele, apontando por cima do meu ombro.

Quando me viro para olhar, percebo que o que pensei que era um calçadão com bancos e lampiões cintilantes de cada lado na verdade é uma passarela. Uma passarela muito longa. O taxista fica com pena de mim e dá um tapinha no meu ombro.

— Está tudo bem, tudo bem. São só cem metros e você chega a Santa Catalina. O hotel fica logo depois do forte, não é muito longe. Está bem?

A passarela é linda. Pintada de azul, verde, amarelo e laranja, ela oscila sobre uma estrutura flutuante. Nem mesmo na Terra Espelhada uma de nós teria imaginado que um dia teríamos que *caminhar* até a Ilha, guiadas por lanternas balançantes. O pensamento me faz sorrir.

Quando finalmente chego ao outro lado, há uma árvore com placas de madeira altas, e meu coração se eleva quando leio as duas primeiras: "Forte de Morgan", "Cabeça de Morgan". Caminho ao longo da beira da água em direção às únicas luzes. Ouço o mar, vejo as sombras dos barcos. As luzes se aglutinam, revelando aos poucos o hotel, mas só tenho certeza de que cheguei quando vejo a pequena entrada recuada iluminada em tons dourados. Pouco antes de sair da passarela, vejo outra placa de madeira, desbotada e deformada pelo tempo. "Bem-vindo a Santa Catalina", diz. "Piratas serão enforcados e protestantes serão queimados." E sorrio de novo. Dessa vez é um sorriso tão largo que faz meus lábios doerem.

*

O hotel é simples, limpo e maravilhoso. Depois de entrar no meu quarto, descubro que meu cansaço sumiu. Não quero dormir, não quero correr o risco de sonhar com outro lugar, com outro momento. Eu quero estar *aqui, agora*.

Deixo a El na minha mesa de cabeceira, volto para a passarela e sigo andando até ver mais luzes. Então paro. O bar ao qual as luzes pertencem se chama "Henry Morgan". Na parede está a imagem da enciclopédia — a imagem da El — do nosso rei pirata, barbudo, sério e de cabelos compridos. Contorno a entrada e entro em uma área com deques em vários níveis e palmeiras enfeitadas com luzes de fadas. Está deserto, então desço para o deque mais baixo e me sento o mais próximo possível da beira d'água. O vento quente cheira a algas marinhas, a fumaça e a peixe cozido. Uma fileira baixa de lanternas oscila entre minha mesa e o outro lado do deque, como um escudo dourado. Uma garçonete usando uma camiseta com o mesmo retrato de Henry Morgan sai do bar com um sorriso e me entrega a lista de drinques. Ela parece jovem, talvez ainda adolescente, o cabelo preto trançado curto, a maquiagem cintilante. Provavelmente pareço ter me arrastado por uma sebe de espinhos.

— Achei que estaria mais cheio.

Ela balança a cabeça.

— O Natal é uma época para ficar com a família.

E descubro que não me importo se o sorriso dela é de pena ou desaprovação.

— Eu vi uma placa para a Cabeça de Morgan na passarela. Qual é a distância até lá?

— Não é muito longe — diz ela. — Você pode ir caminhando. É muito bonito.

Eu sorrio e volto a olhar para o cardápio.

— Eu gostaria do ponche especial de rum, por favor.

Depois que ela se afasta, chega um grupo de turistas, falando alto, comemorando. Uma segunda garçonete os conduz rapidamente para o lado mais escuro do deque, e fico feliz. Minha sensação de bem-estar ainda parece muito frágil, como se o que a mantivesse inteira fosse apenas a magia prometida deste lugar. Do lugar do capitão Henry Morgan.

Viro o rosto para o vento, respiro o cheiro do Caribe. Estou aqui. Estamos aqui. Dentro da pintura da El. Amanhã de manhã vou acordar com azuis, amarelos e verdes. Um lugar muito melhor para o descanso final do que um cemitério batido pelo vento em Lairs ou uma prisão escura de faz de conta. Este é o lugar onde finalmente vou poder deixá-la ir.

*

Vejo o drinque muito antes de o garçom trazê-lo. É uma coisa enorme: um copo alto, mais parecido com uma jarra, cheio de canudos e guarda-chuvas pratedos e, o pior de tudo, faíscas efervescentes. Tenho certeza de que é o meu ponche especial de rum, e meu coração afunda conforme ele se aproxima, barulhento. Os turistas aplaudem sua passagem, só parando quando chegam ao seu canto isolado no deque.

O garçom sorri quando serve o drinque. Faíscas ricocheteiam na mesa.

— Obrigada — murmuro. — É um pouco...

— É o nosso especial — diz ele, com uma risada contrita, quando finalmente os brilhos diminuem e silenciam.

Pisco algumas vezes com o retorno da escuridão e me dou conta de que o homem permanece no mesmo lugar. Devo lhe dar uma gorjeta? Mexo discretamente no bolso do jeans, tentando encontrar algum trocado.

— Desculpe, eu não...

O garçom sorri de novo. Ele é incrivelmente bonito, tem o tipo que sempre me faz sentir nervosa. Seus dentes são muito brancos. Começo a me perguntar se tenho algum pedaço da comida que comi no voo preso nos dentes.

— Você é muito bonita.

— Ah. — Meu rosto fica quente de novo. Eu rio e tomo um gole grande do ponche de rum, que é forte o bastante para fazer meus olhos lacrimejarem. — Obrigada.

— Você veio só a passeio?

Assinto.

— Vim de Camarões para cá há cinco anos — comenta ele, com outro sorriso. — Também só a passeio.

Nunca estive na África. A verdade é que nunca estive *realmente* em lugar nenhum. Agora, se eu quisesse, poderia voar pelo mundo até a Selva Kakadu.

— Eu vim de Edimburgo. — Sorrio. — E *definitivamente* só vou ficar aqui uma semana.

— Bem — diz ele —, é um prazer conhecer você. Seja muito bem-vinda.

Ele se afasta da minha mesa e eu o vejo caminhar em direção ao lado mais movimentado do deque. Ainda estou sorrindo — o rum aquecendo meu estômago e fazendo minhas pernas formigarem — quando o garçom se aproxima da mesa barulhenta dos turistas e dá um tapinha nas costas de um deles. Sua risada é profunda, estrondosa. Vejo a segunda garçonete balançando os cabelos negros enquanto pega um copo vazio, e, quando ele chega ao lado dela e enlaça sua cintura, eu me permito um último olhar para trás, uma última fantasia. *Se eu pudesse, tomaria o seu lugar, El, e você poderia ficar no meu. Você poderia ficar no lugar dela e ter tudo que nunca achou que merecia.*

Mas então vejo a garçonete enrijecer o corpo. E o garçom apertar a cintura dela com mais força. Algo escuro e frio extingue o brilho do rum, acaba com a minha recém-conquistada sensação de esperança. Olho para as sombras entre nós, mas não consigo ver a expressão da garçonete, somente sua silhueta imóvel, o contorno rígido da coluna e dos ombros. Será que ela tem medo dele? Anseia por escapar? Mas então a garçonete se vira para o garçom e, à luz daquela fileira oscilante de lanternas douradas, vejo seu sorriso largo e deslumbrante.

Eu me levanto. Estou me sentindo tonta, bêbada. Começo a andar pelas tábuas grossas do bar, que rangem, tão semelhantes ao convés de um barco que parece que estou no oceano, navegando nas ondas de uma tempestade do Atlântico Norte. Gritando ao vento, *Vai! Iça! Todos no deque*, embora eu saiba que não estou dizendo nada.

Quando começo a cair, ela não tenta me segurar. Em vez disso, se adianta, cai comigo e passa os braços ao redor das minhas costas enquanto nossos joelhos batem ruidosamente contra a madeira. Ela me aperta com tanta força que eu grito, embora já esteja chorando: grandes soluços paralisantes que roubam minha voz e meus sentidos. Ela me beija, acaricia meu cabelo, sussurra *shhh* para mim como se eu fosse uma criança, alguém que acabou de acordar de um pesadelo.

Lembro de como eu odiava olhar sempre nos meus próprios olhos, ver o meu próprio sorriso, meu cenho franzido, minhas próprias imperfeições. Como um espelho que sempre carreguei, afiado e pesado debaixo do braço. Como era ser sempre um reflexo; metade de um todo. Fundidas como areia e calcário em vidro. Agora, meus dedos tremem ao tocar seu rosto. E minha visão embaça com as lágrimas.

— Eu sabia que você viria — diz a El.

34

Durmo como uma pedra.

Acordo com a luz forte e o canto dos pássaros. Apesar da ressaca, do jet lag e de mais emoções do que sou capaz de processar, sei imediatamente onde estou, o que aconteceu, com quem estou. Estou no quarto da El. Acima de mim, o ventilador de teto gira e zumbe em rotações lentas. Eu me sento na cama quando percebo que estou sozinha. Ontem à noite, nós dormimos juntas, como fazíamos na Selva Kakadu, de lado e de mãos dadas.

Eu me visto e saio para o corredor estreito. O apartamento é básico, claro e pequeno. Não tem nada a ver com o número 36 da Westeryk Road. A El está na pequena cozinha, seu cabelo novo, escuro, preso em um coque frouxo.

— O Samuel comprou um pouco de comida — diz ela. — Pão de coco e mangas.

— O cara do bar? — Meu tom sai errado, hostil.

Ontem à noite, a El e eu não conseguíamos parar de sorrir uma para a outra. De vez em quando uma de nós parava só para rir. Ou para chorar. Éramos como crianças, eu acho, para quem o deslumbramento de encontrar uma coisa amada e perdida eclipsava todo o resto. Hoje, não sei o que eu sinto.

— Ele é um amigo. Há mais homens bons do que maus. — O sorriso dela é cansado. — Levei algum tempo para perceber isso.

Descubro que não consigo olhar para a El, o que é um absurdo. Ela toca meu ombro e, quando recuo, solta um suspiro.

— Vá para a varanda. Vou levar café para nós. Então você pode me perguntar o que quiser.

A varanda é pequena, a mesa e as cadeiras de plástico. Eu me sento e fico olhando para todos aqueles azuis, amarelos e verdes. Na verdade, não há costa rochosa aqui, apenas uma longa baía arenosa e um píer cercado por barcos de madeira de pesca. Ouço o barulho dos anéis do atracadouro, o rangido das amarras esticadas, e fixo os olhos em um barco pintado de vermelho e azul-claro, oscilando baixo entre as ondas.

Quando a El chega com o café, olho para ela. Ainda é tão novo, tão estranho poder fazer isso, saber que *essa* é ela. Faz tanto tempo. Muito mais do que apenas esses meses em que ela se foi. Já se passaram anos. Vidas.

A El se senta. Suspira.

— Eu precisava que o Ross acreditasse que eu tinha morrido. Precisava que você acreditasse que ele tinha me matado. Precisava que ele deixasse você ir e que você também o deixasse ir. — Uma longa pausa. — Então eu menti.

— Mas por que você simplesmente não me *contou*? Por que nunca confiou em mim? — Isso era o que mais doía.

— Deus, não foi em você que eu não confiei, foi nele! — Ela segura minhas mãos. — Eu queria te contar, é claro que sim. Eu queria te contar tudo. Mas eu tinha que salvar a sua vida como você salvou a minha. E eu sabia que você não acreditaria em mim. *Eu* não conseguia acreditar em mim.

Porque acreditar dói. Ninguém jamais mentiu ou escondeu a verdade de mim melhor do que eu mesma.

— Depois do julgamento — digo —, por que você não entrou em contato, então? Por que não me avisou que estava viva? O que você achou que eu faria? Que eu contaria para a polícia? Que eu escolheria o Ross e não você?

— Eu achei que você o perdoaria. É isso que você faz. — Ela olha para o mar, pisca para esconder as lágrimas que já vi em seus olhos. — Estou contando com isso.

Mas eu não consigo.

— Você desperdiçou anos da sua vida em um relacionamento abusivo. Desperdiçou anos das nossas vidas... das *nossas* vidas, El... porque o nosso pai totalmente maluco escolheu te estrangular primeiro e não a mim? Você me fez achar que estava *morta*!

— Eu sou a mais velha, Cat — diz ela, como se fosse a explicação mais lógica do mundo. — Eu sou a provadora de veneno. Eu *tenho* que cuidar de você.

— Meu Deus.

A imagem da minha mãe me chega em um lampejo repentino: o cenho franzido em uma expressão mesquinha, os dedos nos beliscando; olhos frios e uma voz dura e aguda. Estou mais perto do que nunca de admitir que uma parte de mim sempre a odiou — mesmo agora, mesmo sabendo o que ela fez por nós.

— Eu preciso saber por quê. Preciso saber *como*.

O sorriso que ela abre é típico da El: meio desafiador, meio triste.

— Então me pergunta.

— Como você chegou aqui?

Sei que é uma pergunta com mil respostas, mas ela apenas assente.

— Depois que eu... afundei o *The Redemption*, fui de caiaque até Fisherrow. É um antigo porto em Musselburgh, quase totalmente desativado agora. Ninguém me viu.

— Você era a pessoa com a parca, não era? Que foi vista andando ao redor da casa naquele dia? Saindo da passagem lateral?

Ela assente de novo.

— Eu joguei o caiaque no galpão. E eu já tinha escondido um kit de sobrevivência debaixo da cama no Café dos Palhaços. Como nós costumávamos fazer. Estava ali fazia meses. Com dinheiro e roupas. Havia uma vizinha, uma amiga. Nós duas tínhamos sido voluntárias em uma instituição de caridade para famílias de imigrantes. Eu contei a ela sobre o Ross e ela me deu um passaporte e documentos falsos. Antes de eu chegar à conclusão de que não poderia fugir.

Por minha causa.

— A Marie — digo.

A surpresa que vejo no rosto da El me faz sentir melhor, mais leve.

— Você a conhece?

— Não foi o Ross que não mandou aqueles cartões para você — digo. — Foi a Marie. Ela os enviou para mim também.

— Meu Deus. — Os ombros da El se curvam. — Pobre Marie!

Estou com raiva de novo e não sei por quê. A El vê isso e endireita os ombros visivelmente.

— Eu peguei o expresso para Heathrow. Estava tão assustada... Não sabia o que fazer, para onde ir... eu só precisava fugir. Acabei comprando uma passagem para o México porque era o próximo voo que saía para outro continente. Mas eu estava com muito medo de que o Ross me encontrasse. A todo momento eu achava que ele iria aparecer, passar pelas portas do aeroporto e me encontrar. — Ela meio ri, meio soluça. — E a única coisa que me mantinha com a cabeça no lugar era me perguntar se Andy Dufresne teria se sentido tão assustado. Quando ele rastejava por aquele túnel, por aquele cano, por aqueles quinhentos metros de merda; quando estava tão perto de sair, de ser livre, depois de todas aquelas semanas, meses e anos estando tão longe.

Na mesma hora minha raiva se dilui, misturada com todo aquele novo alívio e felicidade; a alegria absoluta de saber que ela está aqui. O privilégio de estar com raiva dela.

— Eu vim para cá depois de passar cerca de um mês no México. Eu pretendia ir para o sul, para a Costa Rica, porque ainda estava com muito medo de parar de fugir, então lá estava ela em um mapa em um bar... Santa Catalina. — Seus lábios se curvam em um breve sorriso. — E eu pensei: foi por isso que comprei aquela passagem para o México? Para poder vir para cá? Para poder parar de fugir?

Fecho os olhos. Tenho consciência de que estou fazendo o que sempre faço — dando voltas ao redor do sofrimento para não ter que senti-lo. Para fingir que ele nem existe. E a El está fazendo o que sempre fez — está me permitindo agir assim. Eu me lembro daquela caixa de papelão rosa no hotel, e meu coração acelera com tanta força que nem mesmo eu consigo ignorar. Inspiro, expiro. Olho para aquele barco azul e vermelho.

— Me conta o que aconteceu, El.

Ela não diz nada até eu me virar novamente e encontrar seu olhar.

— O que eu te contei sobre a minha vida com o Ross era verdade. Eu não conseguiria deixá-lo. Eu não conseguiria matá-lo. Quer dizer, eu pensei nessa possibilidade... — Ela faz uma pausa. — Mas, se houvesse uma mínima chance de eu hesitar ou se eu estragasse tudo, o que ele faria? O que ele faria comigo? O que faria com você? — Ela encolhe os ombros. — Acho que eu desisti. Eu simplesmente larguei mão.

— O que mudou?

A El respira fundo.

— A Rata.
— A Rata?
— Você lembra de como ela sempre foi? Carente. — Ela fecha os olhos. — Vulnerável.
— Por causa da Bruxa — digo, lembrando dela parada na frente do portão em Westeryk Road, alta e fria como um boneco de cera. — A gêmea da mamãe.
A El olha para mim, surpresa novamente. E assente.
— Quando a Rata voltou à minha vida, quando ela apareceu em casa cerca de seis meses antes do plano, a princípio eu não a reconheci. Ela contou que a Bruxa tinha morrido fazia pouco tempo. E que agora ela estava livre. Livre para voltar. Não sei se ela me investigou e por isso sabia que eu estava na casa ou se simplesmente esperava que eu estivesse. Se você acha que a nossa infância foi ruim... a Bruxa batia na Rata, deixava ela com fome, não deixava que saísse. Durante toda a vida, ela diminuiu a Rata até ela se tornar mesmo pequena. Eu achava que eu conhecia essa sensação, mas até me casar com o Ross eu não tinha ideia. Porque você e eu... ao longo de tudo o que aconteceu, de todos os abusos e do isolamento... nós tínhamos uma à outra. Tínhamos a mamãe. Nós nos sentíamos amadas. Nunca estivemos sozinhas. Então, eu me senti culpada. Nós fomos muito más com a Rata também, lembra?
Eu me lembro da Bruxa arrastando a Rata pelo corredor. *Não, não! Eu não quero ir!* O som duro e oco das bofetadas no rosto dela. O sorriso da Bruxa quando soltamos a Rata. O jeito como a Rata ficou parada dentro daquela poça de luz que vinha da porta aberta: a cabeça baixa e tremendo como um cão.
— O Ross odiava a Rata — continua a El. — Ele odiava qualquer pessoa que pudesse tirar qualquer parte de mim dele. Então eu o deixei pensar que também queria que ela fosse embora... e deixei que pensasse que a Rata tinha ido embora... mas eu ligava para ela daquele segundo celular. E ainda conseguia escapar por algumas horas para me encontrar com ela enquanto ele estava no trabalho. E nós contávamos uma à outra tudo sobre as nossas vidas horríveis. Não ajudava. No fim, nada ajudava. No fim, nada importava. — Ela fecha os olhos. — Porque para mim já bastava.
— Você nunca planejou escapar, não é? — Busco apoio na minha raiva novamente, mas ela se foi. — Aquela última carta não era mentira. Você ia se matar. Assim como a mamãe se matou. Na verdade, o seu plano era esse.

— Eu estava tão cansada, Cat — diz ela, com um sorriso quase melancólico. — Tão... *triste*.

— Me conta. — Volto a olhar para o barco, para o píer, para o mar.

— O dia 3 de abril começou com uma bela manhã. — Sua voz se suaviza ao recordar. — O Forth tem o próprio microclima, você sabe. Naquele dia, o estuário parecia um corredor de ouro cintilando entre todas as nuvens escuras sobre a terra. Focas me seguiram até o ancoradouro, gansos voavam ao redor das velas e do mastro, como se achassem que eu era um barco de pesca. Eu conseguia ver o mar do Norte muito calmo. Eu estava pronta. — Ela se interrompe. Uma lágrima escorre pelo canto dos lábios. — Mas então deu tudo errado.

— Como?

Ela engole em seco. Seu sorriso é angustiado.

— A Rata.

Um medo familiar revolve meu estômago.

— Como...

— Desculpa — diz ela, então se levanta abruptamente e entra apressada no apartamento. — Volto em um minuto.

A El volta em menos de um minuto, segurando dois copos em uma mão e uma garrafa de plástico cheia de um líquido vermelho-dourado na outra.

— Bush rum — diz, então serve duas doses generosas e entrega uma para mim. Sua mão treme. — Local e letal.

Eu bebo. O rum desce queimando pela garganta.

— Ela me ligou. Quando eu estava no *The Redemption*. Me perguntou sobre minha localização. — A voz da El é tão baixa que tenho que me esforçar para ouvi-la. — Eu disse a ela que estava no barco e tentei parecer normal, mas a Rata percebeu que estava acontecendo alguma coisa. E disse que, se eu não falasse com ela, se não nos encontrássemos, ela iria até a casa para falar com o Ross. Eu já tinha contado coisas demais a ela. Sobre como ele estava. Sobre o que ele fazia comigo. Eu não devia ter feito isso, devia ter tido noção do perigo que isso representava. A Rata nem sempre foi pequena... você lembra de como ela podia ser possessiva? Impulsiva?

Eu me lembro do gabinete de polícia da Terra Espelhada. Da Rata com as mãos nos quadris. O brilho dos seus dentes, como o Gato Risonho nas *Aventuras de Alice no país das maravilhas*, dizendo: *Você quer que eu te ajude?*

— Ela achou que eu estava fugindo. Fugindo de novo, como fizemos quando éramos crianças. E ficou com *muita* raiva. — A El balança a cabeça. — A Bruxa não foi a única razão pela qual ela ficou longe de nós durante anos. A Rata estava furiosa com a gente fazia muito, muito tempo.

Não, não, eu não quero ir! Eu quero voltar para a Terra Espelhada! As mãos dela estendidas para nós enquanto a Bruxa a arrastava pelo saguão de entrada, em direção à porta. Pressiono os dedos nas pálpebras.

— Nós tiramos a Terra Espelhada dela.

— E a deixamos sozinha. — diz a El com um suspiro, e inclina a cabeça. — Eu sabia que o Ross tinha que voltar de Londres. E fiquei preocupada com o que aconteceria, com o que ele poderia fazer, com o que ela *poderia* fazer, se fosse até a casa sem mim. Eu tinha saído fazia mais ou menos uma hora, até menos. — Ela dá um longo gole no rum, direto da garrafa. — Eu não podia abandoná-la novamente. Não importava o quanto aquilo me custasse. — Ela olha para mim. — Então, eu a peguei em Fisherrow.

Uma certeza terrível aperta meu peito agora, e descubro que não consigo falar. A El me tranquiliza de novo, pega minhas mãos e dá um sorrisinho.

— Eu contei tudo para ela. Todo o plano: o Ross, os comprimidos, o barco. Não sei por quê. Talvez porque, no fundo, eu quisesse que alguém me impedisse. E fiquei feliz por ela ter me interrompido. Acho que, no instante em que atendi o celular, eu perdi a coragem. — Seu sorriso é terrível. — Eu me acovardei.

Permaneço em silêncio e a El aperta minhas mãos com mais força.

— Mesmo depois de contar para ela, eu estava tremendo, em pânico. Acho que eu ainda estava me recuperando da adrenalina, do cortisol, não sei, seja lá do que for que o corpo da gente acha que precisa quando estamos prestes a nos matar. — Ela estremece. — Mas eu prometi para a Rata que estava tudo acabado. Que eu não faria aquilo, que eu voltaria para o Ross. Eu falei e falei com ela como se ela fosse a nossa camaroteira novamente. A nossa servente. Nossa coberta de estimação. Como se ela não fosse uma pessoa. Uma pessoa que tinha sofrido. Uma pessoa que sempre quis fazer parte, ser necessária. Que sempre quis *ajudar*. — A El estremece de novo. — E eu não parei. Não até contar tudo. Não até receber todo o carinho e a solidariedade que ela era capaz de oferecer. Então eu a deixei sozinha na cabine. E subi novamente para o deque, continuei navegando por mais algum tempo, até me sentir pronta para voltar ao porto. — Ela fecha os olhos. — Daí eu fiquei aliviada. Essa é a verdade nua e crua. Sobre mim. Eu fiquei aliviada. Eu tinha tentado. E falhado. E agora podia voltar para casa.

Ela faz mais uma pausa e continua:

— Estava tudo quieto demais quando desci novamente até a cabine, cerca de uma hora depois. Eu logo soube que havia alguma coisa errada. A Rata estava deitada de costas nos assentos. E estava... pálida. Horrivelmente pálida. Então eu soube. Antes mesmo de ver a bolsa no chão. O diazepam e a fluoxetina, os malditos comprimidos do Ross. O meu kit suicídio. Eu tentei ressuscitá-la, mas ela já estava ficando fria. — A El balança a cabeça e, quando volta a olhar para mim, é com aquele misto familiar de tristeza e desafio. — Então eu vi. Minha chance estava bem ali, na minha frente. Eu podia navegar de volta para Granton, enfrentar o Ross... e todas as perguntas e consequências em relação à morte da Rata, de eu estar no barco quando implorei para ele voltar de Londres. Ou eu realmente podia escapar. Dele. De tudo aquilo. De tudo de uma vez.

Eu me lembro daquele corpo em cima da maca. Da pele muito branca, da linha preta costurando as extremidades da clavícula. Do rosto terrível.

Os dedos da El tremem contra os meus enquanto ela engole em seco.

— Então eu resolvi deixar a Rata se passar por mim.

— Mas eu não entendo — digo. Isso é uma mentira. Tenho vontade de me levantar, de sair correndo. Não quero ouvir. Mas a El não solta minhas mãos, meus pulsos. — Eu não...

— Eu sempre soube que era preciso haver um corpo — diz a El, me puxando insistentemente para baixo agora, como se soubesse que, se me soltasse por um instante, eu escaparia. — Se não fosse encontrado um corpo, eu sabia que o Ross nunca desistiria, que ele nunca pararia de procurar. E talvez ele nunca fosse considerado culpado. Foi por isso que decidi que eu precisava me matar. Mas assim que percebi que eu não precisava morrer, eu não quis mais morrer. Eu poderia voltar para a casa, substituir o tampão de drenagem e a serra cilíndrica que tinha plantado no Quarto do Barba Azul pelos reais, pois assim eu garantiria que a perícia seria compatível sem qualquer margem de dúvida. Eu poderia pegar meu kit de sobrevivência e escapar. *Realmente* escapar. — Ela olha para mim, a expressão repentinamente ardente. — Mas eu não queria que acontecesse daquele jeito. Não queria que a Rata morresse.

— Eu não entendo — volto a dizer, agora torcendo os pulsos com tanta força, tão freneticamente, que um osso estala alto o bastante para fazer nós duas estremecermos. Mas nem assim a El me solta. Em vez disso, ela se aproxima até estarmos a centímetros de distância, até que não tenho opção a não ser encontrar seu olhar duro.

— Sim, você entende. E tem que enfrentar isso dessa vez, Cat. Você tem que saber a verdade e acreditar nela. Tem que aceitar a verdade. Mesmo que não queira. — Ela me solta. — Você tem que dizer a verdade.

Inspiro. Expiro. Lembro novamente daquele corpo na maca. Daquele teste de isolamento de DNA no celular da Rafiq.

— Ela é nossa irmã. — Fico olhando para os vergões roxos em forma de meia-lua na minha pele. — A Rata é nossa gêmea idêntica.

A El segura o meu rosto entre as mãos e passa os dedos frios pela minha testa, pelas minhas têmporas. Há lágrimas em seus olhos, mas ela está sorrindo. Assentindo.

— Você lembra de como éramos especiais? — pergunta. — Mais de cem mil outras crianças tiveram que nascer antes que uma mãe tivesse filhas tão especiais como nós?

Concordo e fecho os olhos.

— As chances de dar à luz gêmeas espelhadas são de cerca de uma em mil e duzentos nascimentos. Para uma gêmea fraterna como a mamãe, as chances caem para uma em setenta. — A El solta um longo suspiro. — Não é tão raro assim.

Eu me lembro da Rata enrodilhada atrás de um barril virado na proa do *Satisfaction*, o rosto branco como giz coberto de lágrimas. E a minha convicção egoísta e *estúpida* de que a inveja em seus olhos era apenas para me fazer sentir melhor — para eu saber que valia alguma coisa para alguém. Mesmo se esse alguém não fosse real. *Eu queria ser como você*.

— A Bruxa contou tudo para a Rata pouco antes de morrer. — O rosto da El está muito pálido. — Que éramos trigêmeas idênticas. Que o avô dela era o pai dela, e que a nossa mãe era a mãe dela.

— Mas *como*? — Eu me lembro da pele pálida e ressecada da Rata, dos cabelos curtos e escuros, do corpo pequeno e ossudo. Ainda posso sentir minha negação como um caroço sob a pele. — Ela nem se parecia com a gente. Ela era...

— A Rata disse que a Bruxa cortava o cabelo dela, pintava de preto, mal a alimentava. E você lembra como ela vivia usando a nossa maquiagem de palhaço? Era para tentar se parecer com a gente. Com a Belle. Para se parecer menos com ela mesma. — O olhar que a El me lança é quase furioso, embora as lágrimas escorram pelo seu rosto. — Nós nunca vimos isso porque acreditamos no que nos disseram para acreditar. Como sempre fazíamos. Mas talvez a mamãe quisesse que nós soubéssemos que éramos muito mais especiais do que pensávamos, do que ela mesma havia nos dito que éramos, por isso ela misturou a verdade com a fantasia. Como sempre fazia.

— A probabilidade de sermos trigêmeas idênticas — sussurro — era de uma em cem mil.

A El assente, concordando.

— Provavelmente menos — diz, com uma voz baixa e seu sorriso mais breve. — Se já existem gêmeos na família e seu avô também é seu pai.

— Mas *por quê*? Por que a mamãe simplesmente deixaria a Bruxa ficar com a Rata? Por que a Bruxa iria querer...

— A Rata disse que a Bruxa era sonâmbula. Que sofria de terrores noturnos. A Rata acordava e a encontrava do lado de fora, de joelhos, sozinha no frio e no escuro, implorando para que a deixassem entrar. Ninguém jamais quis a Bruxa. Ninguém a amava. Ninguém quis fazer dela uma esposa para depois pendurá-la no gancho até ela morrer. Ela nunca foi escolhida. Nunca foi de ninguém. Quando a vovó morreu, o vovô expulsou a Bruxa de casa sem nada. E só permitia que ela nos visitasse em casa em troca de seu silêncio. A Rata achou que a Bruxa a havia levado porque precisava ter algo, tirar algo, da mamãe e do vovô. Ela achava que a Bruxa precisava que mais alguém soubesse como era se sentir como ela. Como era nunca ser amada, nunca ser de ninguém.

Eu me lembro da Bruxa apontando o dedo com a unha comprida para a Rata, que estava parada, trêmula e de cabeça baixa. *ISSO é ser uma boa filha.*

Um medalhão oval balançando em seu punho, refletindo o sol em lampejos de ouro. O sorriso da mamãe frio como gelo. *Você sempre quer o que eu tenho.* A Bruxa enfiando o colar dentro do bolso do seu longo vestido preto. *E às vezes eu consigo.*

A El olha para mim.

— Mas acho que a Rata estava errada. A Bruxa pagou por aquela lápide grande e feia, você sabe. Pagou para que os dois fossem enterrados juntos. — Os olhos dela cintilam. — Durante toda a sua vida, ela só queria que *todos* sofressem mais do que ela.

Eu me lembro das certidões de nascimento: 3 de março de 1962, 14h32 e 14h54.

— A Bruxa era a mais velha — sussurro, acometida por tremores breves que me dão vontade de estremecer o corpo todo. — Ela devia ter sido a provadora de veneno.

A enormidade de tudo isso finalmente me atinge. O que a mamãe deve ter passado. Por que, todos os anos, na data da morte da vovó, ela se fechava no quarto e só saía no dia seguinte. Todo aquele horror e sofrimento, e a injustiça de se ver sendo culpada pelo próprio sofrimento. As mentiras que ela deve ter contado a si mesma. Eu me pergunto se, no fim, ela ao menos se lembrava de que a Rata já fora dela.

— A mamãe só queria nos manter a salvo — diz a El. — Talvez ela tenha se convencido de que a Rata *estaria* mais segura. Talvez ela estivesse mesmo.

Isso é mentira. Porque a mamãe nunca ensinou a Rata a sobreviver. A se esconder, a correr. A sentir alegria no escuro ou coragem durante uma tempestade. Mas não consigo pensar nisso. Não consigo pensar na Rata sozinha, enquanto eu nem acreditava que ela era real.

— O Ross sabia?

A El balança a cabeça.

— Ele sempre achou que a Rata era uma amiga da família ou uma prima. Ela ainda tinha a mesma aparência de quando éramos crianças, não se parecia em nada conosco. *Eu* não sabia. Não até aquele dia no barco. A Rata me contou que era nossa irmã depois que eu contei a ela sobre o meu plano de incriminar o Ross pela minha morte. — Um sorriso triste. — Você me mostra o seu, e eu te mostro o meu.

— Ah, meu Deus! — Eu me levanto, quase cambaleando. Um vento quente sopra no meu rosto. Fecho os olhos. E me lembro de correr ao longo do passadiço e entrar no gabinete de polícia, a Marca Negra amassada na minha mão. Os olhos da Rata, grandes, pretos e arregalados. *Não tenha medo. Eu vou te ajudar, Cat. Eu vou te salvar.* A esperança feliz em seu sorriso aberto. O vestido velho e largo, pintado com rosas-vermelhas malfeitas para combinar com os aventais que a El e eu usávamos. *Você pode ser eu. E eu vou ser você.* — Ela fez isso por você, não foi? A Rata tomou os comprimidos por você. Porque você ia voltar para o Ross.

A El cobre o rosto com as mãos.

— Eu não acreditei que ela era nossa irmã. Não naquele momento. Não quando ela me contou. — Ela inclina o corpo e começa a soluçar. — Ela ficou ali insistindo, sorrindo para mim, dizendo que só queria ajudar. Que tudo o que sempre quis foi que eu confiasse nela, que a amasse como uma irmã. Você sabe, você deve se lembrar, como a Rata era sufocante: a carência, o desespero dela. E naquele momento eu não acreditei nela. Eu não *consegui*.

Fico de joelhos e seguro as mãos dela antes que possam causar mais dano. Já há arranhões ensanguentados no seu rosto e queixo, para combinar com as marcas nos meus pulsos.

— Ela deixou um bilhete — sussurra a El. — Apenas com o nome dela. O nome que a mamãe deu a ela. — Todo o corpo da El vibra como um diapasão. — Foi só nesse momento que eu soube que ela estava falando a verdade.

— Qual era o nome dela?

A risada da El sai como mais um soluço.

— Iona.

A princesa fada que foi roubada da mãe por uma bruxa malvada. Uma bruxa que cortou suas asas e a aprisionou em uma torre tão alta que ninguém sabia que ela estava ali.

Os soluços da El ficam mais altos, mais fortes. Mal consigo entender suas palavras.

— Eu a deixei sozinha depois que ela me contou. Ela me ouviu enquanto eu falava sem parar como se ela não fosse uma pessoa, mas eu nunca a ouvi. Quando voltei para o convés, a última coisa que eu falei para ela foi: "Me deixa em paz. Eu quero que você me deixe em paz".

— El. El. — Eu me inclino mais para junto dela. — Você não sabia.

Ela me afasta e fica em pé, cambaleando.

— E se eu soubesse? E se eu acreditei nela? E se eu contei tudo a ela e deixei ela sozinha lá, com os meus comprimidos, sabendo disso...

Eu me levanto.

— Você não acreditou nela. Não quando voltou para o convés. Você ficou aliviada, lembra? Aliviada por tudo ter acabado. Não foi culpa sua.

Quando a El continua a balançar a cabeça, eu a pego pelos braços e a forço a olhar para mim novamente.

— Nada disso foi culpa sua. Aquilo que a mamãe sempre dizia sobre a mais velha ter que cuidar da mais nova? Pois ela estava errada. Não é porque a irmã mais velha dela nunca a protegeu que você deveria sacrificar toda a sua vida pela minha.

— Não foi um sacrifício tão grande — diz ela, e seu sorriso é terrível, seus olhos estão desfocados. — Eu o amava. Sempre o quis, desde o início. Sempre achei que ele era bom e corajoso. Mas, agora, mentir e manipular, *planejar*, é como respirar para mim. Talvez eu *seja* má. Talvez haja algo de errado comigo. Porque foi culpa minha. Eu deveria ter morrido e a Rata...

— E eu sou uma bêbada — digo. — Uma egoísta traiçoeira. Sou uma covarde que nunca enfrentou nada. Eu queria o Ross e não me importei quando isso te feriu. Eu te odiava e jamais desconfiei que você não me odiasse. E naquela noite... naquela última maldita noite... eu teria seguido em frente. Se o Ross não tivesse bloqueado o buraco, eu teria te deixado para trás, teria te deixado com o vovô, assim como a Bruxa fez com a mamãe, e não teria olhado para trás. Eu *não olhei* para trás.

A El puxa meu braço.

— Isso é bobagem. Você não é nada como ela. Você não é nada como *eles*. Nada disso foi culpa sua. — Ela para. Seu olhar de repente fica mais intenso, seus dedos se afrouxam. Ela se senta novamente com uma risada sufocada. — Imagino que você ache que isso foi inteligente.

— *Não foi* sua culpa, El. — E sorrio, embora seja a última coisa que eu esteja com vontade de fazer.

Então me sento e aproximo minha cadeira o bastante da dela para nos olharmos como se estivéssemos diante de um espelho. Os olhos da El estão vermelhos, sua pele está pálida. Eu me lembro dela deitada naquela cama de hospital. Lembro de todas as histórias que a mamãe contava, de todas as suas aulas. *Shawshank*, *Um conto de duas cidades*, *O conde de Monte Cristo*, *Papillon*, *O homem da máscara de ferro*, *O espião que veio do frio*, todos aqueles livros da Agatha Christie. Eu sempre vi aquilo como um modo de escapar, mas a El viu como um subterfúgio. Uma imitação. Uma oportunidade. Um sacrifício. Um resgate. Como aquela história de que uma mentira inocente era apenas uma mentira que ainda não estava manchada.

E ela teria voltado. Se eu não tivesse fugido do Ross também, ela teria sacrificado sua liberdade, sua nova vida. Tenho certeza disso.

Eu me lembro daquele povo escondido na América do Sul. Como formavam um círculo tão fechado em torno de alguém que a pessoa não conseguia escapar. Aperto as mãos da El e a faço olhar para mim. Então conto a ela todas as coisas boas que ela já fez. Cada coisa boa que ela já foi. De novo e de novo. Até que ela finalmente me vê, me ouve e acredita em mim.

*

Então — só então —, choro pela Iona. Choro pela irmã que nenhuma de nós teve a chance de amar. De precisar. De salvar. Choro pelo momento em que ela se sentou ao meu lado na tenda do Chefe Nuvem Vermelha, os olhos grandes e azuis, cheios do melhor tipo de solidariedade.

Vai ficar tudo bem, Cat. Eu te amo.

Choro por aquela coisa derretida e brilhante em cima de uma maca de metal. Por um couro cabeludo careca, cheio de ondulações, buracos profundos sem olhos, dentes fixos em um sorriso sem lábios.

E, acima de tudo, choro pela Rata. A garotinha sorridente com o rosto branco como giz e lábios vermelho-rubi, que uma vez me disse: *Se você ficar bem quieta, encolhida e assustada em um canto escuro, ninguém jamais vai te ver.* Porque ninguém nunca viu.

EPÍLOGO

Dois dias depois do Natal, nos levantamos antes do amanhecer e caminhamos pela passarela em silêncio. O vento está fraco e o mar calmo. As luzes das casas e dos barcos desaparecem lentamente até que apenas um poste ocasional permanece, refletindo dourado contra a água. Subimos pelas pranchas de madeira que nos levam através de manguezais escuros e fechados, até finalmente sairmos para o ar fresco. E para a luz. O amanhecer se aproxima: uma linha fina e brilhante no horizonte, banhando o mar em tons de prata. Um galo distante canta uma, duas vezes. Sinto o cheiro de flores, algo doce como lilás.

Caminhamos ao longo de uma trilha, contornamos afloramentos rochosos e árvores inclinadas. Quando viramos em um canto, o vento sopra forte contra nós, jogando meu cabelo para longe do rosto, esfriando o suor no meu pescoço.

— Ah, meu Deus.

A El se vira para mim e sorri. Olha para a enorme sombra da rocha em uma saliência acima da água. "A Cabeça de Morgan."

Eu a sigo enquanto ela desce por um caminho coberto por samambaias e arbustos de cores vibrantes com flores vermelhas e amarelas, e nos agarramos ao tronco das palmeiras conforme o caminho fica mais íngreme.

— A lagoa fica logo aqui embaixo — diz a El por cima do ombro, quando alcançamos a ampla coroa escarpada da Cabeça de Morgan.

Preciso conter uma vontade absurda de dizer "oi". Em vez disso, pouso a palma das mãos sobre a pedra.

A El sorri novamente.

— Eu também fiz isso, da primeira vez.

Então vejo a lagoa. É linda: a água rasa azul-esverdeada, ficando mais escura à medida que se aproxima das rochas e recifes na foz. Cercada por altos penhascos de pedra sob a mata densa e fechada. Na margem, pisamos na água fria e pouco profunda, com areia sob nossos pés.

— É lindo, El.

— Eu venho aqui todos os dias desde que cheguei — diz ela. — É exatamente como eu sempre imaginei que seria.

Por alguns momentos, ficamos em silêncio, vendo o horizonte cinza-prateado no mar mais adiante se tornar dourado. É absurdamente silencioso. Tranquilo. Eu me viro para a mochila pendurada nos ombros da El e tiro a caixa de papelão com flores pintadas de rosa. Olhamos para a caixa e então uma para a outra. É a primeira vez que estamos todas juntas desde que éramos crianças.

— Eu queria... — Minha voz falha.

— Eu também — diz a El, com a voz embargada. Ela pressiona a palma da mão contra os nós dos meus dedos, contra a caixa. Eu abro e cada uma de nós pega um punhado de cinzas e joga sobre a límpida água azul. Fico olhando enquanto elas são levadas pelo vento fraco, se espalham, flutuam e caem, acomodando-se sobre as ondas até desaparecerem. Quando a caixa está vazia, o céu já clareou e o ar está mais quente.

— Adeus, Iona — diz a El.

Sei que ela ouve o eco sussurrado do meu "desculpe" no mesmo instante em que ouço o dela. Ficamos em silêncio por um longo tempo, até que finalmente a El guarda a caixa vazia e pigarreia.

— O que você vai fazer agora?

Não respondo. Sei o que ela está perguntando. Penso no vasto céu azul e no mar de Venice Beach; nas torres góticas e nas ruas de paralelepípedos de Edimburgo. O vento faz cócegas no meu cabelo contra a nuca, bate nos meus ombros nus.

— Não existe pássaro como a gloriosa curre dourada, sabe? — A El olha para o horizonte.

Escuto a voz da mamãe lendo para nós — baixa, firme e reconfortante. Sempre que ela abre as suas grandes asas douradas e voa, onde ela pousa é onde a sua próxima vida começa, como se a anterior nunca tivesse acontecido.

— *Curre* significa *corra* em latim!

Eu me viro para olhar para os lábios cerrados da El, para o seu maxilar tenso, enquanto ela se esforça para não me perguntar de novo o que eu vou fazer, para onde eu vou.

— *Anne de Green Gables* nunca foi o meu livro favorito — digo. — Sempre foi *Papillon*.

— O quê?

— Não importa quantas vezes ele foi pego e preso... em colônias penais, campos de trabalhos forçados, esconderijos, prisões ou ilhas... ele nunca parou de tentar fugir. Em um veleiro. Com um pirata.

— Sinto falta do *The Redemption* — diz a El, em um tom inseguro. Inseguro em relação a mim.

Quatro minutos. Quatro minutos e Deus sabe quantas gerações de dor, mentiras e sofrimento sempre nos separaram. Mas ela ainda me conhece melhor do que qualquer outra pessoa no mundo. Não porque já vivemos quase fundidas como areia e calcário — isso nunca foi verdade —, mas porque vamos estar sempre unidas por algo muito mais forte.

A Terra Espelhada era mágica. Ela nos ensinou a lutar, a nos escondermos, a sonhar. Ela nos ensinou a fugir muito antes de atravessarmos seus muros ou seu mundo. Olho para trás, para o mar, onde o sol começou a se erguer no horizonte, transformando o céu e o mar em um vermelho sangrento e lindo. O X marca esse local. Um litoral acidentado de rochas e praias, um interior de florestas e planícies. Um paraíso tropical em vez de um país das maravilhas com neve. O fim da caça ao tesouro da Terra Espelhada.

Então eu me viro para olhar para a El. Atravesso o espaço entre nós para pegar sua mão.

— Podemos comprar outro *The Redemption* — digo. — Para navegarmos juntas pelo Caribe.

E, ao ouvir o soluço dela, fecho os olhos, lembro pela última vez da madeira macia e rangente enquanto eu mudava o peso do pé esquerdo para o direito sob as ondas do mar, o toque frio de um vento de vinte nós no sudeste contra o meu rosto, os gritos empolgados da nossa tripulação e os sons ensurdecedores de madeira estilhaçada e de homens moribundos, o estrondo dos canhões e dos mosquetões. O modo como sempre nos sentíamos seguras, não importava quanto a batalha fosse aterrorizante, quanto o rugido da tempestade fosse alto ou quem olhava para nós através do espelho.

Não vamos deixar uma à outra, penso. *Nunca enquanto vivermos.*

Aperto a mão da El com mais força, ouço o eco antigo dos dentes dela batendo enquanto olhávamos para o porto e a promessa vermelho-sangue do estuário e do amanhecer. Gostaria que a mamãe pudesse nos ver. Gostaria que ela soubesse que, no final, tudo valeu a pena. Todo o sofrimento, todo o horror, toda aquela magia sombria e maravilhosa. Gostaria que ela soubesse que chegamos à Ilha. Que estamos juntas. Nós três. Que sempre estaremos juntas.

E, mesmo que eu não diga nada, a El olha para mim e abre um largo sorriso, o sol nascente tornando seu rosto dourado.

— Ela sabe.

*

E esse foi o dia em que a nossa terceira vida começou.

AGRADECIMENTOS

Um livro é feito por muitas pessoas. Provavelmente mais do que sei ou sou capaz de mencionar aqui, mas a quem sou imensamente grata mesmo assim.

Agradeço profundamente, em primeiro lugar, à Carla Josephson, da Borough Press, por ter apostado em mim e em *Jogo dos espelhos*, por todo o seu apoio e entusiasmo desde o começo e, tão importante quanto, por ser uma editora fantástica.

Também agradeço muito a todos da equipe da Borough na HarperCollins: Suzie Dooré, Ore Agbaje-Williams, Ann Bissel e Jaime Witcomb. Sou grata ainda a Claire Ward e Holly Macdonald pelas lindas artes (e infinita paciência), e a Izzy Coburn, Rachel Quin e Katy Blott, por seu trabalho brilhante para levar *Jogo dos espelhos* ao máximo de pessoas possível. E um último obrigada às equipes de preparação de originais e revisão, por consertarem todos os meus erros antes que alguém pudesse vê-los! Adorei trabalhar com vocês.

Meu maior agradecimento tem que ser a Hellie Ogden, a agente mais extraordinária do mundo. Sem o seu incrível talento, entusiasmo e apoio — editorial, prático, emocional e tudo mais —, *Jogo dos espelhos não* existiria da forma como existe. A minha vida mudou completamente nos últimos anos, de maneiras que eu nunca teria imaginado, e marquei como início dessa mudança o dia em que Hellie ligou e se ofereceu para me agenciar.

Também agradeço ao pessoal da Janklow & Nesbit UK, especialmente a Zoë Nelson, Ellis Hazelgrove e Maimy Suleiman, de direitos internacionais; a Claire Conrad, por todos os conselhos e apoio; e a Kirsty Gordon e Kate Longman, por seus conselhos práticos e financeiros — a temida administração geral.

Também devo muito ao detetive de polícia Robbie West, assim como a Steph Miller e Dougie MacLeod, por seus conselhos indispensáveis sobre leis criminais escocesas, protocolos de xerifes e de tribunais de justiça e procedimentos policiais. Um agradecimento especial para James Loosemore — sua infinita paciência, conselhos e atenção aos detalhes foram e são muito bem-vindos. Toda e qualquer imprecisão são de responsabilidade inteiramente minha.

Agradeço ainda à bióloga forense Steph Fox, por seus conselhos em relação a perícias e processos em cenas criminais. *Forensics: The Anatomy of Crime*, da brilhante Val McDermid, foi outra fonte fundamental.

O dr. Boris Cyrulnik é um psiquiatra e etologista francês que passou anos estudando traumas e experiências infantis. Seu livro *Resilience* foi uma ferramenta fascinante e, mais uma vez, fundamental para que eu escrevesse *Jogo dos espelhos*.

Meus agradecimentos a Richard Leask, por me ensinar os conceitos básicos de navegação, barcos a vela e, ainda mais útil, todas as formas de afundá-los.

Também agradeço a duas escritoras muito talentosas, Nina Allan e Priya Sharma, cujo apoio e amizade ao longo dos anos (e, é claro, as primeiras leituras dos manuscritos!) significaram mais para mim do que elas jamais saberão.

Meus agradecimentos ainda a Stephen King, um homem que nunca conheci pessoalmente, mas que será para sempre meu primeiro *crush* escritor. Sua fantástica biografia, *Sobre a escrita*, foi o empurrão de que eu precisava para publicar a minha primeira história em meados da década de 2000, e uma das razões pelas quais continuei escrevendo mesmo quando parecia impossível, quando as rejeições eram tantas que eu poderia ter enchido o meu quarto inteiro com elas. Seus livros me ensinaram que histórias podem nos levar para qualquer lugar, e que são a melhor forma de escapar que existe.

Agradeço à minha madrinha, Susan McEwan, por sempre acreditar em mim, mesmo quando eu mesma não acreditava.

E aos meus pais, por coisas demais para escrever aqui. Mas principalmente por instigarem em mim o tipo de resiliência e disciplina necessárias para seguir em frente, por mais difíceis ou desesperadoras que as coisas pareçam estar. (A adolescente em mim está se revirando no túmulo.)

Agradeço ao meu marido, Iain, por todo o amor, apoio e paciência necessários para ser casado comigo. Por nunca dizer "não" a nenhuma aventura, por mais maluca ou egocêntrica que seja.

E à minha irmã, Lorna, a quem dedico este livro. Obrigada por nunca se cansar de me ver chegando para mais um feriado com um novo bloco de folhas A4 para você ler. Obrigada por sempre ler todas. E obrigada, principalmente, por ser a melhor amiga que uma irmã poderia querer.

E por último, mas não menos importante, obrigada a vocês, que estão lendo esta história, dentre tantas outras. Este livro nunca teria se tornado um livro sem vocês.

Este livro foi composto na tipografia Minion Pro,
em corpo 10,5/15, e impresso em papel off-white
no Sistema Cameron da Divisão Gráfica
da Distribuidora Record.